冰心诗文经典

现代文学经典名著

小桔灯

冰 心/著

21 二十一世纪出版社集团
21st Century Publishing Group
全国百佳出版社

图书在版编目（CIP）数据

小桔灯：冰心诗文经典 / 冰心著 . -- 南昌：
二十一世纪出版社 , 2014.9
（中国现代文学经典名著）

ISBN 978-7-5391-9090-7

Ⅰ . ①小… Ⅱ . ①冰… Ⅲ . ①诗集—中国—现代
②散文集—中国—现代 Ⅳ . ① I216.2

中国版本图书馆 CIP 数据核字 (2013) 第 224295 号

小桔灯：冰心诗文经典　　　　　　　　　冰心 / 著

策　　划	张　明	
责任编辑	刘　刚	
出版发行	二十一世纪出版社集团	
	（江西省南昌市子安路75号　　330025）	
	www.21cccc.com　　cc21@163.net	
出 版 人	张秋林	
经　　销	新华书店	
印　　刷	北京永顺兴望印刷厂	
版　　次	2014年10月第1版　　2017年12月第2次印刷	
开　　本	720mm×1000mm　　1/16	
印　　张	29	
字　　数	400千	
书　　号	ISBN 978-7-5391-9090-7	
定　　价	42.00元	

赣版权登字—04—2013—682

如发现印装质量问题，请寄本社图书发行公司调换 0791-86524997

目 录

寄小读者（节选）

诗 歌

导　论

李　艳

冰心（1900年10月5日—1999年2月28日），原名谢婉莹，福建长乐人，享年99岁，整整跨过一个世纪，因此被称为"世纪老人"。冰心的写作生涯，贯穿了从"五四"文学革命到新时期文学的中国现当代文学发展的全部历程。她是中国新文学的"元老"，中国第一代儿童文学作家，是著名的中国现代小说家、散文家、诗人、翻译家。

在20世纪中国文学史上，冰心是一位才华横溢、成就卓著、有着独特艺术风格的女作家。冰心一生著述颇丰，小说集《斯人独憔悴》《超人》，诗集《繁星》《春水》，通讯《寄小读者》《再寄小读者》《三寄小读者》，散文集《小橘灯》《拾穗小札》，随笔集《往事》《南归》《关于女人》《关于男人》等，均为中国现代文学的瑰宝，其中有些篇章堪称经典。另有《冰心全集》(海峡文艺出版社，2012年5月版)行世。她的文学影响超越国界，作品被翻译成多国文字，受到了广大读者的普遍赞誉。

冰心还是一位著名的社会活动家。新中国成立以来，她不但历任中国民主促进会名誉主席，中国文联副主席，中国作家协会名誉主席、顾问，中国翻译工作者协会名誉理事等职，还曾担任全国少年儿童福利基金会副会长，中国妇女联合会常委等重要职务。她总是以爱祖国、爱人民、爱孩子的博大爱心，关注和投入各项社会活动。冰心为我国文学事业、妇女儿童事业的发展、为坚持和完善中国共产党领导的多党合作和政治协商制度，都作出了杰出的贡献。

冰心的成就和贡献是多方面的，她把她的一生都献给了孩子、祖国和人民，献给了全社会和全人类。正如她在《世纪印象》一文中所说："九十年来……我的一颗爱祖国，爱人民的心，永远是坚如金石的。"

冰心作为"五四"新文学的开拓者和奠基者，是伟大的爱国主义作家、卓越的语言艺术大师。她的作品，以清新优雅、隽美明丽的艺术风格，开创了中国文坛的一代新风，在现代文学的艺术殿堂上占据着引人注目的光辉地位。

冰心崇尚"爱的哲学"。冰心的散文和诗歌充满了细腻精致的女性柔情和含蓄温婉的东方意蕴。自然、爱、美构成了其圆融、和谐且优美的生命世界和文学天地。对冰心而言，"爱"是其文学创作、全部人生的起源与终点。

冰心的名言是"有了爱就有了一切"。她的一生言行，她的几百万文字，都在诠释她对祖国、对人民无与伦比的热爱和对人类未来的充沛信念。她热爱生活，热爱美好的事物，热爱玫瑰花的神采和风貌，热爱中华民族和全人类经过历史积淀下来的一切优秀文化成果。冰心对纯真、善良、刚毅、正直等优良品德的忠贞不渝的爱和坚持不懈的表达，使她在海内外读者中享有崇高的威望。沈从文说："冰心女士所写的爱，乃离去情欲的爱，一种母性的怜悯，一种儿童的纯洁，在作者作品中，是一个道德的基本，一个和平的欲求。"

"母爱、童真、自然"作为嘹亮的主旋律，被反复咏唱，构成了冰心作品的思想内核——"爱的哲学"。在她的作品中，处处充满了对大自然的热爱、对母爱与童真的讴歌，以及对生命的热情赞颂。冰心的文字是她纯真内心的自然流露，蕴含着体味人生的深切感悟，展示了其独特的人格魅力，闪耀着爱的光辉。

冰心的作品在营造柔美、空灵的意境的同时，时刻不忘抒写个性，这部分作品大多收于《往事》《寄小读者》等集子。《往事》中的散文多为回忆性作品。抒情主人公"我"常常充当记忆女神，在思国怀乡、想亲念友中回顾往事，在回忆和思量中挖掘典型的人和事，并进一步梳理生命历程中积累下来的哲思与情感，于是，不同历史条件下的各种性情，自然地涌动于纸上，形成一部"淡泊心志，宁静致远"的心灵史。在《寄小读者》和《再寄小读者》等系列作品中，冰心则用书信体形式向少年读者们连续报道自己旅居国外的生活和心态，笔调轻盈、文字隽丽、感情细腻，通过描景状物的叙写，抒发内心的真挚情思，表达了对自然、对童真的由衷赞美之情。

歌颂大自然，歌颂童心，歌颂母爱，是冰心创作的永恒主题。巴金曾这样评价冰心："我们喜欢冰心，跟着她爱星星，爱大海，我这个孤寂的孩子在她的作品里找到温暖，找到失去的母爱。"冰心以其独特的风格奠定了自己在中国文学史上的地位，开启了儿童文学的源头，她的作品成为经久不衰的经典之作。

冰心的作品具有较强的女性意识。郁达夫说："读了冰心女士的作品，就能够了解中国一切历史上的才女的心情；意在言外，文必己出，哀而不伤，动中法度，是女士的生平，亦即是女士的文章之极致。"冰心追求"人"的本真和艺术的本真，不压抑遏止天赋的性别特征，向往有个性的文学，因而，其作品的思想和艺术均具有鲜明的女性特征。冰心以心为文、交织古今、融汇中外，所反映的女性意识具有强烈的时代感，呈现的是新旧文化嬗变时期中国知识女性对现代文明的追求和向往。因此，冰心的作品不同于封建时代的"闺阁文学"而自成一家。

冰心的作品，视母性为授予、牺牲、仁爱和温柔，认为"女儿性情"应娴静温和，女人是真善美的象征，女人的力量在于用爱去"温柔世界"。

早期，冰心塑造了一批温柔可亲的"姊姊"形象。她们在社会运动中大多持温和的观点，恪守正直、善良的人格道德。冰心希望她们做"光明的使者"，以她们的"歌声填满人生的虚无"，以她们的温柔"沉静地酬应众生"。而最具代表性的"姊姊"形象，当属《寄小读者》中的作者自己了。这位"姊姊"在生命之路的两旁，播撒着"爱"和"同情"的种子，她要使行人们"踏着荆棘"而"不觉得痛苦"，"有泪可落"而"不是悲凉"；她的温柔、善良、智慧，使"女儿性情"达到了至情至美的境界，从而启迪和感动着一代又一代的"小读者"。

《关于女人》是一组集中表现女性观的作品。在这组作品中，冰心塑造了众多女性形象。其中，除"我的奶娘"、"张嫂"外，大多为知识女性，尤以"我的学生"S和"我的邻居"M太太这两位年轻妻子的形象最令人难忘。冰心在为各类女性画像的同时，把女性价值推向了巅峰。冰心在散文集《关于女人》的后记中写道："我对于女人的看法，自己相信是很平淡，很稳静，很健全。她既不是诗人笔下的天仙，也不是失恋人心中的魔鬼，她只是和我们一样的，有感情有理性的动物。不过她感觉得更锐敏，反应得更迅速，表现得也更活跃。因此，她比男人多些颜色，也多些声音。在各种性格上，她也容易走向极端。她比我们更温柔，也更勇敢；更活泼，也更深沉；更细腻，也更尖刻……世界若没有女人，真不知这世界要变成怎么样子！我所能想象得到的是：世界上若没有女人，这世界至少要失去十分之五的'真'、十分之六的'善'、十分之七的'美'。"

冰心的作品包含着对妇女命运的持续关注。在描叙妇女的不幸遭遇时，触及了对封建社会和封建意识的批判；在把妇女问题作为社会问题求得解决时，认为"教育"是解放妇女的途径；而在描摹劳动妇女形象时，则常表现出对她们的怜爱和敬重。冰心对同类的关怀、同情和寻求解放的情愫，放射出温和、人道、寻求改良的光芒。

尽管 40 多年后，冰心在《关于男人》一书（1985—1990）中着力书写了众多男人的嘉言懿行，表现出她在男女"互补互动"关系上的机智，但她的关于女人是真善美象征的名言名句却已镌刻于史册。

冰心的散文风格清丽典雅，文笔清新简洁、富有韵味，具有独特的艺术魅力。她善于运用各种修辞手法来表现丰富的内心世界，文章散发着浓郁的书卷气息；她有着很强的语言驾驭能力，勇于实践，为促成我国文学从文言文向白话文的过渡作出了特殊的贡献。

冰心十分喜爱中国古典文学，对古典文学有着独特的理解和深厚的修养，由于长期受到优秀的民族文化的哺育与陶冶，冰心的散文常常在流畅自然的口语中融入婉约典雅、凝练含蓄的书面语言，既发挥了白话文通俗流畅的特点，又兼有文言文凝练简洁之长。这是冰心经过精心提炼、加工，使生活语言和书面语言相互融合，浑然一体，从而形成的独特的语言艺术。这使她的散文不仅看起来优美典雅，读起来也朗朗上口，有一种舒缓柔婉的美感。她常常在散句中穿插以排比、对偶等句式，长短相间，参差错落，增强了文章的节奏感和音乐性，处处洋溢着汉语特有的美感和诗的芬芳。

冰心是我国现代叙事抒情散文的奠基人之一，她的散文独树一帜，清新别致，意象鲜明，给予读者强烈的审美感受。晚年冰心的作品文字依旧清丽醇和，情感细腻动人，文笔醇厚老到、刚柔相济，已达到了炉火纯青的境地；但仍然不失其清朗明快的主色调。

冰心的行文风格和文学造诣得到了很多著名作家、学者的赞许，胡适先生对冰心的作品给予了很高的评价："冰心女士曾经受过中国历史上伟大诗人的熏陶，具有深厚的古文根底，因此她给这一新形式带来了一种柔美和优雅，既清新，又直截。""不仅如此，她还继承了中国传统对自然的热爱，并在写作技巧上善于利用形象，因此使她的风格既切实无华又优美高雅。"

茅盾在《冰心论》中说:"在所有'五四'时期的作家中,只有冰心女士最属于她自己。"是的,冰心属于她自己,她的独特性在于她以艺术的形式表现了一种本原性的追问和解答,她执着探究的是那个概念化、模式化之前的本真的、活生生的世界,她属于历史,也属于今天,更属于不老的散文天地。

除了散文,冰心一生创作了大量的诗歌。冰心的诗,深受印度著名诗人泰戈尔的影响,往往在极小的短章中营造出典雅清丽的意境,寓含着丰富的哲理意蕴。其语言饱含感情,婉约典雅,清新俏丽,微笑中带着泪痕,淡远而不乏深沉,于美妙柔婉中表达出内心的深思和灵感的顿悟,多层次、多角度地反映出诗人对生活哲理的思索。冰心的诗是瞬间的感觉、情绪的珍珠,在浓郁的诗意中蕴藏着令人深思的哲理。

诗集《繁星》《春水》是冰心作为诗人的代表作,在现代诗坛中产生过极大影响。《春水》和《繁星》最初在《晨报副镌》刊登,开拓了清澈淡雅的诗风,曾风靡一时,引发青年人竞相学习模仿,被誉为"冰心体",也被茅盾称为"繁星格"、"春水体"。这是冰心对现代文学杰出的贡献。

冰心对诗体的开创和开拓在文学界和读者中间产生了深远的影响,使她于作家群体中脱颖而出,在新文学史上光彩照人,成为"五四"新文学的大家之一。

钱理群等人合著的《中国现代文学三十年》对"冰心体"进行过专门的论述,并将其引申到冰心的散文创作中:"冰心体"既包含了冰心散文富有诗意美和画面美的特点,强调语言上的贡献,还扩大并包含了"爱的哲学"的思想内容。"冰心体"作为一种独特风格,在中国散文文体建设方面作出了卓越的贡献。

冰心一生著述甚丰,体裁相当广泛,在各个领域均有卓异之成绩。然而,散文和诗歌却是她的文学"利器",成就亦最高、影响也最大。

散文创作贯穿了冰心的一生,各个历史时期均有散文集子出版,如《寄小读者》《再寄小读者》《往事》《我的自传》《关于女人》《关于男人》,都是中国现代文学史上的名著,在我们编选的这本《冰心诗文精选》中均有部分收录。冰心另有《小橘灯》《拾穗小札》《南归》《还乡杂记》等或偏重于抒情或偏重于随笔的散文集子,还有一些文章散见于各个历史时期的报刊中，我们从中精选了数十篇，姑以"美文随笔"为其题目，一并收录于本书中。

冰心的诗歌最著名的当属《繁星》《春水》，限于篇幅我们未能全部收录，只是节选了其中的精华。此外，我们还从散见于其他选本的冰心诗歌中选收了十二首，以便读者对冰心的诗歌创作有个全貌性的认识。

一只小鸟
——偶记前天在庭树下看见的一件事

　　有一只小鸟，它的巢搭在最高的枝子上，它的毛羽还未曾丰满，不能远飞；每日只在巢里啁啾[1]着，和两只老鸟说着话儿，它们都觉得非常的快乐。

　　这一天早晨，它醒了。那两只老鸟都觅食去了。它探出头来一望，看见那灿烂的阳光，葱绿的树木，大地上一片的好景致；它的小脑子里忽然充满了新意，抖刷抖刷翎毛，飞到枝子上，放出那赞美"自然"的歌声来。它的声音里满含着清一轻一和一美，唱的时候，好像"自然"也含笑着倾听一般。

　　树下有许多的小孩子，听见了那歌声，都抬起头来望着——

　　这小鸟天天出来歌唱，小孩子们也天天来听它，最后他们便想捉住它。

　　它又出来了！它正要发声，忽然嗤的一声，一个弹子从下面射来，它一翻身从树上跌下去。

　　斜刺里两只老鸟箭也似的飞来，接住了它，衔上巢去。它的血从树隙里一滴一滴的落到地上来。

　　从此那歌声便消歇了。

　　那些孩子想要仰望着它，听它的歌声，却不能了。

（本篇最初发表于北京《晨报》1920年8月28日）

注释

1. 啁啾：zhōu jiū。鸟鸣声。

导读

　　寥寥 300 多字表达了浓厚的爱的三重奏：一，作者对大自然和小动物的热爱；二，动物之间的爱，作者借两只老鸟对小鸟的爱，歌颂了亲情的伟大；三，作者告诉飞弹打鸟的小朋友，美好的事物人人都爱，而且应该知道怎样去爱——爱应该是伟大的，不应该是自私的。

遥寄印度哲人泰戈尔

　　泰戈尔[1]！美丽庄严的泰戈尔！当我越过"无限之生"的一条界线——生——的时候，你也已经越过了这条界线，为人类放了无限的光明了。

　　只是我竟不知道世界上有你——

　　在去年秋风萧瑟、月明星稀的一个晚上，一本书无意中将你介绍给我，我读完了你的传略和诗文——心中不作别想，只深深的觉得澄澈……凄美。

　　你的极端信仰——你的"宇宙和个人的灵中间有一大调和"的信仰；你的存蓄"天然的美感"，发挥"天然的美感"的诗词，都渗入我的脑海中，和我原来的"不能言说"的思想，一缕缕的合成琴弦，奏出缥缈神奇无调无声的音乐。

　　泰戈尔！谢谢你以快美的诗情，救治我天赋的悲感；谢谢你以超卓的哲理，慰藉我心灵的寂寞。

　　这时我把笔深宵，追写了这篇赞叹感谢的文字，只不过倾吐我的心思，何尝求你知道！

　　然而我们既在"梵[2]"中合一了，我也写了，你也看见了。

1920年8月30日，夜

（本篇最初发表于1920年9月《燕大季刊》第 1 卷第3期，署名阙名，后收入诗、散文集《闲情》）

注释

1．泰戈尔：印度诗人、作家、艺术家、社会活动家。1861年5月7日出生在西孟加拉邦加尔各答市。1878年赴英国学法律，继转入伦敦大学学习英国文学。1880年回国，专门从事文学活动。1913年荣获诺贝尔文学奖。
2．梵：fàn。佛经原用梵文写成，故凡与佛教有关的事物，皆称梵。

导读

　　《遥寄印度哲人泰戈尔》写在作者读过《飞鸟集》半年多以后，因为泰戈尔的诗给她留下了清新隽永的难忘印象。她在这篇散文里，向这位印度诗人描写了自己初读他的诗作后的感受："我读完了你的传略和诗文——心中不作别想，只深深的觉得澄澈……凄美。""泰戈尔！谢谢你以快美的诗情，救治我天赋的悲感；谢谢你以超卓的哲理，慰藉我心灵的寂寞。"

　　泰戈尔的诗使作者十分感动，而泰戈尔诗中流露的思想，同样使她觉得与自己的思想十分合拍："你的极端信仰——你的'宇宙和个人的灵中间有一大调和'的信仰；你的存蓄'天然的美感'，发挥'天然的美感'的诗词，都渗入我的脑海中，和我原来的'不能言说'的思想，一缕缕的合成琴弦，奏出缥缈神奇无调无声的音乐。"她觉得自己的思想与泰戈尔的思想"在'梵'中合一了"。

画——诗

去年冬季大考的时候，我因为抱病，把《圣经》课遗漏了；第二天我好了，《圣经》课教授安女士，便叫我去补考。

那一天是阴天，虽然不下雪，空气却极其沉闷。我无精打采的，夹着一本《圣经》，绕着大院踏着雪，到她住的那座楼上，上了台阶，她已经站在门边，一面含笑着问我"病好了没有"，一面带我到她的书房里去。她坐在摇椅上，我扶着椅背站在炉旁。她接过《圣经》，打开了；略略的问我几节诗篇上的诗句，以后就拿笔自己在本子上写字。我抬起头来，——无意中忽然看见了炉台上倚着的一幅画！

一片危峭的石壁，满附着蓬蓬的枯草。壁上攀援着一个牧人，背着脸，右手拿着竿子，左手却伸下去摩抚岩下的一只小羊，他的指尖刚及到小羊的头上。天空里却盘旋着几只饥鹰。画上的天色，也和那天一样，阴沉——黯淡。

看！牧人的衣袖上，挂着荆棘，他是攀崖逾岭的去寻找他的小羊，可怜的小羊！它迷了路，地下是歧途百出，天上有饥鹰紧追着——到了山穷水尽的地步了。牧人来了！并不责备它，却仍旧爱护它。它又悲痛，又惭悔，又喜欢，只温柔羞怯的，仰着头，挨着牧人手边站着，动也不动。

我素来虽然极爱图画，也有一两幅的风景画，曾博得我半天的凝注。然而我对于它们的态度，却好像是它们来娱悦我，来求我的品鉴赏玩；因此从我这里发出来的，也只有赞叹的话语，和愉快的感情。

这幅画却不同了！它是暗示我，教训我，安慰我。它不容我说出一句话，只让我静穆沉肃的立在炉台旁边。——我注目不动，心中的感想，好似潮水一般的奔涌。一会儿忽然要下泪，这泪，是感激呢？是信仰呢？是得了慰安呢？它不容我说，我也说不出来——这时安女士唤我一声；我回过头去，眼光正射到她膝上的《圣经》——诗篇——清清楚楚的几行字：

"上帝是我的牧者——使我心里苏醒——"

她翻过一页去。我的眼光也移过去，——那面又是清清楚楚的几行字：

　　"诸天述说上帝的荣耀，穹苍传扬他手所创造的……无言无语……声音却流通地极！"

　　那一天的光阴早过去了，那一天的别的印象，也都模糊了。但是这诗情和画意，却是从那时到现在永远没有离开我——

1920年9月6日

（本篇最初发表于1920年9月《燕大季刊》第1卷第3期，
署名谢婉莹，后收入诗、散文集《闲情》）

导读

　　茅盾在《冰心论》中说："一个人的思想被她的生活经验所决定，外来的思想没有'适宜的土壤'不会发芽。"这话是用来说明冰心之所以受到基督教等思想的影响，取决于她那充满了爱的家庭生活经验。在这种生活经验的基础上，冰心明确地说："又因着基督教义的影响，潜隐地形成了我自己的'爱'的哲学。"

　　这篇散文描述了作者在《圣经》课教授安女士房间里看到一幅画时的感受："它是暗示我，教训我，安慰我。它不容我说出一句话，只让我静穆沉肃的立在炉台旁边。"而"这时安女士唤我一声；我回过头去，眼光正射到她膝上的《圣经》——诗篇——清清楚楚的几行字：'上帝是我的牧者——使我心里苏醒——'"

　　画面的意境和《圣经》的诗文形成强烈的激流，冲击着作者的心灵，以致那种感觉"从那时到现在永远没有离开我"。

圈　儿

读《印度哲学概论》至："太子作狮子吼：'我若不断生、老、病、死、忧悲、苦恼，不得阿耨多罗三藐三菩提[1]，要不还此。'"有感而作。

我刚刚出了世，已经有了一个漆黑严密的圈儿，远远的罩定我，但是我不觉得。渐的我往外发展，就觉得有它限制阻抑着，并且它似乎也往里收缩——好害怕啊！圈子里只有黑暗，苦恼悲伤。

它往里收缩一点，我便起来沿着边儿奔走呼号一回。结果呢？它依旧严严密密的罩定我，我也只有屏声静气的，站在当中，不能再动。

它又往里收缩一点，我又起来沿着边儿奔走呼号一回；回数多了，我也疲乏了，——圈儿啊！难道我至终不能抵抗你？永远幽囚在这里面么？

起来！忍耐！努力！

呀！严密的圈儿，终竟裂了一缝。——往外看时，圈子外只有光明，快乐，自由。——只要我能跳出圈儿外！

前途有了希望了，我不是永远不能抵抗它，我不至于永远幽囚在这里面了。努力！忍耐！看我劈开了这苦恼悲伤，跳出圈儿外！

（本篇最初发表于1920年12月《燕大季刊》第1卷第4期，署名婉莹）

注释

1. 阿耨多罗三藐三菩提：耨，nòu。藐，miǎo。菩提，pú tí。佛智名。意思是具有真正的无边的知识，与假知识的"迷"不同，与有所知有所不知不同，相当于上帝的无所不知。也就是佛的境界。

导读

　　本文描写人刚刚出世，就被一个"圈儿"笼罩着，并将伴随一生。圈儿内只有黑暗、苦恼和悲伤，而圈外却是一片光明、快乐和自由。人越长大，圈儿越往里收缩，若想跳出圈儿，只有努力、忍耐。否则，将会被永远囚禁在里面。

　　生活中，人们难免遇到艰难坎坷，人生的路总是布满了荆棘，就像那将人困在黑暗中的"圈儿"。伤心恐惧于事无补，"明知山有虎，偏向虎山行"才能冲出重围。只要勇于面对，就一定能够打破"圈儿"的束缚，摆脱苦恼和悲伤，重见光明。

　　文章体现了含蓄、隐喻之美。

我

照着镜子，看着，究竟镜子里的那个人，是不是我。这是一个疑问！在课室里听讲的我，在院子里和同学们走着谈着的我，从早到晚，和世界周旋的我，众人所公认以为是我的：究竟那是否真是我，也是一个疑问！

众人目中口中的我，和我自己心中的我，是否同为一我，也是一个疑问！

清夜独坐的我，晓梦初醒的我，一年三百六十五天之中偶然有一分钟一秒钟感到不能言说的境象和思想的我，与课室里上课的我，和世界周旋的我，是否同为一我，也是一个疑问。

这疑问永远是疑问！这两个我，永远不能分析。

既没有希望分析他，便须希望联合他。

周旋世界的我呵！在纷扰烦虑的时候，请莫忘却清夜独坐的我！

清夜独坐的我呵！在寂静清明的时候也请莫忘却周旋世界的我！

相顾念！相牵引！拉起手来走向前途去！

（本篇最初发表于1920年12月《燕大季刊》第1卷第4期，署名婉莹）

导读

人生在世，有着各种不得已，周旋世界与清夜独坐时，人对自我的认知也有所不同。每个人身上都有两个"我"，一个在理想中，一个在现实中。面对现实，理想中的自己感到了无尽的痛苦。然而，社会的竞争告诉我们必须学会面对现实中的自己，学会接受现实中的自己，只有这样，才会有成功破茧后展翅飞翔的惬意与轻松。

文章旨在剖析人的行为与内心的关系：只有将周旋的疲惫和独处的反省"相顾念，相牵引"，才能以更真实的自我，走向更遥远的未来。

笑

雨声渐渐的住了，窗帘后隐隐的透进清光来。推开窗户一看，呀！凉云散了，树叶上的残滴，映著月儿，好似萤光千点，闪闪烁烁的动着。——真没想到苦雨孤灯之后，会有这么一幅清美的图画！凭窗站了一会儿，微微的觉得凉意侵入。转过身来，忽然眼花缭乱，屋子里的别的东西，都隐在光云里；一片幽辉，只浸着墙上画中的安琪儿。——这白衣的安琪儿，抱着花儿，扬着翅儿，向着我微微的笑。

"这笑容仿佛在那儿看见过似的，什么时候，我曾……"我不知不觉的便坐在窗口下想，——默默的想。

严闭的心幕，慢慢的拉开了，涌出五年前的一个印象。——一条很长的古道。驴脚下的泥，兀自滑滑的。田沟里的水，潺潺的流着。近村的绿树，都笼在湿烟里。弓儿似的新月，挂在树梢。一边走着，似乎道旁有一个孩子，抱着一堆灿白的东西。驴儿过去了，无意中回头一看。——他抱着花儿，赤着脚儿，向着我微微的笑。

"这笑容又仿佛是那儿看见过似的！"我仍是想——默默的想。

又现出一重心幕来，也慢慢的拉开了，涌出十年前的一个印象。——茅檐下的雨水，一滴一滴的落到衣上来。土阶边的水泡儿，泛来泛去的乱转。门前的麦陇[1]和葡萄架子，都濯[2]得新黄嫩绿的非常鲜丽。——一会儿好容易雨晴了，连忙走下坡儿去。迎头看见月儿从海面上来了，猛然记得有件东西忘下了，站住了，回过头来。这茅屋里的老妇人——她倚着门儿，抱着花儿，向着我微微的笑。

这同样微妙的神情，好似游丝一般，飘飘漾漾的合了拢来，缩在一起。这时心下光明澄静，如登仙界，如归故乡。眼前浮现的三个笑容，一时融化在爱的调和里看不分明了。

1920年

（本篇最初发表于1921年1月《小说月报》第12卷第1号，

后收入小说、散文集《超人》，为上海商务印书馆发行的文学研究会丛书，
1923年5月初版）

注释

1. 麦陇：mài lǒng。亦作"麦垄"。麦田；麦田中的小路。
2. 濯：zhuó。洗。

导读

　　文章不施藻饰，不加雕琢，只是随意点染，勾画了三个画面：一位画中的天使，一位路旁的孩子，一位茅屋里的老妇人，各自捧着一束花。

　　三张笑靥，三束白花，一片空灵。白花映衬着笑靥，真诚、纯净、自然，令人内心一片澄静。"如登仙界,如归故乡。"恍惚间,作者找到了真、善、美——人们追求的最高境界。

五月一号

一号的下午，出门去访朋友，回到家来，忽然起了感触。

是和她的谈话么？半年的朋友，客客气气的，哪有荡气回肠的话语；是因为在她家看的报纸么？今天虽是劳动纪念"工作八小时"，"推翻资本家"，在我却不至有这么深的感动呵！

花架后参天的树影，衬着蔚蓝的天。几只鸟叫着飞过去了——但这又有什么意思？

世界上原来只如此。世界上的人的谈话，原来也只如此。原来我也在世界里，随着这水涡儿转。

不对呵，我何必随着世界转，只要你肯向前走。

目前尽是平庸的人，诈欺的事。若是久滞不进呵，一生也只是如此。然而造物和人已经将前途摆在你眼前，希望的光一闪一闪的，画出快乐的符咒——只在你肯向前，肯奋斗。

一个人实实在在的才能，惟有自己可以知道，他的前途也只有自己可以隐约测定。自己知道了，试验了，有功效了，有希望了，——接着只有三个字：向前走！

现在的地位和生活，已经足意了么？学问和阅历，已经够用了么？若还都有问题，不自安于现在的人，必要向前走！

一个人生在世上，不过这么一回事，轰轰烈烈和浑浑噩噩¹。有什么不同？——然而也何妨在看透世界之后，谈笑雍容²的人间游戏。

十几年来，只低着头向前走，为什么走？人走所以我不得不走。——然而前途是向东呢？向西呢？走着再说！

也曾有数日或数月的决心，某种事业是可做的是必做的，也和平，也温柔，也忍耐，无妨以此消遣人生，走着再说。

路旁偶然发见了异景，偶然驻足，偶然探头，偶然走了一两步。觉得有一点能力含在我里面，前途怎样？走着再说。

愈走愈远，步步引出能力，步步发现了快乐。呀！我原来是有能力的，现在也不向东，也不向西，只向那希望的光中走。康庄大道上同行的人，都不见了。羊肠小径中，前面有几个，后面有几个！这难走的道，果然他们都愿走么？果然，斜出歧途的有几个，停止瞻望的有几个。现在我为什么走？因为人不走。所以我必得走！

走呵！即或走不到，人生不过是这么一回事，何妨人间游戏。

快乐是否人生的必需？未必！然而在希望光中，无妨叫它作鼓舞青年人前进的音乐。

世人以为好的，我未必以为好。但是何妨投其所好，在自己也不过是人间游戏。

书橱里的书，矮几上的箫，桌上的花，笔筒里的尺子，墙外的秋千——这一切又有什么意思？

孩子倒是很快乐的，他们只晓得欢呼跳跃，然而我们又何尝不快乐？

记得有一天在球场上，同着一位同学，走着谈着。她说："在幻想中，常有一本书，名字是"*This is my field*"，这是我的土地——在我精神上闲暇的时候，常常预先布置后来的事业，我是要……你要说我想入非非罢？"我们那天说了许多的话。

又有一晚也是在球场上，月光微澹[3]，风吹树梢。同另一位同学走着谈着，她说："我的幻想中常常有一个理想的学校，一切的设备，我都打算得清清楚楚的。"那晚我们也说了许多的话。

各人心中有他的理想国，有他的乌托邦。这种的谈话，是最有趣味的，是平常我们不多说的。因为每日说的是口里的话，偶然在环境和心境适宜的时候，投机的朋友，遇见了，说的是心里的话。

昨天我和一位同学在阳光下对坐，我们说过十年，再聚一块，互证彼此的事业，那才有意思！大家一笑。

这些事又有什么意思？和五月一号有什么相干？和刚才的朋友又有什么联络？我的原意是什么？

千头万绪中，只挑出一个题目来，是："今天是五月一号，我要诚实的承受造物者和人的意旨，奔向自己认定的前途。立志从今日起，担起这责任来，开始劳动。"

1921年5月1日

（本篇最初发表于1921年6月《燕京大学季刊》第2卷第1、2期，
署名谢婉莹）

注释

1．浑浑噩噩：hún hún è è。浑浑：质朴淳厚。噩噩：严肃的样子。形容质朴
   天真，亦形容糊里糊涂，愚昧无知。
2．雍容：yōng róng。形容仪态温文大方。舒缓，从容不迫。
3．澹：dàn。通"淡"。淡薄，浅淡。

导读

　　五月一日，作者"忽然起了感触"，这一天是国际劳动节，全世界无
产阶级劳动人民共同的节日。作者选择从这一天开始，"我要诚实的承受
造物者和人的意旨，奔向自己认定的前途。立志从今日起，担起这责任来，
开始劳动"。这是诚实而积极的人生态度。

除夕的梦

　　我和一个活泼勇敢的女儿，在梦中建立了一个未来的世界，但是那世界破坏了，我们也因此自杀。

　　仿仿佛佛的从我和她的手里，造成了一个未来的黄金世界，这世界我没有想到能造成，也万不敢想她会造成，然而仿仿佛佛的竟从我和她的手里，造成了未来的黄金世界！

　　心灵里喜乐的华灯，刚刚点着，光明中充满了超妙——庄严。

　　一阵罡风¹吹了来，一切境象²都消灭了，人声近了，似乎无路可走，无家可归。

　　我站在许多无同情的人类中间，看着他们说："是的，这世界是我们造成的，我们是决不走的，我们自杀了，可好？"他们只冷笑着站在四围，我的同伴呢，她低着头坐在那里，我不知道她也有自杀的决心没有。

　　一杯毒水在手里了，我走过去拊³着她的肩说："你看——你呢？"她笑着点一点头，"柏拉图呵！我跟随你。"我抬起头来，一饮而尽，——胸口微微的有一点热。

　　她忽然也站起来了，看着我，也不知道她哪里来的一个弓儿……可怜呵！那箭儿好似弹簧一般……她已经——我的胸口热极了。

　　呜咽——挣扎里，钟摆的声音，渐渐的真了，屋里还是昏暗的，帘外的炉子里，似乎还有微微的火，窗纱边隐隐的露出支撑在夜色里的树枝儿来，——慢慢的定住了神。

　　这都是哪来的事！将来的黄金世界在哪里？创造的精神在哪里？奋斗的手腕在哪里，牺牲的勇气又在哪里？

　　奋斗的末路就是自杀么？

　　为何自己自杀不动心，看别人自杀，却要痛哭？

　　同伴呵！我虽不认识你，我必永不忘记你牺牲的精神！

　　人类呵！你们果真没有同情心么？果真要拆毁这已造成的黄金世界么？

这是一九二〇年的末一夜，阳光再现的时候，就是一九二一年的开始了。

梦儿呵！不妨仍在我和她的手里实现！

同伴呵！我和你，准备着：

创造——奋斗——牺牲！

1921年1月1日早起笔

（本篇最初发表于1921年6月《燕大季刊》第2卷第1、2期合刊，
署名婉莹）

注释

1. 罡风：罡，gāng。道家称天空极高处的风，现在有时用来指强烈的风，有时也用来形容具有极高道法和正气的"风"或"气"。
2. 境象：古代诗学概念。意谓境界之形象，既可指客观外界，也可指外在境象在头脑中的反映。
3. 拊，fǔ。拍。古同"抚"，安抚，抚慰。

导读

在除夕之夜的梦中，作者与女儿建造了一个未来的黄金世界，然而好景不长，一阵罡风吹来，所有美好的景象都随之破灭，人们变得冷漠势利，毫无同情心。创造者为了捍卫这美好的世界不惜慷慨赴死。

噩梦惊醒，作者期盼黎明的到来，因为，阳光再现的时候，新的一年便即将开始了。文末，作者呼唤美好的未来，更呼唤为未来而创造、而奋斗、而牺牲的精神。

宇宙的爱

四年前的今晨，也清早起来在这池旁坐地。

依旧是这青绿的叶，碧澄的水。依旧是水里穿着树影来去的白云。依旧是四年前的我。

这些青绿的叶，可是四年前的那些青绿的叶？水可是四年前的水？云可是四年前的云？——我可是四年前的我？

它们依旧是叶儿，水儿，云儿，也依旧只是四年前的叶儿，水儿，云儿。——然而它们却经过了几番宇宙的爱化，从新的生命里欣欣的长着，活活的流着，自由的停留着。

它们依旧是四年前的，只是渗透了宇宙的爱，化出了新的生命。——但我可是四年前的我？

四年前的它们，只觉得憨嬉活泼，现在为何换成一片的微妙庄严？——但我可是四年前的我？

抬头望月，何如水中看月！一样的天光云影，还添上树枝儿荡漾，圆月儿飘浮，和一个独俯清流的我。

白线般的长墙，横拖在青绿的山上。在这浩浩的太空里，阻不了阳光照临，也阻不了风儿来去，——只有自然的爱是无限的，何用劳苦工夫，来区分这和爱的世界？

坐对着起伏的山，远立的塔，无边的村落平原，只抱着膝儿凝想。朝阳照到发上了，——想着东边隐隐的城围里，有几个没来的孩子，初回家的冰仲，抱病的冰叔，和昨天独自睡在树下的小弟弟，怎得他们也在这儿……

1921年6月18日，在西山

（本篇最初发表于北京《晨报》1921年6月23日）

导读

本文具有强烈的美感，令人陶醉，使人警醒。

人生有限，时间有限，只有爱无限。宇宙的爱，是无限的，无私的，博大的；自然把爱毫不吝啬地给予世间的一切：所有生物，所有的人。

人生短促，只有付出爱心和希望，将个人的爱融入宇宙之爱中，珍惜时间，珍惜身边的人，身边的花草树木、山川河流，才能参透宇宙的爱，化出新的生命。

作者在《谈生命》中说："愿生命中有够多的云翳，来造成一个美丽的黄昏。"沐浴着宇宙博大的爱，让自己成为一个懂得爱的、会爱的人，去过好生命中的每一年，每一天。

山中杂感

溶溶[1]的水月，螭头[2]上只有她和我。树影里对面水边，隐隐的听见水声和笑语。我们微微的谈着，恐怕惊醒了这浓睡的世界。——万籁无声，月光下只有深碧的池水，玲珑雪白的衣裳。这也只是无限之生中的一刹那顷！然而无限之生中，哪里容易得这样的一刹那顷！

夕照里，牛羊下山了，小蚁般缘走在青岩上。绿树丛颠的嫩黄叶子，也衬在红墙边。——这时节，万有都笼盖在寂寞里，可曾想到北京城里的新闻纸上，花花绿绿的都载的是什么事？

只有早晨的深谷中，可以和自然对语。计划定了，岩石点头，草花欢笑。造物者呵！我们星驰的前途，路站上，请你再遥遥的安置下几个早晨的深谷！

陡绝的岩上，树根盘结里，只有我俯视一切。——无限的宇宙里，人和物质的山，水，远村，云树，又如何比得起？然而人的思想可以超越到太空里去，它们却永远只在地面上。

1921年6月20日，在西山

（本篇最初发表于北京《晨报》1921年6月25日）

注释

1. 溶溶：róng róng。流动的样子。
2. 螭头：chī tóu。螭，古代传说的一种动物，蛟龙之属。螭头，古代碑额、殿柱、殿阶及印章等之上所刻的螭形花饰。亦借指殿前雕有螭头形的石阶，这里指螭头形状的岩石。

导读

　　作者以她的生花妙笔，描摹了山中不同时辰的景物，月夜的水声和笑语，黄昏的夕照，早晨的深谷，陡岩的俯视。色彩点染得极其分明，夜色中的月光、池水、白衣；绿树丛中的黄叶、红墙；岩石边的草丛、繁花；山下的远村、云树，均有历历在目之感。虽是静物，却有动静交融之感，使景色显得更加静美、柔和而有生气。

　　这清极、静极、美极的景物，自然地触发了作者的情思，从而抒写了对理想生活的追求，对大自然的热爱，对人生意味的领略。"岩石点头，草花欢笑"，仅仅八字，淡淡几笔，就创造了一个高雅的艺术世界。

回　忆

　　雨后，天青青的，草青青的。土道上添了软泥，削岩下却留着一片澄清的水，更开着一枝雪白的花。也只是小小的自然，何至便低徊不能去？

　　风狂雨骤，黑暗里站在楼阑边。要拿书却怎的不推开门，只凝立在新凉里？——我要数着这涛声里，岛塔上，灯光明灭的数儿，一——二——三——四——五。

　　沉郁的天气。浪儿侵到裙儿边。紫花儿掉下去了，直漾到浪圈外，沉思的界线里。低头看时，原来水上的花，是手里的花。

　　水里只荡漾着堂前的灯光人影。——一会儿，灯也灭了，人也散了。——一时沉黑。——是我的寂寞？是山中的寂寞？

　　是宇宙的寂寞？这池旁本自无人，只剩得夜凉如水，树声如啸。

　　这些事是遽[1]隔数年，这些地也相离千里，却怎的今朝都想起？料想是其中贯穿着同一的我，潭呵，池呵，江呵，海呵，和今朝的雨儿，也贯穿着同一的水。

1921年7月18日

（本篇最初发表于北京《晨报》1921年7月22日）

注释

1. 遽：jù。急，仓猝。

导读

　　人的记忆中总有一些画面，似曾相识；人的一生中总有一些感觉，历久弥新。一场雨，一阵风，一片浪花，不经意间触动了内心深处的某根弦儿，于是，"我"与自然浑然一体，难分彼此。这大概就是"天人合一"的境界吧？

到青龙桥去

如火如荼[1]的国庆日，却远远的避开北京城，到青龙桥去。

车慢慢的开动了，只是无际的苍黄色的平野，和连接不断的天末的远山。——愈往北走，山愈深了。壁立的岩石，屏风般从车前飞过。不时有很浅的浓绿色的山泉，在岩下流着。

山半柿树的叶子，经了秋风，已经零落了，只剩有几个青色半熟的柿子挂在上面。山上的枯草，迎着晨风，一片的和山偃动[2]，如同一领极大的毛毡一般。

"原也是很伟秀的，然而江南……"我无聊的倚着空冷的铁炉站着。

她们都聚在窗口谈笑，我眼光穿过她们的肩上，凝望着那边角里坐着的几个军人。

"军人！"也许潜藏在我的天性中罢，我在人群中常常不自觉的注意军人。

世人呵！饶恕我！我的阅历太浅薄了，真是太浅薄了！我的阅历这样的告诉我，我也只能这样忠诚而勇敢的告诉世人，说："我有生以来，未曾看见过像我在书报上所看的，那种兽性的，沉沦的，罪恶的军人！"

也许阅历欺哄我，但弱小的我，却不敢欺哄世人！

一个朋友和我说，——那时我们正在院里，远远的看我们军人的同学盘杠子[3]——"我每逢看见灰黄色的衣服的人，我就起一种憎嫌和恐怖的战栗。"我看着她郑重的说："我从来不这样想，我看见他们，永远起一种庄肃的思想！"她笑道："你未曾经过兵祸罢！"我说："你呢？"她道："我也没有，不过我常常从书报上，看见关于恶虐的兵士们的故事。"

我深深的悲哀了！在我心中，数年来潜在的隐伏着不能言说的怜悯和抑屈！文学家呵！怎么呈现在你们笔底的佩刀荷枪的人，竟尽是这样的疯狂而残忍？平民的血泪流出来了，军人的血泪，却洒向何处？

笔尖下抹杀了所有的军人，将混沌的，一团黑暗暴虐的群众，铭刻在人们心里。从此严肃的军衣，成了赤血的标帜；忠诚的兵士，成了撒旦的随从。可怜的军人，从此在人们心天中，没有光明之日了！

虽然阅历决然毅然的这般告诉我，我也不敢不信，一般文学家所写的是真确的。军人的群众也和别的群众一般，有好人也更有坏人。然而造成人们对于全体的灰色黄色衣服的人，那样无缘故无条件，概括的厌恶，文学家，无论如何，你们不得辞其咎[4]！

也讲一讲人道罢！将这些勇健的血性的青年，从教育的田地上夺出来，关闭在黑暗恶虐的势力范围里，叫他们不住的吸收冷酷残忍的习惯，消灭他友爱怜悯的本能。有事的时候，驱他们到残杀同类的死地上去；无事的时候，叫他穿着破烂的军衣，吃的是黑面，喝的是冷水，三更半夜的起来守更走队，在悲笳[5]声中度生活。家里的信来了："我们要吃饭！"

回信说："没有钱，我们欠饷七个月了！——"可怜的中华民国的青年男子呵！山穷水尽的途上，哪里是你们的歧路[6]？

我的思潮，那时无限制的升起。无数的观念奔凑，然而时间只不过一瞬。

车门开了，走进三个穿军服的人。第一个，头上是粉红色的帽箍，穿着深黄色的呢外套，身材很高，后面两个略矮一些，只穿着平常的黄色军服，鱼贯的从人丛中，经过我们面前，便一直走向那几个兵丁坐的地方去。

她们略不注意的仍旧看着窗外，或相对谈笑。我却静默的，眼光凝滞的随着他们。

那边一个兵丁站起来了。两块红色的领章，围住瘦长的脖子，显得他的脸更黑了。脸上微微的有点麻子，中人身材，他站起来，只到那稽查的肩际。

粉红色帽箍的那个稽查，这时正侧面对着我们。我看得真切：圆圆的脸，短短的眉毛，肩膊很宽，细细的一条皮带，束在腰上，两手背握着。白绒的手套已经微污了，臂上缠的一块白布，也成了灰色的了，上面写着"察哈尔总站，军警稽查……"以下的字，背着我们看不见了。

他沉声静气的问："你是哪里的，要往哪里去？"那个兵丁笔直的站着，听问便连忙解开外面军衣的钮扣，从里衣袋里，掏出一张名片和护照来，无言的递上。——也许曾说了几句话，但声音很低，我听不见。稽查凝视着他，说："好，但是我们公事公办，就是大总统的片子，也当不了车票呵！而且这护照也只能坐慢车。弟兄！到站等着去罢，只差一点钟工夫！"

军人们！饶恕我那时不道德的揣想。我想那兵丁一定大怒了！我恐怕有个很大的争闹，不觉的退后了，更靠近窗户，好像要躲开流血的事情似的。

稽查将片子放在自己的袋里——那个兵丁低头的站着，微麻的脸上，充满了彷徨，无主，可怜。侧面只看见他很长的睫毛，不住的上下瞬动。

火车仍旧风驰电掣的走着。他至终无言的坐下，呆呆的望着窗外。背后看去，只有那戴着军帽，剪得很短头发的头，和我们在同一的速率中，左右微微动摇。

我深深吸了一口气，放下心来，却立时起了一种极异样的感觉！

到了站了！他无力的站起，提着包儿，往外就走。对面来了一个女人，他侧身恭敬的让过。经过稽查面前，点点头就下车去了。

稽查正和另一个兵丁问答。这个兵丁较老一点，很瘦的脸，眉目间处处显出困倦无力。这时却也很直的站着，声音很颤动，说："我是在……陈副官公馆里，他差我到……去。"

一面也郑重的呈上一张片子。稽查的脸仍旧紧张着，除了眼光上下之外，不见有丝毫情感的表现，他仍旧凝重的说："我知道现在军事是很忙的，我不是不替弟兄们留一线之路。但是一张片子，公事上说不过去。陈副官既是军事机关上的人，他更不能不知道火车上的规矩——你也下去罢！"

老兵丁无言的也下车去了。

稽查转过身来，那边两个很年轻的兵丁，连忙站起，先说："我们到西苑去。"稽查看了护照，笑了笑说："好，你们也坐慢车罢！看你们的服章，军界里可有你们这样不整齐的？国家的体面，哪里去了？车上这许多外国人，你们也不怕他们笑话！"随在稽查后面的两个军人，微笑的上前，将他们带着线头，拖在肩上的两块领章扶起。那两个少年兵丁，惭愧的低头无语。

稽查开了门，带着两个助手，到前面车上去了。

车门很响的关了，我如梦方醒，周身起了一种细微的战栗。——不是憎嫌，不是恐怖，定神回想，呀！竟是最深的惭愧与赞美！

一共是七个人：这般凝重，这般温柔，这样的服从无抵抗！我不信这些情景，只呈露在我的前面……

登上万里长城了！乱山中的城头上，暗淡飘忽的日光下，迎风独立。

四围充满了寂寞与荒凉。除了浅黄色一串的骆驼，从深黄色的山脚下，徐徐走过之外，一切都是单调的！看她们头上白色的丝巾，三三两两的，在城上更远更高处拂拂吹动。我自己留在城半。在我理想中易起感慨的，数千年前伟大建筑物的长城上，呆呆的站着，竟一毫感慨都没有起！

只那几个军人严肃而温柔的神情，平和而庄重的言语，和他们所不自知的，在人们心中无明不白的厌恶：这些事，都重重的压在我弱小的灵魂上——受着天风，我竟不知道世界上还有个我没有！

1922年10月12日夜

（本篇最初发表于《晨报副镌》1922 年 10 月 26 日）

注释

1. 如火如荼：荼，tú，开白花的茅草。像火那样红，像荼那样白。原比喻军容之盛。现用来形容旺盛，热烈或激烈。
2. 偃动：yǎn dòng。起伏摇动。
3. 盘杠子：在单杠上做各种翻腾的动作。
4. 辞其咎：咎，jiù，过失、罪责。辞，推托。推托罪责。
5. 悲笳：悲凉的笳声。笳，古代军中号角，其声悲壮。
6. 歧路：qí lù。岔路口，指分别的地方。

导读

1922 年 10 月，作者避开北京城到青龙桥去。文章记叙、抒发了一路上的经过和感触，作者没有渲染雄伟的长城和沿途的风景，却用相当的笔墨描写了铁路稽查和几个未买票的普通兵丁之间的细小交涉和对话，使她"周身起了一种细微的战栗。——不是憎嫌，不是恐怖，定神回想，呀！竟是最深的惭愧与赞美"。

针对当时一般文学作品中通常对军人形象大多作粗野、残忍甚至有点疯狂的描写，从而"造成人们对于全体的灰色黄色衣服的人那样无缘故无条件，概括的厌恶"，22 岁的作者为此感到深深的不平。她从小生活在当海军将领的父亲身边，周围是辽阔的大海、平静的海港和质朴的海军官兵。她熟悉他们，了解他们，或者说，她爱那些大多来自城乡平民家庭的普通兵丁。她直率地呼喊："文学家呵！怎么呈现在你们的笔底佩刀荷枪的人，竟尽是这样的疯狂而残忍？平民的血泪流出来了，军人的血泪，却洒向何处？"

闲　情

　　弟弟从我头上，拔下发针来，很小心的挑开了一本新寄来的月刊。看完了目录，便反卷起来，握在手里笑说："莹哥，你真是太沉默了，一年无有消息。"

　　我凝思地，微微答以一笑。

　　是的，太沉默了！然而我不能，也不肯忙中偷闲；不自然地，造作地，以应酬为目的地，写些东西。病的神慈悲我，竟赐予我以最清闲最幽静的七天。除了一天几次吃药的时间，是苦的以外，我觉得没有一时，不沉浸在轻微的愉快之中。——庭院无声。枕簟[1]生凉。温暖的阳光，穿过苇帘，照在淡黄色的壁上。浓密的树影，在微风中徐徐动摇。窗外不时的有好鸟飞鸣。这时世上一切，都已抛弃隔绝，一室便是宇宙，花影树声，都含妙理。是一年来最难得的光阴呵，可惜只有七天！黄昏时，弟弟归来，音乐声起，静境便弆然[2]破了。一块暗绿色的绸子，蒙在灯上，屋里一切都是幽凉的，好似悲剧的一幕。镜中照见自己玲珑的白衣，竟悄然的觉得空灵神秘。当屋隅的四弦琴，颤动着，生涩的，徐徐奏起。两个歌喉，由不同的调子，渐渐合一。由悠扬，而宛转；由高吭，而沉缓的时候，怔忪[3]的我，竟感到了无限的怅惘[4]与不宁。小孩子们真可爱，在我睡梦中，偷偷的来了，放下几束花，又走了。小弟弟拿来插在瓶里，也在我睡梦中，偷偷的放在床边几上。——开眼瞥见[5]了，黄的和白的，不知名的小花，衬着淡绿的短瓶。……原是不很香的，而每朵花里，都包含着天真的友情。

　　终日休息着，睡和醒的时间界限，便分得不清。有时在中夜，觉得精神很圆满。——听得疾雷杂以疏雨，每次电光穿入，将窗台上的金钟花，轻淡清澈的映在窗帘上，又急速的隐抹了去。而余影极分明的，印在我的脑膜上。我看见"自然"的淡墨画，这是第一次。

　　得了许可，黄昏时便出来疏散。轻凉袭人。迟缓的步履[6]之间，自觉很弱，而弱中隐含着一种不可言说的愉快。这情景恰如小时在海舟上，——我完全不记得了，是母亲告诉我的，——众人都晕卧，我独不理会，颠顿的自己走上舱面，去看海。凝注之顷，不时的觉得身子一转，已跌坐在甲板上，以为很新鲜，很有趣。每坐下一次，便喜笑个不住，笑完再起来，希望再跌倒。忽忽又是十余年了，不想以弱点为愉乐的心情，至今不改。

　　一个朋友写信来慰问我，说："东坡云'因病得闲殊不恶'，我亦生平善病者，故知能闲真是大工夫，大学问。……如能于养神之外，偶阅《维摩经》尤妙，以天女能道尽众生之病，断无不能自己其病也！恐扰清神，余不敢及。"因病得闲，是第一慊心[7]事，但佛经却没有看。

1922年6月12日

（本篇最初发表于《晨报副镌》1923年6月15日，
后收入诗、散文集《闲情》）

注释

1. 枕簟：zhěn diàn。枕席，泛指卧具。
2. 耆然：xū rán。恍然大悟的样子。
3. 怔忡：zhēng chōng。惊恐不安。
4. 怅惘：chàng wǎng。因失意而心事重重。
5. 瞥见：piē jiàn。很快地看了一下，无意（不经意、不小心、不在意）中看到某事。
6. 步履：bù lǚ。步行，行走；脚步。
7. 慊心：qiè xīn。快意；满意。

导读

　　一室便是宇宙。作者"因病得闲殊不恶"，病了才得闲，闲下来才得到了她的宇宙。

　　人要懂得忙里偷闲。生活本来就应该一张一弛劳逸相间，若一味地紧张劳碌，则不免失去乐趣。

图　画

　　信步走下山门去，何曾想寻幽访胜？转过山坳[1]来，一片青草地，参天的树影无际。树后弯弯的石桥，桥后两个俯蹲在残照里的狮子。

　　回过头来，只一道的断瓦颓垣[2]，剥落的红门，却深深掩闭。原来是故家陵阙[3]！何用来感慨兴亡，且印下一幅图画。半山里，凭高下视，千百的燕子，绕着殿儿飞。城堞般的围墙，白石的甬道[4]，黄绿琉璃瓦的门楼，玲珑剔透。楼前是山上的晚霞鲜红，楼后是天边的平原村树，深蓝浓紫。

　　暮霭[5]里，融合在一起。难道是玉宇琼楼？难道是瑶宫贝阙？何用来搜索诗肠，且印下一幅图画。

　　低头走着，一首诗的断句，忽然浮上脑海来。"四月江南无矮树，人家都在绿阴中。"何用苦忆是谁的著作，何用苦忆这诗的全文。只此已描画尽了山下的人家！

（本篇最初发表于北京《晨报》1923年7月5日）

注释

1．山坳：shān ào。山间平地，两山间的低下处。
2．颓垣：tuí yuán。倾塌的墙。
3．陵阙：líng què。皇帝的陵墓。
4．甬道：yǒng dào。也称为通道，甬路。
5．暮霭：mù ǎi。黄昏时的云雾。

导读

　　品读此文，如同走入一幅图画。草地、树影、石桥、红门、燕子、围墙、甬道、门楼、晚霞，充满诗情画意。作者对美的追求，有一种"清纯"而略带伤感的意境，能够去除浮躁，让人的心安静下来。

好 梦

——为《晨报》周年纪念作

自从太平洋舟中，银花世界之夜以后，再不曾见有团圆的月。

中秋之夕，停舟在慰冰湖上，自黄昏直至夜深，只见黑云屯积了来，湖面显得黯沉沉的。

又是三十天了，秋雨连绵，十四十五两夜，都从雨声中度过，我已拼将明月忘了！

今夜晚餐后，她竟来看我，竟然谈到慰冰风景，竟然推窗——窗外树林和草地，如同罩上一层严霜一般。"月儿出来了！"我们喜出意外的，匆匆披上外衣，到湖旁去。

曲曲折折的离开了径道，从露湿的秋草上踏过，轻软无声。斜坡上再下去，湖水已近接足下。她的外衣铺着，我的外衣盖着，我们无言的坐了下去，微微的觉得秋凉。

月儿并不十分清明。四围朦胧之中，山更青了，水更白了。湖波淡淡的如同叠锦。对岸远处一两星灯火闪烁着。湖心隐隐的听见笑语。一只小舟，载着两个人儿，自淡雾中，徐徐泛入林影深处。

回头看她，她也正看着我，月光之下，点漆的双睛，乌云般的头发，脸上堆着东方人柔静的笑。如何的可怜呵！我们只能用着西方人的言语，彼此谈着。

她说着十年前，怎样的每天在朝露还零的时候，抱着一大堆花儿从野地上回家里去。——又怎样的赤着脚儿，一大群孩子拉着手，在草地上，和着最柔媚的琴声跳舞。到了酣畅处，自己觉得是个羽衣仙子。——又怎样的喜欢作活计。夏日晚风之中，在廊下拈着针儿，心里想着刚看过的书中的言语……这些满含着诗意的话，沁入心脾，只有微笑。

渐渐的深谈了：谈到西方女孩子的活泼，和东方女孩子的温柔；谈到哲学，谈到朋友，引起了很长的讨论，"淡交如水"，是我们不约而同的收束。
结果圆满，兴味愈深，更爽畅的谈到将来的世界，渐渐侵入现在的国际问题。
我看着她，忽然没有了勇气。她也不住的弄着衣缘，言语很吞吐。——然
而我们竟将许多伤心旧事，半明半晦的说过。"最缺憾的是一时的国际问
题的私意！理想的和爱的天国，离我们竟还遥远，然而建立这天国的责任，
正在我们……"她低头说着，我轻轻地接了下去，"正在我们最能相互了
解的女孩儿身上。"

自此便无声响。刚才的思想太沉重了，这云淡风轻的景物，似乎不能
负载。我们都想挣脱出来，却一时再不知说什么好。数十年相关的历史，
几万万人相对的感情，今夜竟都推在我们两个身上——惆怅到不可言说！

百步外一片灯光里，欢乐的歌声悠然而起，穿林渡水而来——我们
都如梦醒，"是西方人欢愉活泼的精神呵！"她含笑的说着，我长吁了一
口气！

思想又扩大了，经过了第二度的沉默——只听得湖水微微激荡，风过
处橡叶坠地的声音。我不能再说什么话，也不肯再说什么话——她忽然温
柔的抚着我的臂说："最乐的时间，就是和最知心的朋友，同在最美的环
境之中，却是彼此静默着没有一句话说！"

月儿愈高，风儿愈凉。衣裳已受了露湿，我们都觉得支持不住。——
很疲缓的站起，转过湖岸，上了层阶，迎面灿然的立着一座灯火楼台。她
邀我到她楼上层里去，捧过纪念本子来，要我留字。题过姓名，在"快乐
思想"的标目之下，我略一沉吟，便提起笔写下去，是："月光的底下，
湖的旁边，和你一同坐着！"

独自归来的路上，瘦影在地。——过去的一百二十分钟，憧憬在我的
心中，如同做了一场好梦。

1923年10月25日夜，闭璧楼，威尔斯利
（本篇最初发表于《晨报副镌》1923年12月1日）

导读

月夜，露湿的秋草，清山，白水，小舟中飘来的欢笑。"我"和女友谈论

着童年的记忆，谈到西方女孩子的活泼，谈到东方女孩子的温柔，谈到哲学，谈到朋友，谈到将来的世界，渐渐地又谈到了国际问题。于是，思想的沉重，"惆怅到不可言说"。直到"灯光里，欢乐的歌声悠然而起，穿林渡水而来——我们都如梦醒"，于是，"憧憬在我的心中，如同做了一场好梦"。

山中杂记
——遥寄小朋友

　　大夫说是养病，我自己说是休息，只觉得在拘管而又浪漫的禁令下，过了半年多。这半年中有许多在童心中可惊可笑的事，不足为大人道。只盼他们看到这几篇的时候，唇角下垂，鄙夷的一笑，随手的扔下。而有两三个孩子，拾起这一张纸，渐渐的感起兴味，看完又彼此嘻笑，讲说，传递；我就已经有说不出的喜欢！本来我这两天有无限的无聊。天下许多事都没有道理，比如今天早起那样的烈日，我出去散步的时候，热得头昏。此时近午，却又阴云密布，大风狂起。廊上独坐，除了胡写，还有什么事可作呢？

　　　　　　　　　　　　　　　　　　1924 年 6 月 23 日，沙穰

一　我怯弱的心灵

　　我小的时候，也和别的孩子一样，非常的胆小。大人们又爱逗我，我的小舅舅说什么《聊斋》[1]，什么《夜谈随录》[2]，都是些僵尸，白面的女鬼等等。在他还说着的时候，我就不自然的惴惴的四顾，塞坐在大人中间，故意的咳嗽。睡觉的时候，看着帐门外，似乎出其不意的也许伸进一只鬼手来。我只这样想着，便用被将自己的头蒙得严严地，结果是睡得周身是汗！

　　十三四岁以后，什么都不怕了。在山上独自中夜走过丛冢，风吹草动，我只回头凝视。满立着狰狞的神像的大殿，也敢在阴暗中小立。母亲屡屡说我胆大，因为她像我这般年纪的时候，还是怯弱的很。

　　我白日里的心，总是很宁静，很坚强，不怕那些看不见的鬼怪。只是近来常常在梦中，或是在将醒未醒之顷，一阵悚然，从前所怕的牛头马面，都积压了来，都聚围了来。我呼唤不出，只觉得怕得很，手足都麻木，灵魂似乎蜷曲着，挣扎到醒来，只见满山的青松，一天的明月。洒然自笑，——这样怯弱的梦，十年来已绝不做了，做这梦时，又有些悲哀！童年的事都是有趣的，怯弱的心情，有时也极其可爱。

二　埋存与发掘

山中的生活，是没有人理的。只要不误了三餐和试验体温的时间，你爱做什么就做什么，医生和看护都不来拘管你。正是童心乘时再现的时候，从前的爱好，都拿来重温一遍。

美国不是我的国，沙穰不是我的家。偶以病因缘，在这里游戏半年，离此后也许此生不再来。不留些纪念，觉得有点过意不去，于是我几乎每日做埋存与发掘的事。

我小的时候，最爱做这些事：墨鱼脊骨雕成的小船，五色纸粘成的小人等等，无论什么东西，玩够了就埋起来。树叶上写上字，掩在土里。石头上刻上字，投在水里。想起来时就去发掘看看，想不起来，也就让它悄悄的永久埋存在那里。

病中不必装大人，自然不妨重做小孩子！游山多半是独行，于是随时随地留下许多纪念，名片，西湖风景画，用过的纱巾等等，几乎满山中星罗棋布[3]。经过芍药花下，流泉边，山亭里，都使我微笑，这其中都有我的手泽！兴之所至，又往往去掘开看看。有时也遇见人，我便扎煞着泥污的手，不好意思的站了起来。本来这些事很难解说。人家问时，说又不好，不说又不好，迫不得已只有一笑。因此女伴们更喜欢追问，我只有躲着她们。那一次一位旧朋友来，她笑说我近来更孩子气，更爱脸红了。童心的再现，有时使我不好意思是真的，半年的休养，自然血气旺盛，脸红那有什么爱不爱的可言呢？

三　古国的音乐

去冬多有风雪。风雪的时候，便都坐在广厅里，大家随便谈笺，开话匣子，弹琴，编绒织物等等，只是消磨时间。

荣是希腊的女孩子，年纪比我小一点，我们常在一处玩。她以古国国民自居，拉我作伴，常常和美国的女孩子戏笑口角。

我不会弹琴，她不会唱，但闷来无事，也就走到琴边胡闹。翻来覆去的只是那几个简单的熟调子。于是大家都笑道："趁早停了罢，这是什么音乐？"她傲然的叉手站在琴旁说："你们懂得什么？这是东西两古国，合奏的古乐，你们哪里配领略！"琴声仍旧不断，歌声愈高，别人的对话，都不相闻。于是大家急了，将她的口掩住，推到屋角去，从后面连椅子连我，一齐拉开，屋里已笑成一团！

最妙的是连"印第阿那的月"等等的美国调子，一经我们用过，以后无论何时，一听得琴声起，大家都互相点头笑说："听古国的音乐呵！"

四　雨雪时候的星辰

寒暑表降到冰点下十八度的时候，我们也是在廊下睡觉。每夜最熟识的就是天上的星辰了。也不过只是点点闪烁的光明，而相看惯了，偶然不见，也有些想望与无聊。

连夜雨雪，一点星光都看不见。荷和我拥衾对坐，在廊子的两角，遥遥谈话。

荷指着说："你看维纳司（Venus）升起了！"我抬头望时，却是山路转折处的路灯。我怡然一笑，也指着对山的一星灯火说："那边是周彼得（Jupiter）呢！"

愈指愈多。松林中射来零乱的风灯，都成了满天星宿。真的，雪花隙里，看不出天空和山林的界限，将繁灯当作繁星，简直是抵得过。

一念至诚的将假作真，灯光似乎都从地上飘起。这幻成的星光，都不移动，不必半夜梦醒时，再去追寻它们的位置。

于是雨雪寂寞之夜，也有了慰安了！

五　她得了刑罚了

休息的时间，是万事不许作的。每天午后的这两点钟，乏倦时觉得需要，睡不着的时候，觉得白天强卧在床上，真是无聊。

我常常偷着带书在床上看，等到看护妇来巡视的时候，就赶紧将书压在枕头底下，闭目装睡。——我无论如何淘气，也不敢大犯规矩，只到看书为止。而璧这个女孩子，往往悄悄的起来，抱膝坐在床上，逗引着别人谈笑。

这一天她又坐起来，看看无人，便指手画脚的学起医生来。大家正卧着看着她笑，看护妇已远远的来了。她的床正对着甬道，卧下已来不及，只得仍旧皱眉的坐着。

看护妇走到廊上。我们都默然，不敢言语。她问璧说，"你怎么不躺下？"璧笑说："我胃不好，不住的打呃，躺下就难受。"看护妇道："你今天饭吃得怎样？"璧慌慌的忍笑的说："还好！"看护妇沉吟了一会便走出去。璧回首看着我们，抱头笑说："你们等着，这一下子我完了！"

果然看见看护妇端着一杯药进来，杯中泡泡作声。璧只得接过，皱眉四顾。我们都用毡子藏着脸，暗暗的笑得喘不过气来。

看护妇看着她一口气喝完了，才又慢慢的出去。璧颓然的两手捧着胸口卧了下去，似哭似笑的说："天呵！好酸！"

她以后不再胡说了，无病吃药是怎样难堪的事。大家谈起，都快意，拍手笑说："她得了刑罚了！"

六 Eskimo

沙穰的小朋友替我上的 Eskimo 的徽号，是我所喜爱的，觉得比以前的别的称呼都有趣。

Eskimo 是北美森林中的蛮族。黑发披裘，以雪为屋。过的是冰天雪地的渔猎生涯。我哪能像他们那样的勇敢？

只因去冬风雪无阻的在林中游戏行走。林下冰湖正是沙穰村中小朋友的溜冰处。我经过，虽然我们屡次相逢，却没有说话。我只觉得他们往往的停了游走，注视着我，互相耳语。

以后医生的甥女告诉我，沙穰的孩子传说林中来了一个 Eskimo。问他们是怎样说法，他们以黑发披裘为证。医士告诉他们说不是 Eskimo，是院中一个养病的人，他们才不再惊说了。

假如我是真的 Eskimo 呢，我的思想至少要简单了好些，这是第一件可羡的事。曾看过一本书上说："近代人五分钟的思想，够原始人或野蛮人想一年的。"人类在生理上，五十万年来没有进步，而劳心劳力的事，一年一年的增加，这是疾病的源泉，人生的不辛！

我愿终身在森林之中，我足踏枯枝，我静听树叶微语。清风从林外吹来，带着松枝的香气。白茫茫的雪中，除我外没有行人。我所见所闻，不出青松白雪之外，我就似可满意了！

出院之期不远，女伴戏对我说："出去到了车水马龙的波士顿街上，千万不要惊倒，这半年的闭居，足可使你成个痴子！"不必说，我已自惊悚，一回到健康道上，世事已接踵而来……我倒愿做 Eskimo 呢。黑发披裘，只是外面的事！

七 说几句爱海的孩气的话

白发的老医生对我说："可喜你已大好了。城市与你不宜，今夏海滨之行，也是取消了为妙。"

这句话如同平地起了一个焦雷！

学问未必都在书本上。纽约，康桥，芝加哥这些人烟稠密的地方，终身不去也没有什么，只是说不许我到海边去，这却太使我伤心了。

我抬头张目的说："不，你没有阻止我到海边去的意思！"

他笑道："是的，我不愿意你到海边去，太潮湿了，于你新愈的身体没有好处。"

我们争执了半点钟，至终他说："那么你去一个礼拜罢！"他又笑说："其实秋后的湖上，也够你玩的了！"

我爱慰冰，无非也是海的关系。若完全的叫湖光代替了海色，我似乎不大甘心。

可怜，沙穰的六个多月，除了小小的流泉外，连慰冰都看不见！山也是可爱的，但和海比，的确比不起。我有我的理由！人常常说："海阔天空。"只有在海上的时候，才觉得天空阔远到了尽量处。在山上的时候，走到岩壁中间，有时只见一线天光。即或是到了山顶，而因着天末是山，天与地的界线便起伏不平，不如水平线的齐整。

海是蓝色灰色的。山是黄色绿色的。拿颜色来比，山也比海不过，蓝色灰色含着庄严淡远的意味，黄色绿色却未免浅显小方一些。固然我们常以黄色为至尊，皇帝的龙袍是黄色的，但皇帝称为"天子"，天比皇帝还尊贵，而天却是蓝色的。

海是动的，山是静的；海是活泼的，山是呆板的。昼长人静的时候，天气又热，凝神望着青山，一片黑郁郁的连绵不动，如同病牛一般。而海呢，你看她没有一刻静止！从天边微波粼粼的直卷到岸边，触着崖石，更欣然的溅跃了起来，开了灿然万朵的银花！

四围是大海，与四围是乱山，两者相较，是如何滋味，看古诗便可知道。比如说海上山上看月出。古诗说："南山塞天地，日月石上生[4]。"细细咀嚼，这两句形容乱山，形容得极好，而光景何等臃肿，崎岖，僵冷，读了不使人生快感。而"海上生明月，天涯共此时[5]"，也是月出，光景却何等妩媚，遥远，璀璨！

原也是的。海上没有红白紫黄的野花，没有蓝雀红襟等等美丽的小鸟。然而野花到秋冬之间，便都萎谢，反予人以凋落的凄凉。海上的朝霞晚霞，天上水里反映到不止红白紫黄这几个颜色。这一片花，却是四时不断的。说到飞鸟，蓝雀红襟自然也可爱，而海上的沙鸥，白胸翠羽，轻盈的飘浮在浪花之上，"凌波微步，罗袜生尘[6]"。看见蓝雀红襟，只使我联想到"山禽自唤名[7]"，而见海鸥，却使我联想到千古颂赞美人，颂赞到绝顶的句子，是"婉若游龙，翩若惊鸿[8]"！

在海上又使人有透视的能力，这句话天然是真的！你倚阑俯视，你不由自主的要想起这万顷碧琉璃之下，有什么明珠，什么珊瑚，什么龙女，什么鲛纱。在山上呢，很少使人想到山石黄泉以下，有什么金银铜铁。因为海水透明，天然的有引人们思想往深里去的趋向。

简直越说越没有完了，总而言之，统而言之，我以为海比山强得多。说句极端的话，假如我犯了天条，赐我自杀，我也愿投海，不愿坠崖！

争论真有意思！我对于山和海的品评，小朋友们愈和我辩驳愈好。"人心之不同，各如其面[9]"，这样世界上才有个不同和变换。假如世界上的人都是一样的脸，我必不愿见人。假如天下人都是一样的嗜好，穿衣服的颜色式样都是一般的，则世界成了一个大学校，男女老幼都穿一样的制服。想至此不但好笑，而且无味！再一说，如大家都爱海呢，大家都搬到海上去，我又不得清静了！

八　他们说我幸运

山做了围墙，草场成了庭院，这一带山林是我游戏的地方。早晨朝露还颗颗闪烁的时候，我就出去奔走，鞋袜往往都被露水淋湿了。黄昏睡起，短裙卷袖，微风吹衣，晚霞中我又游云似的在山路上徘徊。

固然的，如词中所说："落日解鞍芳草岸，花无人戴，酒无人劝，醉也无人管[10]！"不是什么好滋味；而"无人管"的情景，有时却真难得。你要以山中踯躅[11]的态度，移在别处，可就不行。在学校中，在城市里，是不容你有行云流水的神意的。只因管你的人太多了！

我们楼后的儿童院，那天早晨我去参观了。正值院里的小朋友们在上课，有的在默写生字，有的在做算学。大家都有点事牵住精神，而忙中偷闲，还暗地传递小纸条，偷说偷玩，小手小脚，没有安静的时候。这些孩子我都认得，只因他们在上课，我只在后面悄悄的坐着，不敢和他们谈话。

不见黑板六个月了，这倒不觉得怎样。只是看见教员桌上那个又大又圆的地球仪，满屋里矮小的桌子椅子，字迹很大的卷角的书，倏时将我唤回到十五年前去。而黑板上写着的方程式，以及站在黑板前扶头思索，将粉笔在手掌上乱画的小朋友，我看着更觉得有一种说不出的怅惘。窗外日影徐移，虽不是我在上课，而我呆呆的看着壁上的大钟，竟有急盼放学的意思！

放学了，我正和教员谈话，小朋友们围拢来将我拉开了。保罗笑问我说："你们那楼里也有功课么？"我说："没有，我们天天只是玩！"彼得笑叹道："你真是幸运！"

他们也是休养着，却每天仍有四点钟的功课。我出游的工夫，只在一定的时间里，才能见着他们。

唤起我十五年前的事，惭愧"三七二十一，四七二十八"的背乘数表等等，我已算熬过去，打过这一关来了！而回想半年前，厚而大的笔记本，满屋满架的参考书，教授们流水般的口讲，……如今病好了，这生活还必须去过，又是怃然。

这生活还必须去过。不但人管，我也自管。"哀莫大于心死[12]"，被人管的时候，传递小纸条偷说偷玩等事，还有工夫做。而自管的时候，这种动机竟然没有。十几年的训练，使人绝对的被书本征服了！

小朋友，"幸运"这两字又岂易言？

九　机器与人类幸福

小朋友一定知道机器的用处和好处，就是省人力，能在很短的时间内做很重大的工作。

在山中闲居，没有看见别的机器的机会，而山右附近的农园中的机器，已足使我赞叹。

他们用机器耕地，用机器撒种，以至于刈割等等，都是机器一手经理。那天我特地走到山前去，望见农人坐在汽机上，开足机力，在田地上突突爬走。很坚实的地土，汽机过处，都水浪似的，分开两边，不到半点钟工夫，很宽阔一片地，都已耕松了。农人从衣袋里掏出表来一看，便缓缓的捩[13]转汽机，回到园里去。我也自转身。不知为何，竟然微笑。农人运用大机器，而小机器的表，又指挥了农人。我觉得很滑稽！

我小的时候，家园墙外，一望都是麦地。耕种收割的事，是最熟见不过的了。农夫农妇，汗流浃背的蹲在田里，一锄一锄的掘，一镰刀一镰刀的割。我在旁边看着，往往替他们吃力，又觉得迟缓的可怜！

两下里比起来，我确信机器是增进人类幸福的工具。但昨天我对于此事又有点怀疑。

昨天一下午，楼上楼下几十个病人都没有睡好！休息的时间内，山前耕地的汽机，轧轧的声满天地。酷暑的檐下，蒸炉一般热的床上，听着这单调而枯燥，震耳欲聋的铁器声，连续不断，脑筋完全跟着它颠簸了。焦躁加上震动，真使人有疯狂的倾向！

楼上下一片喃喃怨望声，却无法使这机器止住。结果我自己头痛欲裂。楼下那几个日夜发烧到一百零三，一百零四度的女孩子，我真替她们可怜，更不知她们烦恼到什么地步！农人所节省的一天半天的工夫，和这几十个病人，这半日精神上所受的痛苦和损失，比较起来，相差远了！机器又似乎未必能增益人类的幸福。

想起幼年我的书斋只和麦地隔一道墙。假如那时的农人也用机器，简直我的书不用念了！

这声音直到黄昏才止息。我因头痛，要出去走走，顺便也去看看那害我半日不得休息的汽机。——走到田边，看见三四个农人正站着踌躇，手臂都叉在腰上，摇头叹息。原来机器坏了。这座东西笨重的很，十个人也休想搬得动，只得明天再开一座汽机来拉它。

我一笑就回来了——

十　鸟兽不可与同群

女伴都笑苿玲是个傻子。而她并没有傻子的头脑，她的话有的我很喜欢。她说："和人谈话真拘束，不如同小鸟小猫去谈。它们不扰乱你，而且温柔的静默的听你说。"

我常常看见她坐在樱花下，对着小鸟，自说自笑。有时坐在廊上，抚着小猫，半天不动。这种行径，我并不觉得讨厌，也许就是因此，女伴才赠她以傻子的徽号，也未可知。

和人谈话未必真拘束，但如同生人，大人先生等等，正襟危坐的谈起来，却真不能说是乐事。十年来正襟危坐谈话的时候，一天比一天的多。我虽也做惯了，但偶有机会，我仍想释放我自己。这半年我就也常常做傻子了！

第一乐事，就是拔草喂马。看着这庞然大物，温驯的磨动它的松软的大口，和齐整的大牙，在你手中吃嚼青草的时候，你觉得它有说不尽的妩媚。

每日山后牛棚，拉着满车的牛乳罐的那匹斑白大马，我每日喂它。乳车停住了，驾车人往厨房里搬运牛乳，我便慢慢的过去。在我跪伏在樱花底下，拔那十样锦 [14] 的叶子的时候，它便侧转那狭长而良善的脸来看我，表示它的欢迎与等待。我们渐渐熟识了，远远的看见我，它便抬起头来。我相信我离开之后，它虽不会说话，它必每日的怀念我。

还有就是小狗了。那只棕色的，在和我生分的时候，曾经吓过我。那一天雪中游山，出其不意在山顶遇见它，它追着我狂吠不止，我吓得走不动。它看我吓怔了，才住了吠，得了胜利似的，垂尾下山而去。我看它走了，一口气跑了回来。一夜没有睡好，心脉每分钟跳到一百十五下。

女伴告诉我，它是最可爱的狗，从来不咬人的。以后再遇见它，我先呼唤它的名字，它竟摇尾走了过来。自后每次我游山，它总是前前后后的跟着走。山林中雪深的时候，光景很冷静。它总算助了我不少的胆子。

此外还有一只小黑狗，尤其跳荡可爱。一只小白狗，也很驯良。

我从来不十分爱猫。因为小猫很带狡猾的样子，又喜欢抓人。医院中有一只小黑猫，在我进院的第二天早起刚开了门，它已从门隙塞进来，一跃到我床上，悄悄的便伏在我的怀前，眼睛慢慢的闭上，很安稳的便要睡着。我最怕小猫睡时呼吸的声音！我想推它，又怕它抓我。那几天我心里又难过，因此愈加焦躁。幸而看护妇不久便进来！我皱眉叫她抱出这小猫去。

以后我渐渐的也爱它了。它并不抓人。当它仰卧在草地上，用前面两只小爪，拨弄着玫瑰花叶，自惊自跳的时候，我觉得它充满了活泼和欢悦。

小鸟是怎样的玲珑娇小呵！在北京城里，我只看见老鸦和麻雀。有时也看见啄木鸟。在此却是雪未化尽，鸟儿已成群的来了。最先的便是青鸟。西方人以青鸟为快乐的象征，我看最恰当不过。因为青鸟的鸣声中，婉转的报着春的消息。

知更雀的红胸，在雪地上，草地上站着，都极其鲜明。小蜂雀更小到无可苗条，从花梢飞过的时候，竟要比花还小。我在山亭中有时抬头瞥见，只屏息静立，连眼珠都不敢动，我似乎恐怕将这弱不禁风的小仙子惊走了。

此外还有许多毛羽鲜丽的小鸟，我因找不出它们的中国名字，只得阙疑。早起朝日未出，已满山满谷的起了轻美的歌声。在朦胧的晓风之中，倚枕倾听，使人心魂俱静。春是鸟的世界，"以鸟鸣春"和"春眠不觉晓，处处闻啼鸟[15]"，这两句话，我如今彻底的领略过了！

我们幕天席地的生涯之中，和小鸟最相亲爱。玫瑰和丁香丛中更有青鸟和知更雀的巢。那巢都是筑得极低，一伸手便可触到。我常常去探望小鸟的家庭，而我却从不做偷卵捉雏等等破坏它们家庭幸福的事。我想到我自己不过是暂时离家，我的母亲和父亲已这样的牵挂。假如我被人捉去，关在笼里，永远不得回来呢，我的父亲母亲岂不心碎？我爱自己，也爱雏鸟，我爱我的双亲，我也爱雏鸟的双亲！

而且是怎样有趣的事，你看小鸟破壳出来，很黄的小口，毛羽也很稀疏，觉得很丑。它们又极其贪吃，终日张口在巢里啾啾的叫！累得它母亲飞去飞回的忙碌。渐渐的长大了，它母亲领它们飞到地。它们的毛羽很蓬松，两只小腿蹒跚[16]的走，看去比它们的母亲还肥大。它们很傻的样子，茫然的跟着母亲乱跳。母亲偶然啄得了一条小虫，它们便纷然的过去，啾啾的争着吃。早起母亲教给它们歌唱，母亲的声音极婉转，它们的声音，却很憨涩。这几天来，它们已完全的会飞了，会唱了，也知道自己觅食，不再累它们的母亲了。前天我去探望它们时，这些雏鸟已不在巢里，它们已筑起新的巢了，在离它们的父母的巢不远的枝上，它们常常来看它们的父母的。

还有虫儿也是可爱的。藕合色的小蝴蝶，背着圆壳的蜗牛，嗡嗡的蜜蜂，甚至于水里每夜乱唱的青蛙，在花丛中闪烁的萤虫，都是极温柔，极其孩气的。你若爱它，它也爱你们。因为它们太喜爱小孩子。大人们太忙，没有工夫和它们玩。

注释

1. 《聊斋》：《聊斋志异》，简称《聊斋》，俗名《鬼狐传》，是中国清代著名小说家蒲松龄创作的一部文言短篇小说集。

2. 《夜谈随录》：又称《夜谭随录》，作者为和邦额（生卒不详），号闲斋、霁园，乾隆年间人。出身满族官僚家庭，曾任县令。其所著志怪小说集《夜谈随录》，仿效《聊斋志异》而成就不及。

3. 星罗棋布：xīng luó qí bù。像天空的星星和棋盘上的棋子那样分布着。形容数量很多，分布很广。

4. 南山塞天地，日月石上生：南山很高，连接这天和地，太阳和月亮升起来的时候就像是从南山中升起的。语出《游终南山》，作者是唐代诗人孟郊。

5. 海上生明月，天涯共此时：语出《望月怀远》，是唐朝诗人张九龄所作，乃望月怀思的名篇，写景抒情并举，情景交融。

6. 凌波微步，罗袜生尘：语出三国魏·曹植《洛神赋》。

7. 山禽自唤名：语出唐代诗人宋之问所作五言律诗《陆浑山庄》。

8. 婉若游龙，翩若惊鸿：曹植在《洛神赋》中用"翩若惊鸿，婉若游龙"来描绘洛神美态。后来人们就用"婉若游龙，翩若惊鸿"形容女性轻盈如雁之身姿。

9. 人心之不同，各如其面：世界上两个个性完全相同的人是不存在的。语出《左传·襄公三十一年》。

10. 落日解鞍芳草岸，花无人戴，酒无人劝，醉也无人管：语出南宋词人黄公绍的《青玉案》。

11. 踟蹰：zhí zhú。形容慢慢地走，徘徊不前。

12. 哀莫大于心死：最可悲哀的事，莫过于思想顽钝，麻木不仁。也就是最大的悲哀莫过于心情沮丧、意志消沉到不能自拔。语出《庄子·田子方》。

13. 捩：liè。扭转。

14. 十样锦：又名唐菖蒲（学名：Gladiolus gandavensis），原种产于南非。乃属鸢尾科球根植物。它与玫瑰，康乃馨和扶郎花被誉为"世界四大切花"。

15.春眠不觉晓，处处闻啼鸟：语出唐代诗人孟浩然的《春晓》。
16.蹒跚：pán shān。因为腿脚不灵便，走路缓慢摇摆的样子。

导读

　　冰心最喜爱的文学形式是散文，她的散文常给读者一种近似抒情诗和风景画之美感。母爱与童真在《山中杂记》中占有很重的一部分，作品以清倩灵活、清新隽丽的文笔，用孩子般的天真、固执、极端的语气，谈"海"与"山"的比较，从颜色、动静、视野、透视力诸方面，说明"海比山强得多"。文中描写"海"的文字，颇能显示作者的散文艺术个性，对颜色之感受更是别具韵味，饱含了作者哲学的、历史的甚至心理学的丰富思索。

绮色佳

一

明月穿过杨柳，自涧上来。泉水一片片的，曲折的，泻下层石，在潺潺[1]的流着。树枝在岩上，低垂的，繁响的摇动着。月光便在这两两把握不定的灵境中颤漾着！涧中深空得起了沉沉的同音。两旁的岩影黑得入了神秘。桥上已断绝行人。泉水的灵光中的细吟，和着我的清唱。轻风自身旁燕子般掠过，在怜惜讽笑这一身客寄[2]的孩子。他问我，"你是何人？到此何事？千百万年中为何有此瞥的相遇？"徘徊凄动，凉露侵衣——这些都是画中境呵，我做了画中人！

1925 年 7 月 1 日夜

二

刚做了三山光明，星落如雨的梦，黄昏时醒来到了湖上。月儿正到了将圆未圆时节！夕阳已落，霞光未退。鱼肚白的，淡红的，紫的，层层融化在天末，漾浮在水面，将水上舟上的人儿，轻卷在冰绡[3]褶里。月儿渐渐高了。湖上泛来一阵轻云，淡淡的，要梦化了这水天世界！遥望见岸上整齐的点点的灯光映到水罩，是弯弯曲曲的一缕缕一条条，光丝竟欲牵到船下！四围紫山，圈住这茫茫光影。是花？非花！是雾？非雾！是梦？非梦！人世间决不能有此梦，决擎受[4]不起此梦！月光照着我的衣裳，告诉我，"有你在，有我在，决不能是梦！"湖水叩着船舷，告诉我，"你在船上，我在船旁，上有湖天，湖月，中有湖山。这一切都互相印证，决不能是梦！"惘然[5]蘧然[6]，不知所答——这些都是诗中境呵，我做了诗中人！

1915 年 8 月 2 日夜

三

自黄昏坐到夜里。历落的星辰在深密的松梢闪烁。层层碑碣[7]间的青草地下，累累地掩埋着许多荣名，热爱，才艳与青春。我含着彷徨之泪，扶着碑石，一一的唤起，墓中人，珍重的问他。他说："人生不过数十年，何必多寻事作？"我说，"正以人生不过数十年，所以要多寻事作。"语声未了，我觉得我的远怀与奢望，在墓中人唇边鄙夷的一笑中消灭！自然要输与过来人，但我这俊彩星驰的路程，却如何止息？悲剧的本质是：心灵与心灵的冲突，事业与事业的冲突，人物与人物的冲突。终有一方烛灭香消，风流云散。我不甘消灭，我不甘流散，而人生本质是悲剧，具大智慧善知识者尤其是剧中之重要脚色，我将奈何！才觉得冷露已湿透了我的轻蓝衫子，四野风来，松影森立——这是悲剧之一幕呵，我做了剧中人！

1925 年 8 月 7 日夜

（本篇最初发表于1926年5月20日《留美学生季报》第11卷第2号）

注释

1. 潺潺：chán chán。水缓缓流动的样子；溪流、泉水等流动时淅淅沥沥的声音。
2. 客寄：寄居异乡。
3. 冰绡：bīng xiāo。薄而洁白的丝绸。
4. 擎受：qíng shòu。承受。
5. 惘然：wǎng rán。失意的样子；心中若有所失的样子。
6. 蘧然：qú rán。惊喜，惊觉。
7. 碑碣：bēi jié。碑刻的统称。

导读

1925 年夏天，作者来到坐落在纽约东部 Ithaca(绮色佳) 小城的康乃尔大学暑期学校补习法语。使她惊喜不已的是，吴文藻为了去哥伦比亚大学攻读硕士学位，也来此补习法语。或许冥冥之中，他们心中播下的爱情种子，感动了上天，给予了他们在绮色佳的重逢和朝夕相伴的机会。

　　绮色佳依山傍水，瀑布与山泉在松林间时隐时现，幽深至极，是求学的世外桃源。作者在如此美丽的地方与吴文藻邂逅，结伴求学，其快乐的心境溢于言表。他们成了"画中人"、"诗中人"。在这如诗如画的人间仙境中，他们朝夕相处，彼此的感情已到了难舍难分的程度。

南 归
——贡献给母亲在天之灵

去年秋天，楫自海外归来，住了一个多月又走了。他从上海十月三十日来信说："……今天下午到母亲墓上去了，下着大雨。可是一到墓上，阳光立刻出来。母亲有灵！我照了六张相片。照完相，雨又下起来了。姊姊！上次离国时，母亲在床上送我，嘱咐我，不想现在是这样的了……"

我的最小偏怜的海上漂泊的弟弟！我这篇《南归》，早就在我心头，在我笔尖上。只因为要瞒着你，怕你在海外孤身独自，无人劝解时，得到这震惊的消息，读到这一切刺心刺骨的经过。我挽住了如澜的狂泪，直待到你归来，又从我怀中走去。在你重过飘泊的生涯之先，第一次参拜了慈亲的坟墓之后，我才来动笔！你心下一切都已雪亮了。大家颤栗相顾，都已做了无母之儿，海枯石烂，世界上慈怜温柔的恩福，是没有我们的分了！我纵然尽写出这深悲极恸[1]的往事，我还能在你们心中，加上多少痛楚？！我还能在你们心中，加上多少痛楚？！

现在我不妨解开血肉模糊的结束，重理我心上的创痕。把心血呕尽，眼泪倾尽，和你们恣情开怀的一恸，然后大家饮泣收泪，奔向母亲要我们奔向的艰苦的前途！

我依据着回忆所及，并参阅藻的日记，和我们的通信，将最鲜明，最灵活，最酸楚的几页，一直写记了下来。我的握笔的手，我的笔儿，怎想到有这样运用的一天！怎想到有这样运用的一天！

前冬十二月十四日午，藻和我从城中归来，客厅桌上放着一封从上海来的电报，我的心立刻震颤了。急忙的将封套拆开，上面是"……母亲云，如决回，提前更好"，我念完了，抬起头来，知道眼前一片是沉黑的了！

藻安慰我说："这无非是母亲想你，要你早些回去，决不会怎样的。"我点点头。上楼来脱去大衣，只觉得全身战栗，如冒严寒。下楼用饭之先，我打电话到中国旅行社买船票。据说这几天船只非常拥挤，须等到十九日顺天船上，才有舱位，而且还不好。我说无论如何，我是走定了。即使是猪圈，是狗窦[2]，只要能把我渡过海去，我也要蜷伏几宵——就这样的定下了船票。

夜里如同睡在冰穴中，我时时惊跃。我知道假如不是母亲病的危险，父亲决不会在火车断绝，年假未到的时候，催我南归。他拟这电稿的时候，虽然有万千的斟酌使词气缓和，而背后隐隐的着急与悲哀是掩不住的——藻用了无尽的言语来温慰我；说身体要紧，无论怎样，在路上，在家里，过度的悲哀与着急，都与自己母亲是无益有害的。这一切我也知道，便饮泪收心的睡了一夜。

以后的几天，便消磨在收拾行装，清理剩余手续之中。那几天又特别的冷。朔风怒号，楼中没有一丝暖气。晚上藻和我总是强笑相对，而心中的怔忡[3]，孤悬，恐怖，依恋，在不语无言之中，只有钟和灯知道了！

杰还在学校里，正预备大考。南归的消息，纵不能瞒他，而提到母亲病的推测，我们在他面前，总是很乐观的，因此他也还坦然。天晓得，弟弟们都是出乎常情的信赖我。他以为姊姊一去，母亲的病是不会成问题的。可怜的孩子，可祝福的无知的信赖！

十八日的下午四时二十五分的快车，藻送我到天津。这是我们蜜月后的第一次同车，虽然仍是默默的相挨坐着，而心中的甜酸苦乐，大不相同了！窗外是凝结的薄雪，窗隙吹进砭骨[4]的冷风，斜日黯然，我已经觉得腹痛。怕藻着急，不肯说出，又知道说了也没用，只不住的喝热茶。七点多钟到天津，下了月台，我已痛得走不动了。好容易挣出站来，坐上汽车，径到国民饭店，开了房间，我一直便躺在床上。藻站在床前，眼光中露出无限的惊惶："你又病了？"我呻吟着点一点头。——我以后才发现这病是慢性的盲肠炎。这病根有十年了，一年要发作一两次。每次都痛彻心腑，痛得有时延长至十二小时。行前为预防途中复发起见，曾在协和医院仔细验过，还看不出来。直到以后从上海归来，又患了一次，医生才绝对的肯定，在协和开了刀，这已是第二年三月中的事了。

这夜的痛苦，是逐秒逐分的加紧，直到夜中三点。我神志模糊之中，只觉得自己在床上起伏坐卧，呕吐，呻吟，连藻的存在都不知道了。中夜以后，才渐渐的缓和，转过身来对坐在床边拍抚着我的藻，作颓乏的惨笑。他也强笑着对我摇头不叫我言语。慢慢的替我卸下大衣，严严的盖上被。

我觉得刚一闭上眼，精魂便飞走了！

　　醒来眼里便满了泪：病后的疲乏，临别的依恋，眼前旅行的辛苦，到家后可能的恐怖的事实，都到心上来了。对床的藻，正做着可怜的倦梦。一夜的劳瘁，我不忍唤醒他，望着窗外天津的黎明，依旧是冷酷的阴天！我思前想后，除了将一切交给上天之外，没有别的方法了！

　　这一早晨，我们又相倚的坐着。船是夜里十时开，藻不能也不敢说出不让我走的话，流着泪告诉我："你病得这样！我是个穷孩子，忍心的丈夫。我不能陪你去，又不能替你预备下好舱位，我让你自己在这时单身走！"他说着哽咽了。我心中更是甜酸苦辣，不知怎么好，又没有安慰他的精神与力量，只有无言的对泣。

　　还是藻先振起精神来，提议到梁任公家里，去访他的女儿周夫人，我无力的赞成了。到那里蒙他们夫妇邀去午饭。席上我喝了一杯白兰地酒，觉得精神较好。周夫人对我提到她去年的回国，任公先生的病以及他的死。悲痛沉挚之言，句句使我闻之心惊胆跃，最后实在坐不住，挣扎着起来谢了主人。发了一封报告动身的电报到上海，两点半钟便同藻上了顺天船。

　　房间是特别官舱，出乎意外的小！又有大烟囱从屋角穿过。上铺已有一位广东太太占住，箱儿篓儿，堆满了一屋。幸而我行李简单，只一副卧具，一个手提箱。藻替我铺好了床，我便蜷曲着躺下。他也蜷伏着坐在床边。门外是笑骂声，叫卖声，喧呶[5]声，争竞声；杂着油味，垢腻味，烟味，咸味，阴天味；一片的拥挤，窒塞，纷扰，叫嚣！我忍住呼吸，闭着眼。藻的眼泪落在我的脸上："爱，我恨不能跟了你去！这种地方岂是你受得了的！"我睁开眼，握住他的手："不妨事，我原也是人类中之一！"

　　直挨到夜中九时，烟囱旁边的横床上，又来了一位女客，还带着一个小女儿。屋里更加紧张拥挤了，我坐了起来，拢一拢头发，告诉藻："你走罢，我也要睡一歇，这屋里实在没有转身之地了！"因着早晨他说要坐三等车回北平去，又再三的嘱咐他："天气冷，三等车上没有汽炉，还是不坐好。和我同甘苦，并不在于这情感用事上面！"他答应了我，便从万声杂沓之中挤出去了。

　　——到沪后，得他的来信说："对不起你，我毕竟是坐了三等车。试想我看着你那样走的，我还有什么心肠求舒适？即此，我还觉得未曾分你的辛苦于万一！更有一件可喜的事，我将剩下的车费在市场的旧书摊上，买了几本书了⋯⋯"

这几天的海行，窗外只看见塘沽的碎裂的冰块，和大海的洪涛。人气蒸得模糊的窗眼之内，只听得人们的呕吐。饭厅上，茶房连迭声叫"吃饭咧！"以及海客的谈时事声，涕唾声。这一百多钟头之中，我已置心身于度外，不饮不食，只求能睡，并不敢想到母亲的病状。睡不着的时候，只瞑目退思夏日蜜月旅行中之西湖莫干山的微蓝的水，深翠的竹，以求超过眼前地狱景况于万一！

二十二日下午，船缓缓的开进吴淞口，我赶忙起来梳头着衣，早早的把行装收拾好。上海仍是阴天！我推测着数小时到家后可能的景况，心灵上只有战栗，只有祈祷！江上的风吹得萧萧的。寒星般的万船楼头的灯火，照映在黄昏的深黑的水上，画出弯颤的长纹。晚六时，船才缓缓的停在浦东。我又失望，又害怕，孤身旅行，这还是第一次。这些脚夫和接水，我连和他们说话的胆量都没有，只把门紧紧的关住，等候家里的人来接。直等到七点半，客人们都已散尽，连茶房都要下船去了。无可奈何，才开门叫住了一个中国旅行社的接客，请他照应我过江。

我坐在颠簸的摆渡上，在水影灯光中，只觉得不时摇过了黑而高大的船舷下，又越过了几只横渡的白篷带号码的小船。在料峭的寒风之中，淋漓精湿的石阶上，踏上了外滩。大街楼顶广告上的电灯联成的字，仍旧追逐闪烁着。电车仍旧是隆隆不绝的往来的走着。我又已到了上海！万分昏乱的登上旅行社运箱子的汽车，连人带箱子从几个又似迅速又似疲缓的转弯中，便到了家门口。

按了铃，元来开门，我头一句话，是"太太好了么？"他说："好一点了。"我顾不得说别的，便一直往楼上走。父亲站在楼梯的旁边接我。走进母亲屋里，华坐在母亲床边，看见我站了起来。小菊倚在华的膝旁，含羞的水汪汪的眼睛直望着我。我也顾不得抱她，我俯下身去，叫了一声"妈！"看母亲时，真病得不成样子了！所谓"骨瘦如柴"者，我今天才理会得！比较两月之前，她仿佛又老了二十岁。额上似乎也黑了。气息微弱到连话也不能说一句，只用悲喜的无主的眼光看着我⋯⋯

父亲告诉我电报早接到了。涵带着苑从下午五时便到码头去了，不知为何没有接着。这时小菊在华的推挽里，扑到我怀中来，叫了一声"姑姑"。小脸比从前丰满多了，我抱起她来，一同伏到母亲的被上。这时我的眼泪再也止不住了，赶紧回头走到饭厅去。

涵不久也回来了，脸冻得通红——我这时方觉得自己的腿脚，也是冰块一般的僵冷。——据说是在外滩等到七时。急得不耐烦，进到船公司去问，公司中人待答不理的说："不知船停在哪里，也许是没有到罢！"他只得转了回来。

饭桌上大家都默然。我略述这次旅行的经过，父亲凝神看着我，似乎有无限的过意不去。华对我说发电叫我以后，才告诉母亲的，只说是我自己要来。母亲不言语，过一会儿说："可怜的，她在船上也许时刻提心吊胆的想到自己已是没娘的孩子了！"

饭后涵华夫妇回到自己的屋里去。我同父亲坐在母亲的床前。母亲半闭着眼，我轻轻的替她拍抚着。父亲悄声的问："你看母亲怎样？"我不言语，父亲也默然，片晌，叹口气说："我也看着不好，所以打电报叫你，我真觉得四无依傍——我的心都碎了！"

此后的半个月，都是侍疾的光阴了。不但日子不记得，连昼夜都分不清楚了！一片相连的是母亲仰卧的瘦极的睡容，清醒时低弱的语声和憔悴的微笑，窗外的阴郁的天，壁炉中发爆的煤火，凄绝静绝的半夜炉台上滴答的钟声，黎明时四壁黯然的灰色，早晨开窗小立时的朝雾！在这些和泪的事实之中，我如同一个无告的孤儿，独自赤足拖踏过这万重的火焰！

在这一片昏乱迷糊之中，我只记得侍疾的头几天，我是每天晚上八点就睡，十二点起来，直至天明。起来的时候，总是很冷。涵和华摩挲着忧愁的倦眼，和我交替。我站在壁炉边穿衣裳，母亲慢慢的侧过头来说："你的衣服太单薄了，不如穿上我的黑骆驼绒袍子，省得冻着！"我答应了，她又说："我去年头一次见藻，还是穿那件袍子呢。"

她每夜四时左右，总要出一次冷汗，出了汗就额上冰冷。在那时候，总要喝南枣北麦汤，据说是止汗滋补的。我恐她受凉，又替她缝了一块长方的白绒布，轻轻的围在额上。母亲闭着眼微微的笑说："我像观世音了。"我也笑说："也像圣母呢！"

因着骨痛的关系，她躺在床上，总是不能转侧。她瘦得只剩一把骨了，褥子嫌太薄，被又嫌太重。所以褥子底下，垫着许多棉花枕头，鸭绒被等，上面只盖着一层薄薄的丝绵被头。她只仰着脸在半靠半卧的姿势之下，过了我和她相亲的半个月，可怜的病弱的母亲！

夜深人静，我偎卧在她的枕旁。若是她精神较好，就和我款款的谈话，语音轻得似天半飘来，在半朦胧半追忆的神态之中，我看她的石像似的脸，我的心绪和眼泪都如潮涌上。她谈着她婚后的暌离[6]和甜蜜的生活，谈到幼年失母的苦况，最后便提到她的病，她说："我自小千灾百病的，你父亲常说：'你自幼至今吃的药，总集起来，够开一间药房的了。'真是我万想不到，我会活到六十岁！男婚女嫁，大事都完了。人家说，'久病床前无孝子'，我这次病了五个月，你们真是心力交瘁！我对于我的女儿，儿子，媳妇，没有一毫的不满意。我只求我快快的好了，再享两年你们的福……"我们心力交瘁，能报母亲的恩慈于万一么？母亲这种过分爱怜的话语，使听者伤心得骨髓都碎了！

如天之福，母亲临终的病，并不是两月前的骨风。可是她的老病"胃痛"和"咳嗽"又回来了。在每半小时一吃东西之外，还不住的要服药，如"胃活""止咳丸"之类，而且服量要每次加多。我们知道这些药品都含有多量的麻醉性的，起先总是竭力阻止她多用。几天以后，为着她的不能支持的痛苦，又渐渐的知道她的病是没有痊愈的希望，只得咬着牙，忍着心肠，顺着她的意思，狂下这种猛剂，节节的暂时解除她突然袭击的苦恼。

此后她的精神愈加昏弱了，日夜在半醒不醒之间。却因着咳嗽和胃痛，不能睡得沉稳，总得由涵用手用力的替她揉着，并且用半催眠的方法，使她入睡。十二月二十四夜，是基督降生之夜。我伏在母亲的床前，终夜在祈祷的状态之中！在人力穷尽的时候，宗教的倚天祈命的高潮，淹没了我的全意识。我觉得我的心香一缕勃勃上腾，似乎是哀求圣母，体恤到婴儿爱母的深情，而赐予我以相当的安慰。那夜街上的欢呼声，爆竹声不停。隔窗看见我们外国邻人的灯彩辉煌的圣诞树，孩子们快乐的歌唱跳跃，在我眼泪模糊之中，这些都是针针的痛刺！

半夜里父亲低声和我说："我看你母亲的身后一切该预备了，旧式的种种规矩，我都不懂。而且我看也没有盲从的必要。关于安葬呢——你想还回到故乡去么？山遥水隔的，你们轻易回不去，年深月久，倒荒凉了，是不是？不过这须探问你母亲的意思。"我说："父亲说出这话来，是最好不过的了。本来这些迷信禁忌的办法，我们所以有时曲从，都是不忍过拂老人家的意思。如今父亲既不在乎这些，母亲又是个最新不过的人。纵使一切犯忌都有后验，只要母亲身后的事能舒舒服服的办过去，千灾五毒，都临到我们四个姊弟身上，我们也是甘心情愿的。"

——第二天我们便托了一位亲戚到万国殡仪馆接洽一切，钢棺也是父亲和我亲自选定的。这些以后在我寄藻和杰的信中，都说得很详细。——

这样又过了几天。母亲有时稍好，微笑的躺着。小菊爬到枕边，捧着母亲的脸叫"奶奶"。华和我坐在床前，谈到秋天母亲骨痛的时候，有时躺在床上休息，有时坐在廊前大椅上晒太阳，旁边几上总是供着一大瓶菊花。母亲说："是的，花朵儿是越看越鲜，永远不使人厌倦的。病中阳光从窗外进来，照在花上，我心里便非常的欢畅。"母亲这种爱好天然的性情，在最深的病苦中，仍是不改。她的骨痛，是由指而臂，而肩背，而膝骨，渐渐下降，全身僵痛，日夜如在桎梏之中，偶一转侧，都痛彻心腑。假如我是她，我要痛哭，我要狂呼，我要咒诅一切，弃掷一切。而我的最可敬爱的母亲，对于病中的种种，仍是一样的接受，一样的温存。对于儿女，没有一句性急的话语；对于奴仆，却更加一倍的体恤慈怜。对于这些无情的自然，如阳光，如花卉，在她的病的静息中，也加倍的温煦馨香。这是上天赐予，惟有她配接受享用的一段恩福！

我们知道母亲决不能过旧历的新年了，便想把阳历的新年，大大的点缀一下。一清早起来，先把小菊打扮了，穿上大红缎子棉袍，抱到床前，说给奶奶拜年。桌上摆上两盘大福桔，炉台窗台上的水仙花管，都用红纸条束起，又买了十几盏小红纱灯，挂在床角上，炉台旁，电灯下。我们自己也略略的妆扮了，——我那时已经有十天没有对镜梳掠了！我觉得平常过年，我们还没有这样的起劲！到了黄昏我将十几盏纱灯点起挂好之后，我的眼泪，便不知是从哪里来的，一直流个不断了！

有谁经过这种的痛苦？你的最爱的人，抱着最苦恼的病，要在最短的时间内从你的腕上臂中消逝；同时你要佯欢诡笑的在旁边伴着，守着，听着，看着，一分一秒的爱惜恐惧着这同在的光阴！这样的生活，能使青年人老，老年人死，在天堂上的人，下了地狱！世界有这样痛苦的人呵，你们都有了我的最深极厚的同情！

裁缝来了，要裁做母亲装裹的衣裳。我悄悄的把他带到三层楼上。母亲平时对于穿着，是一点不肯含糊的。好的时候遇有出门，总是把要穿的衣服，比了又比，看了又看，熨了又熨。所以这次我对于母亲寿衣的材料，颜色，式样，尺寸，都不厌其详的叮咛嘱咐了。告诉他都要和好人的衣裳一样的做法。若含糊了要重做的。至于外面的袍料，帽子，袜子，手套等，都是我偷出睡觉的时间来，自己去买的。那天上海冷极，全市如冰。而我的心灵，更有万倍的僵冻！

回来脱了外衣，走到母亲跟前。她今天又略好了些，问我："睡足了么？"我笑说："睡足了。"因又谈起父亲的生日——阳历一月三日，阴历十二月四日——快到了。父亲是在自己生日那天结婚的。因着母亲病了，父亲曾说过不做生日，而父母亲结婚四十年的纪念，我们却不能不庆祝。这时父亲涵华等都在床前，大家凑趣谈笑，我们便故作娇痴的佯问母亲做新娘时的光景。母亲也笑着，眼里似乎闪烁着青春的光辉。她告诉我们结婚的仪式，赠嫁的妆奁，以及佳礼那天怎样的被花冠压得头痛。我们都笑了。爬在枕边的小菊看见大家笑，也莫名其妙的大声娇笑。这时，眼前一切的悲怀，似乎都忘却了。

第二天晚上为父亲暖寿。这天母亲又不好，她自己对我说："我这病恐怕不能好了。我从前看弹词，每到人临危的时候总是说'一日轻来一日重，一日添症八九分'，便是我此时的景象了。"我们都忙笑着解释，说是天气的关系，今天又冷了些。母亲不言语。但她的咳嗽，愈见艰难了，吐一口痰，都得有人使劲的替她按住胸口。胃痛也更剧烈了，每次痛起，面色惨变。——晚上，给父亲拜寿的子侄辈都来了。涵和华忙着在楼下张罗。我仍旧守在母亲旁边。母亲不住的催我，快拢拢头，换换衣服，下楼去给父亲拜寿。我含着泪答应了。草草的收拾毕，下得楼来，只看见寿堂上红烛辉煌，父亲坐在上面，右边并排放着一张空椅子。我一跪下，眼泪突然的止不住了，一翻身赶紧就上楼去，大家都默然相视无语。

夜里母亲忽然对我提起她自己儿时侍疾的事了："你比我有福多了，我十四岁便没了母亲！你外祖母是痨病，那年从九月九卧床，就没有起来。到了腊八就去世。病中都是你舅舅和我轮流伺候着。我那时还小，只记得你外祖母半夜咽了气，你外祖父便叫老妈子把我背到前院你叔祖母那边去了。从那时起，我便是没娘的孩子了。"她叹了一口气，"腊八又快到了。"我那时真不知说什么好。母亲又说："杰还不回来——算命的说我只有两孩子送终，有你和涵在这里，我也满意了。"

父亲也坐在一边，慢慢的引她谈到生死，谈到故乡的茔地[7]。父亲说："平常我们听说的'狐死首丘[8]'，其实也不是……"母亲便接着说："其实人死了，只剩一个躯壳，丢在哪里都是一样。何必一定要千山万水的运回去，将来糊口四方的子孙们也照应不着。"

现在回想，那时母亲对于自己的病势，似乎还模糊，而我们则已经默晓了，在轮替休息的时间内，背着母亲，总是以眼泪洗面。我知道我的枕头永远是湿的。到了时候，走到母亲面前，却又强笑着，谈些不要紧的宽慰的话。涵从小是个浑化的人，往常母亲病着，他并不会怎样的小心服侍。这次他却使我有无限的惊奇！他静默得像医生，体贴得像保姆。我在旁静守着，看他喂桔汁，按摩，那样子不像儿子服侍母亲，竟像父亲调护女儿！他常对我说："病人最可怜，像小孩子，有话说不出来。"他说着眼眶便红了。

这使我如何想到其余的两个弟弟！杰是夏天便到塘沽工厂实习去了。母亲的病态，他算是一点没有看见。楫是十一月中旬走的。海上漂流，明年此日，也不见得会回来。母亲对于楫，似乎知道是见不着了，并没有怎样的念叨他。却常常的问起杰："年假快到了，他该回来了罢？"一天总问起三四次，到了末几天，她说："他知道我病，不该不早回！做母亲的一生一世的事，……"我默然，母亲哪里知道可怜的杰，对于母亲的病还一切蒙在鼓里呢！

十二月三十一夜，除夕。母亲自己知道不好，心里似乎很着急，一天对我说了好几次："到底请个大医生来看一看，是好是坏，也叫大家定定心。"其实那时隔一两天，总有医生来诊。照样的打补针，开止咳的药，母亲似乎腻烦了。我们立刻商量去请 V 大夫，他是上海最有名的德国医生，秋天也替她看过的。到了黄昏，大夫来了。我接了进来，他还认得我们，点首微笑。替母亲听听肺部，又慢慢的扶她躺下，便走到桌前。我颤声的问："怎么样？"他回头看了看母亲，"病人懂得英文么？"我摇一摇头，那时心胆已裂！他低声说："没有希望了，现时只图她平静的度过最后的几天罢了。"

本来是我们意识中极明了的事，却经大夫一说破，便似乎全幕揭开了。一场悲惨的现象，都跳跃了出来！送出大夫，在甬道上，华和我都哭了，却又赶紧的彼此解劝说："别把眼睛哭红了，回头母亲看出，又惹她害怕伤心。"我们拭了眼泪，整顿起笑容，走进屋里，到母亲床前说："医生说不妨事的，只要能安心静息，多吃东西，精神健朗起来，就慢慢的会好了。"母亲点一点头。我们又说："今夜是除夕，明天过新历年了，大家守岁罢。"

领略人生，可是一件容易事？我曾说过种种无知，痴愚，狂妄的话语，我说："我愿遍尝人生中的各趣，人生中的各趣，我都愿遍尝。"又说："领略人生，要如滚针毡，用血肉之躯，去遍挨遍尝，要它针针见血。"又说："哀乐悲欢，不尽其致时，看不出生命之神秘与伟大。"其实所谓之"神秘""伟大"，都是未经者理想企望的言词，过来人自欺解嘲的话语！我宁可做一个麻木，白痴，浑噩的人，一生在安乐，卑怯，依赖的环境中过活。我不愿知神秘，也不必求伟大！

话虽如此，而人生之逼临，如狂风骤雨。除了低头闭目战栗承受之外，没有半分方法。待到雨过天青，已另是一个世界。地上只有衰草，只有落叶，只有曾经风雨的凋零的躯壳与心灵。霎时前的浓郁的春光，已成隔世！那时你反要自诧！你曾有何福德，能享受了从前种种怡然畅然，无识无忧的生活！

我再不要领略人生，也更不要领略如十九年一月一日之后的人生！那种心灵上惨痛，脸上含笑的生活，曾碾我成微尘，绞我为液汁。假如我能为力，当自此斩情绝爱，以求免重过这种的生活，重受这种的苦恼！但这又有谁知道！

一月三日，是父亲的正寿日。早上便由我自到市上，买了些零吃的东西，如果品，点心，熏鱼，烧鸭之类。因为我们知道今晚的筵席，只为的是母亲一人。吃起整桌的菜来，是要使她劳乏的。到了晚上，我们将红灯一齐点起；在她床前，摆下一个小圆桌；桌上满满的分布着小碟小盘；一家子团团的坐下。把父亲推坐在母亲的旁边，笑说："新郎来了。"父亲笑着，母亲也笑了！她只尝了一点菜，便摇头叫"撤去罢，你们到前屋去痛快的吃，让我歇一歇。"我们便把父亲留下，自己到前头匆匆的胡乱的用了饭。到我回来，看见父亲倚在枕边，母亲朦朦胧胧的似乎睡着了。父亲眼里满了泪！我知道他觉得四十年的春光，不堪回首了！

如此过了两夜。母亲的痛苦，又无限量的增加了。肺部狂热，无论多冷，被总是褪在胸下；炉火的火焰，也隔绝不使照在脸上（这总使我想到《小青传》中之"痰灼肺然，见粒而呕"两语）。每一转动，都喘息得接不过气来。大家的恐怖心理，也无限量的紧张了。我只记得我日夜口里只诵祝着一句祈祷的话，是："上帝接引这纯洁的灵魂！"这时我反不愿看母亲多延日月了，只求她能恬静平安的解脱了去！到了夜半，我仍半跪半坐的伏在她床前，她看着我喘息着说："辛苦你了……等我的事情过去了，你好好的睡几夜，便回到北平去，那时什么事都完了。"母亲把这件大事说得如此平凡，如此稳静！我每次回想，只有这几句话最动我心！那时候我也不敢答应，喉头已被哽咽塞住了！

张妈在旁边，抚慰着我。母亲似乎又入睡了。张妈坐在小凳上，悄声的和我谈话，她说："太太永远是这样疼人的！秋天养病的时候，夜里总是看通宵的书，叫我只管睡去。半夜起来，也不肯叫我。我说：'您可别这样自己挣扎，回头摔着不是玩的。'她也不听。她到天亮才能睡着。到了少奶奶抱着菊姑娘过来，才又醒起。"

谈到母亲看的书，真是比我们家里什么人看的都多。从小说，弹词，到杂志，报纸，新的，旧的，创作的，译述的，她都爱看。平常好的时候，天天夜里，不是做活计，就是看书。总到十一二点才睡。晨兴绝早，梳洗完毕，刀尺和书，又上手了。她的针线匣里，总是有书的。她看完又喜欢和我们谈论，新颖的见解，总使我们惊奇。有许多新名词，我们还是先从她口中听到的，如"普罗文字"之类。我常默然自惭，觉得我们在新思想上反像个遗少，做了落伍者！

一月五夜，父亲在母亲床前。我困倦已极，侧卧在父亲床上打盹，被母亲呻吟声惊醒，似乎母亲和父亲大声争执。我赶紧起来，只听见母亲说："你行行好罢，把安眠药递给我，我实在不愿意再俄延⁹了！"那时母亲辗转呻吟，面红气喘。我知道她的痛苦，已达极点！她早就告诉过我，当她骨痛的时候，曾私自写下安眠药名，藏在袋里，想到了痛苦至极的时候，悄悄的叫人买了，全行服下，以求解脱——这时我急忙走到她面前，万般的劝说哀求。她摇头不理我，只看着父亲。父亲呆站了一会，回身取了药瓶来，倒了两丸，放在她嘴里。她连连使劲摇头，喘息着说："你也真是……又不是今后就见不着了！"这句话如同兴奋剂似的，父亲眉头一皱，那惨肃的神宇，使我起栗。他猛然转身，又放了几粒药丸在她嘴里。我神魂俱失，飞也似的过去攀住父亲的臂儿，已来不及了！母亲已经吞下药，闭上口，垂目低头，仿佛要睡。父亲颓然坐下，头枕在她肩旁，泪下如雨。我跪在床边，欲呼无声，只紧紧的牵着父亲的手，凝望着母亲的睡脸。四周惨默，只有时钟滴答的声音。那时是夜中三点，我和父亲战栗着相倚至晨四时。母亲睡容惨淡，呼吸渐渐急促，不时的干咳，仍似日间那种咳不出来的光景，两臂向空抱捉。我急忙悄悄的去唤醒华和涵，他们一齐惊起，睡眼蒙胧的走到床前，看见这景象，都急得哭了。华便立刻要去请大夫，要解药，父亲含泪摇头。涵过去抱着母亲，替她抚着胸口。我和华各抱着她一只手，不住的在她耳边轻轻的唤着。母亲如同失了知觉似的，垂头不答。在这种状态之下，延至早晨九时。直到小菊醒了，我们抱她过来坐到母亲床上，教她抱着母亲的头，摇撼着频频的唤着"奶奶"。她唤了有几十声，在她将要急哭了的时候，母亲的眼皮，微微一动。我们都跃然惊喜，围拢了来，将母亲轻轻的扶起。母亲仍是朦朦胧胧的，只眼皮不时的动着。在这种状态之下，又延至下午四时。这一天的工夫，我们也没有梳洗，也不饮食，只围在床前，悬空挂着恐怖希望的心！这一天比十年还要长，一家里连雀鸟都住了声息！

四时以后母亲才半睁开眼，长呻了一声，说"我要死了！"她如同从浓睡中醒来一般，抬眼四下里望着。对于她服安眠药一事，似乎全不知道。我上前抱着母亲，说"母亲睡得好罢？"母亲点点头，说"饿了！"大家赶紧将久炖在炉上的鸡露端来，一匙一匙的送在她嘴里。她喝完了又闭上眼休息着。我们才欢喜的放下心来，那时才觉得饥饿，便轮流去吃饭。

那夜我倚在母亲枕边，同母亲谈了一夜的话。这便是三十年来末一次的谈话了！我说的话多，母亲大半是听着。那时母亲已经记起了服药的事，我款款的说："以后无论怎样，不能再起这个服药的念头了！母亲那种咳不出来，两手抓空的光景，别人看着，难过不忍得肝肠都断了。涵弟直哭着说：'可怜母亲不知是要谁？有多少话说不出来！'连小菊也都急哭了。母亲看……"母亲听着，半晌说："我自己一点不觉得痛苦，只如同睡了一场大觉。"

那夜，轻柔得像湖水，隐约得像烟雾。红灯放着温暖的光。父亲倦乏之余，睡得十分甜美。母亲精神似乎又好，又是微笑的圣母般的瘦白的脸。如同母亲死去复生一般，喜乐充满了我的四肢。我说了无数的憨痴的话：我说着我们欢乐的过去，完全的现在，繁衍的将来，在母亲迷糊的想象之中，我建起了七宝庄严之楼阁。母亲喜悦的听着，不时的参加两句。……到此我要时光倒流，我要诅咒一切，一逝不返的天色已渐渐的大明了！

一月七晨，母亲的痛苦已到了终极了！她厉声的拒绝一切饮食。我们从来不曾看见过母亲这样的声色，觉得又害怕，又胆怯，只好慢慢轻轻的劝说。她总是闭目摇头不理，只说："放我去罢，叫我多捱这几天痛苦做什么！"父亲惊醒了，起来劝说也无效。大家只能围站在床前，看着她苦痛的颜色，听着她悲惨的呻吟！到了下午，她神志渐渐昏迷，呻吟的声音也渐渐微弱。医生来看过，打了一次安眠止痛的针。又拨开她的眼睑，用手电灯照了照，她的眼光已似乎散了！

这时我如同痴了似的，一下午只两手抱头，坐在炉前，不言不动，也不到母亲跟前去。只涵和华两个互相依傍的，战栗的，在床边坐着。涵不住的剥着桔子，放在母亲嘴里，母亲闭着眼都吸咽了下去。到了夜九时，母亲脸色更惨白了。头摇了几摇，呼吸渐渐急促。涵连忙唤着父亲。父亲跪在床前，抱着母亲在腕上。这时我才从炉旁慢慢的回过头来，泪眼模糊里，看见母亲鼻子两边的肌肉，重重的抽缩了几下，便不动了。我突然站起过去，抱住母亲的脸，觉得她鼻尖已经冰凉。涵俯身将他的银表，轻轻的放在母亲鼻上，战兢的拿起一看，表壳上已没有了水气。母亲呼吸已经停止了。他突然回身，两臂抱着头大哭起来。那时正是一月七夜九时四十五分。我们从此是无母之人了，呜呼痛哉！

关于这以后的事，我在一月十一晨寄给藻和杰的信中，说的很详细，照录如下：

亲爱的杰和藻：

我在再四思维之后，才来和你们报告这极不幸极悲痛的消息。就是我们亲爱的母亲，已于正月七夜与这苦恼的世界长辞了！她并没有多大的痛苦，只如同一架极玲珑的机器，走的日子多了，渐渐停止。她死去时是那样的柔和，那样的安静。那快乐的笑容，使我们竟不敢大声的哭泣，仿佛恐怕惊醒她一般。那时候是夜中九时四十五分。那日是阴历腊八，也正是我们的外祖母，她自己亲爱的母亲，四十六年前离世之日！

至于身后的事呢，是你们所想不到的那样庄严，清贵，简单。当母亲病重的时候，我们已和上海万国殡仪馆接洽清楚，在那里预备了一具美国的钢棺。外面是银色凸花的，内层有整块的玻璃盖子，白绫捏花的里子。至于衣衾鞋帽一切，都是我去备办的，件数不多，却和生人一般的齐整讲究。……

经过是这样：在母亲辞世的第二天早晨，万国殡仪馆便来一辆汽车，如同接送病人的卧车一般，将遗体运到馆中。我们一家子也跟了去。当我们在休息室中等候的时候，他们在楼下用药水灌洗母亲的身体。下午二时已收拾清楚，安放在一间紫色的屋子里，用花圈绕上，旁边点上一对白烛。我们进去时，肃然得连眼泪都没有了！堂中庄严，如入寺殿。母亲安稳的仰卧在矮长榻之上，深棕色的锦被之下，脸上似乎由他们略用些美容术，觉得比寻常还好看。我们俯下去偎着母亲的脸，只觉冷彻心腑，如同石膏制成的慈像一般！我们开了门，亲友们上前行礼之后，便轻轻将母亲举起，又安稳装入棺内，放在白绫簇花的枕头上，齐肩罩上一床红缎绣花的被，盖上玻璃盖子。棺前仍旧点着一对高高的白烛。紫绒的桌罩下立着一个银十字架。母亲慈爱纯洁的灵魂，长久依傍在上帝的旁边了！

五点多钟诸事已毕。计自逝世至入殓，才用十七点钟。一切都静默，都庄严，正合母亲的身份。客人散尽，我们回家来，家里已洒扫清楚。我们穿上灰衫，系上白带，为母亲守孝。家里也没有灵位。只等母亲放大的相片送来后，便供上鲜花和母亲爱吃的果子，有时也焚上香。此外每天早晨合家都到殡仪馆，围立在棺外，隔着玻璃盖子，瞻仰母亲如睡的慈颜！

这次办的事，大家亲友都赞成，都艳美，以为是没有半分糜费[10]。我们想母亲在天之灵一定会喜欢的。异地各戚友都已用电报通知。楫弟那里，因为他远在海外，环境不知怎样，万一他若悲伤过度，无人劝解，可以暂缓告诉。至于杰弟，因为你病，大考又在即，我们想来想去，终以为恐怕这消息是终久瞒不住的，倘然等你回家以后，再突然告诉，恐怕那时突然的悲痛和失望，更是难堪。杰弟又是极懂事极明白的人。你是母亲一块肉，爱惜自己，就是爱母亲。在考试的时候，要镇定，就凡事就序，把书考完再回来，你别忘了你仍旧是能看见母亲的！

我们因为等你，定二月二日开吊，三日出殡。那万国公墓是在虹桥路。草树葱茏，地方清旷，同公园一般。上海又是中途，无论我们下南上北，或是到国外去，都是必经之路，可以随时参拜，比回老家去好多了。

藻呢，父亲和我都二十分希望你还能来。母亲病时曾说："我的女婿，不知我还能见着他否？"你如能来，还可以见一见母亲。父亲又爱你，在悲痛中有你在，是个慰安。不过我顾念到你的经济问题，一切由你自己斟酌。

这事的始末是如此了。涵仍在家里，等出殡后再上南京。我们大概是都上北平去，为的是父亲离我们近些，可以照应。杰弟要办的事很多，千万要爱惜精神，遏抑感情，储蓄力量。这方是孝。你看我写这信时何等安静，稳定？杰弟是极有主见的人，也当如此，是不是？

此信请留下，将来寄梓！

永远爱你们的冰心

正月十一晨

我这封信虽然写的很镇定，而实际上感情的掀动，并不是如此！一月七夜九时四十五分以后，在茫然昏然之中，涵，华和我都很早就寝，似乎积劳成倦，睡得都很熟。只有父亲和几个表兄弟在守着母亲的遗体。第二天早起，大家乱哄哄的从三层楼上，取下预备好了的白衫，穿罢相顾，不禁失声！下得楼来，又看见饭厅桌上，摆着厨师父从早市带来的一筐蜜桔——是我们昨天黄昏，在厨师父回家时，吩咐他买回给母亲吃的。才有多少时候？蜜桔买来，母亲已经去了！

小菊穿着白衣，系着白带，白鞋白袜，戴着小蓝呢白边帽子，有说不出的飘逸和可爱。在殡仪馆大家没有工夫顾到她，她自在母亲榇旁，摘着花圈上的花朵玩耍。等到黄昏事毕回来，上了楼，尽了梯级。正在大家彷徨无主，不知往哪里走，不知说什么好的时候，她忽然大哭说："找奶奶，找奶奶。奶奶哪里去了？怎么不回来了？"抱着她的张妈，忍不住先哭了，我们都不由自主的号啕大哭起来。

吃过晚饭，父亲很早就睡下了。涵，华和我在父亲床前炉边。默然的对坐。只见炉台上时钟的长针，在凄清的滴答声中，徐徐移动。在这针徐徐的将指到九点四十分的时候，涵突然站起，将钟摆停了，说"姊姊，我们睡罢！"他头也不回，便走了出去。华和我望着他的背影，又不禁滚下泪来。九时四十五分！又岂只是他一个人，不忍再看见这炉台上的钟，再走到九时四十五分！

天未明我就忽然醒了，听见父亲在床上转侧。从前窗下母亲的床位，今天从那里透进微明来，那个床没有了，这屋里是无边的空虚，空虚，千愁万绪，都从晓枕上提起。思前想后，似乎世界上一切都临到尽头了！

在那几天内，除了几封报丧的信之外，关于母亲，我并没有写下半个字。虽然有人劝我写哀启，我以为不但是"语无伦次"之中，不能写出什么来，而且"先慈体素弱"一类的文字，又岂能表现母亲的人格于万一？母亲的聪明正直，慈爱温柔，从她做孙女儿起，至做祖母止，在她四围的人对她的疼怜，眷恋，爱戴，这些情感，在我知识内外的，在人人心中都是篇篇不同的文字了。受过母亲调理、栽培的兄姊弟侄，个个都能写出一篇最真挚最沉痛的哀启。我又何必来敷衍一段，使他们看了觉得不完全不满意的东西？

虽然没有写哀启，我却在父亲下泪搁笔之后，替他凑成一副挽联。我觉得那却是字字真诚，能表现那时一家的情感！联语是：

教养全赖卿贤，五个月病榻呻吟，最可怜娇儿爱婿，死别生离，儿辈伤心失慈母。

晚近方知我老，四十载春光顿歇，哪忍看稚孙弱媳，承欢强笑，举家和泪过新年。

在那几天内，除了每天清晨，一家子从寓所走到殡仪馆参谒[11]母亲的遗容之外，我们都不出门。从殡仪馆归来，照例是阴天。进了屋子，刚擦过的地板，刚旺上来的炉火——脱了外面的衣服，在炉边一坐，大家都觉得此心茫茫然无处安放！我那几天的日课，是早晨看书，做活计。下午多有戚友来看，谈些时事，一天也就过去。到了夜里，不是呆坐，就是写信。夜中的心情，现在追忆已模糊了，为写这篇文章，检出旧信，觉得还可以寻迹：

藻：

真想不到现在才能给你写这封长信。藻，我从此是没有娘的孩子了！这十几天的辛苦，失眠，落到这么一个结果。我的悲痛，我的伤心，岂是千言万语所说得尽？前日打起精神，给你和杰弟写那一封慰函，也算是肝肠寸断。……这两天家中倒是很安静，可是更显出无边的空虚，孤寂。我在父亲屋中，和他作伴。白天也不敢睡，怕他因寂寞而伤心，其实我躺下也睡不着。中夜惊醒，尤为难过，……

——摘录一月十三信

母亲死后的光阴真非人过的！就拿今晚来说，父亲出门访友去了；涵和华在他们屋里；我自己孤零零的坐在母亲屋内。四周只有悲哀，只有寂寞，只有凄凉。连炉炭爆发的声音，都予我以辛酸的联忆。这种一人独在的时光，我已过了好几次了，我真怕，彻骨的怕，怎么好？

因着母亲之死，我始惊觉于人生之极短。生前如不把温柔尝尽，死后就无从追讨了。我对于生命的前途，并没有一点别的愿望，只愿我能在一切的爱中陶醉，沉没。这情爱之杯，我要满满的斟，满满的饮。人生何等的短促，何等的无定，何等的虚空呵！

千言万语仍回到一句话来，人生本质是痛苦，痛苦之源，乃是爱情过重。但是我们仍不能不饮鸩止渴[12]，仍从生痛苦之爱情中求慰安。何等的痴愚呵，何等的矛盾呵！

写信的地方，正是母亲生前安床之处。我愈写愈难过了，愈写愈糊涂了。若再写下去，我连气息也要窒住了！

——摘录一月十八夜信

一月二十六夜，因为杰弟明天到家，我时时惊跃，终夜不寐，想到这可怜的孩子，在风雪中归来，这一路哀思痛哭的光景，使我在想象中，心胆俱碎！二十七日下午，报告船到。涵驱车往接，我们提心吊胆的坐候着，将近黄昏，听得门外车响，大家都突然失色。华一转身便走回她屋里。接着楼梯也响着。涵先上来，一低头连忙走入他屋里去了。后面是杰，笑容满面，脱下帽子在手里，奔了进来。一声叫"妈"，我迎着他，忍不住哭了起来。他突然站住呆住了！那时惊痛骇疾的惨状，我这时追思，一枝秃笔，真不能描写于万一！雷驰电掣一般，他垂下头便倒在地上，双手抱住父亲的腿，猛咽得闭过气去。缓了一缓，他才哭喊了出来，说："你们为什么不早告诉我！你们为什么不早告诉我！"这时一片哭声之中涵和华也从他们屋里哭着过来。父亲拉着杰，泪流满面。婢仆们渐渐进来，慢慢的劝住，大家停了泪。杰立刻便要到殡仪馆去，看看母亲的遗容。父亲和涵便带了他去。回来问起母亲病中情状，又重新哭泣。在这几天内，杰从满怀的希望与快乐中，骤然下堕。他失魂落魄似的，一天哭好几次。我们只有勉强劝慰。幸而他有主见，在昏迷之中，还能支拄，我才放下了心。

二月二日开吊。礼毕，涵因有紧急的公事，当晚就回到南京去了。母亲曾说命里只有两个孩子送她，如今送葬又只剩我和杰了。在涵未走之前，我们大家聚议，说下葬之后，我们再看不见母亲了，应该有些东西殉葬，只当是我们自己永远随侍一般。我们随各剪下一缕头发，连父亲和小菊的，都装在一个小白信封里。此外我自己还放入我头一次剃下来的胎发（是母亲珍重的用红线束起收存起来的）以及一把"斐托斐"（Phi Tau Phi）名誉学位的金钥匙。这钥匙是我在大学毕业时得到的，上面刻有年月和姓名。我平时不大带它，而在我得到之时，却曾与母亲以很大的喜悦。这使我觉得我的一切珍饰，都是母亲所赐与，只有这个，是我自己以母亲栽培我的学力得来的。我愿意以此寄托我的坚逾金石的爱感的心，在我未死之前，先随侍母亲于九泉之下！

二月三日，下午二时，我们一家收拾了都到殡仪馆。送葬的亲朋，也陆续的来了。我将昨夜封好了的白信封儿，用别针别在棺盖里子的白绫花上。父亲俯在玻璃盖上，又痛痛的哭了一场。我们扶起父亲，拭去了盖上的眼泪，珍重的将棺盖掩上。自此我们再无从瞻仰母亲的柔静慈爱的睡容了！

父亲和杰及几个伯叔弟兄，轻轻的将钢棺抬起，出到门外，轻轻的推进一辆堆满花圈的汽车里。我们自己以及诸亲友，随后也都上了汽车，从殡仪馆徐徐开行。路上天阴欲雨，我紧握着父亲的手，心头一痛，吐出一口血来。父亲惨然的望着我。

二时半到了虹桥万国公墓，我们又都跟着下车，仍由父亲和杰等抬着钢棺。执事的人，穿着黑色大礼服，静默前导。到了坟地上，远远已望见地面铺着青草似的绿毡。中央坟穴里嵌放着一个大水泥框子。穴上地面放着一个光耀射目的银框架。架的左右两端，横牵着两条白带。钢棺便轻轻的安稳的放在白带之上。父亲低下头去，左右的看周正了。执事的人，便肃然的问我说："可以了罢？"我点一点首，他便俯下去，拨开银框上白带机括。白带慢慢的松了，盛着母亲遗体的钢棺，便平稳的无声的徐徐下降。这时大家惨默的凝望着，似乎都住了呼吸。在钢棺降下地面时，万千静默之中，小菊忽然大哭起来，挣出张妈的怀抱，向前走着说："奶奶掉下去了！我要下去看看，我要下去看看！"华一手拉住小菊，一手用手绢掩上脸。这时大家又都支持不住，忽然都背过脸去，起了无声的幽咽！

钢棺安稳平正的落在水泥框里，又慢慢的抽出白带来。几个人夫，抬过水泥盖子来，平正的盖上。在四周合缝里和盖上铁环的凹处，都抹上灰泥。水泥框从此封锁。从此我们连盛着母亲遗体的钢棺也看不见了！

堆掩上黄土，又密密的绕覆上花圈。大家向着这一抔[13]香云似的土丘行过礼。这简单严静的葬礼，便算完毕了。我们谢过亲朋，陆续的向着园门走。这时林青天黑，松梢上已洒上丝丝的春雨。走近园门，我回头一望。蜿蜒的灰色道上，阴沉的天气之中，松荫苍苍，杰独自落后，低头一步一跛的拖着自己似的慢慢的走。身上是灰色的孝服，眉宇间充满了绝望，无告，与迷茫！我心头刺了一刀似的！我止了步，站着等着他。可怜的孩子呵！我们竟到了今日之一日！

回家以后，呵，回家以后！家里到处都是黑暗，都是空虚了。我在二月五夜寄给藻的信上说：

我从前有一个心，是个充满幸福的心。现在此心是跟着我最宝爱的母亲葬在九泉之下了。前天两点半钟的时候，母亲的钢棺，在光彩四射的银架间，由白带上徐徐降下的时光，我的心，完全黑暗了。这心永远无处捉摸了，永远不能复活了！……

不说了，爱，请你预备着迎接我，温慰我。我要飞回你那边来。只有你，现在还是我的幻梦！

以后的几个月中，涵调到广州去，杰和我回校，父亲也搬到北平来。只有海外的楫，在归舟上，还做着"偎依慈怀的温甜之梦"。

九月七日晨，阴。我正发着寒热，楫归来了。轻轻推开屋门，站在我的床前。我们握着手含泪的勉强的笑着。他身材也高了，手臂也粗了，胸脯也挺起了，面目也黧黑[14]了。海上的辛苦与风波，将我的娇生惯养的小弟弟，磨练成一个忍辱耐劳的青年水手了！我是又欢喜，又伤心。他只四面的看着，说了几句不相干的话，才款款的坐在我床沿，说："大哥并没有告诉我。船过香港，大哥上来看我，又带我上岸去吃饭，万分恳挚爱怜的慰勉我几句话。送我走时,他交给我一封信,叫我给二哥。我珍重的收起。船过上海,亲友来接,也没有人告诉我。船过芝罘[15],停了几个钟头,我倚阑远眺。那是母亲生我之地！我忽然觉得悲哀迷惘,万不自支,我心血狂涌,颠顿的走下舱去。我素来不拆阅弟兄们的信,那时如有所使,我打开箱子,开视了大哥的信函。里面赫然的是一条系臂的黑纱,此外是空无所有了！……"他哽咽了,俯下来,埋头在我的衾[16]上,"我明白了一大半,只觉得手足冰冷！到了天津,二哥来接我,我们昨夜在旅馆里,整整的相抱的哭了一夜！"他哭了,"你们为什么不早告诉我？我一道上做着万里来归,偎倚慈怀的温甜的梦,到得家来,一切都空了！忍心呵,你们！"我那时也只有哭的份儿。是呵,我们都是最弱的人,父亲不敢告诉我;藻不敢告诉杰;涵不敢告诉楫;我们只能战栗着等待这最后的一天！忍心的天,你为什么不早告诉我们,生生的突然的将我们慈爱的母亲夺去了！

完了,过去这一生中这一段慈爱,一段恩情,从此告了结束。从此宇宙中有补不尽的缺憾,心灵上有填不满的空虚。只有自家料理着回肠,思想又思想,解慰又解慰。我受尽了爱怜,如今正是自己爱怜他人的时候。我当永远勉励着以母亲之心为心。我有父亲和三个弟弟,以及许多的亲眷。我将永远拥抱爱护着他们。我将永远记着楫二次去国给杰的几句话:"母亲是死去了,幸而还有爱我们的姊姊,紧紧的将我们搂在一起。"

窗外是苦雨,窗内是孤灯。写至此觉得四顾彷徨,一片无告的心,没处安放！藻迎面坐着,也在写他的文字。温静沉着者,求你在我们悠悠的生命道上,扶助我,提醒我,使我能成为一个像母亲那样的人！

1931年6月30日夜,燕南园,海淀,北平
(此文收入《冰心散文集》,北新书局1932年版)

注释

1．恸：tòng。大哭,极其悲痛。
2．狗窦：gǒu dòu。狗洞。
3．怔忡：zhēng chōng。形容惊恐不安。
4．砭骨：biān gǔ。刺入骨髓,形容使人感觉非常冷或疼痛非常剧烈。
5．喧呶：xuān náo。形容声音嘈杂。

6．暌离：kuí lí。违背；分离。

7．茔地：yíng dì。墓地。

8．狐死首丘：古代传说狐狸如果死在外面，一定把头朝着它的洞穴。比喻不忘本或怀念故乡，也比喻对故国、故乡的思念。

9．俄延：é yán。延缓，耽搁。

10．糜费：mí fèi。浪费。

11．参谒：cān yè。晋见上级或所尊敬的人；瞻仰尊敬的人的遗容、陵墓、故居等。

12．饮鸩止渴：yǐn zhèn zhǐ kě。鸩，传说中的毒鸟，用它的羽毛浸的酒喝了能毒死人。喝毒酒解渴。比喻用错误的办法来解决眼前的困难而不顾严重后果。

13．抔：póu。量词，相当于"捧"、"把"、"握"。

14．黧黑：lí hēi。也作黎黑。形容人的身材魁梧，面容焦黑。

15．芝罘：罘，fú。芝罘区隶属烟台市，地处黄海之滨，山东半岛北端，面积169平方公里。

16．衾：qīn。被子。

导读

这是一篇叙事散文，但情感浓得化不开。文章描写了在母亲病重期间，冰心以及家人日夜守护在母亲病床前的情景。母亲的痛苦，儿女的悲恻，母爱情深，跃然纸上。

全篇近两万字，是冰心最长的散文。她饱蘸凄苦悲凉的浓情，凝成一颗真挚纯洁的女儿心，献给了母亲的在天之灵。

新年试笔

新年试笔。

因为是"试"笔，所以要拿起笔来再说。

拿起笔来仍是无话可说；许多时候不说了，话也涩，笔也涩，连这时扫在窗上的枯枝也作出"涩——涩"的声音。

我愿有十万斛[1]的泉水，湖水，海水，清凉的，碧绿的，蔚蓝的，迎头洒来，泼来，冲来，洗出一个新鲜，活泼的我。

这十万斛的水，不但洗净了我，也洗净了宇宙间山川人物——如同太初洪水之后，有只雪白的鸽子，衔着嫩绿的叶子，在响晴的天空中飞翔。

大地上处处都是光明，看不见一丝云影。山上没有一棵被砍断的树，没有一片焦黄的叶；一眼望去尽是参天的松柏，树下随意的乱生着紫罗兰，雏菊，蒲公英。松径中，石缝中，飞溅着急流的泉水。

江河里也看不见黄泥，也不飘浮着烂纸和瓜皮；只有朝霭[2]下的轻烟，濛濛的笼罩着这浩浩的流水。江河两旁是沃野千里，阡陌[3]纵横，整齐的灰瓦的农舍，家家开着后窗，男耕女织，歌声相闻。

城市像个花园，大树的浓阴护着杂花。整洁的道路上，看不见一个狂的男人，妖的女人，和污秽的孩子。上学的，上工的，个个挺着胸走，容光焕发，用着掩不住的微笑，互相招呼，似乎人人都彼此认识。

黄昏时从一座一座的建筑物里，涌出无数老的，少的，村的，俏的人来。一天结实的有成绩的工作，在他们脸上，映射出无限的快慰和满足。回家去，家家温暖的灯光下，有着可口的晚餐，亲爱的谈话。

蓝天隐去，星光渐生，孩子们都已在温软的床上，大开的窗户之下，在梦中向天微笑。

而在书室里，廊上，花下，水边都有一对或一对以上的人儿，在低低的或兴高采烈的谈着他们的过去，现在，将来所留恋，计划，企望的一切。

平凡人的笔下，只能抽出这平凡的希望。

然而这平凡的希望——

洪水，这迎头冲来的十万斛的洪水，何时才来到呢？

（本篇最初发表于1934年1月1日《文学》第2卷第1期）

注释

1．斛：hú。中国旧量器名，亦是容量单位，一斛本为十斗，南宋末年改为五斗。
2．霭：ǎi。云气，轻雾。
3．阡陌：qiān mò。田界；田间小路。

导读

　　新年伊始，作者写出了她心中的梦想：希望接受"十万斛的水"的洗涤，洗出一个全新的"我"，洗出一个全新的世界。所有陈旧的、污秽的皆消灭了，洗出一幅图画般的景象："——如同太初洪水之后，有只雪白的鸽子，衔着嫩绿的叶子，在响晴的天空中飞翔。"

　　雪白的翔舞的鸽子下面，全新的世界竟如陶渊明笔下的现代桃花源：参天的古柏下丛生着紫罗兰、雏菊、蒲公英。松径和石缝中，飞溅着急流的泉水；江河两旁沃野千里，阡陌纵横，男耕女织，歌声相闻；城市如花园，整洁的道路上，上学的，上工的，容光焕发，笑意盈人；温暖的灯光装点着黄昏，孩子们睡在温软的床上……

　　何等幸福，又何等朴实。但冰心笔锋一转："然而这平凡的希望——洪水，这迎头冲来的十万斛的洪水，何时才来到呢？"只有经过十万斛洪水迎头冲刷和洗涤，心中的理想才能得以实现。

　　理想之光璀璨迷人，现实的努力一刻也不能停歇。

胰皂泡

小的时候，游戏的种类很多，其中我最爱玩的是吹胰皂[1]泡。

下雨的时节，不能到山上海边去玩，母亲总教给我们在廊下上吹胰皂泡。她说是阴雨时节天气潮湿，胰皂泡小容易破裂。

法子是将用剩的碎胰皂，放在一只小木碗里，加上点水，和弄和弄，使它融化，然后用一支竹笔套管，沾上那粘稠的胰皂水，慢慢的吹起，吹成一个轻圆的网球大小的泡儿，再轻轻的一提，那轻圆的球儿，便从管上落了下来，软悠悠的在空中飘游。若用扇子在下面轻轻的扇送，有时能飞到很高很高。

这胰皂泡，吹起来很美丽，五色的浮光，在那轻清透明的球面上乱转。若是崩得好，一个大球，会分裂成两三个玲珑娇软的小球，四散分飞。有时吹得太大了，扇得太急了，这脆薄的球，会扯成长圆的形式，颤巍巍的，光影零乱。这时大家都悬着心，仰着头，停着呼吸，——不久这光丽的薄球，就无声的散裂了，胰皂水落了下来。洒到眼睛里，使大家都忽然低了头，揉出了眼泪。

静夜里为何想到了胰皂泡？——因为我觉得这一个个轻清脆丽的球儿，像一串美丽的昼梦！

像昼梦，是我们自己小心的轻轻吹起的，吹了起来，又轻轻的飞起，是那么圆满，那么自由，那么透明，那么美丽。

目送着她，心里充满了快乐，骄傲，与希望，想到借着扇子的轻风，把她一个个送上天去送过海去。到天上，轻轻的挨着明月，渡过天河跟着夕阳西去。或者轻悠悠的飘过大海，飞越山巅[2]，又低低的落下，落到一个美人的玉搔头[3]边，落到一个浓睡中的婴儿的雏发上……

自然的，也像昼梦，一个一个的吹起，飞高，又一个一个的破裂，廊子是我们现实的世界，这些要她上天过海的光球，永远没有出过我们仄长的廊子！廊外是雨丝风片，这些使我快乐，骄傲，希望的光球，都一个个的在雨丝风片中消失了。

　　生来是个痴孩子，我从小就喜欢做昼梦。做惯了梦,常常从梦中得慰安,生希望,越做越觉得有道理,简直不知道自己是在做梦,最后简直把昼梦当做最高的理想,受过许多朋友的劝告讥嘲。而在我的精神上的胰皂泡没有破灭,胰皂水没有洒到我的心眼里使我落泪之先,我常常顽强的拒绝了朋友的劝告,漠视了朋友的讥嘲。

　　自小起做的昼梦,往少里说,也有十来个,这十几年来,渐渐的都快消灭完了。有几个大的光球,破灭时候,都会重重的伤了我的心。破坏了我精神上的均衡,更不知牺牲了我多少的眼泪。

　　到现在仍有一两个光球存在着。软悠悠的挨着廊边飞。不过我似乎已超过了那悬心仰头的止境,只用镇静的冷眼,看她慢慢的往风雨中的消灭里走!

　　只因常做梦,我所了解的人,都是梦中人物,所知道的事,都是梦中的事情。梦儿破灭了当然有些悲哀,悲哀之余,又觉得这悲哀是冤枉的。若能早想起儿时吹胰皂泡的情景与事实,又能早觉悟到这美丽脆弱的光球,是和我的昼梦一样的容易破灭,则我早就是个达观而快乐的人! 虽然这种快乐不是我所想望的!

　　今天从窗户里看见孩子们奔走游戏。忽然想起这一件事,夜静无事姑记之于此,以志吾过,且警后人。

1936年3月22日,北平

注释

1. 胰皂：yí zào。肥皂。
2. 山巅：shān diān。山的最高点。
3. 玉搔头：搔,sāo。玉簪,古代女子的一种首饰。

导读

　　这是一篇糅合了作者所擅长的童话和寓言写法和风格的优美散文。作者借童年往事的回忆与叙写，表现了理想的美丽以及追寻理想的执着。"肥皂泡"在本文中是一种寓意，一种人生美好理想及其追寻过程的象征。这一象征意蕴体现了作者对于"昼梦"所代表的人生美好理想的价值肯定和执着追寻。

记萨镇冰先生

　　萨镇冰先生，永远是我崇拜的对象，从六七岁的时候，我就常常听见父亲说："中国海军的模范军人，萨镇冰一人而已。"从那时起，我总是注意听受他的一言一行，我所耳闻目见的关于他的一切，无不增加我对他的敬慕。时至今日，虽然有许多儿时敬仰的人物，使我灰心，使我失望，而每一想到他，就保留了我对人类的信心，鼓励了我向上生活的勇气。

　　底下所记的关于萨先生的嘉言懿行[1]，大半是从父亲谈话中得来的。——事实的年月，我只约略推算，将来对于他的生平材料搜集得比较完全时，我想再详细的替他写一本传记。——在此感谢我的父亲，他知道往青年人脑里灌注的，应当是哪一种的印象。

　　海军上将萨镇冰先生，大名是鼎铭，福建闽侯人，一八六零年（？）生，十二岁入福建马尾船政学校，作第二班学生，十七八岁出洋，入英国格林海军大学（Green-Wich College），回国后在天津管轮学堂任正教习。那时父亲是天津水师学堂驾驶班的学生，自此和他相识。

　　在管轮学堂时候，他的卧室里用的是特制的一张又仄又小的木床，和船上的床铺相似，他的理由是"军人是不能贪图安逸的，在岸上也应和在海上一样"。他授课最认真，对于功课好的学生，常以私物奖赏，如时表之类，有的时候，小的贵重点的物品用完了，连自己屋里的藤椅也搬了去。课外常常教学生用锹铲在操场上挖筑炮台。那是管轮学堂在南边，水师学堂在北边，当中隔个操场。学堂总办吴仲翔住在水师学堂。吴总办是个文人，不大喜欢学生做"粗事"。所以在学生们踊跃动手，锹铲齐下的时候，萨先生总在操场边替他们巡风，以备吴总办的突来视察。

　　父亲和萨先生相熟，是从同在"海圻"军舰服务时起（一九零零年左右），那时他是海军副统领，兼"海圻"船主，父亲是副船主。

　　庚子之变，海军正统领叶祖珪，驻海容舰，被困于大沽口。鱼雷艇海龙、海犀、海青、海华四艘，已被联军所掳。那时北洋舰队中的海圻、海琛、海筹、海天等舰，都泊山东庙岛，山东巡抚袁世凯，移书请各舰驶入长江，以避敌锋,于是各船纷纷南下,只海圻坚泊不动。在山东义和团杀害侨民的时候,萨先生请蓬莱一带的教士侨民悉数下船,殷勤招待,乱事过后,方送上岸。那时正有美国大巡洋舰阿利干号(Oregan)在庙岛附近触礁,海圻又驶往救护,美国国会闻讯,立即驰函道谢,阿利干舰长申谢之余,也恳劝萨先生南下,于是海圻才开入江阴。

在他舰离开,海圻孤泊的时候,军心很摇动,很多士兵称上岸就医,乘间逃走,最后是群情惶遽[2],聚众请愿,要南下避敌。舱面上万声嘈杂,不可制止,在父亲竭力向大家劝说的时候,萨先生忽然拿把军刀,从舱里走出,喝说着:“有再说要南下的,就杀却!”他素来慈蔼,忽发威怒,大家无不失色惊散,海圻卒以泊定。事后有一天萨先生悄然的递给父亲一张签纸,是他家人在不得海圻消息时,在福州吕祖庙里求的,上面写着:“有剑开神路。无妖敢犯邪。君子道长。小人道消。”两人大笑不止。

萨先生所在的兵舰上,纪律清洁,总是全军之冠。他常常捐款修理公物,常笑对父亲说:“人家做船主,都打金镯子送太太戴,我的金镯子是戴在我的船上。”有一次船上练习打靶,枪炮副不慎,将一尊边炮的炮膛,划伤一痕(开空炮时空弹中也装水,以补足火药的分量,弹后的铁孔,应用铁塞的,炮手误用木塞,以至施放时炮弹爆裂,碎弹划破炮膛而出)。炮值两万余元,萨先生自己捐出月饷,分期赔偿。后来事闻于叶祖珪,又传于直隶总督袁世凯,袁立即寄款代偿,所以如今海圻船上有一尊船边炮是袁世凯购换的。

他在船上,特别是在练船上,如威远康济通济等舰常常教学生荡舢板,泅水,打靶,以此为日课,也以此为娱乐。驾驶时也专用学生,不请船户(那时别的船上,都有船户领港,闽语所谓之“曲蹄”,即以船为家的蛋民[3])。叶统领常常皱眉说:“鼎铭太肯冒险了,专爱用些年青人!”而海上的数十年,他所在的军舰,从来没有失事过。

他又爱才如命,对于官员士兵的体恤爱护,无微不至。上岸公出,有风时舢板上就使帆,以省兵力。上岸拜会,也不带船上仆役,必要时就向岸上的朋友借用。历任要职数十年,如海军副大臣,海军总长,福建省长等,也不曾用过一个亲戚。亲戚远道来投,必酌给川资[4],或作买卖的本钱,劝他们回去,说:“你们没有受过海上训练,不能占海军人员的位置。”如今在刘公岛有个东海春铺子,就是他的亲戚某君开的,专卖烟酒汽水之类,作海军人的生意——只有他的妻舅陈君，曾作过通济练船的文案，因为文案本用的是文人的缘故。

萨先生和他的太太陈夫人，伉俪[5]甚笃[6]。有一次他在烟台卧病，陈夫人从威海卫赶来视疾，被他辞了回去，人都说他不近人情。而自他三十六岁，夫人去世后，就将子女寄养岳家，鳏居[7]终身。人问他为何不续弦，他说："天下若再有一个女子，和我太太一样的我就娶。"——（按：萨公子即今铁道部司长萨福钧先生，女公子适陈氏）

他的个人生活，尤其清简，洋服从来没有上过身，也从未穿过皮棉衣服，平常总是布鞋布袜，呢袍呢马褂。自奉极薄，一生没有做过寿，也不受人的礼。没有一切的嗜好，打牌是千载难逢的事，万不得已坐下时，输赢也都用铜子。

他住屋子，总是租那很破敝的，自己替房东来修理，栽花草，铺双重砖地，开门辟户。屋中陈设也极简单，环堵萧然[8]。他做海军副大臣时，在北平西城曾买了一所小房，南下后就把这所小房送给了一位同学。在福建省长任内，住前清总督衙门，地方极大，他只留下几间办公室，其余的连箭道一并拆掉，通成一条大街，至今人称肃威路，因为他是肃威将军。

"肃威"两字，不足为萨先生的考语，他实是一个极风趣极洒脱的人。生平喜欢小宴会，三五个朋友吃便饭，他最高兴。所以遇有任何团体公请他，他总是零碎的还礼，他说："客人太多时，主人不容易应酬得周到，不如小宴会，倒能宾主尽欢。"请客时一切肴馔[9]，总是自己检点，务要整齐清洁，也喜欢宴请西国朋友，屋中陈设虽然简单，却常常改换式样。自己的一切用物文玩，知道别人喜欢，立刻就送了人，送礼的时候，也是自己登门去送，从来不用仆役。

他写信极其详细周到，月日地址，每信都有，字迹秀楷，也喜作诗，与父亲常有唱和之作。他平常主张海军学校不请汉文教员，理由是文人颓放，不可使青年军人，沾染上腐败的习气。他说："我从十二岁就入军校，可是汉文也够用的，文字贵在自修，不在乎学作八股式的无性灵的文章。"我还能背诵他的一首在平汉车上作的七绝，是："晓发襄江尚未寒，夜过荣泽觉衣单，黄河桥上轻车渡，月照中流好共看。"我觉得末两句真是充分的表现了他那清洁超绝的人格！

我有二十多年没有看见他了，至今记忆中还有几件不能磨灭的事：我五六岁时候，他到烟台视察，住海军练营，一天下午父亲请他来家吃晚饭，约定是七时，到六时五十五分，父亲便带我到门口去等，说："萨军门是谨守时刻的，他常是早几分钟到主人门口，到时候才进来，我们不可使他久候。"我们走了出去，果然看见他穿着青呢袍，笑容满面的站在门口。

他又非常的温恭周到，有一次到我们家里来谈公事，里面端出点心来，是母亲自己做的，父亲无意中告诉了他。谈完公事，走到门口，又回来殷勤的说："请你谢谢你的太太，今天的点心真是好吃。"

父亲的客厅里，字画向来很少，因为他不是鉴赏家，相片也很少，因为他的朋友不多。而南下北上搬了几次家，客厅总挂有萨先生的相片，和他写赠的一幅对联，是："穷达尽为身外事，升沉不改故人情。"

听说他老人家现在福州居住，卖字作公益事业。灾区的放赈，总是他的事，因为在闽省赤区中，别人走不过的，只有他能通行无阻。在福州下渡，他用海军界的捐款，办了一个模范村，村民爱他如父母，为他建了一亭，逢时过节，都来拜访，腊八节，大家也给他熬些腊八粥，送到家去。

此外还有很多从朋友处听来的关于萨先生的事，都是极可珍贵的材料。夜深人倦，恕我不再记述了，横竖我是想写他的传记的，许多事不妨留在后来写。在此我只要说我的感想：前些日子看到行政院"澄清贪污"的命令，使我矍然[10]的觉出今日的贪污官吏之多，擅用公物，虽贤者不免，因为这已是微之又微的常事了！最使我失望的是我们的朋友中间，与公家发生关系者，也有的以占公家的便宜为能事，互相标榜夸说，这种风气已经养成，我们凋敝绝顶的邦家，更何堪这大小零碎的剥削！

我不愿提出我所耳闻目见的无数种种的贪污事实，我只愿高捧出一个清廉高峻的人格，使我们那些与贪污奋斗的朋友们，抬头望时，不生寂寞之感……

在此我敬谨遥祝他老人家长寿安康。

1936年3月23日夜

注释

1. 嘉言懿行：jiā yán yì xíng。嘉、懿：美，好。常指有益的言论和高尚的行为。
2. 惶遽：huáng jù。惊恐慌张。
3. 疍民：疍，dàn。也称为连家船民，他们终生漂泊于水上，以船为家。
4. 川资：路费、旅费、盘缠。
5. 伉俪：kàng lì。指夫妻。
6. 笃：dǔ。忠实，一心一意。
7. 鳏居：guān jū。即独身无妻室。
8. 环堵萧然：huán dǔ xiāo rán。环堵：环着四堵墙；萧然：萧条的样子。形容室中空无所有，极为贫困。
9. 肴馔：yáo zhuàn。菜肴。
10. 矍然：矍，jué。惊惧的样子。

导读

　　萨镇冰（1859—1952），字鼎铭，原籍雁门，世居榕城朱紫坊。他经历了前清、民国与解放初期的各个历史时期，是中国海军史上一位卓越的人物。同时，他一生扶贫济困，广造福祉，被人民大众称为"活菩萨"。生前享有隆声，死后享有美誉。

　　文章通过种种细节彰显了萨镇冰的高贵品质，在贪腐成风的现实世界中，作者想"高捧出一个清廉高峻的人格，使我们那些与贪污奋斗的朋友们，抬头望时，不生寂寞之感……"

摆龙门阵[1]
——从昆明到重庆

喜欢北平的人，总说昆明像北平，的确地，昆明是像北平。第一件，昆明那一片蔚蓝的天，春秋的太阳，光煦的晒到脸上，使人感觉到故都的温暖。近日楼一带就很像前门，闹烘烘的人来人往。近日楼前就是花市，早晨带一两块钱出去，随便你挑，茶花，杜鹃花，菊花，……还有许多不知名的热带的鲜艳的花。抱着一大捆回来，可以把几间屋子摆满。昆明还有些朋友，大半是些穷教授，北平各大学来的，见过世面，穷而不酸。几两花生，一杯白酒，抵掌[2]论天下事，对于抗战有信念，对于战后的回到北平，也有相当的把握。他们早晨起来是豆腐浆烧饼，中饭有个肉丝炒什么的，就算是荤菜。一件破蓝布大褂，昂然上课，一点不损教授的尊严。他们也谈穷，谈轰炸谈的却很幽默，而不悲惨，他们会给防空壕门口贴上"见机而作，入土为安"的春联。他们自比为落难的公子，曾给自己刻上一颗"小姐赠金"的图章。他们是抗战建国期中最结实最沉默最中坚的分子。昆明还有个西山，也有个黑龙潭，还有很大的寺院，如太华寺、华林寺等。周末和朋友们出去走走，坐船坐车，都可到山边水侧。总之昆明生活，很自由，很温煦，"京派的"——当然轰炸以后又不同一点了。

一种因缘，我从昆明又到了重庆。

从昆明机场起飞，整个机身浴在阳光里，下面是山村水郭，一小簇一小簇的结聚在绕烟之下。过不多时，下面就只见一片云海。白茫茫的，飞过了可爱的云南。

钻过了云海，机身不住的下沉，淡雾里看见两条大江，围抱住一片山地，这是重庆了，我觉得有点兴奋。"战时的首都，支持了三年的抗战，而又被敌机残忍的狂炸过的。"倚窗下望，我看见林立的颓垣破壁，上上下下的夹立在马路的两旁，我几乎以为是重游了罗马的废墟。这是敌人残暴与国人英勇的最好的纪录。

飞机着了地，踏过了沙滩上的大石子，迎头遇见了来接的友人。

我的朋友们都瘦了，都老了，然而他们是瘦老而不是颓倦。他们都很快乐，很兴奋，争着报告我以种种可安慰的消息。他们说忙，说躲警报，说找不着房子住，说看不见太阳。说话的态度却仍是幽默，而不是悲伤。在这里我又看见一种力量，就是支持了三年多的骆驼般的力量。

如今我们也是挤住在这断井颓垣中间。今年据说天气算好，有几天淡淡的日影，人们已有无限的感谢，这使我们这些久住北平而又住过昆明的人，觉得"寒伧³"。然而这里有一种心理上的太阳。光明灿烂是别处所不及的，昆明较淡，北平就几乎没有了。

重庆是忙，看在淡雾里奔来跑去的行人车轿。重庆是挤，看床上架床的屋子。重庆是兴奋，看那新年的大游行，童子军的健壮活泼和龙灯舞手的兴高采烈。

我渐渐的爱了重庆，爱了重庆的"忙"，不讨厌重庆的"挤"，我最喜欢的还是那些和我在忙中挤中同工的兴奋的人们，不论是在市内，在近郊，或是远远的在生死关头的前线。我们是乏，却不颓丧，是痛苦却不悲哀，我们沉静的负起了时代的使命，我们向着同一的信念和希望迈进。我们知道那一天，就是我们自己，和全世界爱好正义和平的人们，所共同庆祝的一天，将要来到。我们从淡雾里携带了心上的阳光，以整齐的步伐，向东向北走，直到迎见了天上的阳光。

（本篇最初发表于 1940 年 1 月第 2 卷《妇女新运通讯》第 1 期）

注释

1．龙门阵：就是聊天的意思。
2．抵掌：zhǐ zhǎng。击掌（表示高兴）。
3．寒伧：伧，chen。穷困，不体面。

导读

　　1938 年，中国正经受着日寇侵略的血腥磨难，北平沦陷了，华夏大地陷入战乱之灾，广大人民流离失所。国破家难全，这年秋天，冰心的丈夫——燕京大学社会学系教授吴文藻先生，受聘于云南大学，任社会学系教授兼系主任。于是，作者一家在云南生活了两年。

　　本文以乐观主义的态度，赞颂了抗战时期知识分子的精神风貌，虽然粗茶淡饭，却积极向上，对战争胜利满怀信心。

默庐试笔

一

我为什么潜意识地苦恋着北平？我现在真不必苦恋着北平，呈贡山居的环境，实在比我北平西郊的住处，还静，还美。我的寓楼，前廊朝东，正对着城墙，雉堞[1]蜿蜒，松影深青，雾天空阔。最好是在廊上看风雨，从天边几阵白烟，白雾，雨脚如绳，斜飞着直洒到楼前，越过远山，越过近塔，在瓦檐上散落出错落清脆的繁音。还有清晨黄昏看月出。日上、晚霞、朝蔼，变幻万端，莫可名状，使人每一早晚，都有新的企望，新的喜悦。下楼出门转向东北，松林下参差的长着荇菜[2]，菜穗正红，而红穗颜色，又分深浅，在灰墙、黄土、绿树之间，带映得十分悦目。出荆门北上斜坡，便到川台寺东首，栗树成林，林外隐见湖影和山光，林间有一片广场，这时已在城墙之上，登墙，外望，高岗起伏，远村隐约。我最爱早起在林中携书独坐，淡云来往，秋阳暖背，爽风拂面，这里清极静极，绝无人迹，只两个小女儿，穿着桔黄水红的绒衣，在广场上游戏奔走，使眼前宇宙，显得十分流动，鲜明。

我的寓楼，后窗朝西，书案便设在窗下，只在窗下，呈贡八景，已可见其三，北望是"凤岭松峦"，前望是"海潮夕照"，南望是"渔浦星灯"。窗前景物在第一段已经描写过，一百二十日夜之中，变化无穷，使人忘倦。出门南向，出正面荆门，西边是昆明西山，北边山上是三台寺。走到山坡尽处，有个平台，松柏丛绕，上有石磴和石块，可以坐立，登此下望，可见城内居舍，在树影中，错落参差。南望城外又可见三景，是龙街子山上之"龙山花坞"，罗藏山之"梁峰兆雨"，和城南印心亭下之"河洲月渚[3]"。其余两景是白龙潭之"彩洞亭鱼"，和黑龙潭之"碧潭异石"，这两景非走到潭边是看不见的，所以我对于默庐周围的眼界，觉得爽然没有遗憾。

平台的石磴上，客来常在那边坐地，四顾风景全收。年轻些的朋友来，就欢喜在台前松柏阴下的草坡上，纵横坐卧，不到饭时，不肯进来。平台上四无屏障，山风稍劲。入秋以来，我独在时，常走出后门北上，到寺侧林中，一来较静，二来较暖。

回溯生平郊外的住宅，无论是长居短居，恐怕是默庐最惬心意。国外的伍岛（Five Is1ands）白岭（White Mountains）山水不能两全，而且都是异国风光，没有亲切的意味。国内如山东之芝罘，如北平之海甸，芝罘山太高，海太深，自己那时也太小，时常迷茫消失于旷大寥阔[4]之中，觉得一身是客，是奴，凄然怔忡，不能自主。海甸楼窗，只能看见西山，玉泉山塔，和西苑兵营整齐的灰瓦，以及颐和园内之排云殿和佛香阁。湖水是被围墙全遮，不能望见。论山之青翠，湖之涟漪，风物之醇永亲切，没有一处赶得上默庐。我已经说过，这里整个是一首华兹华斯[5]的诗！

二

在这里住得妥帖，快乐，安稳，而旧友来到，欣赏默庐之外，谈锋又往往引到北平。

人家说想北平大觉寺的杏花，香山的红叶，我说我也想；人家说想北平的笔墨笺纸，我说我也想；人家说想北平的故宫北海，我说我也想；人家说想北平的烧鸭子涮羊肉，我说我也想；人家说想北平的火神庙隆福寺，我说我也想；人家说想北平的糖葫芦炒栗子，我说我也想。而在谈话之时，我的心灵时刻的自警说："不，你不能想，你是不能回去的，除非有那样的一天！"

我口说在想，心里不想，但看我离开北平以后，从未梦见过北平，足见我控制得相当之决绝——而且我试笔之顷，意马奔驰，在我自己惊觉之先，我已在纸上写出我是在苦恋着北平。

我如今镇静下来，细细分析：我的一生，至今日止在北平居住的时光，占了一生之半，从十一二岁，到三十几岁，这二十年是生平最关键，最难忘的发育，模塑的年光，印象最深，情感最浓，关系最切。一提到北平，后面立刻涌现了一副一副的面庞，一幅一幅的图画：我死去的母亲，健在的父亲，弟，侄，师，友，车夫，用人，报童，店伙……剪子巷的庭院，佟府堂前的玫瑰，天安门的华表，"五四"的游行，"九一八"黄昏时的卖报声，"国难至矣"的大标题，……我思潮奔放，眼前的图画和人面，也突兀变换，不可制止；最后我看见了景山最高顶，"明思宗殉国处"的方亭栏干上，有灯彩扎成的六个大字，是"庆祝徐州陷落"！

北平死去了！我至爱苦恋的北平，在不挣扎不抵抗之后，断续呻吟了几声，便恹然[6]的死去了！

二十六年七月二十八早晨，十六架日机，在晓光熹微[7]中悠悠的低飞而来；投了三十二颗炸弹，只炸得西苑一座空营。——但这一声巨响，震得一切都变了色。海甸被砍死了九个警察，第二大警察都换了黑色的制服，因为穿黄制服的人，都当做了散兵，游击队，有砍死刺死的危险。

四野的炮声枪声，由繁而稀，由近而远，声音也死去了！

五光十色的旗帜都高高的悬起了；日本旗，意大利旗，美国旗，英国旗，黄万字旗，红十字旗，……只看不见了青天白日旗。

西直门楼上，深黄色军服的日兵，箕踞[8]在雉堞上，倚着枪，咧着厚厚的嘴唇，露着不整齐的牙齿，下视狂笑。

街道上死一般的静寂，只三三两两褴褛趑趄的人，在仰首围读着"香月入城司令"的通告。

晴空下的天安门，饱看过千万青年摇旗呐喊，高呼"打倒日本帝国主义"的，如今只镇定的在看着一队一队零落的中小学生的行列，拖着太阳旗，五色旗，红着眼，低着头，来"庆祝"保定陷落，南京陷落……后面有日本机关枪队紧紧的监视跟随着。

日本的游历团，一船一船一车一车的从神户横滨运来，挂着旗号的大汽车，在景山路东长安街横冲直撞的飞走。东兴楼，东来顺挂起日文的招牌，欢迎远客。

故宫、北海、颐和园看不见一个穿长褂和西服的中国人，只听见橐橐[9]的军靴声，木屐声。穿长褂和西服的中国人都羞的藏起了，恨的溜走了。

街市忽然繁荣起来了，尤其是米市大街，王府井大街，店面上安起木门，挂上布帘，无线电机在广播着友邦的音乐。

我想起东京、神户，想起大连、沈阳，……北平也跟着大连、沈阳死去了，一个女神王后般美丽尊严的城市，在蹂躏[10]侮辱之下，恹然的死去了。

我恨了这美丽尊严的皮囊，躯壳！我走，我回顾这尊严美丽，瞠目瞪视的皮囊，没有一星留恋。在那高山丛林中，我仰首看到了一面飘扬的青天白日的旗帜，我站在旗影下，我走，我要走到天之涯，地之角，抖拂身上的怨尘恨土，深深的呼吸一下兴奋新鲜的朝气；我再走，我要掮¹¹着这方旗帜，来召集一星星的尊严美丽的灵魂，杀入那美丽尊严的躯壳！

（本篇最初发表于1940年2月28日香港《大公报》）

注释

1. 雉堞：zhì dié。古代城墙上掩护守城人用的矮墙，泛指城墙。
2. 荇菜：荇，xìng。荇菜，浅水性植物。茎细柔软而多分枝，匍匐生长，节上生根，漂浮于水面或生于泥土中。叶片形睡莲，小巧别致，鲜黄色花朵挺出水面，花多且花期长，是庭院点缀水景的佳品。
3. 渚：zhǔ。水中小块陆地。
4. 寥阔：liáo kuò。空旷；广远，广阔。
5. 华兹华斯：1770—1850，英国"湖畔派"诗人。
6. 恹然：恹，yān。精神委靡。
7. 熹微：xī wēi。形容阳光不强（多指清晨的阳光），光线淡弱。
8. 箕踞：jī jù。两脚张开，两膝微曲地坐着，形状像箕。这是一种轻慢傲视对方的姿态。
9. 橐橐：tuo tuo。象声词。硬物连续碰击声。
10. 蹂躏：róu lìn。践踏，踩。比喻用暴力欺压、侮辱、侵害、凌辱。
11. 掮：qián。用肩扛东西。

导读

本文优美中透着坚韧，娓娓道来亦见铮铮铁骨。即便是反映抗战的题材，冰心仍旧保持了婉约的风格；然而，在婉约之中透露出的外柔内劲的豪放气概，表达了她热爱祖国母亲，矢志收复失地的赤胆忠心，以及对北平、对祖国山河沦陷的无限悲痛之情。

力构小窗随笔

力 构 小 窗

"力构小窗"是潜庐里一间屋子的向东的窗户。这间屋子就算是书房罢，因为里面有几只书架，两张书桌，架上有些书籍报章，桌上也有些笔墨纸砚。不过西墙下还放着一张床，床下还有书箱，床边还有衣架。这床常常是不空着，周末回家的学生，游山而不能回去的客人，都在那里睡下，因此这书房常常变成客室，可用的时候，也不算多。

在北平的时候，曾给我们的书房起了一个名字，是"难为春室"，那时正是"九一八"之后，满目风云，取"四海皆秋气，一室难为春"之意。还请我们的朋友容希白先生，用甲骨文写了一张小横披。南下之后，那小横披也不知去向。前年在迁入潜庐之先，曾另请一位朋友再写这四个字的横额，这位先生嫌"难为春"三个字太衰飒，他再三迁延推托，至终这间书房兼客室的屋子，还没有名字。

中国人喜欢给亭台楼阁，屋子，房子，起些名字，这些名字，不但象形，而且会意，往往将主人的心胸寄托，完全呈露——当然用滥了之后，也往往不能代表——这种例子俯拾即是，不须多说。

潜庐只是歌乐山腰，向东的一座土房，大小只有六间屋子，外面看去四四方方的，毫无风趣可言！倒是屋子四围那几十棵松树，三年来拔高了四五尺，把房子完全遮起，无冬无夏，都是浓阴逼人。房子左右，有云顶兔子二山当窗对峙，无论从哪一处外望，都有峰峦起伏之胜。房子东面松树下便是山坡，有小小的一块空地，站在那里看下去，便如同在飞机里下视一般，嘉陵江蜿蜒如带，沙磁区各学校建筑，都排列在眼前。隔江是重庆，重庆山外是南岸的山，真是"蜀江水碧蜀山青"，重庆又常常阴雨，淡雾之中，碧的更碧，青的更青，比起北方山水，又另是一番景色。

潜庐不曾挂牌，也不曾悬匾，只有主人同客人提过这名字，客人写信来的时候，只要把主人名字写对了，房子的名字，也似乎起了效用。四川歌乐山的潜庐和云南三台山的默庐一样，都是主人静伏的意思。因此这房子里常常很静，孩子们一上学，连笑声都听不见。只主人自己悄悄的忙，有时写信，有时记帐，有时淘米，洗菜，缝衣裳，补袜子……却难得写写文章！

如今再回到"力构小窗"——这间书客室既是废名，而且环顾室中，也实在不配什么高雅的名字，只有这个窗子，窗前的一张书桌，两张藤椅，窗外一片浓荫，当松树抽枝的时候，桌上落下一层黄粉，山中浓雾，云气飞涌入帘，这些光景，都颇有点诗意。夜中一灯如豆，也有过亲戚的情话，朋友的清谈，有时雨声从窗外透入，月色从窗外浸来，都可以为日后追忆留恋的资料。尤其在当编辑的朋友，苦苦索稿的时候，自己一赌气拉过椅子坐下，提笔构思，这面窗子便横在眼前，排除不掉。

一个朋友说："你知道不？写作是一分靠天才，九分靠逼迫……"如今这一分天才，已消磨殆尽，而逼迫却从九分加到十分，我向来所坚持的"须其自来，不以力构"的写作条件，已不能存在了。忙病相连，忙中病中所偶得的一点文思，都在过眼云烟中消逝，人生几何？还是靠逼迫来乱写吧，于是乎名吾窗曰"力构小窗"，也是老牛破车，在鞭策下勉强前进的意思！

探　病

因为自己常常生病，也常常伺候生病的人，冷静旁观，觉得探病实在是一种艺术！

探病有几种条件：第一，这病人是否你所十分关怀的人？第二，这病人是否会因为你的探视，而觉得愉快，欢喜？第三，探病时的谈话；第四，探病时所携带赠送病人的物品，如书籍、花朵、糖果，及其他的用具和食物。

探病不是一件"面子事"，譬如某人病了，某人某人都已去看过，我同他也还算是朋友，不好意思不去走走，而你探望时的态度往往拘束，谈话往往勉强，比平常寒暄，更不自然，结果使病人也拘束，也勉强，因此而使他生出乏倦和厌烦，这种探病，于病人实在是有损无益。假如你觉得

他会因你之不去而见怪，则不妨写一封小启，纸短情长，轻描淡写，自此
而止。或者送一束鲜花，一本闲书，一袋糖果，附以小小的卡片，心到神知，
也还不俗。

假如这病人是你的至友，他无时无刻不在悬盼你的来临，你准知道你
推门进去，立刻会遇到他惊奇的笑容；但你也要防备到他会因着你的探视，
而过度兴奋，谈话太多，休息不足。在这种情况之下，你最好有时送花，
有时赠果，有时介绍一两本装璜轻巧的书本或闲书，然后特别在风雨之日，
别人不大出门的时候，去看他一看。那时你会发现病室很冷清，病人很寂寞，
正在他转侧无聊的时候，你轻轻进去，和他独对，这样，病人既无左右酬
应之烦，又有静坐谈心之乐。如中间又有别人来看，你坐坐就走，既予别
人以慰问的机会，又减少病人的困憊[1]，这种探病，往往是病人所最欢迎的。

有的人是自己闲着没事，又找不着闲人来共同消磨时间，忽然想到某
人正在养病，何不去找他谈谈？这种探病的人，最是可怕！他会因着你的
肠炎，而提到他自己的回归热，他的太太的斑疹伤寒，他的孩子的破伤风，
缕缕不倦，如数家珍，直闹到病人头昏脑热，觉得屋角床头，尽是病鬼！
或则对病人感世忧时，大发牢骚，怀家念乡，聊抒抑郁，结果使病人也抑
郁牢骚，不能自制，这种探病的人，最为医生及侍疾者所厌恶。所以对病
人宜用轻松愉快的谈话，报告以亲友间可喜可笑的消息，使他喜悦，使他
发笑。假如他是喜好文艺的人，不妨告诉他，你最近看到的诗文中的警句。
假如他是关心音乐或体育的人，你也可以报告他以时下什么精彩的音乐演
奏，或球类比赛。临走时你还可以给他点喜悦的希望，比如你说"下次我
再来时，可以陪你散散步了"。或者说："下星期日晚上，我可以陪你去听
听音乐了。"这都使他在幽闲的病榻上，有许多快乐的希冀与憧憬。最要
紧的还是想法子减轻病人心中的负担，例如你可以替他写几封信，办几件
事，看几个人，这些负担，都可以从谈话里探问出来的。

至于礼物的赠送，花朵当然最为适宜，鲜花是病人最大的安慰和喜乐。
但花的种类，颜色和香味，都应当有个拣选。

最好要知道病人平时所喜爱的花草和颜色，而且合他的欢心。

有的人不喜欢浓郁的花香，气息太微的人，香花也会引起他的头痛。
花的香要甜而清，如兰花、桂花、莲花、玫瑰花、香豆花，都是属于清甜
一路。否则有色无香的花，如海棠、杜鹃、山茶、石竹，都是艳而不香，

最合于病人的观赏。假如可能，花瓶也要送者配置，妥帖古雅，捧供床侧，不但受者欢欣，送者也会高兴。还有一件，送花要在病者床侧无花的时候，否则和许多别的花束，参在一起，不但显得喧闹，颜色也许还有不调和之处。

书籍的性质要轻松，文章要简短，使病人可以随时拿起放下，不费脑力，书的装潢要小而轻，不费病人的臂力腕力，字体要大而清楚，不费病人的眼力，画册也最适宜，如美术画、风景画等，使病人可以时常卧游。至于购送食品，要先得医生的许可，再适合病人的嗜好，果品常是有益无害的，如橙桔、苹果之类。自己烹调的菜肴，会引起病人的食欲，清淡整洁，而在医生许可之列者，也不妨随时致送。

生病是件苦事，但如有知心着意的人，来侍疾探病，生病不但变成件乐事，并且还是个福气。因病得闲，心境最清，文思诗情，都由此起，"维摩一室常多病，赖有天花作道场"。

等到病室变成道场的时候，生病真是最甜柔最幸福的一件事了。

做　梦

重庆是个山城，台阶特别的多，有时高至数百级。在市内走路，走平地的时候就很少，在层阶中腰歇下，往上看是高不可攀，往下看是下临无地，因此自从到了重庆以后，就常常梦见登山或上梯。

去年的一个春夜，我梦见在一条白石层阶上慢慢地往上走，两旁是白松和翠竹，梦中自己觉得是在爬北平西山碧云寺的台阶，走到台阶转折处，忽然天崩地陷的一声巨响，四周的松针竹叶都飞舞起来，阶旁的白石阑干，也都倾斜摧折。

自上面涌下一大片火水，烘烘的在层阶上奔流燃烧。烟火弥漫之中，我正在惊惶失措的时候，忽然听见上面有极清朗嘹亮的声音，在唤我的名字，抬头却只看见半截隐在烟云里的台阶。同时下面也有个极熟悉的声音，在唤我的名字，往下看是一团团红焰和黑烟。在梦里我却欣然的，不犹疑的往下奔走，似乎自己是赤着脚，踏着那台阶上流走燃烧的水火，飘然的直走到台阶尽处，下面是一道长堤，堤下是充塞的更浓厚的红焰和黑烟，黑烟中有个人在伸手接我，我叫着说："我走不下去了！"他说："你跳！"这一跳，我就跳回现实里来了！

心还在跳，身子还觉得虚飘飘的，好像在烟云里。

这真是春梦！都是重庆的台阶和敌人的轰炸，交织成的一些观念。但当我同时听见两个声音在呼唤的时候，为什么不往上走到白云中，而往下走入黑烟里？也许是避难就易，下趋是更顺更容易的缘故！

做梦本已荒唐，解说梦就更荒唐。我一生喜欢做梦，缘故是我很少做可怕的梦。我从小不怕鬼怪，大了不怕盗贼，没有什么神怪或侦探的故事，能以扰乱我的精神。我睡时开窗，而且不盖得太热，睡眠中清凉安稳，做的梦也常常是快乐光明的，虽然有时乱得不可言状，但决不可怕。

记得我母亲常常笑着同我说："我死后一定升天，因为我常梦见住着极清雅舒适的房子。"这样说，我死后也一定升天，因为我所看过的最美妙的山水，所住过的最爽适的房子，都是在梦里看过住过的。而且山水和房屋都是合在一起。比如说，我常常梦见独自在一个读书楼上，书桌正对着一扇极大的玻璃窗，这扇窗几乎是墙壁的全面，窗框是玲珑雕花的。窗外是一片湖水，湖上常有帆影，常有霞光。这景象，除了梦里，连照片图画上，我也不曾看见过——我常常想请人把我的梦，画成图画。

我还常梦见月光：有一次梦见在潜庐廊下，平常是山的地方，忽然都变成水，月光照在水上，像一片光明的海。在水边仿佛有个渔夫晒网。我说："这渔夫在晒网呢……"身边忽然站着一位朋友，他笑了，说："月光也可以晒网么？"在他的笑声中，我又醒了，真的，月光怎可以晒网？

"梦是心中想"，小时常常梦见考书，题目发下来，一个也不会，一急就醒了。旅行的时候，常常梦见误车误船，眼看着车开出站外，船开出口外，一急也就醒了。体弱的时候，常常梦见抱个极胖的孩子，双臂无力，就把他摔在地上。或是梦见上楼，走到中间，楼梯断了，这楼梯又仿佛是橡皮做的，把我颤摇摇的悬在空中。但是，在我的一生中，最常梦见的，还是山水，楼阁，月光……

单调的生活中，梦是个更换；乱离的生活中，梦是个慰安；困苦的生活中，梦是个娱乐；劳瘁的生活中，梦是个休息——梦把人们从桎梏[2]般的现实中，释放了出来，使他自由，使他在云中翱翔，使他在山峰上奔走。能做梦便是快乐，做的痛快，更是快乐。现实的有余不尽之间，都可以"留与断肠人做梦"。但梦境也尽有挫折，"可怜梦也不分明"，"梦怕悲中断"，"怎不思量，除梦里有时曾去。无据，和梦也新来不做。"等到"和梦也新来不做"的时候，生活中还有一丝诗意么？

(本篇最初发表于1943年12月13日《生活导报》周年纪念文集)

注释

1. 慵：yōng。懒惰，懒散。
2. 桎梏：zhì gù。束缚，压制。

导读

　　这几则随笔分别记述了"力构小窗"的由来、探病的艺术和梦境的奇幻。

　　"力构小窗"告诉人们，虽然写作"须其自来，不以力构"，但外力的鞭策往往也能促进写作。

　　"探病"里提到："生病是件苦事，但如有知心着意的人，来侍疾探病，生病不但变成件乐事，并且还是个福气"。可见"浮生半日闲"难得和可贵。

　　"做梦"则表达了"梦是心中想"，梦能够把人们从现实的桎梏中释放出来，让心灵自由翱翔。

我的良友——悼王世瑛女士

　　一个朋友，嵌在一个人的心天中，如同星座在青空中一样，某一颗星陨落了，就不能去移另一颗星来填满她的位置！我的心天中，本来星辰就十分稀少，失落了一颗大星，怎能使我不觉得空虚，惆怅？

　　我把朋友分为三类。第一类是有趣的，这类朋友，多半是很渊博，很隽永，纵谈起来乐而忘倦。月夕花晨，山颠水畔，他们常常是最赏心的伴侣。第二类是有才的，这类朋友，多半是才气纵横，或有奇癖，或不修边幅，尽管有许多地方，你的意见不能和他一致，面对于他精警的见解，迅疾的才具¹，常常会不能自已的心折。第三类是有情的，这类朋友，多半是静默冲和，温柔敦厚，在一起的时候，使人温暖，不见的时候，使人想念。尤其是在疾病困苦的时光，你会渴望着他的"同在"——王世瑛女士在我的朋友中，是属于有情的一类！

　　这并不是说世瑛是个无趣无才的人，世瑛趣有余而才非浅，不过她的"趣"和"才"都被她的"情"盖过了，淹没了。

　　世瑛和我，算起来有三十余年的交谊了，民国元年的秋天，我在福州，入了女子师范预科，那时我只十一岁，世瑛在本科三年级，她比我也只大三四岁光景。她在一班中年纪最小，梳辫子，穿裙子，平底鞋上还系着鞋带，十分的憨嬉活泼。因为她年纪小，就常常喜欢同低班的同学玩。她很喜欢我，我那时从海边初到城市，对一切都陌生畏怯，而且因为她是大学生，就有一点不大敢招揽，虽然我心里也很喜欢她。我们真正友谊的开始，还是"五四"那年同在北平就学的时代。

　　那年她在北平女高师就学，我也在北平燕京大学上课，相隔八九年之中，因着学校环境之不同，我们相互竟不知消息。直到五四运动掀起以后，女学界联合会，在青年会演剧筹款，各个学校单位都在青年会演习。我忘了女高师演的是什么，我们演的是莎士比亚的《威尼斯商人》。预演之夕，在二三幕之间，我独自走到楼上去，坐在黑暗里，凭阑下视，忽然听见后面有轻轻的脚步，一只温暖的手，按着我的肩膀，我回头一看，一个温柔的笑脸，问："你是谢婉莹不是？你还记得王世瑛么？"昏忙中我请她坐在我的旁边，黑暗的楼上，只有我们两个人，我们都注目台上，而谈话却不断的继续着。她告诉我当我在台上的时候，她就觉着面熟了，她向燕大的同学打听，证实了我是她童年的同学，一闭幕她就走到后台，从后台又跟到楼上……她笑了，说这相逢多么有趣！她问我燕大读书环境如何，又问"冰心是否就是你？"那时我对本校的同学，还没有公开的承认，对她却只好点了点头。三幕开始，我们就匆匆下去，从那时起，我们就成了最密的朋友。

那时我家住在北平东城中剪子巷，她住在西城砖塔胡同，北平城大，从东城到西城，坐洋车一走就是半天，大家都忙，见面的时候就很少。然而我们却常常通信，一星期可以有两三封。那时正是"五四"之役，大家都忙着讨论问题，一切事物，在重新估定价值的时候，问题和意见，就非常之多，我们在信里总感觉得说不完，因此在彼此放学回家之后，还常常通电话，一说就是一两个钟头。我们的意见，自然不尽相同，而我们却都能容纳对方的意见。等到后来，我们通信的内容，渐渐轻松，电话里也常常是清闲的谈笑，有时她还叫我从电话中弹琴给她听，我的父亲母亲常常跟我开玩笑，说他们从来没有看见我同人家这样要好过，父亲还笑说，"你们以后打电话的时间要缩短一些，我的电话常常被你们阻断了！"

我在学校里对谁都好，同学们也都对我好，因而也没有什么特别的"朋友"。世瑛就很热情，除了同谁都好之外，她在同班中还特别要好的三位朋友，那就是黄瑛（庐隐），陈定秀，和程俊英，连她自己被同学称为四君子。文采风流，出入相共，……庐隐在她的小说《海滨故人》里，把她们的交谊，说得很详细——世瑛在四君子之中，是最稳静温和的，而世瑛还常常说我"冷"，说我交朋友的作风，和别人不一样。我常常向她分辩，说我并不是冷，不过各人情感的训练不同，表示不同，我告诉她我军人的家庭，童年的环境，她感着很大的兴趣……然而我们并不是永远不见面。中央公园和北海在我们两家的中途，春秋假日，或是暑假里，我们常带着弟妹们去游赏——我们各有三个弟弟，她比我还多两个妹妹——小孩子奔走跳跃的时候，我们就坐在水榭或漪澜堂的阑旁，看水谈心。她砖塔胡同的家，外院有个假山，我们中剪子巷的门口大院里，也圈有一处花畦，有石凳秋千架等，假山和花畦之间，都是我们同游携手之地。我们往来的过访，至多半日，她多半是午饭后才来，黄昏回去，夏天有时就延至夜中。我们最欢喜在星夜深谈，写到这里，还想起一件故事：她在学生会刊物上写稿子，用的笔名是"一息"，我说"一息"这两字太衰飒，她就叫我替她取一个，我就拟了"一星"送她，我生平最爱星星，因集王次回的"明明可爱人如月"，和黄仲则的"一星如月看多时"两句诗，颂赞她是一个可爱的朋友，她欣然接受了。直至民国十二年我出国时为止，我们就这样谈而永的往来着。我比较冷静，她比较温柔，因此从来没有激烈的辩论，或吵过架，我们两家的人，都称我们"两小无猜"，算起来在朋友中，我同她谈的话最多，最彻底，通信的数量也最多（四五年之间，已在数百封以上），那几年是我们过往最密的时代，有多少最甜柔的故事，想起来使我非常的动心，留恋！

　　我出国去，她原定在北平东车站送行，因为那天早晨要替我赶完一件绒衣，到了车站，火车已经开走了，她十分惆怅，过几天她又赶到上海来送我上船。我感谢之余，还同她说，"假如我是你，送过一次也罢了，何必还赶这一场伤心的离别？"她泫然² 说，"就因为我不是你，我有我的想法！"——庐隐有一首新诗，就记的是这件事，我只记得中间四句，是：

　　　　辛苦织成的绒衣，
　　　　竟赶不上做别离的赠品，
　　　　秋风阵阵价紧，
　　　　不嫌衣裳太薄吗？

　　在上海我们又盘桓了几天。动身之日，我早同她约定，她送我上船就走，不要看着船开，但她不能履行这珍重的诺言，船开出好远，她还呆立在码头上……

　　到美国以后，功课一忙，路途又远，我们通信的密度，就比从前差远了，我只知道从上海，她就回到福州去教书。在十三年的春天，我在美国青山养病，忽然得到她的一封信，信末提到张君劢³ 先生向她求婚，问我这结合可不可以考虑，文句虽然是轻描淡写，而语意是相当的恳切。我和君劢先生素不相识，而他的哲学和政治的文章，是早已读过，世瑛既然问到我，这就表示她和她家庭方面，是没有问题的了，我即刻在床上回了一封信，竭力促成这件事，并请她告诉我以嘉礼的日期。那年的秋天，我就接到他们结婚的请柬，我记得我寄回去的礼物，是一只镶着桔红色宝石的手镯。

民国十五年秋天，我回国来，一到上海，就去访他们夫妇，那时他们的大孩子小虎诞生不久，世瑛在床上，君劢先生赶忙下楼来接我，一见面就如同多年的熟朋友一样，极高兴恳切的握着我的手。上得楼来，做了母亲的世瑛，乍看见我似乎有点羞怯，但立刻就被喜悦和兴奋盖过了。我在她床沿杂乱的说了半小时的话，怕她累着，就告辞了出来。在我北上以前，还见了好几次，从他们的谈话中，态度上都看出他们是很理想的和谐的伴侣。在我同他们个别谈话的时候，我还珍重的向他们各个人道贺，为他们祝福。

民国十六年以后，我的父亲在上海做事，全家都搬到上海来。年假暑假我回家的时候，总是常到他们家里，世瑛又做了两个，三个孩子的母亲，她的敦厚温柔，更是有增无减，同时她对于君劢先生的文章事业，都感着极大的兴趣，尽力帮忙。我在一旁看着，觉得我对于世瑛的敬爱，也是有增无减！她在家是个好女儿，好姐姐，在校是个好学生，好教师，好朋友，出嫁是个好妻子，好母亲，这种人格，是需要相当的忍耐和不断的努力，她以永恒的天真和诚恳，温柔和坦白来与她的环境周旋，她永远是她周围的人的慰安和灵感！

民国廿年母亲去世以后，父亲又搬回北平来，我和世瑛见面的机会便少了。民国廿三年他们从德国回来，君劢先生到燕大来教书，我们住得很近，又温起当年的友谊。君劢先生和文藻都是书虫子，他们谈起书来，就到半夜，我和世瑛因此更常在一起。北平西郊的风景又美，春秋佳日，正多赏心乐事，那一两年我们同住的光阴，似乎比以前更深刻纯化了。他们先离开了北平到了上海，我们在抗战以后也到了昆明，中间分别了六七年，各居一地，因着生活的紧张忙乱，在表面上，我们是疏远了。直到了前年，我们又在重庆见面，喜欢得几乎落下泪来，她握着我的手，说她听人说我总是生病，但出乎意外的我并不显得憔悴。我微笑了，我知道她的用心，她是在安慰我！我谢了她，我说，"抗战期间，大家都老了都瘦了，这是正常的表现，能不死就算好了。"她拦住我，说，"你总是爱说死字……"我一笑也就收住——谁知道她一个无病的人，倒先死了呢！

她住在汪山，我住在歌乐山，要相见就得渡一条江，翻一座岭，战时的交通，比什么都困难，弄到每年我们才能见到一两次面。她告诉我汪山有绿梅花。花时不可不来一赏，这约订了三年，也没有实现——我想我永不会到汪山去看梅花了，世瑛去了，就让我永远纪念这一个缺憾罢。我们在重庆仅有的一次通讯，是她先给我写的，去年五月一日，她到歌乐山来参加第一保育院的落成典礼，没有碰到我，她"怅惘而归"，在重庆给我写了几行：

冰姐：

到重庆后，第一次去歌乐山……因为他们告诉我，你也许会来参加保育院的落成典礼……我可以告诉你，我在山上等你好久了……我念旧之情，与日俱深——也许是年龄的关系，使我常常忆旧——可是今天的事实，到了保育院，既未见你，而时间的限制，又无法去看你，惆怅而归，老八又告诉我，你身体不大好，使我更懊悔我错过了机会，不抽一刻时间来看你！我在山上几次动笔写信给你，终于未寄，今天无论如何，要写这几个字给你，或不是你所想得到的，我是怎样今情犹昔！再谈吧，祝你痊安。

五·一

我在病榻上接到这封小简，十分高兴感动，那时正是杜鹃的季节，绿荫中一声声的杜宇[4]，参和了忆旧的心情，使我觉得惆怅，我复她一信。中有"杜鹃叫得人心烦"之语，今年三月，她已弃我而逝，我更怕听见鹃啼，每逢听见声凄而长的"苦——苦"，总使我矍然[5]的心痛，尤其是在雨中或月下的夜半一连叠声的"苦——"，枕上每使我凄然下泪……世瑛毕竟到歌乐山来看我一次，那是去年夏日，她从北温泉回来，带着两个女儿，和她的令弟世圻[6]夫妇，在我们廊上，坐了半天。她十分称赞我们廊前的远景，我便约她得暇来住些时——我们末次的相见，是在去年九月，我们都在重庆。君劢先生的令弟禹九夫妇，约我们在一起吃晚饭，饭后谈到我从前在北平到天桥寻访赛金花的事，世瑛听得很高兴，那时已将夜半，她便要留我住下。文藻笑问，"那么君劢呢？"世瑛也笑说，"君劢可以跟你回去住嘉庐。"我说，"我住待帆庐太舒服了，君劢住嘉庐却未免太委屈了他。"大家开了半天玩笑，但以第二天早晨我们还要开会，便终于走了，现在回想起来，追悔当初未曾留下，因为在我们三十余年的友谊中，还没有过"抵足而眠"的经历！今年三月初，我到重庆去，听到了世瑛分娩在即的消息。她前年曾夭折了她的第三个儿子——小豹——如今又可以补上一个小的，我很为她高兴。那时君劢先生同文藻正在美国参加太平洋学会，我便写信报告文藻，说君劢先生又快要做父亲了，信写去不到十天，梅月涵先生到山上来，也许他不知道我和世瑛的交情罢，在晚餐桌上，他偶然提起，说，"君劢夫人在前天去世了，大约是难产。"我突然停了箸，似乎也停止了心跳，半天说不出话来。

我一夜无眠，第二天一早，就分函在重庆的张肖梅女士（张禹九夫人）和张霭真女士（王世圻夫人）询问究竟。我总觉得这消息过于突然，三十年来生动的活在我心上的人，哪能这样不言不语的就走掉了？我终日悬悬的等着回信，两封回信终于在几天内陆续来到，证实了这最不幸的消息！霭真女士的信中说：

> ……六姐下山待产已月余，临产时心脏衰疲，心理上十分恐惧，产后即感不支，医师用尽方法，终未能挽回，婴儿男性，出生后不能呼吸，多方施救，始有生气，不幸延至次日，又复夭折……现灵柩[7]暂寄浙江会馆……君劢旅中得此消息，伤痛可知，天意如斯，夫复何言……

肖梅女士信中说：

> ……二家嫂临终以前，并无遗言，想其内心痛苦已极，惟有以不了了之……我不曾去浙江会馆，我要等着君劢先生回国来时，陪他同去。我不忍看见她的灵柩，惟有在安慰别人的时候，自己才鼓得起勇气！

我给文藻写了一封信，"……二十年来所看到的理想的快乐的夫妇，真是太希罕了，而这种生离死别的悲哀，就偏偏降临在他们的身上，我不忍想象君劢先生成了无'家'可归的人！假如他已得到国内的消息，你务

必去郑重安慰他……"六月中肖梅女士来访,她给我看了君劢先生挽世瑛的联语,是:

> 廿年来艰难与共,辛苦备尝,何图一别永诀;六旬矣报国有心,救世无术,忍负海誓山盟。

她又提到君劢先生赴美前夕,世瑛同他对斟对饮,情意缠绵,弟妹们都笑他们比少年夫妻,还要恩爱,等到世瑛死后,他们都觉得这惜别的表现,有点近于预兆。世瑛的身体素来很好,为人又沉静乐观,没有人会想到她会这样突然死去。二十年来她常常担心着我的健康,想不到素来不大健康的我,今夜会提笔来写追悼世瑛的文字!假如是她追悼我,她有更好的记忆力,更深的情感,她保存着更多的信件,她不定会写出多么缠绵悱恻的文章来!如今你的"冷静"的朋友,只能写这记帐式的一段,我何等的对不起你。不过,你走了,把这种东西留给我写,你还是聪明有福的!

1945年8月9日夜,重庆歌乐山

注释

1. 才具:cái jù。才干,才能。
2. 泫然:xuàn rán。流泪,眼泪下滴的样子。
3. 劢:mài。这里是人名。
4. 杜宇:杜鹃鸟的别名。
5. 矍然:jué rán。惊惧的样子。
6. 圻:qí。这里是人名。
7. 灵柩:líng jiù。死者已经入殓的棺材。

导读

王世瑛是我国现代才女,只是文坛遗忘了她。

王世瑛1899年出生于闽县(今福州市)一个名门望族,中国第一代女大学生,她参加了五四运动,这是中国妇女第一次参加的政治运动和示威游行。

　　王世瑛受新文学运动的影响，积极从事文学创作。她与同学黄英（庐隐）等，都是新文学运动中成立最早、影响最大的文学社团——文学研究会的早期会员。她们都是遵循文学研究会提倡的"为人生而艺术"的精神去创作的。

　　1922年夏，王世瑛从北京女高师（即北京女子师范大学）毕业，先后在该校附中及福建女子师范学校等校任国文教员。1925年，她与著名政治家、思想家、哲学家张君劢结婚，从此相夫教子，无暇文学写作。1945年王世瑛因难产不幸逝世。

　　王世瑛这个现代文坛上的"一星"，虽然早陨，却也照亮过文坛的星空，我们不应该忘记她。

　　作者回忆了与王世瑛之间的点点滴滴，情深谊长，令人感叹。

小橘灯

这是十几年以前的事了。

在一个春节前一天的下午，我到重庆郊外去看一位朋友。

她住在那个乡村的乡公所楼上。走上一段阴暗的仄仄[1]的楼梯，进到一间有一张方桌和几张竹凳、墙上装着一架电话的屋子，再进去就是我的朋友的房间，和外间只隔一幅布帘。她不在家，窗前桌上留着一张条子，说是她临时有事出去，叫我等着她。

我在她桌前坐下，随手拿起一张报纸来看，忽然听见外屋板门吱地一声开了，过了一会，又听见有人在挪动那竹凳子。我掀开帘子，看见一个小姑娘，只有八九岁光景，瘦瘦的苍白的脸，冻得发紫的嘴唇，头发很短，穿一身很破旧的衣裤，光脚穿一双草鞋，正在登上竹凳想去摘墙上的听话器，看见我似乎吃了一惊，把手缩了回来。我问她："你要打电话吗？"她一面爬下竹凳，一面点头说："我要 ×× 医院，找胡大夫，我妈妈刚才吐了许多血！"我问："你知道 ×× 医院的电话号码吗？"她摇了摇头说："我正想问电话局……"我赶紧从机旁的电话本子里找到医院的号码，就又问她："找到了大夫，我请他到谁家去呢？"她说："你只要说王春林家里病了，她就会来的。"

我把电话打通了，她感激地谢了我，回头就走。我拉住她问："你的家远吗？"她指着窗外说："就在山窝那棵大黄果树下面，一下子就走到的。"说着就登、登、登地下楼去了。

我又回到里屋去，把报纸前前后后都看完了，又拿起一本《唐诗三百首》来，看了一半，天色越发阴沉了，我的朋友还不回来。我无聊地站了起来，望着窗外浓雾里迷茫的山景，看到那棵黄果树下面的小屋，忽然想去探望那个小姑娘和她生病的妈妈。我下楼在门口买了几个大红橘子，塞在手提袋里，顺着歪斜不平的石板路，走到那小屋的门口。

我轻轻地叩着板门，刚才那个小姑娘出来开了门，抬头看了我，先愣了一下，后来就微笑了，招手叫我进去。这屋子很小很黑，靠墙的板铺上，她的妈妈闭着眼平躺着，大约是睡着了，被头上有斑斑的血痕，她的脸向里侧着，只看见她脸上的乱发，和脑后的一个大髻。

门边一个小炭炉，上面放着一个小沙锅，微微地冒着热气。这小姑娘把炉前的小凳子让我坐了，她自己就蹲在我旁边，不住地打量我。我轻轻地问："大夫来过了吗？"她说："来过了，给妈妈打了一针……她现在很好。"她又像安慰我似地说："你放心，大夫明早还要来的。"我问："她吃过东西吗？这锅里是什么？"她笑说："红薯稀饭——我们的年夜饭。"我想起了我带来的橘子，就拿出来放在床边的小矮桌上。她没有作声，只伸手拿过一个最大的橘子来，用小刀削去上面的一段皮，又用两只手把底下的一大半轻轻地揉捏着。

我低声问："你家还有什么人？"她说："现在没有什么人，我爸爸到外面去了……"她没有说下去，只慢慢地从橘皮里掏出一瓣一瓣的橘瓣来，放在她妈妈的枕头边。

炉火的微光，渐渐地暗了下去，外面变黑了。我站起来要走，她拉住我，一面极其敏捷地拿过穿着麻线的大针，把那小橘碗四周相对地穿起来，像一个小筐似的，用一根小竹棍挑着，又从窗台上拿了一段短短的蜡头，放在里面点起来，递给我说："天黑了，路滑，这盏小橘灯照你上山吧！"

我赞赏地接过，谢了她，她送我出到门外，我不知道说什么好，她又像安慰我似地说："不久，我爸爸一定会回来的。那时我妈妈就会好了。"她用小手在面前画一个圆圈，最后按到我的手上："我们大家也都好了！"显然地，这"大家"也包括我在内。

我提着这灵巧的小橘灯，慢慢地在黑暗潮湿的山路上走着。这朦胧的橘红的光，实在照不了多远，但这小姑娘的镇定、勇敢、乐观的精神鼓舞了我，我似乎觉得眼前有无限光明！

我的朋友已经回来了，看见我提着小橘灯，便问我从哪里来。我说："从……从王春林家来。"她惊异地说："王春林，那个木匠，你怎么认得他？去年山下医学院里，有几个学生，被当作共产党抓走了，以后王春林也失踪了，据说他常替那些学生送信……"

当夜，我就离开那山村，再也没有听见那小姑娘和她母亲的消息。但是从那时起，每逢春节，我就想起那盏小橘灯。十二年过去了，那小姑娘的爸爸一定早回来了。她妈妈也一定好了吧？因为我们"大家"都"好"了。

（本篇最初发表于1957年1月31日《中国少年报》，后收入小说、散文、诗歌合集《小橘灯》，作家出版社1980年4月初版）

注释

1．仄仄：zè zè。狭窄。

导读

文章反映了1945年抗战期间革命者在国民党反动派统治下的艰苦处境和对光明的渴望，赞扬了他们坚定、勇敢和乐观的革命精神。

文中的"小姑娘"是一位地下党员的女儿。当时，国民党反动派正残酷地逮捕、屠杀地下党员，白色恐怖笼罩着重庆。小姑娘的父亲因党组织受到破坏而离开了家，母亲因受到追踪特务的殴打而吐了血。"小姑娘瘦瘦的苍白的脸，冻得发紫的嘴唇"，"穿一身很破旧的衣裤，光脚穿一双草鞋"，然而，这位小姑娘不像一般孩子那样惊慌失措、哭鼻子，而是镇定、勇敢、乐观地替大人做事。这对一个八九岁的小女孩来说，是多么不容易！

小姑娘的家很清贫，年夜饭吃的是"红薯稀饭"。她"从橘皮里掏出一瓢一瓢的橘瓣来，放在她妈妈的枕头边"。同时她又灵巧地做了一个美丽的"小橘灯"，递给"我"说："天黑了，路滑，这盏小橘灯照你上山吧！"小姑娘何其懂事、伶俐、聪慧。

《小橘灯》之"美"，美在"以小见大"、"平中见奇"。作者善于从看似寻常的事物中发掘出不寻常的意义，从一滴水反映出太阳的光辉。一个八九岁的小姑娘，在那个战争年代所流露出来的人性的天真、善良、勇敢，以及她身上散发出的心灵的光辉，照亮了黑夜中的行人。

樱花赞

　　樱花是日本的骄傲。到日本去的人，未到之前，首先要想起樱花；到了之后，首先要谈到樱花。你若是在夏秋之间到达的，日本朋友们会很惋惜地说："你错过了樱花季节了！"

　　你若是冬天到达的，他们会挽留你说："多呆些日子，等看过樱花再走吧！"总而言之，樱花和"瑞雪灵峰"的富士山一样，成了日本的象征。

　　我看樱花，往少里说，也有几十次了。在东京的青山墓地看，上野公园看，千鸟渊看……；在京都看，奈良看……；雨里看，雾中看，月下看……日本到处都有樱花，有的是几百棵花树拥在一起，有的是一两棵花树在路旁水边悄然独立。

　　春天在日本就是沉浸在弥漫的樱花气息里！

　　我的日本朋友告诉我，樱花一共有三百多种，最多的是山樱、吉野樱和八重樱。山樱和吉野樱不像桃花那样地白中透红，也不像梨花那样地白中透绿，它是莲灰色的。八重樱就丰满红润一些，近乎北京城里春天的海棠。此外还有浅黄色的郁金樱，花枝低垂的枝垂樱，"春分"时节最早开花的彼岸樱，花瓣多到三百余片的菊樱……掩映重迭、争妍斗艳。清代诗人黄遵宪的樱花歌中有：

　　　　……墨江泼绿水微波，万花掩映江之沱，倾城看花奈花何，人人同唱樱花歌……花光照海影如潮，游侠聚作萃渊薮[1]……十日之游举国狂，岁岁欢虞[2]朝复暮……

　　这首歌写尽了日本人春天看樱花的举国若狂的胜况。"十日之游"是短促的，连阴之后，春阳暴暖，樱花就漫山遍地的开了起来，一阵风雨，就又迅速地凋谢了，漫山遍地又是一片落英！日本的文人因此写出许多"人生短促"的凄凉感喟的诗歌，据说樱花的特点也在"早开早落"上面。也许因为我是个中国人，对于樱花的联想，不是那么灰黯。虽然我在一九四七年的春天，在东京的青山墓地第一次看樱花的时候，墓地里尽是些阴郁的低头扫墓的人，间以喝多了酒引吭悲歌的醉客，当我穿过圆穹似的莲灰色的繁花覆盖的甬道的时候，也曾使我起了一阵低沉的感觉。

今年春天我到日本，正是樱花盛开的季节，我到处都看了樱花，在东京，大阪，京都，箱根，镰仓……但是四月十三日我在金泽萝香山上所看到的樱花，却是我所看过的最璀璨、最庄严的华光四射的樱花！

四月十二日，下着大雨，我们到离金泽市不远的内滩渔村去访问。路上偶然听说明天是金泽市出租汽车公司工人罢工的日子。金泽市有十二家出租汽车公司，有汽车二百五十辆，雇用着几百名的司机和工人。他们为了生活的压迫，要求增加工资，已经进行过五次罢工了，还没有达到目的，明天的罢工将是第六次。

那个下午，我们在大雨的海滩上和内滩农民的家里，听到了许多工农群众为反对美军侵占农田作打靶场，奋起斗争终于胜利的种种可泣可歌的事迹。晚上又参加了一个情况热烈的群众欢迎大会，大家都兴奋得睡不好觉，第二天早起，匆匆地整装出发，我根本就把今天汽车司机罢工的事情，忘在九霄云外了。

早晨八点四十分，我们从旅馆出来，十一辆汽车整整齐齐地摆在门口。我们分别上了车，徐徐地沿着山路，曲折而下。天气晴明，和煦的东风吹着，灿烂的阳光晃着我们的眼睛……

这时我才忽然想起，今天不是汽车司机们罢工的日子么？

他们罢工的时间不是从早晨八时开始么？为着送我们上车，不是耽误了他们的罢工时刻么？我连忙向前面和司机同坐的日本朋友询问究竟。日本朋友回过头来微微地笑说："为着要送中国作家代表团上车站，他们昨夜开个紧急会议，决定把罢工时间改为从早晨九点开始了！"我正激动着要说一两句道谢的话的时候，那位端详稳静、目光注视着前面的司机，稍稍地侧着头，谦和地说："促进日中人民的友谊，也是斗争的一部分呵！"

我的心猛然地跳了一下，像点着的焰火一样，从心灵深处喷出了感激的漫天灿烂的火花……

清晨的山路上，没有别的车辆，只有我们这十一辆汽车，沙沙地飞驰。这时我忽然看到，山路的两旁，簇拥着雨后盛开的几百树几千树的樱花！这樱花，一堆堆，一层层，好像云海似地，在朝阳下绯红万顷，溢彩流光。

当曲折的山路被这无边的花云遮盖了的时候，我们就像坐在十一只首尾相接的轻舟之中，凌驾着骀荡[3]的东风，两舷溅起哗哗的花浪，迅捷地向着初升的太阳前进！

下了山，到了市中心，街上仍没有看到其他的行驶的车辆，只看到街旁许多的汽车行里，大门敞开着，门内排列着大小的汽车，门口插着大面的红旗，汽车工人们整齐地站在门边，微笑着目送我们这一行车辆走过。

到了车站，我们下了车，以满腔沸腾的热情紧紧地握着司机们的手，感谢他们对我们的帮助，并祝他们斗争的胜利。

热烈的惜别场面过去了，火车开了好久，窗前拂过的是连绵的雪山和奔流的春水，但是我的眼前仍旧辉映着这一片我所从未见过的奇丽的樱花！

我回过头来，问着同行的日本朋友："樱花不消说是美丽的，但是从日本人看来，到底樱花美在哪里？"他搔了搔头，笑着说："世界上没有不美的花朵……至于对某一种花的喜爱，却是由于各人心中的感触。日本文人从美而易落的樱花里，感到人生的短暂，武士们就联想到捐躯的壮烈。至于一般人民，他们喜欢樱花，就是因为它在凄厉的冬天之后，首先给人民带来了兴奋喜乐的春天的消息。在日本，樱花就是多！山上、水边、街旁、院里，到处都是。积雪还没有消融，冬服还没有去身，幽暗的房间里还是春寒料峭，只要远远地一丝东风吹来，天上露出了阳光，这樱花就漫山遍地的开起！不管是山樱也好，吉野樱也好，八重樱也好……向它旁边的日本三岛上的人民，报告了春天的振奋蓬勃的消息。"

这番话，给我讲明了两个道理。一个是：樱花开遍了蓬莱三岛，是日本人民自己的花，它永远给日本人民以春天的兴奋与鼓舞；一个是：看花人的心理活动，形成了对于某些花卉的特别喜爱。金泽的樱花，并不比别处的更加美丽。汽车司机的一句深切动人的、表达日本劳动人民对于中国人民的深厚友谊的话，使得我眼中的金泽的漫山遍地的樱花，幻成一片中日人民友谊的花的云海，让友谊的轻舟，激箭似地，向着灿烂的朝阳前进！

深夜回忆，暖意盈怀，欣然提笔作樱花赞。

1961年5月18日夜

（本篇最初发表于1961年6月《人民文学》）

注释

1. 渊薮：yuān sǒu。渊，深水，潭，渊水，渊谷，渊林，鱼所聚处。薮，生长着很多草的湖泽。渊薮，比喻人或事物集中的地方。
2. 欢虞：huān yú。同"欢娱"。
3. 骀荡：dài dàng。舒缓荡漾的样子。常用来形容春天的景色。

导读

　　《樱花赞》写于1961年，是冰心散文的代表作之一，秉持了作者一贯纤细柔美的文风。纵观冰心作品，她所具有的更多是诗人的气质，她给予读者的是一颗"赤子之心"——纯洁无邪，清新优美，以及对生活、对自然笃挚的爱！她委婉地表达自己对人生、对社会的看法，她把爱化为一种直感，化为童年的天真，揭示心灵的奥秘，使诗和散文有机地融汇在一起。冰心的诗歌具有散文的自由特征，而散文则有诗的韵味在。

　　作者的笔触生动曼妙，从日本的樱花写到日本的人，从景物写到人物，而金泽市出租汽车司机的罢工，居然为了送中国作家代表团上车站而改动时间，于是"我的心猛然地跳了一下，像点着的焰火一样，从心灵深处喷出了感激的漫天灿烂的火花……"两国人民的深厚情谊使文章的叙事得到升华。

　　作者以樱花作为日本人民的象征，寓哲理于形象之中，由表及里地揭示了樱花本质的美，发自内心地讴歌了热爱生活，敢于斗争，追求光明的日本人民。

　　那一片作者"从未见过的奇丽的樱花"，映射出别样的光彩。这段对樱花的重点描写是全文的"华彩乐章"，并使文章进入了高潮，作者饱满的感情也得到了释放。樱花在作者心里幻化成两国友谊的神圣图腾，那么"庄严"、那么"华光四射"。

　　《樱花赞》的节奏是平和而渐进的，内容是充实而感人的，语言是含蓄而隽永的，意境是美而深刻的。

每逢佳节

唐诗人王维的《九月九日忆山东兄弟》这首诗，一千多年来脍炙人口[1]，每逢佳节，在乡的游子，谁不在心里低徊地背诵着：

> 独在异乡为异客
> 每逢佳节倍思亲
> 遥知兄弟登高处
> 遍插茱萸[2]少一人

其实，在秋高气爽的风光里，在满眼黄花红叶的山头，饮着菊花酒，插着茱萸的兄弟们，也更会忆起"独在异乡为异客"的王维，他们并肩站在山上遥望天涯，也会不约而同地怅忆着异乡的游子，恨不得这时也有他在内，和大家一起度过这欢乐的时光。

我深深知道这种情绪，因为每逢国庆，我都会极其深切地想到我们海外的亲人。在新秋的爽风和微温的朝阳下，我登上天安门前的观礼台，迎面就看到排成一长列的军乐队，灿白的制服和金黄的乐器，在朝阳下闪光，还有一眼望不尽的，草绿的，白色的一方方的象用刀裁出来各种军队的整齐行列，他们的后面是花枝招展的象一大片花畦[3]的少年儿童的队伍，太远了，听不见他们的笑语，但看万头攒动[4]的样子，就知道他们在欢悦地说个不停……这一切，从礼炮放过的两个钟头，直到我们伟大的毛主席和国家领导人以及贵宾们，在天安门城楼上从东到西向我们挥帽招手时为止，我的心一直在想着许许多多现在在国外的男女老幼的脸，我忆起他们恳挚的直盯在你脸上的眼光，他们的倾听着你谈话的神情，他们的从车窗外伸进来的滚热的手，他们不断起伏的在我们车外唱的高亢的《歌唱祖国》的歌声……我想，这时候，在全地球，不知道有几千万颗的心，向日葵似地转向着天安门，而在天安门上，和天安门的周围——这周围扩大到祖国国境的边界——更不知道有几亿万颗心，也正想念着国外的亲人啊！

观礼台前涌过浩荡的彩旗的海，欢呼的声音象雄壮的波涛一般的起落，我的心思随着这涛声飘到印度的孟买，我看到一个老人清癯[5]的布满皱纹的笑脸，他出国的年头和我出生的年纪差不多一样长！他是那般亲热地、颤巍巍地跟在我们前后，不住地问长问短，又喜悦，又惊奇，两行激动的热泪，沿着眼角皱纹，一直流下双颊……

我的心思，飘到英国的利物浦，在一个四壁画满中国风景，屋顶挂着中国宫灯的饭店里，那一对热情的店东夫妇，斟上一杯又一杯的浓郁的酒，欢祝祖国万岁，祖国人民万岁，勉强我们一杯一杯地喝干。英雄的人民站起来了，使得他们三十多年来抛乡离井，异乡糊口的生活，突然增加了光彩，看见了来访的亲人，更使他们兴奋，他们的眼里、身上，涌溢着如海的深情……谁道"西出阳关无故人"？我们虽是不会喝酒的人，那时是"十觞[6]亦不醉"地痛饮了下去……

我的心思，飘到缅甸的仰光，码头上长行的献花的孩子，向着我们扑来。这一群华侨儿童，打扮得出水芙蓉一般的皎洁秀丽，短裤短裙，露出肥胖的小腿，覆额的黑发下闪烁着欢喜的眼光。他们献过花，便挽在我们的臂上，紧紧地跟着我们走，我笑问他们："你们认得我么？怎么跟我们这么亲热呵？"他们天真地笑着仰头说："为什么怕生呢，你们是我们的亲人呵！"他们说的普通话，是那么清脆，那么正确，"亲人"这两个字，流到我们的耳朵里，把我们的心都融化了……

我的心思，飘到日本的镰仓，这一所庭园，经过一场春雨，纤草绿得象一张绒毯，几树不知名的浓红的花，在远远的亭子边开着。我住的这间"茶室"，两面都是大玻璃窗，透亮得象金鱼缸一样，室内一张方方的短几，一个大大的火盆，转着火盆抱膝坐着几个华侨青年。这几个青年，从我们到日本访问起就一直陪着我们，但是我们忙着访问，他们忙着工作，一直没有畅谈过，现在我们到镰仓来休息了，他们决不放过这个机会，但是他们又怕我们劳累，在纸门外你推我让，终于叩门进来了……我们转着火盆，谈着祖国建设，谈着世界和平，谈着中日友好，谈着他们各人的生活，志愿……谈得那样热烈，那样真挚，直谈到灯上夜阑[7]，炉火拨了又拨，添了又添，若不是有人来催，他们还恋恋不肯离去……

我的心思，飘过异国的许多口岸，熨贴着各处各地在异乡作客的亲人。他们和他们的祖先都是勤劳勇敢的劳动人民，被从前的黑暗政治所压迫，咬着牙飘洋过海，到远离祖国的地方，靠着自己坚强的双手，经过千辛万苦，立业成家。在祖国悲惨黑暗的年头，他们是有家难奔，有国难投，岁时节庆，怅望故乡，也只有魂销肠断；然而他们并不灰心，一面竭力地从各方面辅助祖国自由独立的事业，一面和当地人民合作友好，鼓着勇气生活下去。英雄的中国人民站起来了，十二年之中，不但站得稳，而且站得高，成了保卫世界和平的一面鲜红的旗帜。如今，我们海外的亲人，每逢佳节，不是低徊抑郁地思乡，而是欢欣鼓舞地悬想着腾光溢彩的天安门。

　　但是，他们应该会想到，在天安门上面和周围，也有无数颗火热的心在想着他们，交叉的亿万颗心，在同一节奏里剧烈地跳动。这种音乐，和我们的社会主义的祖国一样，是崭新的，它鼓舞着我们，在迎风飘扬的五星红旗下，隔着海洋，一同为祖国建设和世界和平尽上我们最大的力量！

（本篇最初发表于1961年10月1日《文汇报》，后收入散文集
《樱花赞》）

注释

1. 脍炙人口：脍炙，kuài zhì。脍：切细的肉；炙：烤熟的肉。脍和炙都是人们爱吃的食物，比喻好的诗文受到人们的称赞和传诵。
2. 茱萸：zhū yú。植物名。香气辛烈，可入药。古俗农历九月九日重阳节，佩茱萸能祛邪避恶。
3. 花畦：畦，qí。畦：田园中分成的小区。
4. 攒动：cuán dòng。攒：聚，凑集，拼凑。拥挤在一起晃动。
5. 清癯：qīng qú。亦作"清臞"。清瘦，一般形容有气质但比较清贫的知识分子。
6. 觞：shāng。古代酒器。
7. 夜阑：yè lán。夜将尽。夜深人静的时候。

导读

　　本文是一篇热情洋溢、诗意充盈的抒情散文。

　　"每逢佳节倍思亲"，是唐代诗人王维诗中的佳句。王维诗里所说的"佳节"，是指秋高气爽的重阳节，而冰心在这篇散文中所说的"佳节"，则是"在新秋的爽风和微温的朝阳下"登上天安门城楼参加盛典的国庆节；王维诗里所说的"倍思亲"的"亲"，不过指自己的兄弟，而冰心文章里所说的"倍思亲"的"亲"，则是指居住在世界各地的华侨——祖国的游子，我们的同胞。

冰心引用王维的诗句作为文章的题目，而又把它的意境加以开拓、升华，使文章的立意充满诗情而又辽阔高远。

祖国人民时刻怀念自己的手足，海外华侨日夜想念自己的同胞。《每逢佳节》深切地表达了这种怀念和眷恋之情，它如烈火，如醇酒，真挚深沉，使人激奋，令人陶醉。

文章一扫作者早期散文中那种忧愁的情思，以炽热的爱国感情替代温柔的母爱，文风也为之一变，清新秀丽中透出奔放和浑厚。

一只木屐[1]

淡金色的夕阳，像这条轮船一样，懒洋洋地停在这一块长方形的海上。两边码头上仓库的灰色大门，已经紧紧地关起了。一下午的嘈杂的人声，已经寂静了下来，只有乍起的晚风，在吹卷着码头上零乱的草绳和尘土。

我默默地倚伏在船栏上，周围是一片的空虚和沉重，时间一分一分地过去，苍茫的夜色，笼盖了下来。

猛抬头，我看见在离船不远的水面上，飘着一只木屐，它已被海水泡成黑褐色的了。它在摇动的波浪上，摇着、摇着，慢慢地往外移，仿佛要努力地摇到外面大海上去似的！

啊！我苦难中的朋友！你怎么知道我要悄悄地离开？你又怎么知道我心里丢不下那些把你穿在脚下的朋友？你从岸上跳进海中，万里迢迢地在船边护送着我？

过去几年的、在东京的苦闷不眠的夜晚——相伴我的只有瓦檐上的雨声，纸窗外的月色，更多的是空虚而沉重的、黑魆魆[2]的长夜。而每一个不眠的夜晚，我都听到嘎达嘎达的木屐声音，一阵一阵地从我楼前走过。这声音，踏在石子路上，清空而又坚实——它不像我从前听过的、引人憎恨的、北京东单操场上日本军官的军靴声，也不像北京饭店的大厅上日本官员、绅士的皮鞋声。这是日本劳动人民的、风里雨里寸步不离的、清空而又坚实的声音……

我把双手交叉起，枕在脑后，随着一阵一阵的屐声，在想象中从穿着木屐的双脚，慢慢地向上看，我看到悲哀憔悴的穿着外褂、套着白罩衣的老人、老妇的脸；我看到痛苦愤怒的穿着工裤、披着蓑衣的工人、农民的脸；我看到忧郁彷徨的戴着四角帽、穿着短裙的青年、少女的脸……这些脸，都是我白天在街头巷尾不断看到的，这时都汇合了起来，从我楼前嘎达嘎达地走过。

"苦难中的朋友！在这里黑魆魆长夜，希望在哪里？你们这样嘎达嘎达地往哪里走呢？"在失眠的辗转反侧之中，我总是这样痛苦地想。

但是鲁迅的几句话，也常常闪光似的刺进我黑暗的心头，"我想：希望本无所谓有，无所谓无的。这正如地上的路；其实地上本没有路，走的人多了，也便成了路。"

就这样，这清空而又坚实的木屐声音，一夜又一夜地从我的乱石嶙峋的思路上踏过；一声又一声、一步又一步地替我踏出了一条坚实平坦的大道，把我从黑夜送到黎明！

事情过去十多年了，但是我还常常想起那日那时日本横滨码头旁边水上的那只木屐。对于我，它象征着日本劳动人民，也使我回忆起那几年居留日本的一段生活，引起我许多复杂的情感。

从那日那时离开日本后，我又去了两次。这时候，日本人民不但是我的苦难中的朋友，也是我斗争中的朋友了，我心中的苦乐和十几年前已大不相同。但是，当同去的人们，珍重地带回了些与富士山或樱花有关的纪念品的时候，我却收集一些小小的、引人眷恋的玩具木屐……

（本篇最初发表于《上海文学》1962年7月号，后收入散文集《樱花赞》）

注释

1. 木屐：mù jī。木底拖鞋。
2. 黑魆魆：hēi xū xū。形容黑暗无光。

导读

在诸多描写别离的作品中，《一只木屐》显得很是别致。作者没有去写送别的人，而是写了一只漂浮的木屐。木屐在这儿作为一种拟定的情绪代码出现，漂浮的木屐与离别的愁绪立即有了沟通，一腔的离愁别绪都被它点燃。

"我"由木屐想到在日本几年的长夜，那嘎达嘎达的木屐声总在长夜中从楼前走过，"清空而又坚实"；并且，"我"在这声声的嘎达嘎达中，想象着穿着木屐的双脚，想象着一张张老人、老妇的脸，工人、农民的脸，青年、少女的脸，他们或悲哀憔悴，或痛苦愤怒，或忧郁彷徨，在长夜中漫无目的地走着，在长夜里寻找光明之路。

　　这就是那只漂浮的木屐之所以能引起别离愁绪的原委所在。

腊八粥

　　从我能记事的日子起，我就记得每年农历十二月初八，母亲给我们煮腊八粥。

　　这腊八粥是用糯米、红糖和十八种干果掺在一起煮成的。干果里大的有红枣、桂圆、核桃、白果、杏仁、栗子、花生、葡萄干等等，小的有各种豆子和芝麻之类，吃起来十分香甜可口。母亲每年都是煮一大锅，不但合家大小都吃到了，有多的还分送给邻居和亲友。

　　母亲说：这腊八粥本来是佛教寺煮来供佛的——十八种干果象征着十八罗汉，后来这风俗便在民间通行，因为借此机会，清理厨柜，把这些剩余杂果，煮给孩子吃，也是节约的好办法。最后，她叹一口气说："我的母亲是腊八这一天逝世的，那时我只有十四岁。我伏在她身上痛哭之后，赶忙到厨房去给父亲和哥哥做早饭，还看见灶上摆着一小锅她昨天煮好的腊八粥，现在我每年还煮这腊八粥，不是为了供佛，而是为了纪念我的母亲。"

　　我的母亲是一九三〇年一月七日逝世的，正巧那天也是农历腊八！那时我已有了自己的家，为了纪念我的母亲，我也每年在这一天煮腊八粥。虽然我凑不上十八种干果，但是孩子们也还是爱吃的。抗战后南北迁徙，有时还在国外，尤其是最近的十年，我们几乎连个"家"都没有，也就把"腊八"这个日子淡忘了。

　　今年"腊八"这一天早晨，我偶然看见我的第三代几个孩子，围在桌旁边，在洗红枣，剥花生，看见我来了，都抬起头来说："姥姥，以后我们每年还煮腊八粥吃吧！妈妈说这腊八粥可好吃啦。您从前是每年都煮的。"我笑了，心想这些孩子们真馋。我说："那是你妈妈们小时候的事情了。在抗战的时候，难得吃到一点甜食，吃腊八粥就成了大典。现在为什么还找这个麻烦？"

　　他们彼此对看了一下，低下头去，一个孩子轻轻地说："妈妈和姨妈说，您母亲为了纪念她的母亲，就每年煮腊八粥，您为了纪念您的母亲，也每年煮腊八粥。现在我们为了纪念我们敬爱的周总理，周爷爷，我们也要每年煮腊八粥！这些红枣、花生、栗子和我们能凑来的各种豆子，不是代表十八罗汉，而是象征着我们这一代准备走上各条战线的中国少年，大家紧紧地、融洽地、甜甜蜜蜜地团结在一起……"他一面从口袋里掏出一小张叠得很平整的小日历纸，在一九七六年一月八日的下面，印着"农历乙卯年十二月八日"字样。他把这张小纸送到我眼前说："您看，这是妈妈保留下来的。周爷爷的忌辰[1]，就是腊八！"

我没有说什么，只泫然地低下头去，和他们一同剥起花生来。

1979年2月3日凌晨

（本篇最初发表于1979年3月《新港》3月号）

注释

1．忌辰：先辈去世的日子（旧俗这一天不能举行宴会或从事娱乐，所以叫忌辰）。

导读

周恩来总理逝世后，怀念的文章数以千计，各种形式层出不穷，而《腊八粥》则是冰心纪念周总理逝世三周年的精心之作。《腊八粥》别出心裁，通过人民群众代代相传的煮腊八粥的风俗，以孩子们纪念周爷爷的独特角度，抒发了三代人对敬爱的周总理的深切怀念。

作者先用"满蕴着温柔"的委婉笔致，抒写母亲煮腊八粥的往事。然而，最能拨动读者心弦的，并不在于对往事的回忆；孩子们那"为了纪念我们敬爱的周总理、周爷爷"而准备煮腊八粥的情景，来得更直接，更强烈，更具肃穆与天真的感人力量！

冰心在《关于散文》中说，散文要"写到有了风格，必须是作者自己对于他所描写的人、物、情、景，有着浓厚真挚的情感"。这既是她积数十年散文创作的经验谈，也是我们研读、欣赏她散文佳品的一把钥匙。

童年杂忆

童年呵!
是梦中的真,
是真中的梦,
是回忆时含泪的微笑。

——《繁星》

一九八〇年的后半年,几乎全在医院中度过,静独时居多。这时,身体休息,思想反而繁忙,回忆的潮水,一层一层地卷来,又一层一层地退去,在退去的时候,平坦而光滑的沙滩上,就留下了许多海藻和贝壳和海潮的痕迹!

这些痕迹里,最深刻而清晰的就是童年时代的往事。我觉得我的童年生活是快乐的,开朗的,首先是健康的。该得的爱,我都得到了,该爱的人,我也都爱了。我的母亲,父亲,祖父,舅舅,老师以及我周围的人都帮助我的思想、感情往正常、健康里成长。二十岁以后的我,不能说是没有经过风吹雨打,但是我比较是没有受过感情上摧残的人,我就能够禁受身外的一切。有了健康的感情,使我相信人类的前途是光明的,虽然在螺旋形上升的路上,是峰回路转的,但我们有自己的看法,自己的判断,来克制外来的侵袭。

八十年里我过着和三代人相处(虽然不是同居)的生活,感谢天,我们的健康空气,并没有被污染。我希望这爱和健康的气息,不但在我们一家中间,还在每一个家庭中延续下去。

话说远了,收回来吧。

读　　书

我常想,假如我不识得字,这病中一百八十天的光阴,如何消磨得下去？

感谢我的母亲，在我四、五岁的时候，在我百无聊赖的时候，把文字这把钥匙，勉强地塞在我手里。到了我七岁的时候，独游无伴的环境，迫着我带着这把钥匙，打开了书库的大门。

门内是多么使我眼花缭乱的画面呵！我一跨进这个门槛，我就出不来了！

我的文字工具，并不锐利，而我所看到的书，又多半是很难攻破的。但即使我读到的对我是些不熟习的东西，而"熟能生巧"，一个字形的反复呈现，这个字的意义，也会让我猜到一半。

我记得我首先得到手的，是《三国演义》和《聊斋志异》，这里我只谈《聊斋志异》。

《聊斋志异》真是一本好书，每一段故事，多的几千字，少的只有几百字。其中的人物，是人、是鬼、是狐，都有自己独特的性格，每个"人"都从字上站起来了！看得我有时欢笑，有时流泪，母亲说我看书看得疯了。不幸的《聊斋志异》，有一次因为我在澡房里偷看，把洗澡水都凉透了，她气得把书抢过去，撕去了一角，从此后我就反复看着这残缺不全的故事，直到十几年后我自己买到一部新书时，才把故事的情节拼全了。

此后是无论是什么书，我得到就翻开看。即或不是一本书，而是一张纸，哪怕是一张极小的纸，只要上面有字，我就都要看看。我记得当我八岁或九岁的时候，我要求我的老师教给我做诗。他说做诗要先学对对子，我说我要试试看。他笑着给我写了三个字，是"鸡唱晓"，我几乎不假思索地就对上个"鸟鸣春"，他大为喜悦诧异，以为我自己已经看过韩愈的《送孟东野序》。其实"以鸟鸣春，以雷鸣夏，以虫鸣秋，以风鸣冬"这四句话，我是在一张香烟画的后面看到的！

再大一点，我又看了两部"传奇"，如《再生缘》《天雨花》等，都是女作家写的，七字一句的有韵的故事，中间也夹些说白，书中的主要角色，又都是很有才干的女孩子。如《再生缘》中的孟丽君，《天雨花》中的左仪贞。故事都很曲折，最后还是大团圆。以后我还看一些类似的书，如《凤双飞》，看过就没有印象了。

与此同时，我还看了许多商务印书馆出版的"说部丛书"，其中就有英国名作家迭更斯的《块肉余生述》，也就是《大卫·考伯菲尔》，我很喜欢这本书！译者林琴南老先生，也说他译书的时候，被原作的情文所感动，而"笑啼间作"。我记得当我反复地读这本书的时候，当可怜的大卫，从虐待他的店主出走，去投奔他的姨婆，旅途中饥寒交迫的时候，我一边流泪，一边掰我手里母亲给我当点心吃的小面包，一块一块地往嘴里塞，以证明并体会我自己是幸福的！有时被母亲看见了，就说，"你这孩子真奇怪，有书看，有东西吃，你还哭！"事情过去几十年了，这一段奇怪的心理，我从来没有对人说过！

我的另一个名字

我的另一个名字，是和我该爱而不能爱的人有关，这个人就是我的姑母。

我从来没有见过我的姑母，只从父亲口里听到关于她的一切。她是父亲的姐姐，父亲四岁丧母，一切全由姐姐照料。我记得父亲说过姑母出嫁的那一天，父亲在地上打着滚哭，看来她似乎比我的父亲大得多。

姑母嫁给冯家，我在一九一一年回福州去的时候，曾跟我的父亲到三官堂冯家去看我的姑夫。姑姑生了三男二女，我的二表姐，乳名叫"阿三"的，长得非常的美。坐在镜前梳头，发长委地[1]，一张笑脸红扑扑地！父亲替她做媒，同一位姓陈的海军青年军官——也是父亲的学生——结了婚，她回娘家的时候，就来看我们。我们一大家的孩子都围着她看，舍不得走开。

冯家也是一个大家庭，我记得他们堂兄弟姐妹很多，个个都会吹弹歌唱，墙上挂的都是些箫，笙，月琴，琵琶之类。父亲常说他们家可以成立一个民乐团！

我生下来多病。姑母很爱我的父母，因此也极爱我。据说她出了许多求神许愿的主意，比如说让我拜在吕洞宾名下，作为寄女，并在他神座前替我抽了一个名字，叫"珠瑛"，我们还买了一条牛，在吕祖庙放生——其实也就是为道士耕田！每年在我生日那一天，还请道士到家来念经，叫做"过关"。这"关"一直要过到我十六岁，都是在我老家福州过的，我只有在回福州那个时期才得"恭逢其盛"！一个或两个道士一早就来，在厅堂用八仙桌搭起祭坛，围上红缎"桌裙"，点蜡，烧香，念经，上供，一直闹到下午。然后立起一面纸糊的城门似的"关"，让我拉着我们这一大家的孩子，从"关门"

里走过，道士口里就唱着"×× 关过啦""×× 关过啦"，我们哄笑着穿走了好几次，然后把这纸门烧了，道士也就领了酒饭钱，收拾起道具，回去了。

吕祖庙在福州城内乌石山上——福州是山的城市，城内有三座山，乌石山，越王山（屏山），于山。一九三六年冬我到欧洲七山之城的罗马的时候，就想到福州！

吕祖庙是什么样子，我已忘得干干净净，但是乌石山上有两大块很光滑的大石头，突兀地倚立在山上，十分奇特。福州人管这两块大石头叫"桃瓣李片"，说出来就是一片桃子和一片李子倚立在一起，这两块石头给我的印象很深。

和我的这个名字（珠瑛）有联系的东西，我想起了许多，都是些迷信的事，像把我寄在吕祖名下和"过关"等等，我的父亲和母亲都不相信的，只因不忍过拂²我姑母的意见，反正这一切都在老家进行，并不麻烦他们自己，也就算了，"珠瑛"这个名字，我从来没有用过，家里人也从不这样称呼我。

在我开始写短篇小说的时候，一时兴起，曾想以此为笔名，后来终竟因为不喜欢这迷信的联想，又觉得"珠瑛"这两字太女孩子气了，就没有用它。

这名字给了我八十年了，我若是不想起，提起，时至今日就没有人知道了。

注释

1．发长委地：头发长得拖垂于地。
2．过拂：过分地违逆。

导读

这篇文章是冰心 81 岁时在病榻上写成的，回忆并栩栩如生地描写了她童年生活的两个片段。

第一部分回忆自己从母亲那里得到了一把打开知识大门的钥匙——读书。

童年是奠基一生的时期，健康快乐地成长的同时，更需要广泛地汲取知识营养。

第二部分记述她不为人知的另一个名字的来历，写出了姑母对她的疼爱和关照，浓浓亲情，感人至深。

历经沧桑的冰心老人病魔缠身，却写出了对童年生活的美好回忆，字里行间反映了冰心不畏痛苦的积极人生态度。

绿的歌

我的童年是在大海之滨度过的，眼前是一望无际的湛蓝湛蓝的大海，身后是一抹浅黄的田地。

那时，我的大半个世界是蓝色的，蓝色对于我，永远象征着阔大，深远，庄严……

我很少注意到或想到其他的颜色。

离开海边，进入城市，说是"目迷五色"也好，但我看到的只是杂色的黯淡的一切。

我开始向往看到一大片的红色，来振奋我的精神。

我到西山去寻找枫林的红叶。但眼前这一闪光艳，是秋天的"临去秋波"，很快的便被朔风吹落了。

在怅惘[1]迷茫之中，我凝视着这满山满谷的吹落的红叶，而"向前看"的思路，却把我的心情渐渐引得欢畅了起来！

"落红不是无情物"，它将在春泥中融化，来滋润培养它的新一代。

这时，在我眼前突兀地出现了一幅绿意迎人的图画！那是有一年的冬天，我回到我的故乡去，坐汽车从公路进入祖国的南疆。小车在层峦叠嶂[2]中穿行，两旁是密密层层的参天绿树：苍绿的是松柏，翠绿的是竹子，中间还有许许多多不知名的、色调深浅不同的绿树，衬以遍地的萋萋[3]的芳草。"绿"把我包围起来了。我从惊喜而沉入恬静，静默地、欢悦地陶醉在这铺天盖地的绿色之中。

我深深地体会到"绿"是象征着：浓郁的春光，蓬勃的青春，崇高的理想，热切的希望……

绿，是人生中的青年时代。

个人、社会、国家、民族、人类都有其生命中的青年时代。

我愿以这支"绿的歌"献给生活在青年的社会主义祖国的青年们！

1983年2月17日

（本篇最初发表于万叶散文丛书《绿》，文化艺术出版社
1983年6月出版）

注释

1．怅惘：chàng wǎng。因失意而心事重重；惆怅迷惘。
2．层峦叠嶂：céng luán dié zhàng。峦：连着的山。嶂：直立像屏障的山峰；
　　重叠的山峰。形容山峰多而险峻。
3．萋萋：qī qī。草木茂盛的样子。

导读

　　本文宛如一条色彩斑斓的丝带，又像一条蜿蜒曲折的小路，贯串起一个虽历经坎坷而又境界豁达的人生。作者精巧的艺术构思和色彩意境的营造，意蕴深长，别具一格。她用"蓝色"、"红色"、"绿色"分别象征人生中的某一阶段的心境和哲学意象。"一望无际的湛蓝湛蓝的大海，身后是一抹浅黄的田地"，呈现的是一种明丽纯真的情调；"光艳一闪"的枫林红叶，在飒飒朔风中纷纷飘落，表现的是"逝者如斯"的失意和伤感；而那"苍绿"、"翠绿"、"深浅不同"、"铺天盖地"的绿色，则浸透着一种无限欢畅与恬静的情绪，那是生命的升华。

　　这篇写于十一届三中全会之后的散文，把一个久经风霜、与世纪同龄的老作家对历史的沉思、对人生的感悟和对社会主义祖国的热爱淋漓尽致地表达了出来。

霞

四十年代初期，我在重庆郊外歌乐山闲居的时候，曾看到英文《读者文摘》上，有个使我惊心的句子。是：

May there be enough clouds in your life to make a beautiful sunset.

我在一篇短文里曾把它译成："愿你的生命中有够多的云翳，来造成一个美丽的黄昏。"

其实，这个sunset应当译成"落照"或"落霞"。

霞，是我的老朋友了！我童年在海边、在山上，她是我的最熟悉最美丽的小伙伴。她每早每晚都在光明中和我说"早上好"或"明天见"。但我直到几十年以后，才体会到：云彩更多，霞光才愈美丽。从云翳中外露的霞光，才是璀璨多彩的。

生命中不是只有快乐，也不是只有痛苦，快乐和痛苦是相生相成，互相衬托的。

快乐是一抹微云，痛苦是压城的乌云，这不同的云彩，在你生命的天边重叠着，在"夕阳无限好"的时候，就给你造成一个美丽的黄昏。

一个生命到了"只是近黄昏"的时节，落霞也许会使人留恋，惆怅。但人类的生命是永不止息的。地球不停地绕着太阳自转。

东方不亮西方亮，我窗前的晚霞，正向美国东岸的慰冰湖上走去……

1985年4月26日清晨

导读

本文是作者耄耋之年的作品，文字悠然淡泊中显出深沉，抒情里寓含哲理。人生的经历越丰富，喜怒哀乐的情感积淀越深厚，生命才越灿烂。作者在赞美自然，同时也在赞美人生，赞美生命。

生命的自然规律不可逆转，但人的精神却可以返老还童。作者遥望着自己人生的极处，渴望着焕发出耀眼的生命霞光，"造成一个美丽的黄昏"，装扮天空和大地。

"人类的生命是永不止息的。地球不停地绕着太阳自转。"这是冰心老人凝聚了一生的人生感受与经验的由衷之言。

作者晚年仍旧保持了对自然的挚爱和对人生的美好感受，但对生活的理解更为深沉。《霞》这篇散文，表现了作者对人生况味的深刻体察。

伏枥杂记

序

二十三天前，我曾陆续写了一些短文，题目是《拾穗小札 [1]》。那是记下一些给我留下印象的参观、访问、看戏、听歌，或书报刊物上的感人警句，和好友谈话中的三言两语。不记下来觉得可惜，因而看到就写，想起就写，结果集成了一本《拾穗小札》。这本小书的写作经过曾得到《北京晚报》编辑同志的支持和催迫，我至今还感谢他们。

一九八〇年访日归来以后，因为赶了些积欠已久的翻译任务，不幸得了脑血栓，后来又患右腿骨折，一切社会活动都不能参加。参观、访问、看戏、听歌当然都做不到了。我是个好动的人，"闭居"对我来说，是个痛苦！每每有故乡福建来人，劝我去游武夷；烟台第二故乡来人，请我重访东山等等，我就想起《诗经》的两句："静言思之，不能奋飞"！这种力不从心的矛盾，常常使我难过得暗自流泪。可幸的是除了行动不便之外，我的脑子还能思索，我的右手也还可以写字，同时一些现代的便利：如收音机、电视和一些书报刊物，以及朋友们的来访和信函，使我在"闭居"中仍然可以看到和听到他们的音、容、创作和海内外的一些信息，使我聊可自慰。

但我也常常想起曹操的两句诗："老骥伏枥 [2]，志在千里"。骥马也罢，驽马 [3] 也罢，"伏枥"是一样的。近年来醒得很早，往往到下半夜就目光炯炯了。虽不"志在千里"而长夜漫漫，几十年中的往事，纷至沓来 [4]。如果都写下来，我想倒是有趣的，于是再写《伏枥杂记》。

1985年2月18日

注释

1. 札：zhá。古时写字的小木片，引申为信件。
2. 老骥伏枥：lǎo jì fú lì。骥：千里马；枥：马槽。伏枥：就着马槽吃食。老的千里马虽然趴在槽头吃食，但仍想奔驰千里。比喻有志向的人虽然年老，仍有雄心壮志。
3. 驽马：nú mǎ。累垮的、劣性的或无用的马。比喻愚钝的人。
4. 纷至沓来：fēn zhì tà lái。纷：多，杂乱；沓：重复，多。形容纷纷到来，连续不断地到来。

导读

这篇序交代了《伏枥杂记》的来历，当时的作者"不幸得了脑血栓，后来又患右腿骨折，一切社会活动都不能参加"。但她酷爱写作的心仍然火热，于是克服了身体的不便，在漫漫长夜中，将"几十年中的往事"都写了下来。

冰心老人在历尽沧桑、雨过天晴之后，以八十高龄重又拿起了笔，为读者捧出一组组散文精品，作品娓娓道来，引人入胜。她引用曹操的两句诗"老骥伏枥，志在千里"，来比喻自己的"壮心不已"。其艰苦创作的精神令人感佩。

春节忆春联

　　中学时代，天天上学，从东北城的中剪子巷家里，走到灯市口的贝满女中，特别是春节——那时就是新年——前后，总会看到路边的店铺和人家门口贴的新春联。店铺门口的多是："生意兴隆通四海，财源茂盛达三江"。至于人家呢，多半是："忠厚传家久，诗书继世长"。不平凡的，就是"努力崇明德，随时爱景光"之类的了！

　　我最记得的是从南剪子巷南口到大佛寺的转折处，有一家有门洞的房子，大门两边挂着一对木板刻的对联：

　　　　学士青莲尚书红杏
　　　　中郎绿绮太史黄庭

　　我觉得这副对联对得十分工整。不但有四位名人文士的外号和官职，而且有这四位名人因而得名的事迹。我昨天还为弄清这几段故事，特意去查了《辞海》。"学士青莲"当然说的是唐朝的青莲居士李白了。"尚书红杏"指的是在宋朝因写了一句"红杏枝头春意闹"而出名的尚书宋祁。"中郎绿绮"是汉朝蔡邕中郎有一张焦尾琴（那时的琴也称绿绮）。"太史黄庭"是指的晋朝王羲之写的《大上黄庭内景经》。

　　这所房子在三十年代中我也曾进去过。因为那时曾是任叔永和陈衡哲先生夫妇的住宅。我们到他们家做过客，房子有好几进，也很大。但这副对联是什么人写的，他们也不知道了。

1985年2月18日

导读

　　"学士青莲尚书红杏，中郎绿绮太史黄庭"，这副对联以青、红、绿、黄四种色彩渲染唐、宋、汉、晋四个朝代的四位名人。此联对仗工丽，寓意高雅，一望而知是文人雅士的府第。

　　此联浓缩了传统文化之精华，难怪作者能够过目不忘并深深镌刻在记忆深处。

由春联想到联句

也许是上学路上看到的，也许不是，我曾看到一个很破烂的人家门口的一副对联，是：

两间东倒西歪屋
一个千锤百炼人

不知里面住的是否一位打铁的，但这副对联，就很不俗气了！我还听到一位长辈对我的父亲谈到一副对联是：

岂有文章惊海内
更无书札到公卿

这位长辈认为它很有一般清高旷达之气。父亲没有说什么，我当然也不敢说什么，但我却认为他若真是一个清高旷达的人，决不会把这两句话标榜在大门上的！

我倒是很喜欢这位前辈说的：当庚子年后，东交民巷被划为使馆区，一位在里面住的文人，在门口贴上一对春联，是：

望洋兴叹
与鬼为邻

这副联中不但标出洋鬼字样，也发泄了他的愤懑屈辱之气。

这两天我窗台上的水仙开得正好，有一枝五六朵的，甚至有八九朵的，那都是从福建来的同乡带来的——那是在作协开会期间，郭风、马宁、何为、许怀中等共有九位同志，其中有"万红丛中一点绿"，是我久仰初次见面的舒婷同志，她穿的是白地绿花一件毛衣，我拉她在旁边坐下，可惜他们很忙，放下一大包的水仙花苞就走了，没有多谈。我把这些水仙，请人"挖"了，棵棵都开得很好。我一看是盛开的清香缭绕的水仙，就猛然想起一首咏水仙诗中的两句，是：

    生意不需沾寸土
    通词直欲托微波

由此又想到有咏牡丹诗中的两句，是：

    得天独厚开盈尺
    与月同圆到十分

但我觉得还不如这一对：

    十里散香苏地脉
    万花低首避天人

记得我曾用这两句诗题胡青同志画的牡丹。我对于牡丹不太熟悉，也不知道她怎会得花王之称。不过这两句诗很好，与

    独立中流喧日夜
    万山无语看焦山

有异曲同工之妙。有客来了，就此打住！

1985年2月27日微雪之晨

导读

对联以其短小精悍的特点"咏物言志"，如"两间东倒西歪屋，一个千锤百炼人"，寥寥十四个字，一个善于自嘲、人穷志不短的形象和精神便呼之欲出。文中提到的几个联句，无论写人还是状物，都对仗工整，惟妙惟肖，寓意深刻。

从联句又想到集句

记得几年前在柳无非同志家里，看到柳亚子老先生写的一副集龚的对联，是：

一寸春心红到死
四厢花影怒于潮

猛忆起我在大学时代，也有一阵子沉迷于集龚，龚定庵先生学问渊博，他的文章有许多是我看不懂的，但是他的诗词，我还可以领会一二。最妙的是，光是他的《己亥杂诗》，已有三百十五首，那就是有了一千二百四十句七言句，再加上其他诗词，数目就更多。这就如同我手边有好几百块五色缤纷大大小小的积木，可以堆成小巧玲珑的亭台，也可以搭成七宝庄严的楼阁！当时随手记下的都已不存了！现在想起来，还有几首不忘的。比如对联：

别有狂言谢时望
更何方法遣今生

又如：

烈士暮年宜学道
才人老去例逃禅

集的诗有：

偶赋凌云偶倦飞，一灯慧命续如丝。
百年心绪归平淡，暮气颓唐不自知。

风云材略久消磨，其奈尊前百感何。

吟到恩仇心事涌，侧身天地我蹉跎。

光影犹存急网罗，江湖侠骨恐无多。

夕阳忽下中原去，红豆年年掷逝波。

不容水部赋清愁，大宙南东久寂寥。

且莫空山听雨去，四厢花影怒于潮。

也有些艳句，如：

三生花草梦苏州，红似相思绿似愁。

今日不挥闲涕泪，一身孤注掷温柔。

这些感慨和情绪，都不是我当时心中脑中所有的！只为集起来，读来顺口，看来顺理，也不管它走韵不走韵，随时写好便寄去给我的"小长辈"看，如我的"小"舅舅杨子玉先生，我的"老"表兄刘放园先生，他们只比我大十七八岁，以博一笑。但是其中有一联句就觉得还朴素平稳，也合乎我当时的心境，于是在一九二四年从美国的沙穰疗养院寄回中国给刘放园表兄，请他写成一副对联，我好悬挂，那就是：

世事沧桑心事定

胸中海岳梦中飞

不料他却请梁任公先生代笔！那时我还不认识梁先生。

这副对联，我一直挂在我的案头或床头，从北京到重庆到日本又回到北京！幸而这次回来，这副对联却一直压在一只大书箱的底下，居然因此逃过十年浩劫！我案头、墙上的郭沫若、茅盾、老舍以及其他朋友的字，那时却都被整掉了。

如今这一副对联，依旧挂在我的小客厅墙上，朋友们来看了，都很欣赏。不容易呵，那是六十年前的"乙丑"写的，今年又是"乙丑"！

1985年3月22日晨

导读

　　对联是我国传统文化中独有的文学形式，除中国汉字外，没有第二个民族有这种文体。

　　作者记下的几副对联看似简单，却蕴含着许多学问和典故。作者信手拈来，使读者增加了知识，提高了文化素养。

　　"世事沧桑心事定，胸中海岳梦中飞"，"这副对联，我一直挂在我的案头或床头"，"那是六十年前的'乙丑'写的，今年又是'乙丑'"，六十年光阴转眼逝去，世事沧桑，难怪作者"吟到恩仇心事涌"！

往　事（一）
——生命历史中的几页图画

在别人只是模糊记着的事情，然而在心灵脆弱者，已经反复而深深地镂刻[1]在回忆的心版上了！索性凭着深刻的印象，将这些往事移在白纸上罢——再回忆时不向心版上搜索了！

一

将我短小的生命的树，一节一节的斩断了，圆片般堆在童年的草地上。我要一片一片的拾起来看；含泪的看，微笑的看，口里吹着短歌的看。

难为他装点得一节一节，这般丰满而清丽！

我有一个朋友，常常说，"来生来生！"——但我却如此说："假如生命是乏味的，我怕有来生。假如生命是有趣的，今生已是满足的了！

第一个厚的圆片是大海；海的西边，山的东边，我的生命树在那里萌芽生长，吸收着山风海涛。每一根小草，每一粒沙砾，都是我最初的恋慕[2]，最初拥护我的安琪儿。

这圆片里重叠着无数快乐的图画，憨嬉[3]的图画，寂寞的图画，和泛泛无着的图画。

放下罢，不堪回忆！

第二个厚的圆片是绿荫；这一片里许多生命表现的幽花，都是这绿荫烘托出来的。有浓红的，有淡白的，有不可名色的……

晚晴的绿荫，朝雾的绿荫，繁星下指点着的绿荫，月夜花棚秋千架下的绿荫！

感谢这曲曲屏山！它圈住了我许多思想。

第三个厚的圆片，不是大海，不是绿荫，是什么？我不知道！

假如生命是无味的，我不要来生。假如生命是有趣的，今生已是满足的了。

注释

1．镂刻：lòu kè。瑑刻，在木、石、塑料等物上刻凿（将材料凿透）出所需的图案。
2．恋慕：liàn mù。留恋爱慕，依依不舍，语出《东观汉记·邓训传》："故吏皆恋慕训 。"
3．憨嬉：hān xī。犹天真。

二

黑暗不是阴霾[1]，我恨阴霾，我却爱黑暗。

在光明中，一切都显着了。黑是黑白是白的，也有了树，也有了花，也有了红墙，也有了蓝瓦；便一切崭然，便有人，有我，有世界。

颂美黑暗！讴歌黑暗！只有黑暗能将这一切都消灭调和于虚空混沌之中；没有了人，没有了我，更没有了世界！

黑暗的园里，和华同坐。看不见她，也更看不见我，我们只深深的谈着。说到同心处，竟不知是我说的，还是她说的，入耳都是天乐一般——只在一阵风过，槐花坠落如雨的时候，我因着衣上的感觉，和感觉的界限，才觉得"我"不是"她"，才觉得黑暗中仍有"我"的存在。

华在黑暗中递过一朵茉莉，说："你戴上罢，随着花香，你纵然起立徘徊，我也知道你在何处。"——我无言的接了过来。

华妹呵，你终竟是个小孩子。槐花，茉莉，都是黑暗中最着迹的东西，在无人我的世界里，要拒绝这个！

注释

1．阴霾：yīn mái。天气阴晦、昏暗。比喻人的心灵上因暴力而产生的阴影和不快的气氛。

三

"只是等着，等着，母亲还不回来呵！"

乳母在灯下睁着疲倦下垂的眼睛，说："莹哥儿！不要尽着问我，你自己上楼去，在阑边望一望，山门内露出两盏红灯时，母亲便快来到了。"

我无疑地开了门出去，黑暗中上了楼——望着，望着，无有消息。

绕过那边阑旁，正对着深黑的大海，和闪烁的灯塔。

幼稚的心，也和成人一般，一时的光明朗澈——我深思，我数着灯光明灭的数儿，数到第十八次。我对着未曾想见的命运，自己假定的起了怀疑。

"人生！灯一般的明灭，飘浮在大海之中。"——我起了无知的长太息。

生命之灯燃着了，爱的光从山门边两盏红灯中燃着了！

四

在堂里忘了有雪，并不知有月。

匆匆的走出来，捻¹灭了灯，原来月光如水！

只深深的雪，微微的月呵！地下很清楚的现出扫除了的小径。我一步一步的走，走到墙边，还觉得脚下踏着雪中沙沙的枯叶。墙的黑影覆住我，我在影中抬头望月。

雪中的故宫，云中的月，甍²瓦上的兽头——我回家去，在车上，我觉得这些熟见的东西，是第一次这样明澈生动的入到我的眼中，心中。

注释

1．捻：niǎn。用手指搓转。
2．甍：méng。房屋。

五

场厅里四隅¹都黑暗了，只整齐的椅子，一行行的在阴沉沉的影儿里平列着。

我坐在尽头上近门的那一边，抚着锦衣，抚着绣带和冠缨[2]凝想——心情复杂得很。

晚霞在窗外的天边，一刹浓红，一刹深紫，回光到屋顶上——

台上琴声作了。一圈的灯影里，从台侧的小门，走出十几个白衣彩饰，散着头发的安琪儿，慢慢的相随进来，无声地在台上练习着第一场里的跳舞。

我凝然的看着，潇洒极了，温柔极了，上下的轻纱的衣袖，和着铮铮的琴声，合拍的和着我心弦跳动，怎样的感人呵！

灯灭了，她们又都下去了，台上台下只我一人了。

原是叫我出来疏散休息着的，我却哪里能休息？我想……

一会儿这场里便充满了灯彩，充满了人声和笑语，怎知道剧前只为我一人的思考室呢？

在宇宙之始，也只有一个造物者，万有都整齐平列着。他凭在高阑，看那些光明使者，歌颂——跳舞。

到了宇宙之中，人类都来了，悲剧也好，喜剧也好，佯悲诡笑的演了几场。剧完了，人散了，灯灭了，……一时沉黑，只有无穷无尽的寂寞！

一会儿要到台上，要说许多的话；憨稚的话，激昂的话，恋别的话……何尝是我要说的？但我既这样的上了台，就必须这样的说。我千辛万苦，冒进了阴惨的夜宫，经过了光明的天国，结果在剧中还是做了一场大梦。

印证到真的——比较的真的——生命道上，或者只是时间上久暂的分别罢了；但在无限之生里，真的生命的几十年，又何异于台上之一瞬？

我思路沉沉，我觉悟而又惆怅，场里更黑了。

台侧的门开了，射出一道灯光来——我也须下去了，上帝！这也是"为一大事出世"！

我走着台上几小时的生命的道路……

又乏倦的倚着台后的琴站着——幕外的人声，渐渐的远了，人们都来过了；悲剧也罢，喜剧也罢，我的事完了；从宇宙之始，到宇宙之终，也是如此，生命的道路走尽了！

看她们洗去铅华，卸去妆饰，无声的忙乱着。

满地的衣裳狼藉，金戈和珠冠杂置着。台上的仇敌，现在也拉着手说话；台上的亲爱的人，却东一个西一个的各忙自己的事。

我只看着——终竟是弱者呵！我爱这几小时如梦的生命！

我抚着头发，抚着锦衣，……"生命只这般的虚幻么？"

注释

1．四隅：sì yú。 四角。
2．冠缨：guān yīng。帽带，泛指帽子。

<h2 style="text-align:center">六</h2>

涵在廊上吹箫，我也走了出去。

天上只微微的月光，我撩起垂拂的白纱帐子来，坐在廊上的床边。

我的手触了一件蠕动的东西，细看时是一条很长的蜈蚣。

我连忙用手绢拂到地上去，又唤涵踩死它。

涵放了箫，只默然的看着。

我又说："你还不踩死它！"

他抬起头来，严重而温和的目光，使我退缩。他慢慢的说："姊姊，这也是一个生命呵！"

霎时间，使我有无穷的惭愧和悲感。

<h2 style="text-align:center">七</h2>

父亲的朋友送给我们两缸莲花，一缸是红的，一缸是白的，都摆在院子里。

八年之久，我没有在院子里看莲花了——但故乡的园院里，却有许多；不但有并蒂的，还有三蒂的，四蒂的，都是红莲。

九年前的一个月夜，祖父和我在园里乘凉。祖父笑着和我说，"我们园里最初开三蒂莲的时候，正好我们大家庭中添了你们三个姊妹。大家都欢喜，说是应了花瑞。"

半夜里听见繁杂的雨声，早起是浓阴的天，我觉得有些烦闷。从窗内往外看时，那一朵白莲已经谢了，白瓣儿小船般散飘在水面。梗上只留个小小的莲蓬，和几根淡黄色的花须，那一朵红莲，昨夜还是菡萏[1]的，今晨却开满了，亭亭地在绿叶中间立着。

仍是不适意！——徘徊了一会子，窗外雷声作了，大雨接着就来，愈下愈大。那朵红莲，被那繁密的雨点，打得左右敧斜[2]。在无遮蔽的天空之下，我不敢下阶去，也无法可想。

对屋里母亲唤着，我连忙走过去，坐在母亲旁边——一回头忽然看见红莲旁边的一个大荷叶，慢慢的倾侧了来，正覆盖在红莲上面……我不宁的心绪散尽了！

雨势并不减退，红莲却不摇动了。雨点不住的打着，只能在那勇敢慈怜的荷叶上面，聚了些流转无力的水珠。

我心中深深的受了感动——母亲呵！你是荷叶，我是红莲。心中的雨点来了，除了你，谁是我在无遮拦天空下的荫蔽？

1922年7月21日

注释

1．菡萏：hàn dàn。荷花的别称，古人称未开的荷花为菡萏，即花苞。
2．敧斜：qī xié。倾斜，歪斜。

八

原是儿时的海，但再来时却又不同。

倾斜的土道，缓缓的走了下去——下了几天的大雨，溪水已涨抵桥板下了。再下去，沙上软得很，拣块石头坐下，伸手轻轻的拍着海水……儿时的朋友呵，又和你相见了！

一切都无改：灯塔还是远立着，海波还是粘天的进退着，坡上的花生园子，还是有人在耕种着。——只是我改了，膝上放着书，手里拿着笔，对着从前绝不起问题的四围的环境思索了。

居然低头写了几个字，又停止了，看了看海，坐得太近了，凝神的时候，似乎海波要将我飘起来。

年光真是一件奇怪的东西！一次来心境已变了，再往后时如何？也许是海借此要拒绝我这失了童心的人，不让我再来了。

天色不早了。采了些野花，也有黄的，也有紫的，夹在书里，无聊的走上坡去——华和杰他们却从远远的沙滩上，拾了许多美丽的贝壳和卵石，都收在篮里，我只站在桥边等着……

他们原和我当日一般，再来时，他们也有像我今日的感想么？

九

只在夜半忽然醒了的时候，半意识的状态之中，那种心情，我相信是和初生的婴儿一样的。——每一种东西，每一件事情，都渐渐的，清澈的，侵入光明的意识界里。

一个冬夜，只觉得心灵从渺冥[1]黑暗中渐渐的清醒了来。

雪白的墙上，哪来些粉霞的颜色，那光辉还不住的跳动——是月夜么？比它清明。是朝阳么？比它稳定。欠身看时，却是薄帘外熊熊的炉火。是谁临睡时将它添得这样旺！

这时忽然了解是一夜的正中。我另到一个世界里去了，澄澈清明，不可描画；白日的事，一些儿也想不起来了，我只静静的……

回过头来，床边小几上的那盆牡丹，在微光中晕红着脸，好像浅笑着对我说，"睡人呵！我守着你多时了。"水仙却在光影外，自领略她凌波微步的仙趣，又好像和倚在她旁边的梅花对语。

看守我的安琪儿呵！在我无知的浓睡之中，都将你们辜负了！

火光仍是漾着，我仍是静着——我意识的界限，却不只牡丹，不止梅花，渐渐的扩大起来了。但那时神清若水，一切的事，都像剔透玲珑的石子般，浸在水里，历历可数。

一会儿渐渐的又沉到无意识界中去了——我感谢睡神，他用梦的帘儿，将光雾般的一夜，和尘嚣的白日分开了，使我能完全的留一个清绝的记忆！

注释

1. 渺冥：miǎo míng。指渺远。

十

晚餐的时候。灯光之下，母亲看着我半天。忽然想起笑着说："从前在海边住的时候，我闷极了，午后睡了一觉，醒来遍处找不见你。"

我知道母亲要说什么——我只不言语，我忆起我五岁时的事情了。

弟弟们都问，"往后呢？"

母亲笑着看着我说："找到大门前，她正呆呆的自己坐在石阶上，对着大海呢！我睡了三点钟，她也坐了三点钟了。可怜的寂寞的小人儿呵！你们看她小时已经是这样的沉默了——我连忙上前去，珍重地将她揽在怀里……"

母亲眼里满了欢喜慈怜的珠泪。

父亲也微笑了。——弟弟们更是笑着看我。

母亲的爱，和寂寞的悲哀，以及海的深远：都在我的心中。又起了一回不可言说的惆怅！

十一

忘记了是哪一个春天的早晨——手里拿着几朵玫瑰，站在廊上——马莲遍地的开着，玫瑰更是繁星般在绿叶中颤动。

她们两个在院子里缓步，微微的互视的谈着。

这一切都与我无关涉——朝阳照着她们，和风吹着她们；她们的友情在朝阳下酝酿，她们的衣裙在和风中整齐地飘扬。

春浸透了这一切——浸透了花儿和青草……

上帝呵！独立的人不知道自己也浸在春光中。

十二

闷极，是出游都可散怀。——便和她们出游了半日。

回来了——一路只泛泛的。

震荡的车里，我只向后攀着小圆窗看着。弯曲的道儿，跟着车走来，愈引愈长。树木，村舍，和田垄，都向后退曳了去，只有西山峰上的晚霞不动。

车里，她们捉对儿谈话，我也和晚霞谈话。——"晚霞！
我不配和你谈心，但你总可容我瞻仰[1]。"

车进到城门里，我偶然想起那园来，她们都说去走一走，我本无聊，只微笑随着她们，车又退出去了。

悄悄地进入园里，天色渐暗了——忆起去年此时，正是出园的时候，那时心绪又如何？

幽凉里，走过小桥，走过层阶，她们又四散了。我一路低首行来，猛抬头见了烈冢。碑下独坐，四望青青，晚霞更红了！

正在神思飞越，忠从后面来了。我们下了台去，在仄径中走着。我说，"我愿意在此过这悠长的夏日，避避尘嚣。"她说，"佳时难再，此游也是纪念。"我无言点首。

鸟儿都休息了，不住的啁啾[2]着——暮色里，匆匆的又走了出来。车进了城了，我仍是向后望着。凉风吹着衣袖和头发——庄严苍古的城楼，浮在晚霞上，竟留了个最深浓的回忆！

1922年7月7日

注释

1. 瞻仰：zhān yǎng。指怀着崇高的敬意往上看。
2. 啁啾：zhōu jiū。形容鸟叫声、奏乐声等。

十三

小别之后，星来访我——坐在窗下写些字，看些画，晚凉时才出去。

只谈着谈着，篱外的夕阳渐渐的淡了。墙影渐渐的长了，晚霞退了，繁星生了；我们便渐渐浸到黑暗里，只能看见近旁花台里的小白花，在苍茫中闪烁——摇动。

她谈到沿途的经历和感想，便说："月下宜有清话。群居杂谈，实在无味。"

我说:"夜坐谈话,到底比白日有趣,但各种的夜又不同了。月夜宜清谈,星夜宜深谈,雨夜宜絮谈,风夜宜壮谈……固然也须人地两宜,但似乎都有自然的趋势……"

那夜树影深深,闪顾悄然,却是个星夜!

我们的谈话,并不深到许多,但已觉得和往日的微有不同。

十四

每次拿起笔来,头一件事忆起的就是海。我嫌太单调了,常常因此搁笔。

每次和朋友们谈话,谈到风景。海波又侵进谈话的岸线里,我嫌太单调了。常常因此默然,终于无语。

一次和弟弟们在院子里乘凉,仰望天河,又谈到海。我想索性今夜彻底的谈一谈海,看词锋到何时为止,联想至何处为极。我们说着海潮,海风,海舟……最后便谈到海的女神。

涵说,"假如有位海的女神,她一定是'艳如桃李,冷若冰霜[1]'的。"我不觉笑问,"这话怎讲!"

涵也笑道,"你看云霞的海上,何等明媚;风雨的海上,又是何等的阴沉!"

杰两手抱膝凝听着,这时便运用他最丰富的想象力,指点着说:"她……她住在灯塔的岛上,海霞是她的扇旗,海鸟是她的侍从;夜里她曳着白衣蓝裳,头上插着新月的梳子,胸前挂着明星的璎珞;翩翩地飞行于海波之上……"

楫忙问,"大风的时候呢?"杰道:"她驾着风车,狂飙[2]疾转的在怒涛上驱走;她的长袖拂没了许多帆舟。下雨的时候,便是她忧愁了,落泪了,大海上一切都低头静默着。黄昏的时候,霞光灿然,便是她回波电笑,云发飘扬,丰神轻柔而潇洒……"

这一番话,带着画意,又是诗情,使我神往,使我微笑。

楫只在小椅子上,挨着我坐着,我抚着他,问,"你的话必是更好了,说出来让我们听听!"他本静静地听着,至此便抱着我的臂儿,笑道,"海太大了,我太小了,我不会说。"

我肃然——涵用折扇轻轻的击他的手,笑说,"好一个小哲学家!"

涵道："姊姊，该你说一说了。"我道，"好的都让你们说尽了——我只希望我们都像海！"

杰笑道，"我们不配做女神，也不要'艳如桃李，冷若冰霜'的。"

他们都笑了——我也笑说，"不是说做女神，我希望我们都做个'海化'的青年。像涵说的，海是温柔而沉静。杰说的，海是超绝而威严。楫说的更好了，海是神秘而有容，也是虚怀，也是广博……"

我的话太乏味了，楫的头渐渐的从我臂上垂下去，我扶住了，回身轻轻地将他放在竹榻上。

涵忽然说："也许是我看的书太少了，中国的诗里，咏海的真是不多；可惜这么一个古国，上下数千年，竟没有一个'海化'的诗人！"

从诗人上，他们的谈锋便转移到别处去了——我只默默的守着楫坐着，刚才的那些话，只在我心中，反复地寻味——思想。

注释

1. 艳如桃李，冷若冰霜：形容女子容貌艳丽而态度严肃。语出清·伤时子《苍鹰击·割爱》："敢道艳如桃李，冷若冰霜，芝兰其馨，金石其操，故是青楼贱质，红粉庸姿。"
2. 狂飙：kuáng biāo。急骤的暴风。

十五

黄昏时下雨，睡得极早，破晓[1] 听见钟声续续的敲着。

这钟声不知是哪个寺里的，起的稍早，便能听见——尤其是冬日——但我从来未曾数过，到底敲了多少下。

徐徐的披衣整发，还是四无人声，只闻啼鸟。开门出去，立在阑外，润湿的晓风吹来，觉得春寒还重。

地下都潮润了，花草更是清新，在濛濛的晓烟里笼盖着，秋千的索子，也被朝露压得沉沉下垂。

忽然理会得枝头渐绿，墙内外的桃花，一番雨过，都零落了。忆起断句"落尽桃花澹天地"，临风独立，不觉悠然！

注释

1．破晓：天刚刚亮。

十六

一年三百六十五天，有许多可纪的事；一年三百六十五夜，更有许多可纪的梦。

在梦中常常是神志湛然，飞行绝迹，可以解却许多白日的尘机烦虑。更有许多不可能的，意外的遨游，可以突兀实现。

一个春夜：梦见忽然在一个长廊上徐步，一带的花竹阑干，阑外是水。廊上近水的那一边，不到五步，便放着一张小桌子，用花边的白布罩着，中间一瓶白丁香花，杂着玫瑰，旁边还错落的摆着杯盘。望到廊的尽处，几百张小桌子，都是一样的。好像是有什么大集会，候客未来的光景。

我不敢久驻，轻轻的走过去。廊边一扇绿门，徐徐推开，又换了一番景致，长廊上的事，一概忘了。

门内是一间书室，尽是藤榻竹椅，地上铺着花席。一个女子，近窗写着字，我仿佛认得是在夏令会里相遇的谁家姊妹之一。

我们都没有说什么，我也未曾向她谢擅入的罪，似乎我们又是约下的。这时门外走进她的妹妹来，笑着便带我出去。

走过很长的甬道，两旁柱上挂着许多风景片，也都用竹框嵌着，道旁遮满了马樱花。

出了一个圆门——便是梦中意识的焦点，使我醒后能带挈着以上的景致，都深忆不忘的——到了门外只见一望无边蔚蓝欲化的水。

这一片水：不是湖也不是海，比湖蔚蓝，比海平静，光艳得不可描画。……不可描画！生平醒时和梦中所见的水，要以此为第一了！

一道柳堤将这水界开了，绿意直伸到水中去。堤上缓步行来。梦中只觉飘然，悠然，而又怃然！

走尽了长堤，到了青翠的小山边，一处层阶之下，听得堂上有人讲书。她家的姊姊忽然又在旁边，问我，"你上去不？"我谢她说，"不去罢，还是到水边好。"

一转身又只剩我自己了，这回却沿着水岸走。风吹着柳叶。附满了绿苔的石头，错杂的在细流里立着。水光浸透了我沉醉的灵魂……

帘子一声响，梦惊碎了！水光在我眼前漾了几漾，便一时散开了，荡化了！

张递过一封信，匆匆的便又出去。我要留梦，梦已去无痕迹……

朦胧里拿起信来一看，却是琳在西湖寄我的一张明片。晚上我便寄她几行字：

> 姊姊！
>
> 清福便独享罢，何须寄我些春泛的新诗？心灵里已是烦忙，又添了未曾相识的湖山，频来入梦！

十七

我坐在院里，仪从门外进来，悄悄地和我说，"你睡了以后，叔叔骑马去了。是那匹好的白马……"我连忙问，"在哪里？"他说，"在山下呢，你去了，可不许说是我告诉的。"我站起来便走。仪自己笑着。走到书室里去了。

出门便听见涛声，新雨初过，天上还是轻阴。曲折平坦的大道，直斜到山下，既跑了就不能停足，只身不由己的往下走。转过高岗。已望见父亲在平野上往来驰骋[1]。这时听得乳娘在后面追着，唤，"慢慢的走！看道滑掉在谷里！"我不能回头，索性不理她。我只不住的唤着父亲，乳娘又不住的唤着我。

父亲已听见了，回身立马不动。到了平地上。看见董自己远远的立在树下。我笑着走到父亲马前，父亲凝视着我，用鞭子微微的击我的头，说，"睡好好的，又出来作什么！"我不答。只举着两手笑说，"我也上去！"

父亲只得下来，马不住的在场上打转，父亲用力牵住了，扶我骑上。董便过来挽着辔头[2]，缓缓地走了。抬头一看，乳娘本站在岗上望着我，这时才转身下去。

我和董说，"你放了手，让我自己跑几周！"董笑说，"这马野得很，姑娘管不住，我快些走就得了。"

　　渐渐的走快了，只听得耳旁海风，只觉得心中虚凉，只不住的笑。笑里带着欢喜与恐怖。

　　父亲在旁边说。"好了，再走要头晕了！"说着便走过来。我撩开脸上的短发，双手扶着鞍子，笑对父亲说，"我再学骑十年的马，就可以从军去了，像父亲一般，做勇敢的军人！"

　　父亲微笑不答。马上看海面的黄昏——

　　董在前牵着，父亲在旁扶着。晚风里上了山，直到门前。

　　母亲和仪，还有许多人，都到马前来接我。

注释

1. 驰骋：chí chěng。骑马奔跑；奔驰；驰骋原野。
2. 辔头：pèi tóu。马笼头。

十八

　　我最怕夏天白日睡眠，醒时使人惆怅而烦闷。

　　无聊的洗了手脸。天色已黄昏了，到门外园院小立，抬头望见了一天金黄色的云彩。——世间只有云霞最难用文字描写，心里融会得到，笔下却写不出。因为文字原是最着迹的，云霞却是最灵幻的，最不着迹的，徒唤奈何！

　　回身进到院里，隔窗唤涵递出一本书来，又到门外去读。

　　云彩又变了，半圆的月，渐渐的没入云里去了。低头看了一会子的书。听得笑声，从圆形的缘满豆叶的棚下望过去，杰和文正并坐在秋千上；往返的荡摇着，好像一幅活动的影片，——光也从圆片上出现了，在后面替他们推送着。光夏天瘦了许多，但短发拂额，仍掩不了她的憨态。

　　我想随处可写，随时可写，时间和空间里开满了空灵清艳的花，以供慧心人的采撷[1]，可惜慧心人写不出！

　　天色更暗了，书上的字已经看不见。云色又变了，从金黄色到暗灰色。

轻风吹着纱衫，已是太凉了，月儿又不知哪里去了。

1922年7月5日

注释

1. 采撷：cǎi xié。采摘。

十九

后楼上伴芳弹琴。忽然大雷雨——那些日子正是初离母亲过宿舍生活的时期。一连几天，都是好天气，同学们一起读书说笑，不觉把家淡忘了。——但这时我的心里突然的郁闷焦躁。

我站在琴旁，低头抚着琴上的花纹说，"我们到前楼去罢！"芳住了琴劝我说："等止了雨再走，你看这么大的雨，如何走得下去；你先在一旁坐着。听我弹琴。好不好？"

我无聊只得坐下。雷声只管隆隆，雨声只管澎湃。天容如墨，窗内黑暗极了。我替芳开了琴旁的电灯，她依旧弹着琴，只抬头向我微微的笑了一笑。

她不注意我。我也不注意她——我想这时母亲在家里，也不知道做些什么？也许叫人卷起苇帘，挪开花盆，小弟弟们都在廊上拍手看雨……

想着，目注着芳的琴谱，忽然觉得纸上渐渐的亮起来。回头一看，雨已止了，夕阳又出来了，浮云都散了，奔走得很快。树上更绿了，蝉儿又带着湿声乱叫着。

我十分欢喜，过去唤芳说，"雨住了，我们下去罢！"芳看一看壁上的钟，说，"只剩一刻钟了，再容我弹两遍。"我不依，说，"你不去，我自己去。"说着回头便走。她只得关上琴盖，将琴谱收在小柜子里，一面笑道，"你这孩子真磨人！"

球场边雨水成湖，我们挨着墙边，走来走去。藤萝上的残滴，还不时的落下来，我们并肩站在水边，照见我们在天上云中的影子。

只走来走去的谈着，郁闷已没有了。那晚我竟没有上夜堂去，只坐在秋千板上，芳攀着秋千索子，站在我旁边，两人直谈到夜深。

二十

精神上的朋友宛因，和我的通讯里，曾一度提到死后，她说："我只要一个白石的坟墓，四面矮矮的石阑，墓上一个十字架，再有一个仰天沉思的石像。……这墓要在山间幽静处，丛树阴中，有溪水徐流，你一日在世，有什么新开的花朵，替我放上一两束，其余的人，就不必到那里去。"

我看完这一段，立时觉得眼前涌现了一幅清幽的图画。但是我想来想去……宛因呵，你还未免太"人间化"了！

何如脚儿赤着，发儿松松的挽着，躯壳用缟白[1]的轻绡裹着，放在一个空明莹澈的水晶棺里，用纱灯和细乐，一叶扁舟，月白风清之夜，将这棺儿送到海上，在一片挽歌声中，轻轻的系下，葬在海波深处。

想象吊者白衣如雪，几只大舟，首尾相接，耀以红灯，绕以清乐，一簇的停在波心。何等凄清，何等苍凉，又是何等豪迈！

以万顷沧波作墓田，又岂是人迹可到？即使专诚要来瞻礼，也只能下俯清波，遥遥凭吊。

更何必以人间暂时的花朵，来娱悦海中永久的灵魂！看天上的乱星孤月，水面的晚烟朝霞，听海风夜奔，海波夜啸。比新开的花，徐流的水，其壮美的程度相去又如何？

从此穆然，超然，在神灵上下，鱼龙竞逐，珊瑚玉树交枝回绕的渊底，垂目长眠：那真是数千万年来人类所未享过的奇福！

至此搁笔，神志洒然，忽然忆起少作走韵的"集龚"中有："少年哀乐过于人，消息都妨父老惊；一事避君君匿笑，欲求缥缈反幽深[2]。"——不觉一笑！

1922年7月31日

（《往事》最初发表于《小说月报》1922年10月第13卷第10期，后收入小说、散文集《超人》）

注释

1. 缟白：gǎo bái。缟：古代的一种白绢。像缟一样的白色。

2. 少年哀乐过于人，消息都妨父老惊；一事避君君匿笑，欲求缥缈反幽深：语出清朝龚自珍《己亥杂诗》"八绝"。大意就是，因为我们太年轻，喜怒哀乐大过天。但是事实上，越是深刻的越是平静吧。

导读

　　《往事》（一）的内容非常广泛，有对宇宙精妙的探索，有对生命意义的思考，有对童年欢乐的回忆，有对弱者的同情，有离别家园的伤感情怀，有旅途的见闻和咏叹。去国后的乡魂旅思，异国明艳的山色，友谊的温暖……在一幅幅充满诗情画意的意境中，作者将我们带进了她的情感世界，博大的母爱、欢愉的童年、波澜壮阔的大海、细腻的情思，这一切自然而然地流露、倾吐，慢慢地浸入我们的心灵，碰撞出思想的火花，让我们融入温馨、清丽的画卷中，分享那一份深情，那一份愉悦和爱。

　　如《往事》（一）之七，从父亲送给我们的两缸莲花写起，回想到九年前。园里最初开的三蒂莲却被那繁密的雨点打得左右倾斜，在无遮蔽的天空，"我"不敢下阶去，也无法可想，"只是对屋里的母亲唤着"。母爱的慈怜无私地深深包围着作者，将一切的恐惧融化在爱中。于是，作者在心中发出呐喊："母亲呵！你是荷叶，我是红莲。心中的雨点来了，除了你，谁是我在无遮拦天空下的荫蔽？"

　　温柔、忧愁、含蓄，是作者早期散文的特点。《往事》（一）是冰心在20世纪20年代初所记录的自己"生命历史中的几页图画"，是作者回忆往事时"镂刻在回忆的心版上"的生活记忆。文中不仅荡漾着冰心清雅的语言风格，其恰到好处的情景交融也令人感佩。作者对人生、对自然的认识，处处体现着其"爱的哲学"，宣传"爱的哲学"就是她解决社会问题的药方。同时，她对人生的深刻思考也令人感悟到人生的目的——活出价值。赏读这样的美文，读到的不只是醇美的文章，还有作者那颗水晶般的心。

往　事（二）

　　她是翩翩的乳燕，横海飘游，月明风紧。不敢停留——在她频频回顾的飞翔里总带着乡愁！

一

　　那天大雪，郁郁黄昏之中，送一个朋友出山而去。绒绒的雪上，极整齐分明的镌[1]着我们偕行的足印。独自归来的路上，偶然低首，看见洁白匀整的雪花，只这一瞬间，已又轻轻的掩盖了我们去时的踪迹。——白茫茫的大地上，还有谁知道这一片雪下，一刹那前，有个同行，有个送别？

　　我的心因觉悟而沉沉的浸入悲哀！苏东坡的：

　　　　人生到处知何似？
　　　　应似飞鸿踏雪泥——
　　　　泥上偶然留指爪，
　　　　鸿飞那复计东西！
　　　　…………

　　那几句还未曾说到尽头处，岂但鸿飞不复计东西？连雪泥上的指爪都是不得而留的……于是人生到处都是渺茫[2]了！

　　生命何其实在？又何其飘忽？他如迎面吹来的朔风，扑到脸上时，明明觉得砭骨[3]劲寒；他又匆匆吹过，飒飒[4]的散到树林子里，到天空中，渺无来因去果，纵骑着快马，也无处追寻。

　　原也是无聊，而薄纸存留的时候，或者比时晴的快雪长久些——今日不乐，松涛细响之中，四面风来的山亭上，又提笔来写《往事》。生命的历史一页一页的翻下去，渐渐翻近中叶，页页佳妙，图画的色彩也加倍的鲜明，动摇了我的心灵与眼目。这几幅是造物者的手迹。他轻描淡写了，又展开在我眼前；我瞻仰之下，加上一两笔点缀。

点缀完了，自己看着，似乎起了感慨，人生经得起追写几次的往事？生命刻刻消磨于把笔之顷……

这时青山的春雨已洒到松梢了！

1924年3月7日，青山

注释

1．镌：juān。用凹线、凹面或点雕刻。
2．渺茫：miǎo máng。因没有把握而难以预料。
3．砭骨：biān gǔ。刺入骨髓，形容使人感觉非常冷或疼痛非常剧烈。
4．飒飒：sà sà。形容风吹动树木枝叶等发出的声音。

二

哪有心肠？然而竟被友人约去话别——回来已是暮色沉沉。今夜没有电光，中堂燃着两支蜡烛，闪闪的光影，从竹帘里透出，觉得凄清。

走到院子里，已听见母亲同涵和杰断断续续的说话。等我进去时，帘子响处，声音都寂。母亲只低着头做针线，涵和杰惘然的站了起来，却没有话说，只扶着椅背，对着闪闪的烛光呆望。

我怀疑着，一面向母亲说着今天饯别[1]的光景，他们两个竟不来搭话，我也不问。

母亲进去了，我才问他们到底是怎么一回事。涵不言语，杰叹了一口气，半晌说："母亲说……她舍不得你走，你走了她如同……但她又不愿意让你知道……"

几个月来，我们原是彼此心下雪亮，只是手软心酸，不敢揭破这一层纸。然而今夜我听到了这意中的言语，我竟呆了。

忽然涵望着杰沉重的说："母亲吩咐不对莹哥说，你又来多事做什么？"

暂时沉默——这时电灯灿然的亮了，明光里照见他们两个的脸都红着。

杰嗫嚅[2]着说："我想……我想不要紧的……"

涵截住他："不，我不许你说！"声音更严厉了。

这时杰真急了，觉得过分的受哥哥的诃斥。他也大声的说："瞒别人，难道要瞒自己的姊姊？"他顽固的抵抗着。

我已丧失了裁判的能力，茫然的，无心的吹灭了蜡烛，正要勉强的说一两句话——

涵的声音凄然了，"正是不瞒别人，只瞒自己的姊姊呢！"

两对辛酸的眼光相触，如同刚卸下的琴弦一般，两个人同时无力的低下头去。

我神魂失据的站在他们中间。

电灯又灭了，感谢这一霎时消失的光明！我们只觉得湿热颤动的手，紧紧的互握着，却看不见彼此盈盈的泪眼！

1923年7月23日夜，北京

注释

1. 饯别：jiàn bié。准备酒食为人送行。
2. 嗫嚅：niè rú。想说而又吞吞吐吐或不敢说出来或很小声地说。

三

今夜林中月下的青山，无可比拟！仿佛万一，只能说是似娟娟的静女，虽是照人的明艳，却不飞扬妖冶；是低眉垂袖，璎珞矜严¹。

流动的光辉之中，一切都失了正色：松林是一片浓黑的，天空是莹白的，无边的雪地，竟是浅蓝色的了。这三色衬成的宇宙，充满了凝静，超逸与庄严；中间流溢着满空幽哀的神意，一切言词文字都丧失了，几乎不容凝视，不容把握！

今夜的林中，决不宜于将军夜猎——那丛骑杂沓²，传叫风生，会踏毁了这平整匀纤的雪地；朵朵的火燎，和生寒的铁甲，会缭乱了静冷的月光。

今夜的林中，也不宜干燃枝野餐——火光中的喧哗欢笑，杯盘狼藉，会惊起树上稳栖的禽鸟；踏月归去，数里相和的歌声，会叫破了这如怨如慕的诗的世界。

今夜的林中，也不宜于爱友话别，叮咛细语——凄意已足，语音已微；而抑郁缠绵，作茧自缚的情绪，总是太"人间的"了，对不上这晶莹的雪月，空阔的山林。

今夜的林中，也不宜于高士徘徊，美人掩映——纵使林中月下，有佳句可寻，有佳音可赏，而一片光雾凄迷之中，只容意念回旋，不容人物点缀。

我倚枕百般回肠凝想，忽然一念回转，黯然神伤……

今夜的青山只宜于这些女孩子，这些病中倚枕看月的女孩子！

假如我能飞身月中下视，依山上下曲折的长廊，雪色侵围阑外，月光浸着雪净的衾绸，逼着玲珑的眉宇。这带长廊之中：万籁³俱绝，万缘俱断，有如水的客愁，有如丝的乡梦，有幽感，有彻悟，有祈祷，有忏悔，有万千种话……

山中的千百日，山光松影重叠到千百回，世事从头减去，感悟逐渐侵来，已滤就了水晶般清澈的襟怀⁴。这时纵是顽石钝根，也要思量万事，何况这些思深善怀的女子？

往者如观流水——月下的乡魂旅思，或在罗马故宫，颓垣⁵废柱之旁；或在万里长城，缺堞断阶之上；或在约旦河边，或在麦加城里；或超渡莱因河，或飞越落玑山；有多少魂销目断，是耶非耶？只她知道！

来者如仰高山，——久久的徘徊在困弱道途之上，也许明日，也许今年，就揭卸病的细网，轻轻的试叩死的铁门！

天国泥犁，任她幻拟：是泛入七宝莲池？是参谒⁶白玉帝座？是欢悦？是惊怯？有天上的重逢，有人间的留恋，有未成而可成的事功，有将实而仍虚的愿望；岂但为我？牵及众生，大哉生命！这一切，融合着无限之生一刹那顷，此时此地的，宇宙中流动的光辉，是幽忧，是彻悟，都已宛宛氤氲⁷，超凡入圣——

万能的上帝，我诚何福？我又何辜？……

1924年2月30日夜，沙穰

注释

1. 璎珞矜严：yīng luò jīn yán。形容人的品行高洁，美玉无瑕。
2. 杂沓：zá tà。也作纷杂；杂乱。多种多样的，不单纯的。
3. 万籁：wàn lài。各种声响。
4. 襟怀：jīn huái。比喻胸襟开阔、心地坦白。
5. 颓垣：tuí yuán。倾塌的墙。
6. 参谒：cān yè。拜见上级或尊长；瞻仰尊者的故居等。
7. 氤氲：yīn yūn。形容烟或气很盛。

四

心血来潮，如听精灵呼唤，从昏迷的睡中，旋风般翻身起坐——

铃声响后，屋门开了，接着床前一阵惨默的忙乱。

狂潮渐退——医生凝立视我无语。护士捧着磁盘，眼光中带着未尽的惊惶。我精神全蹶[1]，心里是彻底的死去般的空虚。颊上流着的清泪，只是眼眶里的一种压迫，不是从七情中的任一情来的。

最后仿佛的寻见了我自己是坐着，半缚半围的拥倚在床阑上，胸前系着一个大冰囊。注射过的右臂，麻木隐痛到不能转动，然而我也没有转动的意想。

心血果然凝而不流，飘忽的灵魂，觉出了躯壳的重量。这重量层层下沉，躯壳压在床阑上，床阑压在楼屋上，楼屋又压在大地上。

凝结沉重之中，时间一分一分的过去，人们已退尽。床侧的灯光，是调节到只能看见室内的一切的模糊轮廓为止，——其实这时我自己也只剩一个轮廓！

我连闭目的力量都没有——然而我竟极无端的见了一个梦。

我在层层的殿阁中缓缓行走，却总不得踏着实地，软绵绵的在云雾中行。

不知走了多远，到了最末层；猛抬头看见四个大字的金匾，是"得大自在[2]"，似乎因此觉悟了这是京西卧佛寺的大殿。

不由自主的还是往上走，两庑下忽然加深，黑沉沉的，两边忽然奏起音乐，却看不见一个乐人。那声音如敲繁钟，如吹急管，天风吹送着，十分的错落凄紧！我梦中停足倾耳，自然赞叹，"这是'十番'，究竟还是东方的古乐动人！"

更向里走，殿中更加沉黑，如漆如墨，摸索着愈走愈深。忽然如同揭开殿顶，射下一道光明来，殿中洞然，不见了那卧佛的大像，后壁上却高高的挂着一幅大白绫子，缀着青绒的大字，明白的是："只因天上最高枝，开向人……"光梢只闪到"人"字，便砉然[3]的掣了回去。我惊退，如雾，如电，不断的乐音中，我倏然的坠下无底深渊去……

无限的下坠之中，灵魂又寻到了躯壳：耳中还听见"十番"，室中仍只是几堆模糊的轮廓，星辰在窗外清冷灰白色的天空中闪耀着——

我定一定神，我又微笑，周身仍是沉重冰结，心灵中却来了一缕凉意，是知识来复后的第一个感觉。

天还未明，刚在右臂药力消散之后，我挣扎着探身取了铅笔，将梦中所见的十个字，欹斜的写在一张小纸上，塞在浴衣的袋里。病到不知西东的时候，冻结的心魂，还有能力飞扬！——光影又只砉然的一闪，"开向人……"之下，竟不知是些什么，无论何时回忆起，都觉得有些惋惜。原也只是许多字形在梦中的观念的再现，而上句"只因天上最高枝"这七个字，连缀得已似乎不错。

1922年10月26日夜，圣卜生疗养院

注释

1. 隳：huī。怠惰。通"惰"。
2. 得大自在：语出佛经《陀罗尼神咒经》。佛教用语。指消除一切违缘障道、疾病、灾难，能令他人敬爱，具大威势，得财增福，所求如愿，令世界和平，兴盛佛法，吉祥如意。乃至人与非人等众生，皆俱解脱因缘。
3. 砉然：xū rán。象声词。常用以形容破裂声、折断声、开启声、高呼声等。

五

"风浪要来了。这一段水程照例是不平稳的！"

这两句话不知甚时，也不知是从哪一个侍者口中说出来的，一瞬时便在这几百个青年中间传播开了。大家不住的记念着，又报告佳音似的彼此谈说着。在这好奇而活泼的心绪里，与其说是防备着，不如说是希望着罢。

于是大家心里先晕眩了，分外的凝注着海洋。依然的无边闪烁的波涛，似乎渐渐的摇荡起来，定神看时，却又不见得。

我——更有无名的喜悦，暗地里从容的笑着——晚餐的时候，灯光依旧灿然，广厅上杯光衣影，盈盈笑语之中，忽然看见那些白衣的侍者，托着盘子，欹斜的从许多圆桌中间掠走了过来，海洋是在动荡了！大家暂时的停了刀叉，相顾一笑，眼珠都流动着，好像相告说："风浪来了！"——这时都觉出了船身左右的摇摆。

我没有言语，又满意的一笑。

餐后回到房里——今夜原有一个谈话会——我徐徐的换着衣服，对镜微讴，看见了自己镜中惊喜的神情，如同准备着去赴海的女神召请去对酌的一个夜宴；又如同磨剑赴敌，对手是一个闻名的健者，而自己却有几分胜利的把握。

预定夜深才下舱来，便将睡前一切都安排好了。

出门一笑，厅中几个女伴斜坐在大沙发上。灯光下娇情的谈笑着，笑声中已带晕意。

一路上去。遇见许多挟着毡子，笑着下舱来的同伴，笑声中也有些晕意。

我微笑着走上舱面去。琴旁坐着站着还围有许多人。我拉过一张椅子，坐在玲的旁边。她笑得倚到我的肩上说："风浪来了！"

弹琴的人左右倾敧的双腕仍是弹奏着。唱歌的人，手扶着琴台笑着唱着，忽然身不自主一溜的从琴的这端滑到那端去。

大家都笑了，笑声里似都不想再支持，于是渐渐的四散了。

我转入交际室，谈话会的人都已在里面了，大家团团的坐下。屋里似乎很郁闷。我觉得有些人面色很无主，掩着口蹙然[1]的坐着——大家都觉得在同一的高度中，和室内一切，一齐的反侧敧斜。

似乎都很勉强，许多人的精神，都用到晕眩上了！仿佛中谈起爱海来，华问我为何爱海，如何爱海？——我渐渐的觉得快乐充溢，怡然的笑了。并非喜欢这问题，是喜欢我这时心身上直接自海得来的感觉，我笑说："爱海是这么一点一分的积渐的爱起来的……"

未及说完，一个同伴，掩着口颠顿的走了出去。

大家又都笑了。笑声中，也似乎说："我们散了罢！"却又都不好意思走，断断续续的仍旧谈着。我心神已完全的飞越，似乎水宫赴宴的时间，已一分一分的临近；比试的对手，已一步一步的仗着剑向着我走来，——但我还天一句地一句的说着"文艺批评"。

又是一个同伴，掩着口颠顿的走了出去——于是两个，三个……

我知道是我说话的时候了，我笑说："我们散了罢，别为着我大家拘束着！"一面先站了起来。

大家笑着散开了。出到舱外，灯影下竟无一人，阑外只听得涛声。全船想都睡下了，我一笑走上最高层去。

迎着海风，掠一掠鬓发[2]，模糊摇撼[3]之中，我走到阑旁，放倒一个救生圈，抱膝坐在上面，遥对着高竖的烟囱与桅樯。我看见船尾的阑干，与暗灰色的天末的水平线，互相重叠起落，高度相去有五六尺。

我凝神听着四面的海潮音。仰望高空，桅尖指处，只一两颗大星露见。——我的心魂由激扬而宁静，由快乐而感到庄严。海的母亲，在洪涛上轻轻的簸动这大摇篮。几百个婴儿之中，我也许是个独醒者……

我想到母亲，我想到父亲，忆起行前父亲曾笑对我说："这番横渡太平洋，你若晕船，不配作我的女儿！"

我寄父亲的信中，曾说了这几句："我已受了一回风浪的试探。为着要报告父亲，我在海风中，最高层上，坐到中夜。海已证明了我确是父亲的女儿。"

其实这又何足道？这次的航程，海平如镜，天天是轻风习习，那夜仅是五六尺上下的震荡。侍者口中夸说的风浪，和青年心中希冀惊笑的风浪，比海洋中的实况，大得多了！

1923年8月20日夜，太平洋舟中

注释

1．蹙然：cù rán。局促不安貌；忧愁不悦貌。

2．鬓发：bìn fà。在耳朵前面的一绺头发或一簇卷发。

3．摇撼：yáo hàn。摇动；震撼，震动。

六

从来未曾感到的，这三夜来感到了，尤其是今夜！——与其说"感"不如说"刺"——今夜感到的，我恳颤的希望这一生再也不感到！

阴历八月十四夜，晚餐后同一位朋友上楼来，从塔窗中，她忽然赞赏的唤我看月。撩开幔子，我看见一轮明月，高悬在远远的塔尖。地上是水银泻地般的月光。我心上如同着了一鞭，但感觉还散漫模糊，只惘然的也赞美了一句，便回到屋里，放下两重帘子来睡了。

早起一边理发。忽又惘惘的忆起昨夜的印象。我想起"……看月多归思，晓起开笼放白鹇[1]"这两句来。如有白鹇可放，我昨夜一定开笼了，然而她纵有双飞翼，也怎生飞渡这浩浩万里的太平洋？我连替白鹇设想的希望都绝了的时候，我觉得到了最无可奈何的境界！

中秋下，居然晴明，我已是心慊[2]，仪又欢笑的告诉我，今夜定在湖上泛舟。我尤其黯然！但这是沿例，旧同学年年此夜请新同学荡舟赏月，我如何敢言语？

黄昏良来召唤我时，天竟阴了，我一边和她走着，说不出心里的感谢。

我们七人，坐了三只小舟，一篙儿点开，缓缓从桥下穿过，已到湖上。

四顾廓然，湖光满眼。环湖的山黯青着，湖水也翠得很凄然。水底看见黑云浮动，湖岸上的秋叶，一丛丛的红意迎人，几座楼台在远处，旋转的次第入望。

我们荡到湖心，又转入水枝低亚处。错落的谈着，不时的仰望云翳[3]的天空。云彩只严遮着，月意杳然。——"千金也买不了她这刻的隐藏！"我说不出的心里的感谢。

云影只严遮着，月意杳然，夜色渐渐逼人，湖光渐隐。几片黑云，又横曳过湖东的丛树上，大家都怅惘，说："无望了！我们回去罢！"

归棹中我看见舟尾的秋。她在桨声里，似吟似叹的说："月呵！怎么不做美呵！"她很轻巧的又笑了，我也报她一笑。——这是"释然"。她哪儿知道我的心绪？

到岸后，还在堤边留连仰望了片晌。——我想："真可怜——中秋夜居然逃过了！"人人怅惘的归途中，我有说不尽的心里的感谢。

十六夜便不防备，心中很坦然，似乎忘却了。

　　不知如何，偶然敲了楼东一个朋友的室门。她正灭了灯在窗前坐着。月光满室！我一惊，要缩回也来不及了，只能听她起身拉着我的手，到窗前来。

　　没有一点缺憾！月儿圆满光明到十二分。我默然，我咬起唇儿，我几乎要迸出一两句诅咒的话！

　　假如她知道我这时心中的感伤是到了如何程度，她也必不忍这般的用双臂围住我，逼我站在窗前。我惨默无声，我已拼着鼓勇去领略。正如立近万丈的悬崖，下临无际的酸水的海。

　　与其徘徊着惊悸亡魂，不如索性纵身一跃，死心的去感觉那没顶切肤的辛酸的感觉。

　　我神摇目夺的凝望着：近如方院，远如天文台，以及周围的高高下下的树，都逼射得看出了红，蓝，黄的颜色。三个绿半球针竿高指的圆顶下，不断的自圆穹门，一圈一圈的在地的月影，如墨线画的一般的清晰。十字道四角的青草，青得四片绿绒似的，光天化日之下，也没有这样的分明呵，何况这一切都浸透在这万里迷漾的光影里……我开始的诅咒了！

　　乡愁麻痹到全身，我掠着头发，发上掠到了乡愁；我捏着指尖，指上捏着了乡愁。是实实在在的躯壳上感着的苦痛，不是灵魂上浮泛流动的悲哀！

　　我一翻身匆匆的辞了她，回到屋里来。匆匆的用手绢蒙起了桌上嵌着父亲和母亲相片的银框。匆匆的拿起一奉很厚的书来，扶着头苦读——茫然的翻了几十页，我实在没有气力再敷衍 4 了，推开书，退到床上，万念俱灰的起了呜咽。

　　我病了——

　　那夜的惊和感，如夏空的急电，奔腾闪掣到了最高尖。过后回思，使我怃然叹异，而且不自信！如今反复的感着乡愁的心，已不能再飘起。无数的月夜都过去了，有时竟是整夜的看着，情感方面，却至多也不过"惘然"。

　　痛定思痛。我觉悟了明月为何千万年来，伤了无数的客心！静夜的无限光明之中，将四围衬映得清晰浮动，使她彻底的知道，一身不是梦，是明明白白的去国客游。一切离愁别恨，都不是淡荡的，犹疑的；是分明的，真切的，急如束湿的。

　　对于这事，我守了半年的缄默 5；只在今春与友人通讯之间，引了古人月夜的名句之后，我写："呜呼！赏鉴好文学，领略人生，竟须付若大代价耶？"

至于代价如何，"呜呼"两字之后，藏有若干的伤感，我竟没有提，我的朋友因而也不曾问起。

1923年9月26日夜，闭璧楼

注释

1. 看月多归思，晓起开笼放白鸥：语出唐·雍陶《和孙明府怀旧山》。原文为：五柳先生本在山，偶然为客落人间。秋来见月多归思，自起开笼放白鸥。
2. 慑：shè。恐惧。
3. 云翳：yún yì。阴暗的云。
4. 敷衍：fū yǎn。做事不负责任或待人不恳切，只做表面上的应付。
5. 缄默：jiān mò。闭口不说话。

七

我当然喜爱花草！

在国内时，我的屋里虽然不断的供养着香花，而剪叶添水的事，我却不常做。父亲或母亲走了进来，用手指按一按盆土，就啧啧[1]的说："我看花草供到你的屋里来，就是她们的末日到了！"

假如他二位老人家，说完这话就算了时，我自然不能再懒惰，至少也须敷衍敷衍；然而他们说完之后，提水瓶的提水瓶，拿剪刀的拿剪刀；若供的是水仙花，更是不但花根，连盆连石子都洗了。我乐得笑着站在一旁看。

我决不是不爱花，也决不是懒惰。一来我知道我收拾的万不及他们的齐整，——我十分相信收拾花卉是一种艺术——二来我每每喜欢得个题目，引得父亲和母亲和我纠缠。但看去国后，我从未忘了替屋里的花添水！我案头的水仙花，在别人和我同时养起的，还未萌苴的时候，就已怒放。一剪一剪繁密的花朵，将花管带得沉沉下垂，我用细绳将她们轻轻的束起。

花未开尽，我已病到医院里去，自此便隔绝了！只在一个朋友的小启中，提了一句，"你的花，我已替你浇水了。"以后再无人提，我也不好意思再问。但我在病榻上时时想起人去楼空，她自己在室中当然寂静。闭璧楼夜间整齐灿烂的光明中，缺了一点，便是我黑暗的窗户，暗室中再无人看她在光影下的丰神！

入山之后一日，开了朋友们替我收拾了送来的箱子，水仙花的绿盆赫然在内。我知道她在我卧病二十日之中，残落已尽。更无从"托微波以通词"，我怅然——良久！

第三天，得了一个匣子，剪开束绳，白纸外一张片子，写着：

　　　无尽的爱，安娜。

纸内包卷着一束猩红的玫瑰。珍重的插在瓶内，黄昏时浓香袭人。

只过了一夜，我早起进来，看见花朵都低垂了，瓣儿憔悴得黑绒剪成的一般！才惊悟到这屋里太冷，后面瑛的小楼上是有暖炉的，她需要花的慰安，她也配受香花供养，我连忙托人带去赠了她。——听说一夜的工夫，花魂又回转了过来。

此后陆续又得了许多花，玫瑰也有，水仙也有，我都不忍留住。送客走后，便自己捧到瑛的楼里。

想起圣卜生医院室中不断的繁花，我不胜神往。然而到了花我不能两全的时候，我宁可刻苦了自己。我寂寞清寒的过了六十天，不曾牺牲一个花朵！

二月十六日，又有友人赠我六朵石竹花，三朵红的，三朵白的，间以几枝凤尾草。那天稍暖，送花的友人又站在一旁看我安插，我不好意思就把花送走，插好便放在屋里的玻璃几上。

夜中见着瑛，我说："又有一瓶花送你了！"她笑着谢了我。

回来欹在枕上，等着出到了廊外之时，忽然看见了几上的几朵石竹花，那三朵白的，倒不觉得怎样，只那三朵红的，红得异样的可怜！

灿然的灯下，红绒般的瓣儿，重叠细碎的光艳照眼，加以花旁几枝凤尾草的细绿的叶围绕着，交辉中竟有滞人的意味。

这时不知是"花"可怜，还是"红"可怜，我心中所起的爱的感觉，很模糊而浓烈……

"我不想再做傻子！周围都是白的，周围都是冷的，看不见一点红艳与生意，这般的过了六十天，何自苦如此？"

我决定留下她！

第二天早起，瑛问我："花呢？"我笑而不答。

今日风雪。我拥毡坐在廊上，回头看见这几朵花，在门窗洞开的室中，玻璃几上，迎着朔风瑟瑟而动，我不语。

进去从书架上取下一本书来，又到廊上。翻开书页，觉得连纸张都是冰冻的。我抬起头来望着那几朵寒颤的花——我又不语。

晚上，这几朵已憔悴损伤，瓣边已焦黄了！悼惜已来不及，我已牺牲了她。

偶然拿起笔来，不知是吊慰她，还是为自己文过，写了几行：

　　…………

　　几曾愿挥麾[2]开去？雪冷风寒——　不忍挽柔弱的花枝，
　　来陪我禁受。顾惜了她们
　　逼得我忘怀自己。
　　石竹花！无情的朋友，又打发了秾艳的你们
　　来依傍冷幽的我！
　　也做一回残忍的事罢！山中两月，彻骨的清寒，
　　不能再……

到此意尽，笔儿自然的放下，只扶头看着残花出神。

以后也曾重写了三五次，只是整凑不起来。花已死去，过也不必文，至今那张稿纸，还随便的夹在一本书里。

1924年2月20日，沙穰

注释

1．啧啧：zé zé。形容议论纷纷。
2．麾：huī。古代供指挥用的旌旗。

八

是除夜的酒后，在父亲的书室里。父亲看书，我也坐近书几，已是久久的沉默——我站起，双手支颐，半倚在几上，我唤："爹爹！"父亲抬起头来。"我想看守灯塔去。"

父亲笑了一笑，说："也好，整年整月的守着海——只是太冷寂一些。"说完仍看他的书。

我又说："我不怕冷寂，真的，爹爹！"

父亲放下书说："真的便怎样？"

这时我反无从说起了！我耸一耸肩，我说："看灯塔是一种最伟大，最高尚，而又最有诗意的生活……"

父亲点头说："这个自然！"他往后靠着椅背，是预备长谈的姿势。这时我们都感着兴味了。

我仍旧站着，我说："只要是一样的为人群服务，不是独善其身；我们固然不必避世，而因着性之相近，我们也不必避'避世'！"

父亲笑着点头。

我接着："避世而出家，是我所不屑做的，奈何以青年有为之身，受十方供养？"

父亲只笑着。

我勇敢的说："灯台守的别名，便是'光明的使者'。他抛离田里，牺牲了家人骨肉的团聚，一切种种世上耳目纷华的娱乐，来整年整月的对着渺茫无际的海天。除却海上的飞鸥片帆，天上的云涌风起，不能有新的接触。除了骀荡的海风，和岛上崖旁转青的小草，他不知春至。我抛却'乐群'，只知'敬业'……"

父亲说："和人群大陆隔绝，是怎样的一种牺牲，这情绪，我们航海人真是透彻中边的了！"言次，他微叹。

我连忙说："否，这在我并不是牺牲！我晚上举着火炬，登上天梯，我觉得有无上的倨傲与光荣。几多好男子，轻侮别离，弄潮破浪，狎习[1]了海上的腥风，驱使着如意的桅帆，自以为不可一世，而在狂飙浓雾，海水山立之顷，他们却蹙眉[2]低首，捧盘屏息，凝注着这一点高悬闪烁的光明！这一点是警觉，是慰安，是导引，然而这一点是由我燃着！"

父亲沉静的眼光中，似乎忽忽的起了回忆。

"晴明之日，海不扬波，我抱膝沙上，悠然看潮落星生。风雨之日，我倚窗观涛，听浪花怒撼崖石。我闭门读书，以海洋为师，以星月为友，这一切都是不变与永久。

"三五日一来的小艇上，我不断的得着世外的消息，和家人朋友的书函；似暂离又似永别的景况，使我们永驻在'的的如水'的情谊之中。我可读一切的新书籍，我可写作，在文化上，我并不曾与世界隔绝。"

父亲笑说："灯塔生活，固然极其超脱，而你的幻像，也未免过于美丽。倘若病起来，海水拍天之间，你可怎么办？"

我也笑道："这个容易——一时虑不到这些！"

父亲道："病只关你一身，误了燃灯，却是关于众生的光明……"

我连忙说："所以我说这生活是伟大的！"

父亲看我一笑，笑我词支，说："我知道你会登梯燃灯；但倘若有大风浓雾，触石沉舟的事，你须鸣枪，你须放艇……"

我郑重的说："这一切，尤其是我所深爱的。为着自己，为着众生，我都愿学！"

父亲无言，久久，笑道："你若是男儿，是我的好儿子！"

我走近一步，说："假如我要得这种位置，东南沿海一带，爹爹总可为力？"

父亲看着我说："或者……但你为何说得这般的郑重？"

我肃然道："我处心积虑已经三年了！"

父亲敛容，沉思的抚着书角，半天，说："我无有不赞成，我无有不为力。为着去国离家，吸受海上腥风的航海者，我忍心舍遣我唯一的弱女，到岛山上点起光明。但是，唯一的条件，灯台守不要女孩子！"

我木然勉强一笑，退坐了下去。又是久久的沉默——

父亲站起来，慰安我似的："清静伟大，照射光明的生活，原不止灯台守，人生宽广的很！"

我不言语。坐了一会，便掀开帘子出去。

弟弟们站在院子的四隅，燃着了小爆竹。彼此抛掷，欢呼声中，偶然有一两支掷到我身上来，我只笑避——实在没有同他们追逐的心绪。

回到卧室，黑沉沉的歪在床上。除夕的梦纵使不灵验，万一能梦见，也是慰情聊胜无。

我一念至诚的要入梦，幻想中画出环境，暗灰色的波涛，峭然的白塔……

一夜寂然——奈何连个梦都不能做！

这是两年前的事了，我自此后，禁绝思虑，又十年不见灯塔，我心不乱。

这半个月来，海上瞥见了六七次，过眼时只悄然微叹。失望的心情，不愿它再兴起。而今夜浓雾中的独立，我竟极奋迅的起了悲哀！

丝雨锵锵里，我走上最高层，倚着船阑，忽然见天幕下，四塞的雾点之中，夹岸两嶂淡墨画成似的岛山上，各有一点星光闪烁——

船身微微的左右欹斜，这两点星光，也徐徐的在两旁隐约起伏。光线穿过雾层，莹然，灿然，直射到我的心上来，如招呼，如接引，我无言，久——久，悲哀的心弦，开始策策而动！

有多少无情有恨之泪，趁今夜都向这两点星光挥洒！凭吟啸的海风，带这两年前已死的密愿，直到塔前的光下——从兹了结！拈得起，放得下，愿不再为灯塔动心，也永不作灯塔的梦，无希望的永古不失望，不希冀那不可希冀的，永古无悲哀！

愿上帝祝福这两个塔中的燃灯者！——愿上帝祝福有海水处，无数塔中的燃灯者！愿海水向他长绿，愿海山向他长青！愿他们知道自己是这一隅岛国上无冠的帝王，只对他们，我愿致无上的颂扬与羡慕！

1923年8月28日，太平洋舟中

注释

1. 狎习：xiá xí。亲近熟习。
2. 蹙眉：cù méi。皱眉头。

九

只这般昏昏的，匆匆的别去，既不缠绵，又不悲壮，白担了这许多日子的心了！

头一天午时，我就没有上桌吃饭，弟弟们唤我，我躺在床上装睡。听见母亲在外间说：

"罢了，不要惹她。"

伤了一会子的心——下午弟弟们的几个小朋友来了，玩得闹烘烘的。大家环着院子里一个大莲花缸跑，彼此泼水为戏，连我也弄湿了衣襟。母亲半天不在家，到西院舅母那边去了，却吩咐厨房里替我煮了一碗面。

黄昏时又静了下来，我开了琴旁的灯弹琴，好几年不学琴了，指法都错乱，我只心不在焉的反复的按着。最后不知何时已停了弹，只倚在琴台上，看起琴谱来。

父亲走到琴边，说："今晚请你的几个朋友来谈谈也好，就请她们来晚餐。"我答应着，想了一想，许多朋友假期中都走了，星虽远些，还在西城。我就走到电话匣旁，摘下耳机来，找到她，请她多带几个弟妹，今夜是越人多越好。她说晚了，如来不及，不必等着晚餐也罢。

那时已入夜，平常是星从我家归去的时候了。

舅母走过来，潜也从家里来了。我们都很欢喜，今夜最怕是只有家人相对！潜说着海舟上的故事，和留学生的笑话，我们听得很热闹。

厨丁在两个院子之间，不住的走来走去，又自言自语的说："九点了！"我从帘子里听见，便笑对母亲说："简直叫他们开饭罢，厨师父在院子里急得转磨呢！——星一时未必来得了。"

母亲说："你既请了她，何妨再等一会？"和我说着，眼却看着父亲。父亲说："开来也好，就请舅母和潜在这里吃罢。我们家里按时惯了，偶然一两次晚些，就这样的鸡犬不宁！"

我知道父亲和母亲只怕的是我今夜又不吃饭，如今有舅母和潜在这里，和星来一样，于是大家都说好——纷纭语笑之中，我好好吃了一顿晚饭。

饭后好一会，星才来到，还同着宪和宜，我同楫迎了出去，就进入客室。

话别最好在行前八九天，临时是"话"不出来的。不是轻重颠倒，就是无话可说。所以我们只是东拉西扯，比平时的更淡漠，更无头绪，我一句也记不得了。

只记得一句，还不是我们说的。

我和星，宜在内间，楫陪着宪在外间，只隔着一层窗纱，小孩子谈得更热闹。

星忽然摇手，听了一会，笑对我说："你听你小弟弟和宪说的是什么？"我问："是什么？"她笑道："他说，'我姊姊走了，我们家里，如同丢了一颗明珠一般！'"她说着又笑了，宜也笑了，我不觉脸红起来。

——我们姊弟平日互相封赠的徽号多极了！什么剑客，诗人，哲学家，女神等等，彼此混谥[1] 着。哪里是好意？三分亲爱，七分嘲笑，有时竟等于怨谤[2]，一点经纬都没有的！比如说父亲或母亲偶然吩咐传递一件东西，我们争着答应，自然有一个捷足先得，偶然得了夸奖，其余三个怎肯干休？便大家站在远处，点头赞叹的说："孝子！真孝顺！'二十四孝'加上你，二十五孝了！"结果又引起一番争论。

这些事只好在家里通行，而童子无知，每每在大庭广众之间，也弄假成真的说着，总使我不好意思——我也只好一笑，遮掩开去。

舅母和潜都走了，我们便移到中堂来。时已夜午，我觉得心中烦热，竟剖开了一个大西瓜。

弟弟们零零落落的都进去了，再也不出来。宪没有人陪，也有了倦意。星说："走罢，远得很呢，明天车站上送你！"说着有些凄然。——岂知明天车站上并没有送着，反是半个月后送到海舟上来，这已是我大梦中的事了！

送走了她们，走入中间，弟弟们都睡了。进入内室，只父亲一人在灯下，我问妈妈呢，父亲说睡下了。然而我听见母亲在床上转侧，又轻轻的咳嗽，我知道她不愿意和我说话，也就不去揭帐。

默然片晌，——父亲先说些闲话，以后慢慢的说："我十七岁离家的时候，祖父嘱咐我说：'出外只守着三个字：勤，慎，……'"

没有说完，我低头按着胸口——父亲皱眉看着我，问：

"怎么了？"我说："没有什么，有一点心痛……"

父亲叹了一口气，站起身来，说："不早了，你睡去罢，已是一点钟了。"

回到屋里，抚着枕头也起了恋恋，然而一夜睡得很好。

早饭是独自吃的，告诉过母亲到佟府和女青年会几个朋友那里辞行，便出门去了。又似匆匆，又似挨延，近午才回来。

入门已觉得凄切！在院子里，弟弟们拦住我，替我摄了几张快影。照完我径入己室，扶着书架，泪如雨下。

舅母抱着小因来了，说："小因来请姑姑了，到我们那边吃饺子去！"

我连忙强笑着出来，接过小因，偎着她。就她的肩上，印我的泪眼——便跟着舅母过来。

也没有吃得好：我心中的酸辛，千万倍于蘸[3]饺子的姜醋，父亲踱了过来，一面逗小因说笑，却注意我吃了多少，我更支持不住，泪落在碗里，便放下筷子。舅母和嫂嫂含着泪只管让着，我不顾的站了起来……

回家去，中堂里正撤着午餐。母亲坐在中间屋里，看见我，眼泪便滚了下来。我那时方寸已乱！一会儿恐怕有人来送我，与其左右是禁制不住，有在人前哭的，不如现在哭。我叫了一声"妈妈"，挨坐了下去。我们冰凉颤动的手，紧紧的互握着臂腕，呜咽不成声！——半年来的自欺自慰，相欺相慰，无数的忍泪吞声，都积攒了来，有今日恣情的一恸！

鸦雀无声，没有一个人来劝，恐怕是要劝的人也禁制不住了！

我释了手，卧在床上，泪已流尽，闭目躺了半晌，心中倒觉得廓然。外面人报潜来了，母亲便走了出去。小朋友们也陆续的来了，我起来洗了脸，也出去和他们从容的谈起话来。

外面门环响，说："马车来了。"小朋友们都手忙脚乱的先推出自行车去，潜拿着帽子，站在堂门边。

我竟微笑了！我说："走了！"向空发言似的，这语声又似是从空中来，入耳使我惊慑。

我不看着任一个人，便掀开帘子出去。

极迅疾的！我只一转身，看见涵站在窗前，只在我这一转身之顷，他极酸恻[4]的瞥了我一眼，便回过头去！可怜的孩子！他从昨日起未曾和我说话，他今天连出大门来送我的勇气都没有！这一瞥眼中，有送行，有抱歉，有慰藉，有无限的别话，我都领会了！别离造成了今日异样懂事的一个他！今天还是他的生日呢，无情的姊姊连寿面都不吃，就走了！……

走到门外，只觉得车前人山人海，似乎家中大小上下都出来了。我却不曾看见母亲。不知是我不敢看她，或是她隐在人后，或是她没有出来。我看见舅母，嫂嫂，都含着泪。连站在后面的白和张，说了一声"一路平安！"声音都哽咽着，眼圈儿也红了。

坐车，骑车的小孩子，都启行了。我带着两个弟弟，两个妹妹，上了车，车门砰的一声关上了。马一扬鬣[5]，车轮已经转动。只几个转动，街角的墙影，便将我亲爱的人们和我的，相互的视线隔断了……

我又微笑着向后一倚。自此入梦！此后的都是梦境了！

只这般昏昏的匆匆的一别，既不缠绵，又不悲壮，白担了这许多日子的心了！

然而只这昏昏的匆匆的一别，便把我别到如云的梦中来！

九个月来悬在云雾里，眼前飞掠的只是梦幻泡影，一切色，声，香，味，触，法，都很异样，很麻木，很飘浮。我挣扎把握，也撮不到一点真实！

这种感觉不是全然于我无益的，九个月来，不免有时遇到支持不住的事，到了悲哀宛转，无可奈何的时节，我就茫然四顾的说："不管它罢，这一切原都在梦中呢！"

就是此刻的突起的乡愁，也这样迷迷糊糊的让它过去了！

1923年8月3日，北京

注释

1. 谥：shì。古代君主、诸侯、大臣、后妃等具有一定地位的人死去之后，根据他们的生平事迹与品德修养，评定褒贬，而给予一个寓含善意评价、带有评判性质的称号。赐谥权高度集中于皇帝手中，帝王的谥号一般是由礼官议定经继位的帝王认可后予以宣布，臣下的谥号则由朝廷赐予。
2. 怨谤：yuàn bàng。怨恨非议。
3. 蘸：zhàn。用物沾染液体。
4. 酸恻：suān cè。悲酸凄恻。
5. 鬣：liè。马、狮子等颈上的长毛。

十

只是这般昏昏的匆匆的一别，既不缠绵，又不悲壮；然而前天我追写的时候，我的眼泪流的比笔尖移动得还快！亭中寂寂，浓密的松枝外，好鸟时鸣，嫣红姹紫[1] 开遍；而我除了膝上的纸笔，和一方湿透的纱巾外，看不见别的！

我写时不须思索，没有着力，而回忆如大河泛决，奔越四流。我恨不能百管齐下，同时描述了每一段时间，每一个人，每一端思念！

我写时因呜咽而中断了好几次，归结只写了顾一失百的那一篇，而那一篇中的每一小段都是无尽，每一小段都能演绎²到千万言！

文艺既凭借着主观的欣赏，我写时如雨的眼泪，未必能普遍的感动了世间一切有情。但因着字字真切的本地风光，在那篇中提名的人，决不能不起一番真切的回忆，而终于坠泪，第一个人就是我的母亲！

我远道寄回这几篇去，我不能伴她同读，引动她的伤感后，不能有即时笑语的慰藉³，我诚何心？

然而不须感伤，我至爱的母亲！我灵魂是躯壳的主宰，别离之前，虽不知离愁深刻到如斯，而未尝不知别离之苦。我要推却别离，没有别离敢来挽我。为着人生，我曾自愿不住的挥着别泪，作此"弱游"！

别的都不说，只这昏昏的匆匆的一别，先在世上绝对的承认了一个"我"的存在，为幸已多！

乡愁每深一分，"我"的存在就证实了一分，——何以故？因我确有个感受痛苦的心灵与躯壳故！

既承认了"我"，就不能不承认宇宙中无量数的"他"，更不能不承认了包罗一切的"生命"，以及生命中的一切。

我既绝对承认了生命，我便愿低头去领略。我便愿遍尝了人生中之各趣，人生中之各趣我便愿遍尝！——我甘心乐意以别的泪与病的血为费，推开了生命的宫门。

我曾说：

"别离碎我为微尘，和爱和愁，病又把我团捏起来，还敷上一层智慧。等到病又手退立，仔细端详，放心走去之后，我已另是一个人！

"她已渐远渐杳，我虽没有留她的意想，望着她的背影，却也觉得有些凄恋。我起来试走，我的躯体轻健；我举目四望，我的眼光清澈。遍天涯长着萋萋⁴的芳草，我要从此走上远大的生命的道途！感谢病与别离。二十余年来，我第一次认识了生命。"

所以，不须伤感，我至爱的母亲！凭着血与泪，我已推开了生命神秘的宫门。因着巨大的代价，我从此要领受人生，享乐人生。

不须伤感，我至爱的母亲！悲哀只是一霎时，我的青春活泼的心，决不作悲哀的留滞。日来渐惯了单寒羁⁵旅，离愁已浅，病缘已断；只往事忽忽追忆，难得当日哀乐纵横，赆我以抒写时的洒落与回味！

不须伤感，我至爱的母亲！往事的追写，决不会摧耗了我的精神，有把笔的可能，总未到悲哀的极致。母亲寄我的信中曾有：

"除夕我因你不在，十分难过，就想写信，提起笔来，心中一阵难受，又放下了笔，不能再写……"可知到了悲极，决无能力把笔！我只洒洒落落写来，写完心释。投笔之后，就让它从此成为"往事"，不予以多一刻的留连！

往事愿都撇在一边！——现在我收了纸笔，要在斜阳中下了山亭。春光真明媚！芊芊无际的山坡上，开了万树不知名的黄的，白的，红的，紫的花，内中我只认得樱花已开，丁香已含苞，杨柳的嫩黄，与松枝的深绿，衬以知更雀的红胸，真是异样的鲜明！此行循着紫罗兰路，也许采些野花归去。

愿上帝祝福母亲！

愿上帝祝福母亲！

1924年5月19日，青山

附注：每篇末的日月，是那段"往事"发生的时期与地点，和写作的时地，是不相干的。

注释

1．嫣红姹紫：yān hóng chà zǐ。指花色娇艳，亦指娇艳的花。
2．演绎：yǎn yì。从前提必然地得出结论的推理；从一些假设的命题出发，运用逻辑的规则，导出另一命题的过程。
3．慰藉：wèi jiè。安慰，欣慰。
4．萋萋：qī qī。草木茂盛的样子。
5．羁：jī。寄居在外，寄居在外的人或外乡人。

导读

《往事》（二）是作者在1924年写的，内容丰富多彩，有对宇宙精妙的探索；有对生命意义的思考；有对春光的赞美；有对母爱的颂扬；有对纯洁友情的礼赞；有对弱者的同情……在艺术表现上，作者从细处落笔，撷取生活中的一个个片断，凝结在美的意境中，引发出诗的情思，在行云流水般的倾诉中，闪射出智慧的光华。处处都满蕴着抒情诗的韵味和风景画的明丽，委婉、精致、脍炙人口。

通讯一

似曾相识的小朋友们：

我以抱病又将远行之身，此三两月内，自分已和文字绝缘；因为昨天看见《晨报》副刊上已特辟了"儿童世界"一栏，欣喜之下，便借着软弱的手腕，生疏的笔墨，来和可爱的小朋友，作第一次的通讯。

在这开宗明义的第一信里，请你们容我在你们面前介绍我自己。我是你们天真队里的一个落伍者——然而有一件事，是我常常用以自傲的：就是我从前也曾是一个小孩子，现在还有时仍是一个小孩子。为着要保守这一点天真直到我转入另一世界时为止，我恳切的希望你们帮助我，提携[1]我，我自己也要永远勉励着，做你们的一个最热情最忠实的朋友！

小朋友，我要走到很远的地方去。我十分的喜欢有这次的远行，因为或者可以从旅行中多得些材料，以后的通讯里，能告诉你们些略为新奇的事情。——我去的地方，是在地球的那一边。我有三个弟弟，最小的十三岁了。他念过地理，知道地球是圆的。他开玩笑的和我说："姊姊，你走了，我们想你的时候，可以拿一条很长的竹竿子，从我们的院子里，直穿到对面你们的院子去，穿成一个孔穴。我们从那孔穴里，可以彼此看见。我看看你别后是否胖了，或是瘦了。"小朋友想这是可能的事情么？——我又有一个小朋友，今年四岁了。他有一天问我说："姑姑，你去的地方，是比前门还远么？"小朋友看是地球的那一边远呢？还是前门远呢？

我走了——要离开父母兄弟，一切亲爱的人。虽然是时期很短，我也已觉得很难过。倘若你们在风晨雨夕，在父亲母亲的膝下怀前，姊妹弟兄的行间队里，快乐甜柔的时光之中，能联想到海外万里有一个热情忠实的朋友，独在恼人凄清的天气中，不能享得这般浓福，则你们一瞥[2]时的天真的怜念，从宇宙之灵中，已遥遥的付与我以极大无量的快乐与慰安！

小朋友，但凡[3]我有工夫，一定不使这通讯有长期间的间断。若是间断的时候长了些，也请你们饶恕[4]我。因为我若不是在童心来复的一刹那顷拿起笔来，我决不敢以成人烦杂之心，来写这通讯。这一层是要请你们体恤⁵怜悯⁶的。

这信该收束了，我心中莫可名状，我觉得非常的荣幸！

冰心

1923年7月25日

（本篇最初发表于《晨报·儿童世界》1923年7—8月，后收入《寄小读者》，北新
书局1926年5月出版）

注释

1．提携：tí xié。牵扶，携带；照顾，扶持；提拔；携手，合作。

2．一瞥：yī piē。匆匆一看。

3．但凡：凡是，只要是。

4．饶恕：ráo shù。不计较过错，宽容，宽恕。

5．体恤：tǐ xù。设身处地为人着想，给以同情，照顾。

6．怜悯：lián mǐn。对弱者的同情、关怀。

导读

《寄小读者》是冰心女士在1923年—1926年间写给小读者的通讯，共29篇，其中有21篇是她赴美留学期间写成的，主要记述了海外的风光和奇闻逸事，同时也抒发了她对祖国、对故乡的热爱和思念之情。

《寄小读者》是中国现代较早的儿童文学作品，冰心也因此成为中国儿童文学的奠基人。

本篇是冰心写给小读者的第一篇通讯，告知小朋友她即将远赴重洋，从弟弟异想天开地要把地球穿个洞，以及小朋友问地球那一边有没有前门远，寥寥数语，把孩子们的天真可爱表现得淋漓尽致；同时，文章字里行间浸透了即将奔赴陌生远方的欣喜和离乡时对故土故人的依依不舍。

全文感情真挚浓烈，笔触细腻感人，言辞恳切热情，细细读来，心灵深处有个叫"爱"的机关被悄悄触动了。这正是冰心文章的魅力所在。

通讯二

小朋友们：

我极不愿在第二次的通讯里，便劈头告诉你们一件伤心的事情。然而这件事，从去年起，使我的灵魂受了隐痛，直到现在，不容我不在纯洁的小朋友面前忏悔[1]。

去年的一个春夜——很清闲的一夜，已过了九点钟了，弟弟们都已去睡觉，只我的父亲和母亲对坐在圆桌旁边，看书，吃果点，谈话。我自己也拿着一本书，倚[2]在椅背上站着看。那时一切都很和柔，很安静的。

一只小鼠，悄悄地从桌子底下出来，慢慢的吃着地上的饼屑。这鼠小得很，它无猜的，坦然的，一边吃着，一边抬头看看我——我惊悦[3]的唤起来，母亲和父亲都向下注视了。四面眼光之中，它仍是怡然的不走，灯影下照见它很小很小，浅灰色的嫩毛，灵便的小身体，一双闪烁的明亮的小眼睛。

小朋友们，请容我忏悔！一刹那顷[4]我神经错乱的俯将下去，拿着手里的书，轻轻地将它盖上。——上帝！它竟然不走。隔着书页，我觉得它柔软的小身体，无抵抗的蜷伏[5]在地上。

这完全出于我意料之外了！我按着它的手，方在微颤[6]——母亲已连忙说："何苦来！这么驯良[7]有趣的一个小活物……"

话犹未了，小狗虎儿从帘外跳将进来。父亲也连忙说："快放手，虎儿要得着它了！"我又神经错乱的拿起书来，可恨呵！它仍是怡然的不动。——一声喜悦的微吼，虎儿已扑着它，不容我唤住，已衔着它从帘隙里又钻了出去。出到门外，只听得它在虎儿口里微弱凄苦[8]的啾啾[9]的叫了几声，此后便没有了声息。——前后不到一分钟，这温柔的小活物，使我心上飕[10]的着了一箭！

我从惊惶[11]中长吁[12]了一口气。母亲慢慢也放下手里的书，抬头看着我说："我看它实在小得很，无机得很。否则一定跑了。初次出来觅食，不见回来，它母亲在窝里，不定怎样的想望呢。"

小朋友，我堕落[13]了，我实在堕落了！我若是和你们一般年纪的时候，听得这话，一定要慢慢的挪过去，突然的扑在母亲怀中痛哭。然而我那时……小朋友们恕我！我只装作不介意的笑了一笑。

安息的时候到了，我回到卧室里去。勉强的笑，增加了我的罪孽[14]，我徘徊[15]了半天，心里不知怎样才好——我没有换衣服，只倚在床沿，伏在枕上，在这种状态之下，静默了有十五分钟——我至终流下泪来。

至今已是一年多了，有时读书至夜深，再看见有鼠子出来，我总觉得忧愧[16]，几乎要避开。我总想是那只小鼠的母亲，含着伤心之泪，夜夜出来找它，要带它回去。

不但这个，看见虎儿时想起，夜坐时也想起，这印象在我心中时时作痛。有一次禁受不住，便对一个成人的朋友，说了出来；我拼着受她一场责备，好减除我些痛苦。不想她却失笑着说："你真是越来越孩子气了，针尖大的事，也值得说说！"她漠然的笑容，竟将我以下的话，拦了回去。从那时起，我灰心绝望，我没有向第二个成人，再提起这针尖大的事！

我小时曾为一头折足的蟋蟀流泪，为一只受伤的黄雀呜咽；我小时明白一切生命，在造物者眼中是一般大小的；我小时未曾做过不仁爱的事情，但如今堕落了……

今天都在你们面前陈诉[17]承认了，严正的小朋友，请你们裁判[18]罢！

冰心

1923年7月28日，北京

（本篇最初发表于《晨报·儿童世界》1923年7—8月，后收入《寄小读者》，北新书局1926年5月出版）

注释

1. 忏悔：chàn huǐ。认识了过去的错误，决心改正。
2. 倚：yǐ。靠着。
3. 惊悦：jīng yuè。惊喜。
4. 一刹那顷：yī chà nà qǐng。一瞬间。
5. 蜷伏：quán fú。弯曲身体卧着。
6. 颤：chàn。物体振动。
7. 驯良：xùn liáng。温顺善良。

8．凄苦：qī kǔ。凄惨悲苦。

9．啾啾：jiū jiū。形容老鼠的叫声，也形容凄厉的叫声。

10．飕：sōu。形声，疾风劲吹时发出的啸叫声。

11．惊惶：jīng huáng。惊慌，惶恐，举止失去常态。

12．吁：xū。叹息，叹气。

13．堕落：duò luò。思想和行为向消极的方向倾斜。

14．罪孽：zuì niè。佛教语，指应当受到报应的恶行。

15．徘徊：pái huái。在一个地方来回地走，比喻犹豫不决。

16．忧愧：yōu kuì。忧伤或忧虑而且羞愧。

17．陈诉：chén sù。诉说；详细说明。

18．裁判：cái pàn。裁定或判决。

导读

　　作者曾因自己的过失而误送鼠命，致使母鼠饱受丧子之痛，而自责不已。推己及人、及众，备受良心谴责。虑及此事，常因灵魂的拷问而惴惴不安，愧疚不已。文章表现了作者对生命的呵护和尊重。

通讯四

小朋友：

好容易到了临城站，我走出车外。只看见一大队兵，打着红旗，上面写着"……第二营……"又放炮仗，又吹喇叭；此外站外只是远山田垄，更没有什么。我很失望，我竟不曾看见一个穿夜行衣服，带镖背剑，来去如飞的人。

自此以南，浮云蔽日，轨道旁时有小湫。也有小孩子，在水里洗澡游戏。更有小女儿，戴着大红花，坐在水边树底作活计，那低头穿线的情景，煞是温柔可爱。

过南宿州至蚌埠[1]，轨道两旁，雨水成湖。湖上时有小舟来往。无际的微波，映着落日，那景物美到不可描画。——自此人民的口音，渐渐的改了，我也渐渐的觉得心怯，也不知道为什么。

过金陵[2]正是夜间，上下车之顷，只见隔江灯火灿然。我只想像着城内的秦淮莫愁，而我所能看见的，只是长桥下微击船舷的黄波浪。

五日绝早过苏州。两夜失眠，烦困已极，而窗外风景，浸入我倦乏[3]的心中，使我悠然如醉。江水伸入田垄，远远几架水车，一簇一簇的茅亭农舍，树围水绕，自成一村。水漾轻波，树枝低亚。当几个农妇挑着担儿，荷着锄儿，从那边走过之时，真不知是诗是画！

有时远见大江，江帆点点，在晓日之下，清极秀极。我素喜北方风物，至此也不得不倾倒于江南之雅澹[4]温柔。

晨七时半到了上海，又有小孩子来接，一声"姑姑"，予我以无限的欢喜——到此已经四五天了，休息之后，俗事又忙个不了。今夜夜凉如水，灯下只有我自己。在此静夜极难得，许多姊妹[5]兄弟，知道我来，多在夜间来找我乘凉闲话。我三次拿起笔来，都因门环响中止。凭栏下视，又是哥哥姊姊来看望我的。我慰悦[6]而又惆怅[7]，因为三次延搁[8]了我所乐意写的通讯。

这只是沿途的经历，感想还多，不愿在忙中写过，以后再说。夜深了，容我说晚安罢！

冰心

1923年8月9日，上海

（本篇最初发表于《晨报·儿童世界》1923年8月，后收入
《寄小读者》，北新书局1926年5月出版）

注释

1. 蚌埠：bèng bù。位于淮河中下游，是安徽省大城市之一。
2. 金陵：南京的别称。
3. 倦乏：juàn fá。疲倦。
4. 雅澹：yǎ dàn。亦作"雅淡"。高雅恬静；高尚淡泊；雅致素净。
5. 姊妹：zǐ mèi。姐姐和妹妹；对年辈相当的女性的通称。
6. 慰悦：wèi yuè。安抚而使之悦服。
7. 惆怅：chóu chàng。伤感；愁闷；失意；郁闷。
8. 延搁：yán gē。拖延耽搁。

导读

　　本文以委婉而细腻的文笔，记录了作者上海之行沿途所见的风景和见闻感触，大兵操练、儿童戏水、女儿花红，江南之雅澹温柔，上海之手足情深……令人不禁陶醉其中。

通讯六

小朋友：

你们读到这封信时，我已离开了可爱的海棠叶形的祖国，在太平洋舟中了。我今日心厌凄恋[1]的言词，再不说什么话，来撩乱你们简单的意绪。

小朋友，我有一个建议："儿童世界"栏，是为儿童辟的，原当是儿童写给儿童看的。

我们正不妨得寸进寸、得尺进尺的，竭力占领这方土地。有什么可喜乐的事情，不妨说出来，让天下小孩子一同笑笑；有什么可悲哀的事情，也不妨说出来，让天下小孩子陪着哭哭。

只管坦然公然的，大人前无须畏缩。——小朋友，这是我们积蓄的秘密，容我们低声匿笑[2]的说罢！大人的思想，竟是极高深奥妙的，不是我们所能以测度的。不知道为什么，他们的是非，往往和我们的颠倒[3]。往往我们所以为刺心刻骨的，他们却雍容谈笑的不理；我们所以为渺小[4]无关的，他们却以为是惊天动地的事功。比如说罢，开炮打仗，死了伤了几万几千的人，血肉模糊的卧在地上。我们不必看见，只要听人说了，就要心悸[5]，夜里要睡不着，或是说呓语[6]的；他们却不但不在意，而且很喜欢操纵这些事。又如我们觉得老大的中国，不拘谁做总统，只要他老老实实，治抚得大家平平安安的，不妨碍我们的游戏，我们就心满意足了；而大人们却奔走辛苦的谈论这件事，他举他，他推他，乱个不了，比我们玩耍时举"小人王"还难。总而言之，他们的事，我们不敢管，也不会管；我们的事，他们竟是不屑管。所以我们大可畅胆的谈谈笑笑，不必怕他们笑话。——我的话完了，请小朋友拍手赞成！

我这一方面呢，除了一星期后，或者能从日本寄回信来之外，往后两个月中，因为道远信件迟滞[7]的关系，恐怕不能有什么消息。秋风渐凉，最宜书写，望你们努力！

在上海还有许多有意思的事要报告给你们，可惜我太忙，大约要留着在船上，对着大海，慢慢的写。请等待着。

小朋友！明天午后，真个别离了！愿上帝无私照临的爱光，永远包围着我们，永远温慰着我们。

别了，别了，最后的一句话，愿大家努力做个好孩子！

冰心
1923年8月16日，上海

（本篇最初发表于《晨报·儿童世界》1923年8月，后收入
《寄小读者》，北新书局1926年5月出版）

注释

1. 凄恋：qī liàn。凄凉眷念，表示一种孤独的情感。
2. 匿笑：nì xiào。暗中偷笑；掩口暗笑；偷偷地笑。
3. 颠倒：diān dǎo。上下易位；本末倒置。
4. 渺小：miǎo xiǎo。藐小；微小。
5. 心悸：xīn jì。心脏受到激烈劳动、感情激动或疾病的刺激时异常快速的搏动。
6. 呓语：yì yǔ。梦话。
7. 迟滞：chí zhì。缓慢；不迅速。

导读

作者分析了大人的世界与小孩子的种种不同，勉励小读者们继续保持一颗纯真的心，努力做个好孩子。

通讯七（一）

亲爱的小朋友：

八月十七的下午，约克逊号邮船无数的窗眼里，飞出五色飘扬的纸带，远远的抛到岸上，任凭送别的人牵住的时候，我的心是如何的飞扬而凄恻[1]。

痴绝的无数的送别者，在最远的江岸，仅仅牵着这终于断绝的纸条儿，放这庞然大物，载着最重的离愁，飘然西去！

船上生活，是如何的清新而活泼，除了三餐外，只是随意游戏散步。海上的头三日，我竟完全回到小孩子的境地中去了，套圈子，抛沙袋，乐此不疲，过后又绝然不玩了。后来自己回想很奇怪，无他，海唤起了我童年的回忆，海波声中，童心和游伴都跳跃到我脑中来，我十分的恨这次舟中没有几个小孩子，使我童心来复的三天中，有无猜畅好的游戏！

我自少住在海滨，却没有看见过海平如镜。这次出了吴淞口，一天的航程，一望无际尽是粼粼的微波，凉风习习，舟如在冰上行。到过了高丽界，海水竟似湖光，蓝极绿极，凝成一片，斜阳的金光，长蛇般自天边直接到栏旁人立处。

上自穹苍[2]下至船前的水，自浅红至于深翠，幻成几十色，一层层，一片片的漾开了来，……小朋友，恨我不能画，文字竟是世界上最无用的东西，写不出这空灵的妙景！

八月十八夜，正是双星渡河之夕，晚餐后独倚栏旁，凉风吹衣，银河一片星光，照到深黑的海上。远远听得楼栏下人声笑语，忽然感到家乡渐远。繁星闪烁着，海波吟啸着，凝立悄然，只有惆怅。

十九日黄昏，已近神户，两岸青山，不时的有渔舟往来。日本的小山多半是圆扁的，大家说笑，便道是"馒头山"。这馒头山沿途点缀，直到夜里，远望灯光灿然，已抵神户，船徐徐停住，便有许多人上岸去。我因太晚，只自己又到最高层上，初次看见这般璀璨[3]世界，天上月的光，和星光，岸上的灯光，无声相映，不时的还有一串光明从山上横飞过，想是火车周行。……舟中寂然，今夜没有海潮音，静极心绪忽起："倘若此时母亲也在这里……"我极清晰的忆起北京来，小朋友，恕我，不能往下再写了。

冰心

1923年8月20日，神户

注释

1. 凄恻：qī cè。因情景凄凉而感触悲伤。
2. 穹苍：qióng cāng。天空。
3. 璀璨：cuǐ càn。形容光彩夺目，非常绚丽。

导读

　　本文描写了作者离乡后所见到的沿途美景，往往触景生情，想起家乡、北京、小朋友、母亲……正是"还未分别，已经想念"，笔凝情愫，生动感人。

通讯七（二）

亲爱的小朋友：

朝阳下转过一碧无际的草坡，穿过深林，已觉得湖上风来，湖波不是昨夜欲睡如醉的样子了。——悄然的坐在湖岸上，伸开纸，拿起笔，抬起头来，四围红叶中，四面水声里，我要开始写信给我久违的小朋友。小朋友猜我的心情是怎样的呢？

水面闪烁着点点的银光，对岸意大利花园里亭亭层列的松树，都证明我已在万里外。小朋友，到此已逾一月了，便是在日本也未曾寄过一字。说是对不起呢，我又不愿！

我平时写作，喜在人静的时候。船上却处处是公共的地方，舱面阑¹边，人人可以来到。海景极好，心胸却难得清平。我只能在晨间绝早，船面无人时，随意写几个字，堆积至今，总不能整理，也不愿草草整理，便迟延到了今日。我是尊重小朋友的，想小朋友也能尊重原谅我！

许多话不知从哪里说起，而一声声打击湖岸的微波，一层层的没上杂立的潮石，直到我蔽膝的毡²边来，似乎要求我将她介绍给我的小朋友。小朋友，我真不知如何的形容介绍她！她现在横在我的眼前。湖上的月明和落日，湖上的浓阴和微雨，我都见过了，真是仪态万千。小朋友，我的亲爱的人都不在这里，便只有她——海的女儿，能慰安我了。Lake Waban，谐音会意，我便唤她做"慰冰"。每日黄昏的游泛，舟轻如羽，水柔如不胜桨。岸上四围的树叶，绿的，红的，黄的，白的，一丛一丛的倒影到水中来，覆盖了半湖秋水。夕阳下极其艳冶³，极其柔媚。将落的金光，到了树梢，散在湖面。我在湖上光雾中，低低的嘱咐它，带我的爱和慰安，一同和它到远东去。

小朋友！海上半月，湖上也过半月了，若问我爱哪一个更甚，这却难说。——海好像我的母亲，湖是我的朋友。我和海亲近在童年，和湖亲近是现在。海是深阔无际，不着一字，她的爱是神秘而伟大的，我对她的爱是归心低首的。湖是红叶绿枝，有许多衬托，她的爱是温和妩媚的，我对她的爱是清淡相照的。这也许太抽象，然而我没有别的话来形容了！小朋友，两月之别，你们自己写了多少，母亲怀中的乐趣，可以说来让我听听么？——这便算是沿途书信的小序。此后仍将那写好的信，按序寄上，日月和地方，都因其旧；"弱游"的我，如何自太平洋东岸的上海绕到大西洋东岸的波士顿来，这些信中说得很清楚，请在那里看罢！

不知这几百个字，何时方达到你们那里，世界真是太大了！

冰心
1923年10月14日，慰冰湖畔，威尔斯利

（本篇最初发表于《晨报·儿童世界》1923年11月，后收入
《寄小读者》）

注释

1．阑：lán。同"栏"。
2．毡：zhān。指用兽毛或化学纤维制成的片状物，可做防寒用品和工业上的垫衬材料。
3．艳冶：yàn yě。形容美丽鲜明。

导读

作者对慰冰湖的柔媚景色赞叹不已，然而再美的景色也无法阻止游子的思乡之苦。

通讯八

亲爱的弟弟们：

波士顿一天一天的下着秋雨，好像永没有开晴的日子。落叶红的黄的堆积在小径上，有一寸来厚，踏下去又湿又软。湖畔是少去的了，然而还是一天一遭。很长很静的道上，自己走着，听着雨点打在伞上的声音。有时自笑不知这般独往独来，冒雨迎风，是何目的！走到了，石矶¹上，树根上，都是湿的，没有坐处，只能站立一会，望着蒙蒙的雾。湖水白极淡极，四围湖岸的树，都隐没不见，看不出湖的大小，倒觉得神秘。

回来已是天晚，放下绿帘，开了灯，看中国诗词，和新寄来的晨报副镌，看到亲切处，竟然忘却身在异国。听得敲门，一声"请进"，回头却是金发蓝晴的女孩子，笑颊粲然²的立于明灯之下，常常使我猛觉，笑而吁气！

正不知北京怎样，中国又怎样了？怎么在国内的时候，不曾这样的关心？——前几天早晨，在湖边石上读华兹华斯（Wordsworth）的一首诗，题目是《我在不相识的人中间旅行》：

I travelled among unknown men
In land beyond the sea
Nor，England！ Did I know till then
What love I bore you

大意是：
直至到了海外，
在不相识的人中间旅行；
英格兰³！我才知道我付于你的
是何等样的爱。

读此使我恍然如有所得，又怅然如有所失。是呵，不相识的！湖畔归来，远远几簇楼窗的灯火，繁星般的灿烂，但不曾与我以丝毫慰藉⁴的光气！

想起北京城里此时街上正听着卖葡萄，卖枣的声音呢！我真是不堪，在家时黄昏睡起，秋风中听此，往往凄动不宁。有一次似乎是星期日的下午，你们都到安定门外泛舟去了，我自己廊上凝坐，秋风侵衣。一声声卖枣声墙外传来，觉得十分黯淡无趣。正不解为何这般寂寞，忽然你们的笑语喧哗也从墙外传来，我的惆怅，立时消散。自那时起，我承认你们是我的快乐和慰安，我也明白只要人心中有了春气，秋风是不会引人愁思的。但那时却不曾说与你们知道。今日偶然又想起来，这里虽没有卖葡萄甜枣的声响，而窗外风雨交加。——为着人生，不得不别离，却又禁不起别离，你们何以慰我？……一天两次，带着钥匙，忧喜参半的下楼到信橱前去，隔着玻璃，看不见一张白纸。又近看了看，实在没有。

无精打采的挪上楼来，不止一次了！明知万里路，不能天天有信，而这两次终不肯不走，你们何以慰我？

夜渐长了，正是读书的好时候，愿隔着地球，和你们一同勉励着在晚餐后一定的时刻用功。只恐我在灯下时，你们却在课室里——回家千万常在母亲跟前！这种光阴是贵于黄金的，不要轻轻抛掷过去，要知道海外的姊姊，是如何的羡慕你们！——往常在家里，夜中写字看书，只管漫无限制，横竖到了休息时间，父亲或母亲就会来催促[5]的，搁笔一笑，觉得乐极。如今到了夜深人倦的时候，只能无聊的自己收拾收拾，去做那还乡的梦。弟弟！想着我，更应当尽量消受你们眼前欢愉的生活！

菊花上市，父亲又忙了。今年种得多不多？我案头只有水仙花，还没有开，总是含苞，总是希望，当常引起我的喜悦。

快到晚餐的时候了。美国的女孩子，真爱打扮，尤其是夜间。第一遍钟响，就忙着穿衣敷粉，纷纷晚妆。夜夜晚餐桌上，个个花枝招展的。"巧笑倩兮，美目盼兮，彼美人兮，西方之人兮。[6]"我曾戏译这四句诗给她们听。横三聚五的凝神向我，听罢相顾，无不欢笑。

不多说什么了，只有"珍重"二字，愿彼此牢牢守着！

冰心
1923年10月24日夜，闭璧楼

（本篇最初发表于《晨报·儿童世界》1923年11月，后收入《寄小读者》）

注释

1. 石矶：shí jī。水边突出的巨大岩石。
2. 粲然：càn rán。笑容灿烂的样子。
3. 英格兰：一译"英吉利"。大不列颠及北爱尔兰联合王国（英国）领土的主要部分，因此习惯上"英格兰"一词也泛指英国。
4. 慰藉：wèi jiè。安慰。
5. 催促：cuī cù。促使赶快行动。
6. 巧笑倩兮，美目盼兮，彼美人兮，西方之人兮。："巧笑倩兮，美目盼兮"语出《诗经·卫·硕人》，"彼美人兮，西方之人兮"语出《诗经·邶·简兮》。

导读

作者身虽在异国，心却在故乡，回忆家中慈母情深的同时，嘱咐小友珍惜眼前的幸福。

通讯十二

小朋友：

满廊的雪光，开读了母亲的来信，依然不能忍的流下几滴泪。——四围山上的层层的松枝，载着白绒般的很厚的雪，沉沉下垂。不时的掉下一两片手掌大的雪块，无声的堆在雪地上。小松呵！你受造物的滋润是过重了！我这过分的被爱的心，又将何处去交卸！

小朋友，可怪我告诉过你们许多事，竟不曾将我的母亲介绍给你。——她是这么一个母亲：她的话句句使做儿女的人动心，她的字，一点一划都使做儿女的人下泪！

我每次得她的信，都不曾预想到有什么感触的，而往往读到中间，至少有一两句使我心酸泪落。这样深浓，这般诚挚[1]，开天辟地的爱情呵！愿普天下一切有知，都来颂赞[2]！

以下节录母亲信内的话，小朋友，试当她是你自己的母亲，你和她相离万里，你读的时候，你心中觉得怎样？

你多来信，我就安慰多了！

十月十八日

是想起你来……

十月二十七日

情，你母亲的心魂，总绕在你的身旁，保护你抚抱你，使你安安稳稳一天一天的过去。

十一月九日

仿佛你在屋里，未来吃饭似的，就想叫你，猛忆你不在家，我就很难过！

十一月二十二日

　　你的来信和相片，我差不多一天看了好几次，读了好几回。到夜中睡觉的时候，自然是梦魂飞越在你的身旁，你想做母亲的人，哪个不思念她的孩子？……

十一月二十六日

　　经过了几次的酸楚我忽发悲愿，愿世界上自始至终就没有我，永减母亲的思念。一转念纵使没有我，她还可有别的女孩子做她的女儿，她仍是一般的牵挂，不如世界上自始至终就没有母亲。——然而世界上古往今来百千万亿的母亲，又当如何？且我的母亲已经彻底的告诉我："做母亲的人，哪个不思念她的孩子！"

　　为此我透澈[3]地觉悟，我死心塌地的肯定了我们居住的世界是极乐的。"母亲的爱"打千百转身，在世上幻出人和人，人和万物种种一切的互助和同情。这如火如荼[4]的爱力，使这疲缓的人世，一步一步的移向光明！感谢上帝！经过了别离，我反复思寻印证，心潮几番动荡起落，自我和我的母亲，她的母亲，以及他的母亲接触之间，我深深的证实了我年来的信仰，绝不是无意识的！

　　真的，小朋友！别离之前，我不曾懂得母亲的爱动人至此，使人一心一念，神魂奔赴……我不须多说，小朋友知道的比我更彻底，我只愿这一心一念，永住永存，尽我在世的光阴，来讴歌[5]颂扬这神圣无边的爱！圣保罗在他的书信里说过一句石破天惊的话，是："我为这福音的奥秘，做了带锁链的使者。"一个使者，却是带着奥妙的爱的锁链的！小朋友，请你们监察我，催我自强不息的来奔赴这理想的最高的人格！

　　这封信不是专为介绍我母亲的自身，我要提醒的是"母亲"这两个字。谁无父母，谁非人子？母亲的爱，都是一般；而你们天真中的经验，却千百倍的清晰浓挚于我！母亲的爱，竟不能使我在人前有丝毫的得意和骄傲，因为普天下没有一个没有母亲的孩子。小朋友，谁道上天生人有厚薄？无贫富，无贵贱，造物者都预备一个母亲来爱他。又试问鸿蒙初辟[6]时，又哪里有贫富贵贱，这些人造的制度阶级？遂令当时人类在母亲的爱光之下，个个自由，个个平等！

　　你们有这个经验么？我往往有爱世上其他物事胜过母亲的时候。为着兄弟朋友，为着花鸟虫鱼，甚至于为着一本书一件衣服，和母亲违拗[7]争执。当时只弄娇痴，就是母亲，也未曾介意。如今病榻上寸寸回想，使我有无限的惊悔。小朋友！为着我，你们自此留心，只有母亲是真爱你的。她的劝诫，句句有天大的理由。花鸟虫鱼的爱是暂时的，母亲的爱是永远的！

时至今日，我偶然觉悟到，因着母亲，使我承认了世间一切其他的爱，又冷淡了世间一切其他的爱。

青山雪霁[8]，意态十分清冷。廊上无人，只不时的从楼下飞到一两声笑语，真是幽静极了。造物者的意旨，何等的深沉呵！把我从岁暮的尘嚣之中，提将出来，叫我在深山万静之中，来辗转思索。

说到我的病，本不是什么大症候，也就无所谓痊愈[9]，现在只要慢慢的休息着。只是逃了几个月的学，其中也有幸有不幸。

这是一九二三年的末一日，小朋友，我祝你们的进步。

冰心
1923年12月31日，青山沙穰

（本篇最初发表于《晨报·儿童世界》1924年报1—2月，后收入
《寄小读者》）

注释

1. 诚挚：chéng zhì。真诚恳切。
2. 颂赞：sòng zàn。颂扬赞美。
3. 透澈：tòu chè。彻底。
4. 如火如荼：rú huǒ rú tú。像火那样红，像荼（茅草的白花）那样白。原比喻军容之盛，现用来形容旺盛、热烈或激烈。
5. 讴歌：ōu gē。歌颂，用歌唱、言辞等赞美。
6. 鸿蒙初辟：hóng méng chū pì。鸿蒙：古人认为天地开辟之前是一团混沌的元气。指开天辟地，刚刚开始出现人类世界。语出宋·张君房《云笈七签·太上君开天经》："太初始分别天地清浊，剖判涬溟鸿蒙。"
7. 违拗：wéi ào。违背；有意不依从长辈、上级的主意。
8. 霁：jì。雨雪停止，天放晴。
9. 痊愈：quán yù。病情好转，恢复健康。

导读

　　作者再次尽情讴歌母爱，"我只愿这一心一念，永住永存，尽我在世的光阴，来讴歌颂扬这神圣无边的爱"，并以自己的经历告诫小朋友不要因为小事而与母亲违拗争执，否则长大后将会因此而悔恨不已。

通讯十七

　　健康来复的路上，不幸多歧[1]，这几十天来懒得很；雨后偶然看见几朵浓黄的蒲公英，在匀整的草坡上闪烁，不禁又忆起一件事。

　　一月十九晨，是雪后浓阴的天。我早起游山，忽然在积雪中，看见了七八朵大开的蒲公英。我俯身摘下握在手里，——真不知这平凡的草卉，竟与梅菊一样的耐寒。我回到楼上，用条黄丝带将这几朵缀将起来，编成王冠的形式。人家问我做什么，我说："我要为我的女王加冕[2]。"说着就随便的给一个女孩子戴上了。

　　大家欢笑声中，我只无言的卧在床上——我不是为女王加冕，竟是为蒲公英加冕了。蒲公英虽是我最熟识的一种草花，但从来是被人轻忽，从来是不上美人头的。今日因着情不可却，我竟让她在美人头上，照耀了几点钟。

　　蒲公英是黄色，叠瓣的花，很带着菊花的神意，但我也不曾偏爱她。我对于花卉[3]是普遍的爱怜。虽有时不免喜欢玫瑰的浓郁，和桂花的清远，而在我忧来无方的时候，玫瑰和桂花也一样的成粪土。在我心情怡悦的一刹那顷，高贵清华的菊花，也不能和我手中的蒲公英来占夺位置。

　　世上的一切事物，只是百千万面大大小小的镜子，重叠对照，反射又反射；于是世上有了这许多璀璨辉煌，虹影般的光彩。没有蒲公英，显不出雏菊，没有平凡，显不出超绝。而且不能因为大家都爱雏菊，世上便消灭了蒲公英；不能因为大家都敬礼超人，世上便消灭了庸碌[4]。即使这一切都能因着世人的爱憎而生灭，只恐到了满山谷都是菊花和超人的时候，菊花的价值，反不如蒲公英，超人的价值，反不及庸碌了。

　　所以世上一物有一物的长处，一人有一人的价值。我不能偏爱，也不肯偏憎。悟到万物相衬托的理，我只愿我心如水，处处相平。我愿菊花在我眼中，消失了她的富丽堂皇，蒲公英也解除了她的局促[5]羞涩，博爱的极端，翻成淡漠。但这种普遍淡漠的心，除了博爱的小朋友，有谁知道？

　　书到此，高天萧然[6]，楼上风紧得很，再谈了，我的小朋友！

冰心

1924年5月9日，沙穰疗养院

（本篇最初发表于1924年6月10日《晨报·儿童世界》，后收入
《寄小读者》）

注释

1．岐：qí。走岔道，走岔路，本文指健康恢复得不如意。
2．加冕：jiā miǎn。把皇冠加在君主头上，是君主即位时所举行的仪式。
3．花卉：huā huì。花草。卉是百草的总称。
4．庸碌：yōng lù。平庸而无所作为。
5．局促：jú cù。形容空间的狭窄，时间的短促或者是拘谨、拘束、不自然的状态。
6．萧然：xiāo rán。空寂；萧条。

导读

　　作者在本文中告诉小读者这样一个道理：勿因人之长而妒，勿因人之短而岐；勿因己不及而卑，勿因己过人而傲。这是一种积极的处世态度，一种美德。

通讯二十

小朋友：

水畔驰车，看斜阳在水上泼散出的闪烁的金光，晚风吹来，春衫嫌薄。这种生涯，是何等的宜于病后呵！

在这里，出游稍远便可看见水。曲折行来，道滑如拭[1]。重重的树荫之外，不时倏忽[2]的掩映着水光。我最爱的是玷池（Spotpond），称她为池真委屈了，她比小的湖还大呢！——有三四个小鸟在水中央，上面随意地长着小树。池四围是丛林，绿意浓极。每日晚餐后我便出来游散，缓驰的车上，湖光中看遍了美人芳草！——真是"水边多丽人"。看三三两两成群携手的人儿，男孩子都去领卷袖，女孩子穿着颜色极明艳的夏衣，短发飘拂，轻柔的笑声，从水面，从晚风中传来，非常的浪漫而潇洒。到此猛忆及曾皙对孔子言志，在"暮春者"之后，"浴乎沂风乎舞雩[3]"之前，加上一句"春服既成"，遂有无限的飘扬态度，真是千古隽语[4]！

此外的如玄妙湖（Mystic Lake），侦池（Spypond），角池（Hornpond）等处，都是很秀丽的地方。大概湖的美处在"明媚"。水上的轻风，皱起万叠微波，湖畔再有芊芊的芳草，再有青青的树林，有平坦的道路，有曲折的白色阑干，黄昏时便是天然的临眺[5]乘凉的所在。湖上落日，更是绝妙的画图。

夜中归去，长桥上两串徐徐互相往来移动的灯星，颗颗含着凉意。若是明月中天，不必说，光景尤其宜人了！

前几天游大西洋滨岸（Revere Beach），沙滩上游人如蚁。或坐或立，或弄潮为戏，大家都是穿着泅水衣服。沿岸两三里的游艺场，乐声汹汹，人声嘈杂。小孩子们都在铁马铁车上，也有空中旋转车，也有小飞艇，五光十色的。机关一动，都纷纷奔驰，高举凌空。我看那些小朋友们都很欢喜得意的！

这里成了"人海"，如蚁的游人，盖没了浪花。我觉得无味。我们掞转车来，直到娜罕（Nahant）去。

　　渐渐的静了下来。还在树林子里，我已迎到了冷意侵人的海风。再三四转，大海和岩石都横到了眼前！这是海的真面目呵。浩浩万里的蔚蓝无底的洪涛，壮厉的海风，蓬蓬的吹来，带着腥咸的气味。在闻到腥咸的海味之时，我往往忆及童年拾卵石贝壳的光景，而惊叹海之伟大。在我抱肩迎着吹人欲折的海风之时，才了解海之所以为海，全在乎这不可御的凛然的冷意！

　　在嶙峋的大海石之间，岩隙的树荫之下，我望着卵岩（Egg Rock），也看见上面白色的灯塔。此时静极，只几处很精致的避暑别墅，悄然的立在断岩之上。悲壮的海风，穿过丛林，似乎在奏"天风海涛"之曲。支颐凝坐[6]，想海波尽处，是群龙见首的欧洲，我和平的故乡，比这可望不可即的海天还遥远呢！

　　故乡没有这明媚的湖光，故乡没有汪洋的大海，故乡没有葱绿的树林，故乡没有连阡的芳草。北京只是尘土飞扬的街道，泥泞的小胡同，灰色的城墙，流汗的人力车夫的奔走，我的故乡，我的北京，是一无所有！

　　小朋友，我不是一个乐而忘返的人，此间纵是地上的乐园，我却仍是"在客"。我寄母亲信中曾说：

　　　　……北京似乎是一无所有！——北京纵是一无所有，然已有了我的爱。有了我的爱，便是有了一切！灰色的城围里，住着我最宝爱的一切的人。飞扬的尘土呵，何时容我再嗅着我故乡的香气……

　　易卜生曾说过："海上的人，心潮往往和海波一般的起伏动荡。"而那一瞬间静坐在岩上的我的思想，比海波尤加一倍的起伏。海上的黄昏星已出，海风似在催我归去。归途中很怅惘。只是还买了一筐新从海里拾出的蛤蜊[7]。当我和车边赤足捧筐的孩子问价时，他仰着通红的小脸笑向着我。他岂知我正默默的为他祝福，祝福他终身享乐此海上拾贝的生涯！

　　谈到水，又忆起慰冰来。那天送一位日本朋友回南那铁（South Natick）去，道经威尔斯利。车驰穿校址，我先看见圣卜生疗养院，门窗掩闭的凝立在山上。想起此中三星期的小住，虽仍能微笑，我心实凄然不乐。再走已见了慰冰湖上闪烁的银光，我只向她一瞥眼。闭璧楼塔院等等也都从眼前飞过。年前的旧梦重寻，中间隔以一段病缘，小朋友当可推知我黯然[8]的心理！

又是在行色匆匆里，一两天要到新汉寿（New Hampshire）去。似乎又是在山风松涛之中，到时方可知梗概[9]。

晚风中先草此，暑天宜习静，愿你们多写作！

冰心

1924年7月22日，默特佛

注释

1．拭：shì。揩擦。

2．倏忽：shū hū。很快的，忽而间。

3．浴乎沂风乎舞雩：语出《论语·先进》，"暮春者，春服既成。冠者五六人，童子六七人，浴乎沂，风乎舞雩，咏而归。"

4．隽语：juàn yǔ。名言警句，即耐人寻味的言辞。

5．眺：tiào。望，往远处看。

6．支颐凝坐：zhī yí níng zuò。以手托下巴静坐。

7．蛤蜊：gé lí。蛤蜊科的双壳类软体动物。壳形卵圆，长寸余，壳色淡褐，稍有轮纹，内白色，缘边淡紫色，栖浅海沙中，肉可吃。

8．黯然：àn rán。情绪低落、心情沮丧的样子。

9．梗概：gěng gài。粗略，大概，大略的内容、要点或讨论题的主要原则。

导读

"有了我的爱，便是有了一切！"这是冰心最著名的一句格言。爱，也是贯穿冰心文章的一条红线，捧起冰心的文章，就捧起了两手满满的爱。

通讯二十六

小朋友：

病中，静中，雨中，是我最易动笔的时候；病中心绪惆怅，静中心绪清新，雨中心绪沉潜，随便的拿起笔来，都能写出好些话。

一夏的"云游"，刚告休息。此时窗外微雨，坐守着一炉微火。看书看到心烦，索性将立在椅旁的电灯也捻灭了下去。

炉里的木柴，爆裂得息息的响着，火花飞上裙缘。——小朋友！就是这百无聊赖，雨中静中的情绪，勉强了久不修书的我，又来在纸上和你们相见。

暑前六月十八晨，阴，匆匆的将屋里几盆花草，移栽在树下。殷勤拜托了自然的风雨，替我将护着这一年来案旁伴读的花儿。安顿了惜花心事之后，一天一夜的火车，便将我送到银湾（Silver Bay）去。

银湾之名甚韵！往往使我忆起纳兰成德[1]"盈盈从此隔银湾，便无风雪也摧残"之句。入湾之顷，舟上看乔治湖（Lake George）两岸青山，层层转翠。小岛上立着丛树，绿意将倦人唤醒起来。银湾渐渐来到了眼前！黑岭（Black Mountains）高得很，乔治湖又极浩大，山脚下涛声如吼之中，银湾竟有芝罘[2]的风味。

到后寄友人书，曾有"盛名之下，其实难副，人犹如此，地何以堪？你们将银湾比了乐园，周游之下，我只觉索然[3]"之语。致她来信说我"诗人结习未除，幻想太高"。实则我曾经沧海，银湾似芝罘，而伟大不足，反不如慰冰及绮色佳，深幽妩媚，别具风格，能以动我之爱悦与恋慕。

且将"成见"撇在一边，来叙述银湾的美景。河亭（Brook Pavilion）建在湖岸远伸处，三面是水。早起在那里读诗，水声似乎和着诗韵。山雨欲来，湖上漫漫飞卷的白云，亭中尤其看得真切。大雨初过，湖净如镜，山青如洗。云隙中霞光灿然四射，穿入水里，天光水影，一片融化在彩虹里，看不分明。光景的奇丽，是诗人画工，都不能描写得到的！

在不系舟上作书，我最喜爱，可惜并没有工夫做。只二十六日下午，在白浪推拥中，独自泛舟到对岸，写了几行。湖水泱泱，往返十里。回来风势大得很，舟儿起落之顷，竟将写好的一张纸，吹没在湖中。迎潮上下时，因着能力的反应，自己觉得很得意，而运桨的两臂，回来后隐隐作痛。

十天之后，又到了绮色佳（Ithaca）。

绮色佳真美！美处在深幽。喻人如隐士，喻季候如秋，喻花如菊。与泉相近，是生平第一次，新颖得很！林中行来，处处傍深涧。睡梦里也听着泉声！六十日的寄居，无时不有"百感都随流水去，一身还被浮名束"这两句，萦回[4]于我的脑海！

在曲折跃下层岩的泉水旁读子书。会心处，悦意处，不是人世言语所能传达。——此外替美国人上了一夏天的坟，绮色佳四五处坟园我都游遍了！这种地方，深沉幽邃，是哲学的，是使人勘破[5]生死观的。我一星期中至少去三次，抚着碑碣，摘去残花，我觉得墓中人很安适的，不知墓中人以我为如何？

刻尤佳湖（Lake Cauaga）为绮色佳名胜之一，也常常在那里泛月。湖大得很，明媚处较慰冰不如，从略。

八月二十八日，游尼革拉大瀑布（Niagara Falls）。三姊妹岩旁，银涛卷地而来，奔下马蹄岩，直向涡池而去。汹涌的泉涛，藏在微波缓流之下。我乘着小船雾姝号（The Maidof Mist）直到瀑底。仰望美利坚坎拿大两片大泉，坠云搓絮般的奔注！夕阳下水影深蓝，岩石碎迸，水珠打击着头面。泉雷声中，心神悸动！绮色佳之深邃温柔，幸受此万丈冰泉，洗涤冲荡。月下夜归，恍然若失！

九月二日，雨中到雪拉鸠斯（Syracuse），赴美东中国学生年会。本年会题，是"国家主义与中国"，大家很鼓吹了一下。

年会中忙过十天，又回到波士顿来。十四夜心随车驰，看见了波士顿南站灿然的灯光，九十日的幻梦，恍然惊觉……

夜已深，楼上主人促眠。窗外雨仍不止。异乡的虫声在凄凄的叫着。万里外我敬与小朋友道晚安！

冰心
1925年9月17日夜，默特佛

（本篇最初发表于《晨报副镌》1925年10月24日，后收入
《寄小读者》）

注释

1. 纳兰成德：（1655年1月19日—1685年7月1日）字容若，号楞伽山人，因与太子保成名字犯忌，改名纳兰性德。一年后，太子更名胤礽，改回原名，为纳兰成德。满洲正黄旗人，康熙十五年进士。为武英殿大学士明珠长子。他淡泊名利，善骑射，好读书，擅长于词。他的词全以一个"真"字取胜，写情真挚浓烈，写景逼真传神。
2. 芝罘：zhī fú。地名，隶属烟台市，地处黄海之滨，山东半岛北端。
3. 索然：suǒ rán。毫无兴味。
4. 萦回：yíng huí。回旋环绕。
5. 勘破：kān pò。也就是看破，意思是看穿，看透。

导读

病中，静中，雨中，最是心思细腻之时，夜半的炉火，更令人触景生情。作者回忆起"一夏的'云游'"，银湾的美景、绮色佳的泉声、坟园里的碑碣、尼革拉大瀑布的银涛……90天的游历，既有涤荡心神的悸动，又如幻梦般恍然若失，更有"百感都随流水去，一身还被浮名束"的感悟与思索。

文末，一句"异乡的虫声在凄凄的叫着"，深切表达了游子的思乡之苦，动人心弦。

通讯二十七

小读者：

无端应了惠登大学（Wheaton College）之招，前天下午到梦野（Mansfield）去。

到了车站，看了车表，才知从波士顿到梦野是要经过沙穰的，我忽然起了无名的怅惘！

我离院后回到沙穰去看病友已有两次。每次都是很惘然，心中很怯，静默中强作微笑。看见道旁的落叶与枯枝，似乎一枝一叶都予我以"转战"的回忆！这次不直到沙穰去，态度似乎较客观些，而感喟仍是不免！我记得以前从医院的廊上，遥遥的能看见从林隙中穿过的白烟一线的火车。我记住地点，凝神远望，果然看见雪白的楼瓦，斜阳中映衬得如同琼宫玉宇一般……

清晨七时从梦野回来，车上又瞥见了！早春的天气，朝阳正暖，候鸟初来。我记得前年此日，山路上我的飘扬的春衣！那时是怎样的止水停云般的心情呵！

小朋友！一病算得什么？便值得这样的惊心？我常常这般的问着自己。然而我的多年不见的朋友，都说我改了。虽说不出不同处在哪里，而病前病后却是迥[1]若两人。假如这是真的呢？是幸还是不幸，似乎还值得低徊罢！

昨天回来后，休息之余，心中只怅怅的，念不下书去。夜中灯下翻出病中和你们通讯来看。小朋友，我以一身兼作了得胜者与失败者，两重悲哀之中，我觉得我禁不住有许多欲说的话！

看见过力士搏狮么？当他屏息负隅，张空拳于狰狞的爪牙之下的时候，他虽有震恐，虽有狂傲，但他决不暇有萧瑟与悲哀。等到一阵神力用过，倏忽中掷此百兽之王于死的铁门之内以后，他神志昏聩[2]的抱头颓坐。在春雷般的欢呼声中，他无力的抬起眼来，看见了在他身旁鬣毛[3]森张，似余残喘的巨物。我信他必忽然起了一阵难禁的战栗，他的全身没在微弱与寂寞的海里!

一败涂地的拿破仑,重过滑铁卢,不必说他有无限的怂激[4],太息与激昂!然而他的激感,是狂涌而不是深微,是一个人都可抵挡得住。而建了不世之功,退老闲居的惠灵吞,日暮出游,驱车到此战争旧地,他也有一番激感!他仿佛中起了苍茫的怅惘,无主的伤神。斜阳下独立,这白发盈头的老将,在百番转战之后,竟受不住这闲却健儿身手的无边萧瑟!悲哀,得胜者的悲哀呵!

小朋友,与病魔奋战期中的我,是怎样的勇敢与喜乐!我作小孩子,我作 Eskimo,我"足踏枯枝,静听着树叶微语",我"试揭自然的帘幕,蹑足走入仙宫"。如今呢,往事都成陈迹!我"终日矜持[5]",我"低头学绣",我"如同缓流的水,半年来无有声响"。是的呵,"一回到健康道上,世事已接踵而来"!虽然我曾应许"我至爱的母亲"说:"我既绝对的认识了生命,我便愿低首去领略。我便愿遍尝了人生中之各趣;人生中之各趣,我便愿遍尝!——我甘心乐意以别的泪与病的血为贽,推开了生命的宫门。"我又应许小朋友说:"领略人生,要如滚针毡,用血肉之躯去遍挨遍尝,要它针针见血!……来日方长,我所能告诉小朋友的,将来或不止此。"而针针见血的生命中之各趣,是须用一片一片天真的童心去换来的。互相叠积传递之间,我还不知要预备下多少怯弱[6]与惊惶[7]的代价!我改了,为了小朋友与我至爱的母亲,我十分情愿屈服于生命的权威之下。然而我愿小朋友倾耳听一听这弱者,失败者的悲哀!

在我热情忠实的小朋友面前,略消了我胸中块垒之后,我愿报告小朋友一个大家欢喜的消息。这时我的母亲正在东半球数着月亮呢!再经过四次月圆,我又可在母亲怀里,便是小朋友也不必耐心的读我一月前,明日黄花的手书了!我是如何的喜欢呵!

小朋友,我觉得对不起!我又以悱恻[8]的思想,贡献给你们。然而我的"诗的女神"只是一个满蕴着温柔,微带着忧愁的,就让她这样的抒写也好。

敬祝你们的喜乐与健康!

冰心

一九二六年三月十二日,娜安辟迦楼

（本篇最初发表于《晨报副镌》1926年4月26日，后收入《寄小读者》）

注释

1. 迥：jiǒng。差得远。
2. 昏聩：hūn kuì。眼花耳聋。形容神志昏乱。
3. 鬣毛：liè máo。动物头颈部长毛。
4. 忿激：fèn jī。愤怒激动。
5. 矜持：jīn chí。庄重；严肃；拘谨；拘束。
6. 怯弱：qiè ruò。胆小软弱。
7. 惊惶：jīng huáng。惊慌，惶恐，举止失去常态。
8. 悱恻：fěi cè。内心悲苦凄切；忧思抑郁。

导读

　　作者故地重游，感慨万端。"一回到健康道上，世事已接踵而来"，"领略人生，要如滚针毡，用血肉之躯去遍挨遍尝"。而失去天真童心的代价又是何等的悲哀！

通讯二十九

最亲爱的小读者：

我回家了！这"回家"二字中我迸出了感谢与欢欣之泪！三年在外的光阴，回想起来，曾不如流波之一瞥。我写这信的时候，小弟冰季守在旁边。窗外，红的是夹竹桃，绿的是杨柳枝，衬以北京的蔚蓝透彻的天。故乡的景物，一一回到眼前来了！

小朋友！你若是不曾离开中国北方，不曾离开了到三年之久，你不会赞叹欣赏北方蔚蓝的天！清晨起来，揭帘外望，这一片海波似的青空，有一两堆洁白的云，疏疏的来往着，柳叶儿在晓风中摇曳，整个的送给你一丝丝凉意。你觉得这一种"冷处浓"的幽幽的乡情，是异国他乡所万尝不到的！假如你是一个情感较重的人，你会兴起一种似欢喜非欢喜，似怅惘非怅惘的情绪。站着痴望了一会子，你也许会流下无主，皈依之泪！

在异国，我只遇见了两次这种的云影天光。一次是前年夏日在新汉寿（New Hampshire）白岭之巅 [1]。我午睡乍醒，得了英伦朋友的一书，是封充满了友情别意，并描写牛津景物写到引人入梦的书。我心中杂糅着怅惘与欢悦，带着这信走上山崖去，猛然见了那异国的蓝海似的天！四围山色之中，这油然一碧的天空，充满了一切。漫天匝地的斜阳，酿出西边天际一两抹的绛红深紫。这颜色须臾万变，而银灰，而鱼肚白，倏然间又转成灿然的黄金。万山沉寂，因着这奇丽的天末的变幻，似乎太空有声！如波涌，如鸟鸣，如风啸，我似乎听到了那夕阳下落的声音。这时我骤然间觉得弱小的心灵被这伟大的印象，升举到高空，又倏然间被压落在海底！我觉出了造化的庄严，一身之幼稚，病后的我，在这四周艳射的景象中，竟伏于纤草之上，呜咽不止！

还有一次是今年春天，在华京（Washington D.C.）之一晚。

我从枯冷的纽约城南行，在华京把"春"寻到！在和风中我坐近窗户，那时已是傍晚，这国家妇女会（National Women's Party）舍，正对着国会的白楼。半日倦旅的眼睛，被这楼后的青天唤醒！海外的小朋友！请你们饶恕我，在我倏忽的惊叹了国会的白楼之前，两年半美国之寄屈，我不曾觉出她是一个庄严的国度！

这白楼在半天矗立着，如同一座玲残洞开的仙阁。被楼旁的强力灯逼射着，更显得出那楼后的青卒。两旁也是伟大的白石楼舍。楼前是极宽阔的白石街道。雪白的球灯，整齐的映照着。路人行人，都在那伟大的景物中，寂然无声。这种天国似的静默，是我到美国以来第一次寻到的。我寻到了华京与北京相同之点了！

我突起的乡思，如同一个波澜怒翻的海！把椅子推开，走下这一座万静的高楼，直向大图书馆走去。路上我觉得有说不出的愉快与自由。杨柳的新绿，摇曳着初春的晚风。熟客似的，我走入大阅书室，在那里写着日记。写着忽然忆起陆放翁的"唤作主人原是客，知非吾土强登楼²"的两句诗来。细细咀嚼这"唤"字和"强"字的意思，我的意兴渐渐的萧索了起来！

我合上书，又洋洋的走了出去。出门来一天星斗。我长吁一口气。——看见路旁一辆手推的篷车，一个黑人在叫卖炒花生栗子。我从病后是不吃零食的，那时忽然走上前去，买了两包。那灯下黝黑的脸，向我很和气的一笑，又把我强寻的乡梦搅断！我何尝要吃花生栗子？无非要强以华京作北京而已！

写到此我腕弱了，小朋友。我觉得不好意思告诉你们，我回来后又一病逾旬，今晨是第一次写长信。我行程中本已憔悴困顿，到家后心里一松，病魔便乘机而起。我原不算是十分多病的人，不知为何，自和你们通讯，我生涯中便病忙相杂，这是怎么说的呢！

故国的新秋来了。新愈的我，觉得有喜悦的萧瑟！还有许多话，留着以后说罢，好在如今我离着你们近了！

你热情忠实的朋友，在此祝你们的喜乐！

冰心
1926年8月31日，圆恩寺

（本篇最初发表于《晨报副镌》1926年9月6日，后收入《寄小读者》
第四版）

注释

1. 巅：diān。山顶。
2. 唤作主人原是客，知非吾土强登楼：出自宋代诗人陆游的《登荔枝楼》，原文：平羌江水接天流，凉入帘栊已似秋。唤作主人元是客，知非吾土强登楼。闲凭曲槛常忘去。欲下危梯更小留。公事无多厨酿美，此身不负负嘉州。

导读

　　作者开篇便描写了"回家"的喜悦之情，故乡的一切景色都那么令人欢欣和痴迷！接着，作者笔锋一转，回忆起客居他乡的日子，异国的风景与情调，却常常唤起作者的乡愁，令她不自觉地在异域的景色里寻找着家乡的熟悉的感觉。"突起的乡思，如同一个波澜怒翻的海"，无法自抑！

　　如今，"故乡的景物，一一回到眼前来了！"熟悉的青天白云，熟悉的桃花杨柳，熟悉微风拂面，熟悉的家人朋友！这一切，都令作者无比激动，无比喜悦。

　　两种感情的对比描摹，巧妙地凸显了作者的一腔爱国恋乡之情。文笔细腻入微，感人肺腑。

　　《寄小读者》大多篇章是作者赴美留学期间写成的，主要记述了海外的风光和奇闻异事，同时也抒发了她对祖国、对故乡的热爱和思念之情。

通讯一

似曾相识的小朋友们：

先感谢《人民日报》副刊编辑的一封信，再感谢中国作协的号召，把我的心又推进到我的心窝里来了！

二十几年来，中断了和你们的通讯，真不知给我自己带来了多少的惭愧和烦恼。我有许多话，许多事情，不知从何说起，因为那些话，那些事情，虽然很有趣，很动人，但却也很零乱，很片断，写不出一篇大文章，就是写了，也不一定就是一篇好文章，因此这些年来，从我心上眼前掠过的那些感受，我也就忍心地让它滑出我的记忆之外，淡化入模糊的烟雾之中。

在这不平常的春天里，我又极其真切，极其炽热地想起你们来了。我似乎看见了你们漆黑发光的大眼睛，笑嘻嘻的通红而略带腼腆的小脸。你们是爱听好玩有趣的事情的，不管它多么零碎，多么片断。你们本来就是我写作的对象，这一点是异常地明确的！好吧，我如今再拿起这支笔来，给你们写通讯。不论我走到哪里，我要把热爱你们的心，带到那里！我要不断地写，好好地写，把我看到听到想到的事情，只要我觉得你们会感到兴趣，会对你们有益的，我都要尽量地对你们倾吐。安心地等待着吧，我的小朋友！

自从决心再给你们写通讯，我好几夜不能安眠。今早四点钟就醒了，睁开眼来是满窗的明月！我忽然想起不知是哪位古诗人写的一首词的下半阕[1]，是："卷地西风天欲曙，半帘残月梦初回，十年消息上心来[2]。"就是说：在天快亮的时候，窗外刮着卷地的西风，从梦中醒来看见了淡白的月光照着半段窗帘；这里"消息"两个字，可以当作"事情"讲，就是说，把十年来的往事，一下子都回忆起来了！

小朋友，从我第一次开始给你们写通讯算起，不止十年，乃是三十多年了。这三十多年之中，我们亲爱的祖国，经过了多大的变迁！这变迁是翻天覆地的，从地狱翻上了天堂，而且一步一步地更要光明灿烂。我们都是幸福的！我总算赶上了这个时代，而最幸福的还是你们，有多少美好的日子等着你们来过，更有多少伟大的事业等着你们去作呵！我在枕上的心境，和这位诗人是迥不相同的！虽然也有满窗的明月，而窗外吹拂的却是和煦³的东风。一会儿朝阳就要升起，祖国方圆九百多万平方公里的土地上，将要有六亿人民满怀愉快和信心，开始着和平的劳动。小朋友们也许觉得这是日常生活，但是在三十年前，这种的日常生活，是我所不能想象的！我鼻子里有点发辣，眼睛里有点发酸，但我决不是难过。

你们将来一定会懂得我这时这种兴奋的心情的——这篇通讯就到此为止吧，让我再重复初寄小读者通讯一的末一句话："我心中莫可名状，我觉得非常的荣幸！"

你的朋友　冰心
1958年3月11日，北京

注释

1．阕：què。量词，歌曲或词，一首为一阕；一首词的一段亦称一阕，前一段称"上阕"，后一段称"下阕"。
2．卷地西风天欲曙，半帘残月梦初回，十年消息上心来：语出明末清初"云间三子"之一宋徵舆的《浣溪沙》。
3．和煦：hé xù。和畅；温暖。

导读

1958年开始，冰心开始写《再寄小读者》，本系列共由20篇通讯组成，本文是"通讯一"。本文开始，作者告诉小朋友们她将继续为他们写作，同时表达了实现这一心愿兴奋的心情。然后，作者回顾了三十年的生活经历中见证的祖国发生的翻天覆地的巨大变迁，表达了热爱祖国、热爱生活的强烈情感。

通讯二

亲爱的小朋友：

今年一月，我刚从埃及归来，趁我记忆犹新，来对小朋友说一些埃及的印象。

我们到埃及去，走的是北路，就是从北京坐飞机，经过蒙古人民共和国、苏联、捷克斯洛伐克，最后到达埃及的首都开罗。——在这里我想插一句话，世界局势发展得多快，在我回来后不到三个星期，埃及和叙利亚，已经联合组织了一个横跨亚非两洲的新国家阿拉伯联合共和国了！这是中东阿拉伯人民，在反对殖民主义、争取民族独立的愿望上，有了进一步的团结，这也是世界和平力量进一步发展的里程碑！

我们一路从机窗下望，都是冰天雪地莹白照眼，可是一到达开罗的上空，就是晴天万里，下面是长长的河道，支流四出，两旁是整齐翠绿的田野，一簇簇的密集的淡灰色的农舍，田垄上排列着一行一行的高大的枣椰树。但是在这河畔地区以外，就是茫茫无际的黄沙，浓绿淡黄，成一个鲜明的对照！

这一条长长的河道，就是世界闻名的尼罗河，是埃及境内的唯一的天然河流。埃及在非洲的东北角，在北纬二十二度至三十二度，东经二十四度至三十七度之间，气候炎热，雨量极少，所以尼罗河也是他们唯一的灌溉泉源。埃及人民亲切地称尼罗河为"尼罗河爸爸"就是这个缘故。

这使我想起二十几年前，我在意大利首都罗马的梵蒂冈——教皇城——的博物馆里，看见了一座尼罗河的雕像。在这里，尼罗河是一位慈祥的老人，他右臂斜倚着人面狮身像，侧卧在地上，旁边堆着一垛高高的麦穗和葡萄。最生动的是他的身上，身边，爬满围满了许多活泼嬉笑的、赤裸裸的小孩子！有的站在他的肩上，有的骑在他的臂上，有的坐在他身旁的麦堆上，有的三三两两地和他身边河水里的鳄鱼，撩拨嬉戏。这雕像给我的印象很深，但我决没有意识到，埃及的沙漠地区，占到全国境的百分之九十六，也不知道埃及的雨量少到：简单的农舍，不用盖屋顶，只用高粱秆蓝遮遮就行。当我看到听到这些现象的时候，我对于尼罗河，也不禁热爱了！

我们在埃及境内，曾作过短期的旅行，就是坐火车往南走，一路沿着尼罗河，溯流而上。眼前旋转过去的，是润湿的田地，茂盛的庄稼，和裹着头巾穿着长袍的男男女女，锄地的，车水的，放羊的，赶驴的……同时也看见了道旁的农舍，屋子都像我们南方的"天井"一样，有窗有门，却没有屋顶。那时正是冬天，白日阳光满室，夜里顶着月亮和星星睡觉，空气清新，一定是十分舒畅的。

这在我是极其新鲜的事，但心里还转不过弯来，我问同行的埃及朋友："夏天在屋顶盖上高粱秆，当然可以挡住炎热的太阳，但是恐怕挡不着大雨和久雨；万一，万一要下大雨，下久雨呢？"她笑了，说："你过虑了，我们这里除了沿地中海一带，雨量较多之外，就是一万个，一万个也不下大雨和久雨！"

聪明勇敢的埃及人民，知道除了倚靠他们的"尼罗河爸爸"之外，还得不断地和气候土壤作艰苦的斗争，向大自然索取粮食。现在他们的兴修水利，开发沙漠的工作，正在广泛地展开。祝福他们吧，可爱的尼罗河的优秀儿女！

别的下封信再谈，祝你们三好！

你的朋友　冰心
1958年3月15日，北京

导读

作者在本文中描述了埃及的异国风光，讴歌了埃及人民不怕困难，乐观、自信、自强、勇敢的精神。埃及拥有着悠久的历史文化，是一个爱好和平的民族。

通讯四

亲爱的小朋友：

自从三月二十一日离开祖国，时间不过十多天，在我仿佛已经过了多少年月！一来是这十多天之中，我们已经飞跃过好几个亚洲和欧洲的国家；二来是祖国的进步，一日千里。这十多天之中，不知又发现了多少新的资源，增多了多少个发明创造！这一切，都使国外的"游子"，不论何时想起，都有无限的兴奋！

欧洲本是我旧游之地，没有什么特别新鲜的感觉，现在只挑出途中最突出的奇丽的景物，来对小朋友们说一说。

首先是三月二十四日黄昏，从瑞士坐火车到意大利的一段，一路沿着阿尔卑斯山脚蜿蜒行来，山高接天，白雪皑皑，山顶上悬着一钩淡黄色的新月。火车飞速前进，窗外转过的一座雪山接着一座雪山，如同一架长长的大理石的屏风，横列在我们的眼前！天色渐渐地暗了下来，高高的雪山上，零乱地出现了星星点点的桔红色的灯光，一片清凉之中，给人以无限的温暖的感觉。

二十五日一觉醒来，我们已深入意大利的国境了。

意大利是南欧一个富有文化而又美丽的国家，它的地形，像一只伸入地中海的靴子，三面临海，气候温和。在瑞士山中还是雪深数寸的时候，这里的田野上已是桃李花开了！我们先到达意大利的京城——罗马。这是一座建在七座小山上的古城，街道高低起伏，到处可以看见古罗马的遗迹，颓垣断柱，杂立于现代建筑之间。街道上转弯抹角，到处还可以看见综淙的喷泉，泉座上都有神、人、鱼、兽的雕像，在片片光影之中，栩栩如生[1]。

二十六日晨我们到了意大利西海岸的那坡里城，这也是一座很美丽的海边城市。但是我要为小朋友描述的，却是离那坡里四十里远的旁贝，那是将近两千年前，被火山喷发的熔岩和热尘所掩埋的古城。在一八六〇年以后，才被发掘出来的。

背山临海的旁贝城，在纪元前六世纪——我们春秋战国的时候——就已经建立起来了。到了纪元前八十年——我们的汉代——这里成为罗马贵族豪门的别墅区，人口多至两万五千人。纪元后七九年的八月，城后的维苏威火山，忽然爆发了！漫天的灼热的灰尘，和喷涌的沸腾的熔岩，在两三日之中，将这座豪华的市镇，深深地封闭了。大多数居民幸得突围而出，而老、弱、囚犯，葬身于热尘火海之中的，至少还有两千人左右。

我们在废墟上巡礼：这里的房舍，绝大部分，都没有屋顶了，只有根根的断柱，和扇扇的颓垣，矗立于阳光之下！石块铺成的道路，还有很深的车辙的痕迹。这市上有广场，有神庙，有大厅，有法院，有城堡……街道两旁还有酒店和浴堂。酒店里遗留着一排一排的陶制的酒缸；浴堂里有大理石彻成的冷热浴池，化妆室，按摩床，墙上还有石雕和壁画。屋宇尤其讲究：院里有喷泉，有雕像，层层的居室里，都有红黄黑三色画成的壁画，鲜艳夺目！后花园也很宽大，点缀的石像也很多，想当年花木葱茏[2]的时节，景物一定很美。最使我感到惊奇的，就是这些房屋里，已经有铅制的水管和水龙头。导游的人告诉我，旁边的水道，是直通罗马的。

这里的博物院里，还看到发掘出来的，很精致的金银陶瓷和玻璃制成的日用器皿，以及金珠首饰。此外还有人兽的残骸[3]，形状扭曲，可以想见临死前的挣扎和痛苦。

小朋友，上面的几段，是陆续写成的，中间已经过意大利南部和西西里岛的几个城市。沿途的海景，是描写不完的；而最难描述的，还是意大利人民对于中国的热爱和向往！我们到处受到最使人感动的欢迎，尤其是在中小城市，工农群众的款待，最为真挚而热烈！一束一束的递到我们手里的鲜花，如玫瑰，石竹，郁金香……替他们说出了许多话语。在群众的集会上，向我们献花的，都是最可爱的意大利小朋友。从他们嘴里叫出的"友谊"和"和平"，那清脆的声音，几乎是神圣的，使我们不自主地涌上了感动的眼泪！

我们在昨天又渡海回到意大利本土，沿着地图上的靴尖、靴跟，直上到东海岸的巴利城。今夜又要回到罗马去了。趁着一天的访问日程还没有开始，面对着窗外晨光熹微[4]的大海，和轻盈飞掠的海鸥，给小朋友们写完这一封信。我知道小朋友们是会关心我的旅程，而且是急待我的消息的，但是也请你们体谅到我们旅行的匆忙！外面有人在敲门，这信必须结束了，我的心永远和你们在一起，深深地祝福你们！

你的朋友　冰心

1958年4月4日，意大利，巴利城

（本篇最初发表于《人民日报》1958年4月23日，后收入小说、散文、诗歌合集
《小桔灯》）

注释

1．栩栩如生：xǔ xǔ rú shēng。形容生动逼真，就像活的一样。多指艺术品或
　　人工制造品。

2．葱茏：cōng lóng。草木青翠茂盛；形容树木茂盛。

3．残骸：cán hái。不完整的尸骨。

4．熹微：xī wēi。形容阳光不强（多指清晨的阳光）。

导读

　　作者用饱蘸感情的笔墨描写了欧洲的奇丽景色，特别是旁贝的废墟，赞美
了人类的创造力。同时，通过描述他们在欧洲各国受到的热烈欢迎，反映出世
界友好和平的美好愿望。

通讯十四

亲爱的小朋友：

读到这封信的时候，你们一定已经上学了；休息了一个暑假，重新回到学校里，一定感到新鲜而兴奋吧。

小朋友，你们的暑假生活过得丰富么？去过哪些有趣的地方？参加过哪些有意义的活动？看了哪些好书或是戏剧和电影？访问了哪些英雄、模范？你们那里下过滂沱[1]大雨了么？

河水涨了么？你们参加防涝或是防旱的工作了么？这一个多月中发生过多少值得记忆的事情呵！你们把这些事情，都写在日记上了么？或是写在信上给亲戚朋友们看了么？

小朋友，你们喜欢写信写日记么？你们写的时候觉得有困难么？是不是有时候觉得提起笔来无话可说呢？或是心中有话笔下写不出来呢？或是眼前闪烁着事物的形象、颜色、动作，笔下却形容不出来，而只好以"好看极了"，"好玩极了"，"有意思极了"等等简单模糊的字句，轻轻带过就算了呢？还有，你们是不是也有"提笔忘字"，在信上日记上写下许多错字的时候呢？

今年夏天，我带两个小朋友去逛北京西郊的动物园。这两个孩子都是小学三年级的学生，都很聪明活泼。那一回，我们玩得可真高兴。回来后他俩都写了日记。第一个孩子只写了四五十字（里面还有好几个错字！），他只提到某月某日和什么人去逛了动物园，底下就像记帐似地列举了一些动物的名字，什么白熊、大象、猴子、狮子、斑马、孔雀等等，他觉得"好玩极了"，以后就回来吃饭睡觉了。第二个孩子却写了一千多字，他从那天的天气和动物园里的游人等写起，以及那些动物，如白熊、大象、斑马、孔雀等等的动作、形态和皮毛、羽毛的颜色，都写得十分生动鲜明；而且他把我对他们谈过的话，也记下来了！我说："我小的时候，也逛过这个动物园，那时它叫'万牲园'，里面只有几只很平常的动物，还有脱了毛的孔雀、老掉了牙的大象，现在却有这么多的珍禽异兽[2]，而且差不多每年每月都增加新的种类。"还有我对他们谈的许多外国动物园的情形，他也有条不紊地记下了。他的这一篇日记，写得整整齐齐，没有一个错字，使人看了很舒服，没有去过北京动物园的人读了，会引起一种"身临其境[3]"的真切的感觉。

　　这个孩子的老师和母亲对我所说的话，证实了我对他的评价：他是一个好学生。他很喜欢语文课，老师讲课的时候，他总是专心地听，笔记也写得很好，从来没有错字；他尤其喜欢读书，辅导员和老师介绍过的书刊，他总是读得很仔细，不但记住书里的故事，还把书里优美的、有力的字句和词汇，都摘记在一个小本子里。他脑子里积攒的词汇很多，又会灵活运用，因此他写起作文来，毫不费力，每次作文他都写得很好，写信写日记，也是如此。老师对他的学习成绩是很满意的，对于他的作文，尤其称赞，认为他已经找到了提高阅读和写作能力的门径。

　　语文是一门基础知识，是一门工具学科。学会了学好了语文，我们才能很好地了解其他的课文，才会读书看报，才会写信写日记，才会写好"作文"。你们现在的语文课本，里面有许多思想性很高的、写得很好的故事和诗歌，老师们又讲得很好，你们应当抓紧学习的时光，好好地听讲，好好地写笔记，还要细看每个字的写法。把语文学好了，就会同那位写日记写得很好的小朋友一样，阅读和写作的能力也不断地提高。到了你能够很好地掌握文字这个工具，使它能为表达你的思想感情而熟练地服务的时候，你将会感到无限的快乐，而看你的文章的人，也会感到快乐的。

　　再谈吧，愿你们在新学年中好好地学习语文！

你的朋友　冰心
1959年8月19日，北京

注释

1．滂沱：pāng tuó。形容雨下得很大。
2．珍禽异兽：zhēn qín yì shòu。指贵重奇异的动物。
3．身临其境：shēn lín qí jìng。形容亲身到了那个境地。

导读

　　作者通过生动的事例，说明了学习语文的重要性和正确的方法。"语文是一门基础知识，是一门工具学科"。学好语文，"你将会感到无限的快乐"。

通讯十七

亲爱的小朋友：

前几天，我怀着极其兴奋的心情，去访问一位从甘南地区来北京参加群英会的年轻医生——李贡。在接待室里，负责的同志给我介绍一位身穿蓝布制服，胸前佩着闪闪发光的奖章，中等身材，两道粗粗的浓眉，双颊红润，满面含笑的年轻人，这就是我所听说的、那位有高度的革命人道主义的、全心全意为藏族人民服务的医生了。

我们谈话的时候，他开始是很腼腆。但在我们不断地发问之下，在他自己深沉的回忆之中，他才渐渐地越说越兴奋，越说越流畅，他那极其动人的故事，使我听了有好几次忍不住流下感动的热泪！

李贡医生今年才二十六岁，甘肃兰州人，在一九五四年，当他从兰州卫生学校毕业，分配到甘南地区工作的时候，他就十分兴奋，心想自己要和藏族的勤劳勇敢、能歌善舞的人民，一同生活一同工作了，及至到了草原，那艰苦的环境，使他犹豫了起来。那里是海拔四千公尺的高原，冷得连夏天的早晚还要穿着棉衣，住的是不蔽风雨的布帐篷，生活的一切得自己动手来做，医疗工作上也没有助手，自己和藏民言语不通这些困难，向着这个热情的青年人，像压顶的泰山一样，劈空飞来，他的思想斗争开始了。

反复考虑的结果，他决定留下了。他想：党培养了我这么多年，不为的是让我好好地为人民服务吗？现在面对着广大的藏族同胞，我就在困难前面低头退缩，我怎么对得起培养我的、热爱人民的党呢？一想到党，他的勇气无限量地升起来了，他决定在草原上坚持下去。

此后，四年之中，他勤勤恳恳地做着帐圈巡回医疗工作，不论白天黑夜，路近路远，都按照党的指示，想尽一切办法，克服种种困难，治疗着看护着每一个就医的藏族人民。因为他的不懈的热情和良好的医疗成绩，来到他这里就诊的藏族人民越来越多了。他和藏族人民建立了家人骨肉般的深厚的感情。同时更是不断地在他们中间扩大了政治影响，提高了党的威信。他的四年工作之中，有许多动人的故事。

　　一九五五年的春天，欧拉地区的草原上，发生了一次大火，一个名叫曹加的藏族妇女，因为从大火中抢救牛羊，右臂被燎伤得很厉害。李贡医生替她整整地治疗了几个月。他用尽一切办法——打针敷药，可是曹加的伤口总不能长合。有一天，当他在帐篷里学习的时候，听见几个候诊的病人在帐外草地上谈话，一个藏族老太太问曹加说："共产党的医生技术怎么样？你的伤口好些了么？"曹加说："共产党的医生技术也不见得怎么好，我已经治疗了几个月了，还不见好转，我想我还是去找藏族医生吧！"李贡医生听了这些话，心里如同被人猛刺一刀似的，他想："藏族同胞是把我代表了一切的共产党的医生了，我的医疗工作如不做好，不就降低了党在藏族人民中间的威信么？"他一面深深地同情着这个久被痛苦纠缠着的藏族妇女，一面又着急自己的周围没有一个老师或者同行，可以商量请教。他忍住满心愁苦，镇静地出去和曹加谈话，请她过三天再来。这三天之中，他不停地翻看手边仅有的两本医书，看到了一种皮肤移植的疗法，就是把一块好皮肤割下来移植在伤口上，来帮助伤口长合的方法。三天之后，他对曹加说明这个办法，动员她把腿上的皮肤取下移植在手臂上的时候，曹加吓得跳了起来，说："我的手臂还没有治好，还要把我的腿也弄坏了么？好了，再不要给我治了！"

　　这几句话，又好像枪弹一样，在李贡医生的脑子里爆炸了起来！他想来想去，最后决心把自己的皮肤取下，来给她作移植的手术。他请曹加明天再来。这一夜，他把手边仅有的简单的手术工具，取出来消了毒。他从来没有做过这种手术，而且是从自己腿上取下一块皮肤，他不由自主地觉得一阵一阵的胆怯。这时天已经亮了。不久，曹加来了，他让曹加躺下，用被单盖上她的脸，吩咐她不要往这边看。当他在自己的腿上打了麻醉针，开始剪下第一块皮肤的时候，曹加坐起来了，惊惶的眼光中充满了感激的泪水，抽咽着说："我从前没有听见过，也更没有看见过这样的医生，连自己的皮肉都割下来给病人治病。共产党是我的恩人，我至死也忘不了共产党！"

　　曹加的手臂完全好了，她和她的丈夫牵了一只羊，来谢李贡医生。李贡医生说："共产党和毛主席派我来就是给大家来治病的，不要感谢我，应该感谢共产党和毛主席。"又请他们把那只羊仍旧带回去。他们万分感激地说："共产党和毛主席真是比父母还亲，比太阳还热，我们到死也要跟着共产党走！"他们这话是从心底说出来的，曹加的丈夫在此后的、为本族人民服务的事业中，献出了宝贵的生命。

小朋友，这只是李医生的故事之一。不知你们听了这个故事，也受到感动了么？你佩服、喜爱这位年轻的医生么？你们愿意向他学习么？他能够这样勇敢地为人民的利益而贡献出自己的一切，就是因为他挖掘到了一切力量的源泉。只要时时刻刻地想到党，深深地体会到党的为人民服务的真挚崇高的愿望，坚决地要保持爱护党的影响和威信，任何一个人，无论他多年轻，都会自然而然地把群众的利益放在个人的利益之上，满怀乐意地去关心别人，忘掉自己。

这是我从李贡医生的谈话中所得到的启发，我愿意把我所得到的再告诉我的亲爱的小朋友！

你的朋友　冰心
1959年11月12日

导读

本文以小见大，从平凡的人身上发掘不平凡的故事，体现了人们对中国共产党的无比忠诚和热爱。

我的故乡

　　我生于一九〇〇年十月五日（农历庚子年闰八月十二日），七个月后我就离开了故乡——福建福州。但福州在我的心里，永远是我的故乡，因为它是我的父母之乡。我从父母亲口里听到的极其琐碎而又极其亲切动人的故事，都是以福州为背景的。

　　我母亲说：我出生在福州城内的隆普营。这所祖父租来的房子里，住着我们的大家庭，院里有一个池子，那时福州常发大水，水大的时候，池子里的金鱼都游到我们的屋里来。

　　我的祖父谢子修（銮恩）老先生，是个教书匠，在城内的道南祠授徒为业。他是我们谢家第一个读书识字的人。我记得在我十一岁那年（一九一一年），从山东烟台回到福州的时候，在祖父的书架上，看到薄薄的一本套红印的家谱。第一位祖先是昌武公，以下是顺云公、以达公，然后就是我的祖父。上面仿佛还讲我们谢家是从江西迁来的，是晋朝谢安的后裔。但是在一个清静的冬夜，祖父和我独对的时候，他忽然摸着我的头说："你是我们谢家第一个正式上学读书的女孩子，你一定要好好地读呵。"说到这里，他就源源本本地讲起了我们贫寒的家世！原来我的曾祖父以达公，是福建长乐县横岭乡的一个贫农，因为天灾，逃到了福州城里学做裁缝。

　　这和我们现在遍布全球的第一代华人一样，都是为祖国的天灾人祸所迫，飘洋过海，靠着不用资本的三把刀，剪刀（成衣业）、厨刀（饭馆业）、剃刀（理发业）起家的，不过我的曾祖父还没有逃得那么远！

　　那时做裁缝的是一年三节，即春节、端午节、中秋节，才可以到人家去要帐。这一年的春节，曾祖父到人家要钱的时候，因为不认得字，被人家赖了帐，他两手空空垂头丧气地回到家里，等米下锅的曾祖母听到这不幸的消息，沉默了一会，就含泪走了出去，半天没有进来。曾祖父出去看时，原来她已在墙角的树上自缢[1]了！他连忙把她解救了下来，两人抱头大哭；这一对年轻的农民，在寒风中跪下对天立誓：将来如蒙天赐一个儿子，拼死拼活，也要让他读书识字，好替父亲记帐、要帐。但是从那以后我的曾祖母却一连生了四个女儿，第五胎才来了一个男的，还是难产。这个难得出生的男孩，就是我的祖父谢子修先生，乳名"大德"的。

这段故事，给我的印象极深，我的感触也极大！假如我的祖父是一棵大树，他的第二代就是树枝，我们就都是枝上的密叶；叶落归根，而我们的根，是深深地扎在福建横岭乡的田地里的。我并不是"乌衣门第[2]"出身，而是一个不识字、受欺凌的农民裁缝的后代。曾祖父的四个女儿，我的祖姑母们，仅仅因为她们是女孩子，就被剥夺了读书识字的权利！当我把这段意外的故事，告诉我的一个堂哥哥的时候，他却很不高兴地问我是听谁说的？当我告诉他这是祖父亲口对我讲的时候，他半天不言语，过了一会才悄悄地吩咐我，不要把这段故事再讲给别人听。当下，我对他的"忘本"和"轻农"就感到极大的不满！从那时起，我就不再遵守我们谢家写籍贯的习惯。我写在任何表格上的籍贯，不再是祖父"进学"地点的"福建闽侯"，而是"福建长乐"，以此来表示我的不同意见！

我这一辈子，到今日为止，在福州不过前后呆了两年多，更不用说长乐县的横岭乡了。但是我记得在一九一一年到一九一二年之间我们在福州的时候，横岭乡有几位父老，来邀我的父亲回去一趟。他们说横岭乡小，总是受人欺侮，如今族里出了一个军官，应该带几个兵勇回去夸耀夸耀。父亲恭敬地说：他可以回去祭祖，但是他没有兵，也不可能带兵去。

我还记得父老们送给父亲一个红纸包的见面礼，那是一百个银角子，合起值十个银元。父亲把这一个红纸包退回了，只跟父老们到横岭乡去祭了祖。一九二〇年前后，我在北京《晨报》写过一篇叫做《还乡》的短篇小说，就讲的是这个故事。现在这张剪报也找不到了。

从祖父和父亲的谈话里，我得知横岭乡是极其穷苦的。农民世世代代在田地上辛勤劳动，过着蒙昧贫困的生活，只有被卖去当"戏子"，才能逃出本土。当我看到那包由一百个银角子凑成的"见面礼"时，我联想到我所熟悉的山东烟台东山金钩寨的穷苦农民来，我心里涌上了一股说不出来难过的滋味！

我很爱我的祖父，他也特别的爱我，一来因为我不常在家，二来因为我虽然常去看书，却从来没有翻乱他的书籍，看完了也完整地放回原处。一九一一年我回到福州的时候，我是时刻围绕在他的身边转的。那时我们的家是住在"福州城内南后街杨桥巷口万兴桶石店后"。这个住址，现在我写起来还非常地熟悉、亲切，因为自从我会写字起，我的父母亲就时常督促我给祖父写信，信封也要我自己写。这所房子很大，住着我们大家庭的四房人。祖父和我们这一房，就住在大厅堂的两边，我们这边的前后房，住着我们一家六口，祖父的前、后房，只有他一个人和满屋满架的书，那里成了我的乐园，我一得空就钻进去翻书看。我所看过的书，给我的印象最深的是清袁枚（子才）的笔记小说《子不语》，还有我祖父的老友林纾[3]（琴南）老先生翻译的线装的法国名著《茶花女遗事》。这是我以后竭力搜求"林译小说"的开始，也可以说是我追求阅读西方文学作品的开始。

　　我们这所房子，有好几个院子，但它不像北方的"四合院"的院子，只是在一排或一进屋子的前面，有一个长方形的"天井"，每个"天井"里都有一口井，这几乎是福州房子的特点。这所大房里，除了住人的以外，就是客室和书房。几乎所有的厅堂和客室、书房的柱子上墙壁上都贴着或挂着书画。正房大厅的柱子上有红纸写的很长的对联，我只记得上联的末一句，是"江左风流推谢傅"，这又是对晋朝谢太傅攀龙附凤之作，我就不屑于记它！但这些挂幅中的确有许多很好很值得记忆的，如我的伯叔父母居住的东院厅堂的楹联，就是：

　　　　海阔天高气象
　　　　风光月霁襟怀

又如西院客室楼上有祖父自己写的：

　　　　知足知不足
　　　　有为有弗为

这两副对联，对我的思想教育极深。祖父自己写的横幅，更是到处都有。我只记得有在道南祠种花诗中的两句：

　　　　花花相对叶相当
　　　　红紫青蓝白绿黄

　　在西院紫藤书屋的过道里还有我的外叔祖父杨维宝（颂岩）老先生送给我祖父的一副对联是：

　　　　有子寸如不羁马
　　　　知君身是后凋松

　　那几个字写得既圆润又有力！我很喜欢这一副对子，因为"不羁马"夸奖了他的侄婿，我的父亲，"后凋松"就称赞了他的老友，我的祖父！

　　从"不羁马"应当说到我的父亲谢葆璋（镜如）了。他是我祖父的第三个儿子。我的两个伯父，都继承了我祖父的职业，做了教书匠。在我父亲十七岁那年，正好祖父的朋友严复（幼陵）老先生，回到福州来招海军学生，他看见了我的父亲，认为这个青年可以"投笔从戎"，就给我父亲出了一道诗题，是"月到中秋分外明"，还有一道八股的破题。父亲都做出来了。在一个穷教书匠的家里，能够有一个孩子去当"兵"领饷，也还是一件好事，于是我的父亲就穿上一件用伯父们的两件长衫和半斤棉花缝成的棉袍，跟着严老先生到天津紫竹林的水师学堂，去当了一名驾驶生。

　　父亲大概没有在英国留过学，但是作为一名巡洋舰上的青年军官，他到过好几个国家，如英国、日本。我记得他曾气愤地对我们说："那时堂堂一个中国，竟连一首国歌都没有！我们到英国去接收我们中国购买的军舰，在举行接收典礼仪式时，他们竟奏一首《妈妈好糊涂》的民歌调子，作为中国的国歌，你看！"

　　甲午中日海战之役，父亲是"威远"舰上的枪炮二副，参加了海战。这艘军舰后来在威海卫被击沉了。父亲泅[4]到刘公岛，从那里又回到了福州。

　　我的母亲常常对我谈到那一段忧心如焚的生活。我的母亲杨福慈，十四岁时她的父母就相继去世，跟着她的叔父颂岩先生过活，十九岁嫁到了谢家。她的婚姻是在她九岁时由我的祖父和外祖父做诗谈文时说定的。结婚后小夫妻感情极好，因为我父亲长期在海上生活，"会少离多"，因此他们通信很勤，唱和的诗也不少。我只记得父亲写的一首七绝中的三句：

　　　　　　×××××××

此身何事学牵牛

燕山闽海遥相隔

会少离多不自由

　　甲午海战爆发后，因为海军里福州人很多，阵亡的也不少，因此我们住的这条街上，今天是这家糊上了白纸的门联，明天又是那家糊上白纸门联。母亲感到这副白纸门联，总有一天会糊到我们家的门上！她悄悄地买了一盒鸦片烟膏，藏在身上，准备一旦得到父亲阵亡的消息，她就服毒自尽。祖父看到了母亲沉默而悲哀的神情，就让我的两个堂姐姐，日夜守在母亲身旁。家里有人还到庙里去替我母亲求签，签上的话是：堂中寂寞恐难堪，若要重欢，除是一轮月上。

　　母亲半信半疑地把签纸收了起来。过了些日子，果然在一个明月当空的夜晚，听到有人敲门，母亲急忙去开门时，月光下看见了辗转归来的父亲！

　　母亲说："那时你父亲的脸，才有两个指头那么宽！"

　　从那时起，这一对年轻夫妻，在会少离多的六七年之后，才厮守了几个月。那时母亲和她的三个妯娌[5]，每人十天替大家庭轮流做饭，父亲便帮母亲劈柴、生火、打水，做个下手。不久，海军名宿萨鼎铭（镇冰）将军，就来了一封电报，把我父亲召出去了。

　　一九一二年，我在福州时期，考上了福州女子师范学校预科，第一次过起了学校生活。头几天我还很不惯，偷偷地流过许久眼泪，但我从来没有对任何人说过，怕大家庭里那些本来就不赞成女孩子上学的长辈们，会出来劝我辍学！但我很快地就交上了许多要好的同学。至今我还能顺老师上班点名的次序，背诵出十几个同学的名字。福州女师的地址，是在城内的花巷，是一所很大的旧家第宅，我记得我们课堂边有一个小池子，池边种着芭蕉。学校里还有一口很大的池塘，池上还有一道石桥，连接在两处亭馆之间。我们的校长是黄花岗七十二烈士中之一的方声洞先生的姐姐方君瑛女士。我们的作文老师是林步瀛[6]先生。在我快离开女师的时候，还来了一位教体操的日本女教师，姓石井的，她的名字我不记得了。我在这所学校只读了三个学期，中华民国成立后，海军部长黄钟瑛（赞侯），又来了一封电报，把父亲召出去了。不久，我们全家就到了北京。

对于故乡的回忆，只能写到这里，十几年来，我还没有这样地畅快挥写过！我的回忆像初融的春水，涌溢奔流。十几年来，睡眠也少了，"晓枕心气清"，这些回忆总是使人欢喜而又惆怅地在我心头反复涌现。这一幕一幕的图画或文字，都是我的弟弟们没有看过或听过的，即使他们看过听过，他们也不会记得懂得的，更不用说我的第二代第三代了。我有时想如果不把这些写记下来，将来这些图文就会和我的刻着印象的头脑一起消失。这是否可惜呢？但我同时又想，这些都是关于个人的东西，不留下或被忘却也许更好。这两种想法在我心里矛盾了许多年。

一九三六年冬，我在英国的伦敦，应英国女作家弗吉尼亚·沃尔夫（Virginia Woolf）之约，到她家喝茶。我们从伦敦的雾，中国和英国的小说、诗歌，一直谈到当时英国的英王退位和中国的西安事变。她忽然对我说："你应该写一本自传。"我摇头笑说："我们中国人没有写自传的风习，而且关于我自己也没有什么可写的。"她说："我倒不是要你写自己，而是要你把自己作为线索，把当地的一些社会现象贯穿起来，即使是关于个人的一些事情，也可作为后人参考的史料。"我当时没有说什么，谈锋又转到别处去了。

事情过去四十三年了，今天回想起来，觉得她的话也有些道理。"思想再解放一点"，我就把这些在我脑子里反复呈现的图画和文字，奔放自由地写在纸上。

记得在半个世纪之前，在我写《往事》（之一）的时候，曾在上面写过这么几句话：将这些往事移在白纸上罢——再回忆时不向心版上搜索了！

这几句话，现在还是可以应用的。把这些图画和文字，移在白纸上之后，我心里的确轻松多了！

注释

---

1. 自缢：zì yì。用绳索勒住自己的脖颈而死。俗称上吊。
2. 乌衣门第：乌衣巷是六朝时王谢两大望族的居住地。后指出身世家望族。
3. 林纾：纾，shū。林纾，（1852—1924）近代文学家、翻译家。福建闽县（今福州市）人。

4．泅：qiú。游泳。

5．妯娌：zhóu li。兄、弟之妻的合称。

6．瀛：yíng。海。这里是人名。

导读

　　冰心深爱着她的故乡。无论是烟台八年，还是定居北京，无论是留学美国，还是旅居日本，故乡的影子都追随着她。对于只居住了两年的故乡福州，冰心却倾注了极大的依恋之情，从《我的故乡》中处处可以找寻到她对故乡的深深爱恋。"我从父母亲口里听到的极其琐碎而又极其亲切动人的故事，都是以福州为背景的。"

　　在父亲的影响下，故乡在冰心的心里成了精神的归属圣地，一切关于福州的美，都在冰心的心灵世界里留下了印记：触动心灵的家世、题满院落的对联、父亲的言传身教、母亲的忠贞慈爱……这一切，都深深铭刻在冰心的心灵上，"十几年来，我还没有这样地畅快挥写过"，内心的情感终于得到抒发，她感到"心里的确轻松多了"。

我的童年

　　提到童年，总使人有些向往，不论童年生活是快乐，是悲哀，人们总觉得都是生命中最深刻的一段；有许多印象，许多习惯，深固的刻划在他的人格及气质上，而影响他的一生。

　　我的童年生活，在许多零碎的文字里，不自觉的已经描写了许多，当曼瑰对我提出这个题目的时候，我还觉得有兴味，而欣然执笔。

　　中年的人，不愿意再说些情感的话，虽然在回忆中充满了含泪的微笑，我只约略的画出我童年的环境和训练，以及遗留在我的嗜好或习惯上的一切，也许有些父母们愿意用来作参考。

　　先说到我的遗传：我的父亲是个海军将领，身体很好，我从不记得他在病榻上躺着过。我的祖父身体也很好，八十六岁无疾而终。我的母亲却很瘦弱，常常头痛，吐血——这吐血的症候，我也得到，不是肺结核，而是肺气枝涨大，过劳或操心，都会发作——因此我童年时代记忆所及的母亲，是个极温柔，极安静的女人，不是作活计，就是看书，她的生活是非常恬淡[1]的。

　　虽然母亲说过，我在会吐奶的时候，就吐过血，而在我的童年时代，并不曾发作过，我也不记得我那时生过什么大病，身体也好，精神也活泼，于是那七八年山陬海隅[2]的生活，我多半是父亲的孩子，而少半是母亲的女儿！

　　在我以先，母亲生过两个哥哥，都是一生下就夭折了，我的底下，还死去一个妹妹。我的大弟弟，比我小六岁。在大弟弟未生之前，我在家里是个独子。

　　环境把童年的我，造成一个"野孩子"，丝毫没有少女的气息。我们的家，总是住近海军兵营，或海军学校。四围没有和我同年龄的女伴，我没有玩过"娃娃"，没有学过针线，没有搽过脂粉，没有穿过鲜艳的衣服，没有戴过花。

　　反过来说，因着母亲的病弱，和家里的冷静，使得我整天跟在父亲的身边，参加了他的种种工作与活动，得到了连一般男子都得不到的经验。为一切方便起见，我总是男装，常着军服。父母叫我"阿哥"，弟弟们称呼我"哥哥"，弄得后来我自己也忘其所以了。

父亲办公的时候，也常常有人带我出去，我的游踪所及，是旗台，炮台，海军码头，火药库，龙王庙。我的谈伴是修理枪炮的工人，看守火药库的残废兵士，水手，军官，他们多半是山东人，和蔼而质朴，他们告诉我以许多海上新奇悲壮的故事。有时也遇见农夫和渔人，谈些山中海上的家常。那时除了我的母亲和父亲同事的太太们外，几乎轻易见不到一个女性。

四岁以后，开始认字。六七岁就和我的堂兄表兄们同在家里读书。他们比我大了四五岁，仍旧是玩不到一处，我常常一个人走到山上海边去。那是极其熟识的环境，一草一石，一沙一沫，我都有无限的亲切。我常常独步在沙岸上，看潮来的时候，仿佛天地都飘浮了起来！潮退的时候，仿佛海岸和我都被吸卷了去！童稚的心，对着这亲切的"伟大"，常常感到怔忡。黄昏时，休息的军号吹起，四山回响，声音凄壮而悠长，那熟识的调子，也使我莫名其妙的要下泪，我不觉得自己的"闷"，只觉得自己的"小"。

因着没有游伴，我很小就学习看书，得了个"好读书，不求甚解"的习惯。我的老师很爱我，常常教我背些诗句，我似懂似不懂的有时很能欣赏。比如那"前不见古人，后不见来者，念天地之悠悠，独怆然而涕下"，我独立山头的时候，就常常默诵它。

离我们最近的城市，就是烟台，父亲有时带我下去，赴宴会，逛天后宫，或是听戏。父亲并不喜听戏，只因那时我正看《三国》，父亲就到戏园里点戏给我听，如《草船借箭》、《群英会》、《华容道》等。看见书上的人物，走上舞台，虽然不懂得戏词，我也觉得很高兴。所以我至今还不讨厌京戏，而且我喜听须生，花脸，黑头的戏。

再大一点，学会了些精致的淘气，我的玩具已从铲子和沙桶，进步到蟋蟀罐同风筝，我收集美丽的小石子，在磁缸里养着，我学作诗，写章回小说，但都不能终篇，因为我的兴趣，仍在户外，低头伏案的时候很少。

父亲喜欢种花养狗，公余之暇，这是他唯一的消遣。因此我从小不怕动物，对于花木，更有普遍的爱好。母亲不喜欢狗，却也爱花，夏夜我们常常在豆棚花架下，饮啤酒，汽水，乘凉。母亲很早就进去休息，父亲便带我到旗台上去看星，他指点给我各个星座的名称和位置。他常常说："你看星星不是很多很小，而且离我们很远么？但是我们海上的人一时都离不了它。在海上迷路的时候看见星星就如同看见家人一样。"因此我至今爱星甚于爱月。

父亲又常常带我去参观军舰，指点给我军舰上的一切，我只觉得处处都是整齐，清洁，光亮，雪白；心里总有说不出的赞叹同羡慕。我也常得亲近父亲的许多好友，如萨镇冰先生，黄赞侯先生——民国第一任海军部长黄钟瑛上将——他们都是极严肃，同时又极慈蔼，生活是那样纪律，那样恬淡，他们也作诗，同父亲常常唱和，他们这一班人是当时文人所称为的"裘带歌壶，翩翩儒将[3]"。我当时的理想，是想学父亲，学父亲的这些好友，并不曾想到我的"性"阻止了我作他们的追随者。

这种生活一直连续到了十一岁，此后我们回到故乡——福州——去，生活起了很大的转变。我也不能不感谢这个转变！十岁以前的训练，若再继续下去，我就很容易变成一个男性的女人，心理也许就不会健全。因着这个转变，我才渐渐的从父亲身边走到母亲的怀里，而开始我的少女时期了。

童年的印象和事实，遗留在我的性格上的，第一是我对于人生态度的严肃，我喜欢整齐，纪律，清洁的生活，我怕看怕听放诞[4]，散漫，松懈的一切。

第二是我喜欢空阔高远的环境，我不怕寂寞，不怕静独，我愿意常将自己消失在空旷辽阔之中。因此一到了野外，就如同回到了故乡，我不喜城居，怕应酬，我没有城市的嗜好。

第三是我不喜欢穿鲜艳颜色的衣服，我喜欢的是黑色，蓝色，灰色，白色。有时母亲也勉强我穿过一两次稍为鲜艳的衣服，我总觉得很忸怩[5]，很不自然，穿上立刻就要脱去，关于这一点，我觉得完全是习惯的关系，其实在美好的品味之下，少女爱好天然，是应该"打扮"的！

第四是我喜欢爽快，坦白，自然的交往。我很难勉强我自己做些不愿意做的事，见些不愿意见的人，吃些不愿意吃的饭！母亲常说这是"任性"之一种，不能成为"伟大"的人格。

第五是我一生对于军人普遍的尊敬，军人在我心中是高尚，勇敢，纪律的结晶。关系军队的一切，我也都感到兴趣。

说到童年，我常常感谢我的好父母，他们养成我一种恬淡，"返乎自然"的习惯，他们给我一个快乐清洁的环境，因此，在任何环境里都能自足，知足。我尊敬生命，宝爱生命，我对于人类没有怨恨，我觉得许多缺憾是可以改进的，只要人们有决心，肯努力。

这不是一件容易事，因为生命是一张白纸，他的本质无所谓痛苦，也无所谓快乐。我们的人生观，都是环境形成的。相信人生是向上的人，自己有了勇气，别人也因而快乐。

我不但常常感念我的父母，我也常常警惕我们应当怎样做父母。

1942年3月27日，歌乐山

注释

1. 恬淡：tián dàn。清静淡泊。
2. 山陬海隅：shān zōu hǎi yú。山、海的角落。指偏僻边远的地方。
3. 裘带歌壶，翩翩儒将：裘带：轻裘博带，古代达官贵人的服饰。歌：歌咏舞蹈。壶：投壶，古代士大夫宴饮时做的一种投掷游戏。翩翩：有风度的样子。儒将：有学识、风度儒雅的将帅。
4. 放诞：fàng dàn。行为放纵，言语荒唐。
5. 忸怩：niǔ ní。形容害羞，不好意思，不大方的样子。

导读

冰心共写过两篇题为《我的童年》的散文，另一篇写于1979年7月4日。

本文中冰心回忆了值得怀念的童年，一个"野孩子"的童年。由于她的父亲是一位海军将领，环境的影响使童年的冰心"丝毫没有少女的气息"，她的童年几乎是穿着军装，在海边、军舰上度过的，她所接触的人，除了母亲外，也几乎没有一位女性，童年的冰心像男孩子一样淘气。当然，从小就爱好学习的冰心也忘不了读书学习，而且还得了个"好读书，不求甚解"的习惯……

父母的良好教育使冰心养成了恬淡的"返乎自然"的习惯，在任何环境下都能自足，知足。

"这不是一件容易事，因为生命是一张白纸……"冰心在文末忠告天下父母应"常常警惕我们应当怎样做父母"。

我到了北京

大概是在一九一三年初秋，我到了北京。

中华民国成立后，海军部长黄钟瑛打电报把我父亲召到北京，来担任海军部军学司长。父亲自己先去到任，母亲带着我们姐弟四个，几个月后才由舅舅护送着，来到北京。

实话说，我对北京的感情，是随着居住的年月而增加的。我从海阔天空的烟台，山青水秀的福州，到了我从小从舅舅那里听到的腐朽破烂的清政府所在地——北京，我是没有企望和兴奋的心情的。当轮船缓慢地驶进大沽口十八湾的时候，那浑黄的河水和浅浅的河滩，都给我以一种抑郁烦躁的感觉。从天津到北京，一路上青少黄多的田亩，一望无际，也没有引起我的兴趣！到了北京东车站，父亲来接，我们坐上马车，我眼前掠过的，就是高而厚的灰色的城墙，尘沙飞扬的黄土铺成的大道，匆忙而又迁缓的行人和流汗的人力车夫的奔走，在我茫然漠然的心情之中，马车已把我送到了一住十六年的"新居"，北京东城铁狮子胡同中剪子巷十四号。

这是一个不大的门面，就像天津出版社印的老舍先生的《四世同堂》的封面画。是典型的北京中等人家的住宅。大门左边的门框上，挂着黑底金字的"齐宅"牌子。进门右边的两扇门内，是房东齐家的住处。往左走过一个小小的长方形外院，从朝南的四扇门进去，是个不大的三合院，便是我们的"家"了。

这个三合院，北房三间，外面有廊子，里面有带砖炕的东西两个套间。东西厢房各三间，都是两明一暗，东厢房作了客厅和父亲的书房，西厢房成了舅舅的居室和弟弟们读书的地方。从北房廊前的东边过去，还有个很小的院子，这里有厨房和厨师父的屋子，后面有一个蹲坑的厕所。北屋后面西边靠墙有一座极小的两层"楼"，上面供的是财神，下面供的是狐仙！

我们住的北房，除东西套间外，那两明一暗的正房，有玻璃后窗，还有雕花的"隔扇"，这隔扇上的小木框里，都嵌着一幅画或一首诗。这是我在烟台或福州的房子里所没有的装饰，我很喜欢这个装饰！框里的画，是水墨或彩色的花卉山水，诗就多半是我看过的《唐诗三百首》中的句子，也有的是我以后在前人诗集中找到的。其中只有一首，是我从来没有遇见过的，那是一首七律：

> 飘然高唱入层云
> 风急天高忽断闻
> 难解乱丝唯勿理
> 善存余焰不教焚
> 事当路口三叉误
> 人便江头九派分
> 今日始知吾左计
> 枉亲书剑负耕耘

我觉得这首诗很有哲理意味。

我们在这院子里住了十六年！这里面堆积了许多我对于我们家和北京的最初的回忆。

我最初接触的北京人，是我们的房东齐家。我们到的第二天，齐老太太就带着她的四姑娘，过来拜访。她称我的父母亲为"大叔"，"大婶"，称我们为姑娘和学生（现在我会用"您"字，就是从她们学来的）。齐老太太常来请我母亲到她家打牌，或出去听戏。母亲体弱，又不惯于这种应酬，婉言辞谢了几次之后，她来的便少了。我倒是和她们去东安市场的吉祥园，听了几次戏，我还赶上了听杨小楼先生演黄天霸的戏，戏名我忘了。我又从"汾河湾"那出戏里，第一次看到了梅兰芳先生。

我常被领到齐家去，她们院里也有三间北屋和东西各一间的厢房。屋里生的是大的铜的煤球炉子，很暖。她家的客人很多，客人来了就打麻雀牌，抽纸烟。四姑娘也和他们一起打牌吸烟，她只不过比我大两三岁！

齐家是旗人，他本来姓"祈"（后来我听到一位给母亲看病的满族中医讲到，旗人有八个姓。就是童、关、马、索、祈、富、安、郎），到了民国，旗人多改汉姓，他们就姓了"齐"。他们家是老太太当权，齐老先生和他们的小脚儿媳，低头出入，忙着干活，很少说话。后来听人说，这位齐老太太从前是一个王府的"奶子"，她攒下钱盖的这所房子。我总觉得她和我们家门口大院西边那所大宅的主人有关系。这所大宅子的前门开在铁狮子胡同，后门就在我们门口大院的西边。常常有穿着鲜艳的旗袍和坎肩，梳着"两把头"，后有很长的"燕尾儿"，脚登高底鞋的贵妇人出来进去的。她们彼此见面，就不住地请安问好，寒暄半天，我远远看着觉得十分有趣。但这些贵妇人，从来没有到齐家来过。

就这样，我所接触的只是我家院内外的一切，我的天地比从前的狭仄冷清多了，幸而我的父亲是个不甘寂寞的人，他在小院里砌上花台，下了"衙门"（北京人称上班为上衙门！）便卷起袖子来种花。我们在外头那个长方形的院子里，还搭起一个葡萄架子，把从烟台寄来的葡萄秧子栽上。后来父亲的花园渐渐扩大到大门以外。他在门口种了些野茉莉、蜀葵之类容易生长的花朵，还立起了一个秋千架。周围的孩子就常来看花，打秋千，他们把这大院称作"谢家大院"。

"谢家大院"是周围的孩子们集会的地方，放风筝的、抖空竹的、跳绳踢毽子的、练自行车的……热闹得很，因此也常有"打糖锣的"的担子歇在那里，锣声一响，弟弟们就都往外跑，我便也跟了出去。这担子里包罗万象，有糖球、面具、风筝、刀枪等等，价钱也很便宜。这糖锣担子给我的印象很深！前几年我认识一位面人张，他捏了一尊寿星送我，我把这尊寿星送给一位英国朋友——一位人类学者，我又特烦面人张给我捏一副"打糖锣的"的担子，把它摆在我玻璃书架里面，来锁住我少年时代的一幅画境。

总起来说，我初到北京的那一段生活，是陌生而乏味的。"山中岁月"、"海上心情"固然没有了，而"辇下[1]风光"我也没有领略到多少！那时故宫、景山和北海等处，还都没有开放，其他的名胜地区，我记得也没有去过。只有一次和弟弟们由舅舅带着逛了隆福寺市场，这对我也是一件新鲜事物！市场里熙来攘往[2]，万头攒动。栉比鳞次[3]的摊子上，卖什么的都有，古董、衣服、吃的、用的五光十色；除了做买卖的，还有练武的、变戏法的、说书的……我们的注意力却集中在玩具摊上！我记得最清楚的是棕人铜盘戏出。这是一种纸糊的戏装小人，最精采的是武将，头上插着翎毛，背后扎着四面小旗，全副盔甲，衣袍底下却是一圈棕子，这些戏装小人都放在一个大铜盘上。耍的人一敲那铜盘子，个个棕人都旋转起来，刀来枪往，煞是好看。

父亲到了北京以后，似乎消沉多了，他当然不会带我上"衙门"，其他的地方，他也不爱去，因此我也很少出门。这一年里我似乎长大了许多！因为这时围绕着我的，不是那些堂的或表的姐妹弟兄，而只是三个比我小得多的弟弟，岁时节序，就显得冷清许多。二来因为我追随父亲的机会少了，我自然而然地成了母亲的女儿。我不但学会了替母亲梳头（母亲那时已经感到臂腕酸痛），而且也分担了一些家务，我才知道"过日子"是一件很操心、很不容易对付的事！这时我也常看母亲订阅的各种杂志，如商务印书馆出版的《妇女杂志》，《小说月报》和《东方杂志》等，我就是从《妇女杂志》的文苑栏内，首先接触到"词"这种诗歌形式的。我的舅舅杨子敬先生做了弟弟们的塾师，他并没有叫我参加学习，我白天帮母亲做些家务，学些针黹[4]，晚上就在堂屋的方桌边，和三个弟弟各据一方，帮他们温习功课，他们倦了就给他们讲些故事，也领他们做些游戏，如"老鹰抓小鸡"之类，自己觉得俨然是个小先生了。

弟弟们睡觉以后，我自己孤单地坐着，听到的不是高亢的军号，而是墙外的悠长而凄清的叫卖"羊头肉"或是"赛梨的萝卜"的声音，再不就是一声声算命瞎子敲的小锣，敲得人心头打颤，使我彷徨而烦闷！

写到这里，我微微起了感喟。我的生命的列车，一直是沿着海岸飞驰，虽然山回路转，离开了空阔的海天，我还看到了柳暗花明的村落。而走到北京的最初一段，却如同列车进入隧道，窗外黑糊糊的，车窗关上了，车厢里的电灯亮了，我的眼光收了回来，在一圈黄黄的灯影下，我仔细端详了车厢里的人和物，也端详了自己……

北京头一年的时光，是我生命路上第一段短短的隧道，这种黑糊糊的隧道，以后当然也还有，而且更长，不过我已经长大成人了！

1981年6月16日

注释

1. 辇下：辇，niǎn。皇帝辇毂（gǔ）之下，京城的代称。
2. 熙来攘往：xī lái rǎng wǎng。形容人来人往，非常热闹拥挤。
3. 栉比鳞次：zhì bǐ lín cì。比，排列。像梳齿和鱼鳞那样整齐地排列着。

4. 针黹：zhēn zhǐ。指缝纫、刺绣等针线工作。

导读

　　作者在文章中回忆了刚到北京的感受，"高而厚的灰色的城墙，尘沙飞扬的黄土铺成的大道，匆忙而又迂缓的行人和流汗的人力车夫的奔走"，与童年生活过的"海阔天空的烟台，山青水秀的福州"形成了鲜明的对比。

　　当然，也有许多极具北京特色的人、事、物，给她留下了非常深刻的印象：三合院、房东老太太、"打糖锣的"、棕人铜盘戏，等等。冰心在小小年纪时便开始替母亲分担家务，照顾年幼的弟弟们。生活的历练，使冰心很快成长起来了。

　　"北京头一年的时光，是我生命路上第一段短短的隧道"，这种突如其来的"黑暗"的感觉使冰心学会审视自己，开始长大。

我入了贝满中斋

我在北京闲居了半年，家里的大人们都没有提起我入学的事，似乎大家都在努力适应这陌生而古老的环境。我忍耐不住了，就在一个夏天的晚上，向我的舅舅杨子敬先生提出我要上学。那时他除了在家里教我的弟弟们读书以外，也十分无聊，在生疏的北京，又不知道有什么正当的娱乐场所，他就常到米市大街基督教青年会去看书报、打球，和青年会干事们交上朋友（他还让我的大弟谢为涵和他自己的儿子杨建辰到青年会夜校去读英文）。当我舅舅向他的青年会干事朋友打听有什么好的女子中学的时候，他们就介绍了离我们家最近的东城灯市口公理会的贝满女子中学。

我的父母并不反对我入教会学校，因为我的二伯父谢葆璃（穆如）先生，就在福州仓前山的英华书院教中文，那也是一所教会学校，二伯父的儿子，我的堂兄谢为枢，就在那里读书。仿佛除了教学和上学之外，并没有勉强他们入教。英华书院的男女教师，都是传教士，也到我们福州家里来过。还因为在我上面有两个哥哥，都是接生婆接的，她的接生器具没有经过消毒，他们都得了脐带疯而夭折了。于是在我和三个弟弟出生的时候，父亲就去请教会医院的女医生来接生。我还记得给我弟弟们接生的美国女医生，身上穿的都是中国式的上衣和裙子，不过头上戴着帽子，脚下穿着皮鞋。在弟弟们满月以前，她们还自动来看望过，都是从山下走上来的。因此父母亲对她们的印象很好。父亲说：教会学校的教学是认真的，英文的口语也纯正，你去上学也好。

于是在一九一四年的秋天，舅舅就带我到贝满女子中学去报名。

那时的贝满女中是在灯市口公理会大院内西北角的一组曲尺形的楼房里。在曲尺的转折处，东南面的楼壁上，有横写的四个金字"贝满中斋"——那时教会学校用的都是中国传统的名称：中学称中斋，大学称书院，小学称蒙学。公理会就有培元蒙学（六年）、贝满中斋（四年）、协和女子书院（四年），因为在通县还有一所男子协和书院，女子书院才加上"女子"二字。这所贝满中斋是美国人姓 Bridgeman 的捐款建立的，"贝满"是

Bridgeman 的译音——走上十级左右的台阶，便进到楼道左边的一间办公室。有位中年的美国女教士，就是校长吧，把我领到一间课室里，递给我一道中文老师出的论说题目，是"学然后知不足"。这题目是我在家塾中做过的，于是我不费思索，一挥而就。校长斐教士十分惊奇叹赏，对我舅舅说："她可以插入一年级，明天就交费上学吧。"考试和入学的手续是那样地简单，真出乎我们意料之外，我是又高兴而又不安。

第二天我就带着一学期的学费（十六元）去上学了。到校后检查书包，那十六元钱不见了，在校长室里我窘得几乎落下泪来。斐教士安慰我说："不要紧的，丢了就不必交了。"我说："那不好，我明天一定来补交。"这时斐教士按了电铃，对进来的一位老太太说："叫陶玲来。"不久门外便进来一个二年级的同学——一个能说会道、大大咧咧的满族女孩子，也就是这个陶玲，一直叫我"小谢"，叫到了我八十二岁——她把我带进楼上的大课堂，这大堂上面有讲台，下面有好几排两人同桌的座位，是全校学生自修和开会的地方。我被引到一年级的座位上坐下。这大堂里坐着许多这时不上课的同学，都在低首用功，静默得没有一点声息。上了一两堂课，到了午饭时间，我仍是羞怯地坐在自己的座位上。同学们都走了，我也不敢自动跟了去。下午放了学，就赶紧抱起书包回家。上学的第一天就不顺利，既丢了学费，又没有吃到午饭，心里十分抑郁，回到家里就哭了一场！

第二天我补交了学费。特意来送我上学的、我的二弟的奶娘，还找到学校传达室那位老太太说了昨天我没吃到午饭的事。她笑了，于是到了午饭时间，仍是那个爱说爱笑的斋二同学陶玲，带我到楼下一个大餐厅的内间，那是走读生们用饭的地方。伙食不错，米饭，四菜一汤，算是"小灶"吧。这时外面大餐厅里响起了"谢饭"的歌声，住校的同学们几乎都在那里用饭。她们站着唱歌，唱完才坐下吃。吃的是馒头、窝头，饭菜也很简单。

同学们慢慢地和我熟了，我发现她们几乎都是基督教徒，从保定、通县和北京或外省的公理会女子小学升上来的，也几乎都是住校。她们都很拘谨、严肃，衣着都是蓝衣青裙，十分朴素。刚上学的一个月，我感到很拘束，很郁闷。圣经课对我本来是陌生的，那时候读的又是《列王纪》，是犹太国古王朝的历史，枯燥无味。算术学的又是代数，我在福州女子师范学校预科只学到加减乘除，中间缺了一大段。第一次月考，我只得 62 分，不及格！这"不及格"是从我读书以来未曾有过的，给我的刺激很大！我曾把它写在《关于女人》中《我的教师》一段里。这位教师是丁淑静,她教过我历史、地理、地质等课。但她不是我的代数教师,也没有给我补过课,其他的描写,还都是事实。以后在一九一五年的暑假里,由培元蒙学的一位数学教师,给我补了这一段空白。但是其他课目,连圣经、英文我的分数几乎都不在95分以下,作文老师还给过我 100 加 20 的分数。

慢慢地高班的同学们也和我熟了,女孩子究竟是女孩子,她们也很淘气,很爱开玩笑。她们叫我"小碗儿",因为学名是谢婉莹;叫我"侉子[1]",因为我开始在班里回答问题的时候,用的是道地的烟台话,教师听不懂,就叫我在黑板上写出答案。同学中间到了能开玩笑的地步,就表示出我们之间已经亲密无间。我不但喜爱她们,也更学习她们的刻苦用功。我们用的课本,都是教会学校系统自己编的,大半是从英文课本翻译过来的,比如在代数的习题里就有"四开银角"的名词,我们都算不出来。直到一九二三年我到美国留学,用过 quarter,那是两角五分的银币,一元钱的四分之一,中国没有这种币制。我们的历史教科书,是从《资治通鉴》摘编的"鉴史辑要"。只有英文用的是商务印书馆的课本,也是从 A Boy A Peach 开始,教师是美国人芬教士,她很年轻,刚从美国来,汉语不太娴熟[2],常用简单的英语和我们谈笑,因此我们的英文进步得比较快。

我们每天上午除上课外,最后半小时还有一个聚会,多半是本校的中美教师或公理会的牧师来给我"讲道"。此外就是星期天的"查经班",把校里的非基督徒学生,不分班次地编在一起,在到公理会教堂做礼拜以前,由协和女子书院的校长麦教士,给我们讲半小时的圣经故事。查经班和做大礼拜对我都是负担,因为只有星期天我才能和父母亲和弟弟们整天在一起,或帮母亲做些家务,我就常常托故不去。但在查经班里有许多我喜欢的同学,如斋二的陶玲、斋三的陈克俊等,我尤其喜欢陈克俊。在贝满中斋和以后在协和女子大学同学时期,我们常常一起参加表演,我在《关于女人》里写的《我的同学》,就是陈克俊。

在贝满还有 个集体活动,是每星期三下午的"文学会",是同学们练习演讲辩论的集会。这会是在大课堂里开的。讲台上有主席,主持并宣告节目;还有书记,记录开会过程;台下有记时员,她的桌上放一只记时钟,讲话的人过了时间,她就叩钟催她下台。节目有读报、演说、辩论等。辩论是四个人来辩论一个题目,正反面各有两人,交替着上台辩论。大会结束后，主席就请坐在台傍旁听的教师讲几句评论的话。我开始非常害怕这个集会。第一次是让我读报，我走上台去，看见台下有上百对的眼睛盯着我看，我窘得急急忙忙地把那一段报读完，就跑回位上去，用双手把通红的脸捂了起来，同学们都看着我笑。一年下来，我逐渐磨练出来了，而且还喜欢有这个发表意见的机会。我觉得这训练很好，使我以后在群众的场合，敢于从容地作即席发言。

我入学不久，就遇到贝满中斋建校五十年的纪念，我是个小班学生，又是走读，别的庆祝活动，我都没有印象了。只记得那一天有许多来宾和校友来观看我们班的体操表演。体育教师是一个美国人，她叫我们做下肢运动的口令是"左脚往左撇，回来！右脚往右撇，回来！"我们大家使劲忍着笑，把嘴唇都咬破了！

第一学年的下半季，一九一五年的一月日本军国政府向袁世凯政府提出了灭亡中国的"二十一条"，五月七日又提出了"最后通牒[3]"，那时袁世凯正密谋称帝，想换取日帝对他的支持，在五月九日公然接受了日本的要求。这遭到了全国人民的强烈反对，各地掀起了大规模的讨袁抗日爱国运动。我们也是群情愤激，和全北京的学生在一起，冲出校门，由我们学生会的主席、斋四同学李德全带领着，排队游行到了中央公园（现在的中山公园），在万人如海的讲台上，李德全同学慷慨陈词，我记得她愤怒地说："别轻看我们中国人！我们四万万人一人一口唾沫，还会把日本兵淹死呢！"我们纷纷交上了爱国捐，还宣誓不买日货。我满怀悲愤地回到家来，正看见父亲沉默地在书房墙上贴上一张白纸，是用岳飞笔迹横写的"五月七日之事"六个大字。父亲和我都含着泪，久久地站在这幅横披的下面，我们互相勉励永远不忘这个国耻纪念日！

到了一九一五年的十二月十二日，那是我在斋二这年的上半季，袁世凯公然称帝了，改民国五年为"洪宪"元年，他还封副总统黎元洪为"武义亲王"，把他软禁在中南海的瀛台里。黎元洪和我父亲是紫竹林水师学堂的同级生，不过我父亲学的是驾驶，他学的是管轮，许多年来，没有什么来往。民国成立后，他当了副总统，住东厂胡同，他曾请我父亲去玩，父亲都没有去。这时他住进了瀛台，父亲倒有时去看他，说是同他在木炕上下棋——我从来不知道父亲会下棋——每次去看他以前，父亲都在制服呢裤下面多穿一条绒布裤子，说是那里房内很冷。

这时全国又掀起了"护国运动",袁世凯的皇帝梦只做了八十三天就破灭了。校园内暂时恢复了平静。我们的圣经课已从《旧约》读到了《新约》,我从《福音》书里了解了耶稣基督这个"人"。我看到一个穷苦木匠家庭的私生子,竟然能有那么多信从他的人,而且因为宣传"爱人如己",而被残酷地钉在十字架上,这个形象是可敬的。但我对于"三位一体"、"复活"等这类宣讲,都不相信,也没有入教做个信徒。

贝满中斋的课外活动,本来很少,在我斋三那一年,一九一七年的暑假,我和一些同学参加了女青年会在西山卧佛寺举办的夏令会。我们坐洋车到了西直门,改骑小驴去西山。这是我到北京以后的第一次郊游,我感到十分兴奋。忆起童年骑马的快事,便把小驴当成大马,在土路上扬鞭驰骋[4],同学当中我是第一个到达卧佛寺的!在会上我们除开会之外还游了山景,结识了许多其他女校的同学,如天津的中西女校的学生。她们的衣着比我们讲究。我记得当女青年会干事们让陈克俊和我在一个节目里表演"天使"的时候,白绸子衣裙就是向中西女校的同学借的。

开完会回家,北京市面已是乱哄哄的了。谣言很多,说是南北军阀之间正在酝酿[5]什么大事,张勋的辫子军要进京调停。辫子军纪律极坏,来了就会到人家骚扰。父亲考虑后就让母亲带我们姐弟,到烟台去暂避一时。

我最喜欢海行,可是这次从塘沽到烟台的船上,竟拥挤得使我们只买到货舱的票。下到沉黑的货舱,里面摆的是满舱的大木桶。我们只好在凸凹不平的桶面上铺上席子。母亲一边挥汗,一边还替我们打扇。过了黑暗、炎热、窒息、饥渴的几十小时,好容易船停了,钻出舱来,呼吸着迎面的海风,举目四望,童年的海山,又罗列在我面前,心里真不知是悲是喜!

父亲的朋友、烟台海军学校校长曾恭甫伯伯,来接我们。让我们住在从前房子的西半边。在烟台这一段短短时间里,我还带弟弟们到海边去玩了几次,在《往事(一)》中也描写过我当时的心境。人大了些,海似乎也小些了,但对面芝罘岛上灯塔的灯光,却和以前一样,一闪一闪地在我心上跳跃!

复辟的丑剧,从一九一七年七月一日起,只演了十二天,我们很快就回到北京,准备上学。

贝满中斋扎扎实实的四个年头过去了,一九一八年的夏天,我们毕业时全班只有十八个人。我以最高的分数,按照学校的传统,编写了"辞师别友"的歌词，在毕业会上做了"辞师别友"的演说。我的同班从各教会中学升上来的，从此多半都回到母校去教书，风流云散了！只有我和吴搂梅、邝淑贞和她的妹妹，我们这些没有教学的义务的，升入了协和女子大学预科。

我以十分激动的心情，来写这四年认真严肃的生活。这训练的确约束了我的"野性"，使我在进入大学的丰富多彩的生活以前，准备好一个比较稳静的起步。

1984年3月14日

（本篇最初发表于《收获》1984年第4期）

注释

1．侉子：kuǎ zi。口音跟本地语音不同的外乡人。多含贬义。
2．娴熟：xián shú。老练或灵活，形容对某种事物或工作很熟练。
3．最后通牒：在谈判破裂前的"最后的话"，通常是一个团体对另一个团体提出某种条件或绝对要求，限在一定时间内接受其条件和要求，否则就要使用某种强制手段，包括断绝外交关系，封锁，抵制或使用武力。按照国际惯例，一国在对他国发出最后通牒前，必须事前就两国之间的争端举行和平外交谈判，否则就是违反国际法。
4．驰骋：chí chěng。骑马奔跑；奔驰。
5．酝酿：yùn niàng。造酒的发酵过程，比喻做准备工作。

导读

作者回忆了自己在贝满中学读书的四年光阴，记述了许多难忘的细节，包括学校的来历、同学以及师生之间的趣事等，当然，最令作者印象深刻的是当时的政治事件，如中日条约、袁世凯称帝、张勋复辟等，都在作者幼小而逐渐成熟的心灵中留下了难以磨灭的印记。

我的大学生涯

　　我在国内的大学生涯，在我的短文里，写得最少的，就是这一段，而在我的回忆中，最惬意的也就是这一段，提起笔来，就说个没完没了……

　　我从贝满女中毕了业，就直接升入了协和女子大学。我选的是理预科，因为我一心一意想学医，对于数、理、化的功课，十分用功，成绩也好。至于中文呢，因为那时教会学校请的中文老师，多半是前清的秀才或举人，讲的都是我在家塾里或自己读过的古文，他们讲书时也不会旁征博引，十分无趣。

　　在理预科学习了大半年，到了第二年一九一九年——五四运动起来了，我虽然是个班次很低的"大学生"，也一下子被卷进了这兴奋而伟大的运动。关于这一段我写过不少，在此就不多说了。我要说的就是我因为参加运动又开始写些东西，耽误了许许多多理科实验的功课，幸而理科老师们还能体谅我，我敷敷衍衍[1]地读完了两年理科，就转入文科，还升了一班！

　　改入文科以后，功课就轻松多了！就是这一年——一九二〇年，协和女子大学，同通州潞河大学和北京的协和大学合并成燕京大学。校长是司徒雷登。我们协和女子大学就改称"燕大女校"。有的功课是在男校上课，如哲学、教育学等，有的是在女校上的，如社会学、心理学等。在男校上课时，我们就都到男校所在地的盔甲厂去。当时男女合校还是一件很新鲜的事，因此我们都很拘谨[2]，在到男校上课以前，都注意把头上戴的玫瑰花蕊摘下。在上课前后，也轻易不同男同学交谈。他们似乎也很腼腆[3]。一般上课时我们都安静地坐在第一排，但当坐在我们后面的男同学，把脚放在我们椅子下面的横杠上，籁籁[4]抖动的时候，我们就使劲儿地把椅子往前一拉，他们的脚就忽然砰的一声砸到地上。我们自然没有回头，但都忍住笑，也不知道他们伸出舌头笑了没有？

　　但是我们几个在全校的学生会里有职务的人，都不免常和男生接触，如校刊编辑部、班会等。我们常常开会，那时女校还有"监护人"制度，无论是白天或晚上，几个人或几十个人，我们的会场座后，总会有一位老师，多半是女教师，她自己拿着一本书在静静地看。这一切，连老师带学生都觉得又无聊，又可笑！

我是不怕男孩子的！自小同表哥哥、堂哥哥们同在惯了，每次吵嘴打架都是我得了"最后胜利"，回到家里，往往有我弟弟们的同学十几个男孩子围着我转。只是我的女同学们都很谦让，我也不敢"冒尖"，但是后来熟了以后，男同学们当面都说我"厉害"，说这些话的，就是许地山、瞿世英（菊农）、熊佛西这些人，他们同我后来也成了好朋友。

这时我在燕大女校"学生自治会"里，任务也多得很！自治会里有许多委员会——甚至有伙食委员会！因为我没有住校，自然不会叫我参加，但是其他的委员会，我就都被派上了！那时我们最热心的就是做社会福利工作，而每兴办一项福利工作，都得"自治会"自己筹款。最方便而容易的，就是演戏卖票！我记得我们演过许多莎士比亚的戏，如《威尼斯商人》、《第十二夜》等等，那时我们英文班里正读着莎士比亚，美国女教师们都十分热心地帮助我们排练，设计服装、道具等等，我们演得也很认真卖力，记得有一次鲁迅先生和俄国盲诗人爱罗先珂来看过我们的戏——忘了是哪一出——鲁迅先生写过文章说爱罗先珂先生说我们演得比当时北京大学的某一出戏好得多。因此他和北大同学还引起了一番争论，北大同学说爱罗先珂先生是个盲人，怎能"看"出戏的好坏？我和鲁迅先生只谈过一次话，还是很短的，因为我负责请名人演讲，我记得请过鲁迅先生、胡适先生，还有吴贻芳先生……我主持演讲会，向听众同学介绍了主讲人以后，就只坐在讲台下听讲了——我和鲁迅先生的接触，就这么一次，我也不知道鲁迅先生是从哪一位同学手里买到戏票的。

这次演剧筹款似乎是我们要为学校附近佟府夹道的不识字的妇女们，义务开办一个"注音字母"学习班。自治会派我去当校长。我自己就没有学过注音字母，但是被委为校长，就意味着把找"校舍"——其实就是租用街道上一间空屋——招生、请老师——也就是请一个会教注音字母的同学——都由我包办下来。这一切，居然都很顺利。开学那一天，我去"训话"，看到讲台前坐的都是中年妇女。只前排右首坐着一个十分聪明俊俏的姑娘，听课后我过去和她搭话，她说："我叫佟志云，十八岁，我识得字，只不过也想学学注音字母。"我想她可能是佟王后裔。她问我："校长，你多大年纪了？"我笑着说："反正比你大几岁！"

　　这时燕大女校已经和美国威尔斯利（Wellesley College）女子大学结成"姐妹学校"。我们女校里有好几位教师，都是威校的毕业生。忘了是哪一年，总在二十年代初期吧，威校的女校长来到我们校里访问，住了几天，受到盛大的欢迎。有一天她——我忘了她的名字——忽然提出要看看古老北京的婚礼仪式，女校主任就让学生们表演一次，给她开开眼。这事自然又落到我们自治会委员身上，除了不坐轿子以外，其他服装如凤冠霞帔[5]、靴子、马褂之类，也都很容易地借来了，只是在演员的分配上，谁都不肯当新娘。我又是主管这个任务的人，我就急了，我说："这又不是真的，只是逢场做戏而已。你们都不当，我也不等'父母之命，媒妁之言[6]'，我就当了！"于是我扮演了新娘。凌淑浩——凌淑华的妹妹，当了新郎。送新太太是陈克俊和谢兰蕙。扮演公公、婆婆的是一位张大姐和一位李大姐，都是高班的学生，至今我还记得她们的面庞。她们以后在演比利时作家梅特林克的童话剧《青鸟》中，还是当了我的爷爷和奶奶，可是她们的名字，我苦忆了半天也想不起来！

　　那夜在女校教职员宿舍院里，大大热闹了一阵，又放鞭炮，又奏鼓乐。我们磕了不少的头！演到坐床撒帐的时候，我和淑浩在帐子里面都忍不住笑了起来，急得克俊和兰蕙直捂着我们的嘴！

　　总之，我的大学生涯是够忙碌热闹的，但我却没有因此而耽误了学习和写作。我的老师们对我都很好，尤其是我的英文老师鲍贵思（Grace Boynton）在我毕业的那一年春季，她就对我说，威尔斯利女大已决定给我两年的奖学金——就是每年八百美金的学、宿、膳费，让我读硕士学位，我当然愿意。但我想一去两年，不知这两年之中，我的体弱多病的母亲，会不会出什么意外？我对家里什么人都没有讲过我的忧虑，只悄悄地问过我们最熟悉的医生孙彦科大夫，他是我小舅舅杨子玉先生的挚友，小舅舅介绍他来给母亲看过病。后来因为孙大夫每次到别处出诊路过我家，也必进来探望，我们熟极了。他称我父亲为"三哥"，母亲为"三嫂"，有时只有我们孩子们在家，他也坐下和我们说笑。我问他我母亲身体不好，我能否离家两年之久？他笑了说："当然可以，你母亲的身体不算太坏，凡事有我负责。"同时鲍女士还给我父亲写了信，问他让不让我去？父亲很客气地回了她一封信，说只要她认为我不会辜负她母校的栽培，他是同意我去美国的。这一切当时我还不好意思向同学们公开，依旧忙我的课外社会福利工作。

　　一九二三年的春季，我该忙我的毕业论文了。文科里的中国文学老师是周作人先生。他给我们讲现代文学，有时还讲到我的小诗和散文，我也只低头听着，课外他也从来没有同我谈过话。这时因为必须写毕业论文，我想自己对元代戏曲很不熟悉，正好趁着写论文机会，读些戏曲和参考书。我把论文题目《元代的戏曲》和文章大纲，拿去给周先生审阅。他一字没改就退回给我，说"你就写吧"。于是在同班们几乎都已交出论文之后，我才匆匆忙忙地把毕业论文交了上去。

　　就在这时我的吐血的病又发作了。我母亲也有这个病，每当身体累了或是心绪不好，她就会吐血。我这次的病不消说，是我即将离家的留恋之情的表现。老师们和父母都十分着急。带我到协和医院去检查。结果从透视和其他方面，都找不出有肺病的症状。医生断定是肺气枝涨大，不算什么大病症。那时我的考上协和医学院的同学们和林巧稚大夫——她也还是学生，都半开玩笑地和我说："这是天才病！不要胡思乱想，心绪稳定下来就好了。"

　　于是我一面预备行装，一面结束学业。在毕业典礼台上，我除了得到一张学士文凭之外，还意外地得到了一把荣誉奖的金钥匙。

　　这一年的八月三日，我离开北京到上海准备去美。临行以前，我的弟弟们和他们的小朋友们，再三要求我常给他们写信，我答应了。这就是我写那本《寄小读者》的"灵感"！

　　八月十七日，美国邮船杰克逊总统号就把带着满腔离愁的我，从"可爱的海棠叶形的祖国"载走了！

注释

1. 敷衍：fū yǎn。做事不负责任或待人不恳切，只做表面上的应付。
2. 拘谨：jū jǐn。拘束谨慎；拘束而不自然。
3. 腼腆：miǎn tiǎn。害羞，举止不自然。
4. 簌簌：sù sù。这里是象声词。
5. 凤冠霞帔：fèng guān xiá pèi。旧时富家女子出嫁时的装束，以示荣耀。也指官员夫人的礼服。

6. 父母之命，媒妁之言：妁，shuò。媒：男方的媒人。妁：女方的媒人。媒妁：
　 婚姻介绍者（媒人）。旧指儿女婚姻须由父母作主，并经媒人介绍。

导读

　　大学生活是充实而令人难忘的，冰心当年的大学生涯丰富多彩，难怪她说
那是她"最惬意的"一段生活，以至于"提起笔来，就说个没完没了……"

　　20世纪初的中国，在帝国主义列强的铁蹄蹂躏下痛苦地呻吟着。冰心当
初学的是医学，在协和女子大学理科只学习了半年，1919年五四运动爆发了。
19岁的冰心以校学生会文书的身份进入北京女学界联合会宣传股，写了很多
宣传鼓动文章。受五四运动的影响，她转入文科。五四运动后的两年内，年轻
的冰心胸中躁动着汹涌的激情，这是她的思想异常活跃的两年。冰心不止一次
地说过："五四运动的一声惊雷把我'震'上了写作的道路。"

　　本文大量笔墨描摹的是一段单纯而充满活力的校园生活，虽然年代不同，
仍然勾起人们的同感。

在美留学的三年

这应该是我的自传的第六段了。

我的《寄小读者》就是在美留学的三年之间写的，但叙述得并不完全，我和美国的几个家庭，几位教授，一些同学之间的可感、有趣的事情并没有都写进通讯里去。

我在《我的大学生涯》里写过我的英文教师鲍贵思女士对我特别地爱护和关怀。鲍女士的父亲鲍老牧师也在二十年代初期，到北京燕大来看过他的女儿，并游览了北京名胜。我们也陪他逛过西山。他在京病了一场，住在那时成立不久的协和医院。他对我们说，"我在美国和欧洲都住过医院，但是只有中国的医护人员最会体贴人。"

我到了美国东部的波士顿，火车上只有我一个中国人了。

这时在车站上来接我的就是这两位鲍老牧师夫妇。在威校开学前，我就住在他们家里。我记得十分清楚，这地名是默特佛镇、火药库街四十六号。

46 Powder House Street Medford，Mass. 这住址连我弟弟们都记得，因为他们写给我的信，都是先寄到那里。这所房子的电话号码是 1146R。和我同船来的清华同学们在哈佛大学和麻省理工大学上课的，他们都来到这里来看望我，也都记得这电话号码。他们还彼此戏谑[1]，说是为的要记住这些数字，口中常念念有词，像背"主祷文"似的！

这所房子是鲍老夫人娘家的，因为这里还住着一位老处女，鲍女士的姨母，Josephine Wilcox，我也跟鲍家子侄辈称她为周姨（Aunt Jo）。

因为鲍老牧师夫妇和"周姨"待我和他们自己的儿女一样，慈爱而体贴，我在那里住得十分安逸而自由。他们家里有一个女工和一个司机。女工专管做饭和收拾屋子，司机就给他们开车。这个女工工作并不细致，书桌上只草草地拂拭一下，这是我最看不惯的。于是在吃早饭后，同周姨一起洗过盘杯，我便把鲍老牧师和周姨的书案收拾得干干净净，和我在自己家里收拾我父亲的书案一样。

在我上学以前，鲍老牧师带我去参观了几个男女大学，他们又带我到麻省附近观赏了许多湖光山色，这些我在《寄小读者》通讯十八"九月九日以后"的记事中都讲到了，否则我既没有自己的车，又没有向导，哪能畅游那么多地方呢?

总之，在美国时期，鲍家就成了我的家，逢年过节，以及寒暑假，他们都来接我回"家"。鲍老牧师在孟省（Maine）的伍岛（Five Islands）还有一处避暑的房子。我就和他们一同去过。在《寄小读者》的通讯中，凡是篇末写着"默特佛"或"伍岛"的地名的，都是鲍家人带我一起去过的。

此外，还有好几位我的美国教授，也是我应当十分感谢的。他们为我做了一些"破例"的事情。我得到的威校的奖学金，每学期八百元，只供给学、住、膳费，零用钱是一文无着；我的威校中国同学如王国秀，她是考上清华留学官费的，每月可以领到八十美金。国秀告诉我，不是清华的官费生，也可以去申请清华的半官费，每月可以领到四十美金，只要你有教授们期终优秀成绩的考语。我听她的话，就填写了申请表，但是我只上了九个星期的课便病倒了，又从学校的疗养院搬到沙穰疗养院，我当然没有参加期终考试，而我的几位教授，却都在申请的表格上，写上了优秀的考语，于是我糊里糊涂地得了每月四十美元的零用金!

《寄小读者》通讯二十一中的K教授（Prof.E.Kendrick）是威校宗教系的教授，我没有上过她的课，但她在二十年代初期，曾到中国游历，在燕大女校住过些日子。我们几个同学，也陪她逛过西山，谈得很投机。因此我一到了威校，她便以监护人自居，对我照拂[2]得无微不至! 我在沙穰疗养院，总在愁自己的医疗费不知从哪里出，而疗养院也从来没有向我要过。后来才晓得是K教授取出威校给我的奖学金，来偿付的。我病愈后，回到鲍家，K教授又从鲍家把我接出去避暑。她自己会开车，带我到了新汉寿（New Hampshire）的白岭（White Mountains）上去。《寄小读者》通讯二十一到二十三，就写的是这一段的经历。

我在美国接触过的家庭和教授们，在一九三六年重到美国时，曾又都去拜访过，并送了些作为纪念的中国艺术品。威校的教授们还在威校最大的女生宿舍"塔院"（Tower Court）里，设午宴招待我们。（那时K教授正在意大利罗马度假，她写信请我们到罗马去，于是我们在不见日、月、星三光的英都雾伦敦，呆了三个星期之后，便到了阳光灿烂的罗马。这是我留美三年以后的事了）

　　还有更应该写下的，是我的那些热情活泼的美国同学。在《寄小读者》通讯九中我已经写了她们对于背乡离井的异国的生病同学的同情和关怀，这里还应当提到她们的"淘气"！我这人喜欢整齐，我宿舍屋里墙上挂的字、画、镜框，和我书桌上的桌灯、花瓶等，都摆在一定的地方，一旦有人不经意地挪了一下，我就悄没声地纠正了过来。她们不知道什么时候就注意上了。有一天我下课回来，发现我的屋子完全变了样！墙上的字画都歪了，相框都倒挂了起来，桌灯放到了书架上，花瓶藏到了床下。我开门出去，在过道上笑嚷："哪一个淘气鬼把我的房间弄得乱七八糟的，快出来承认！"这时有好几间的屋门开了，她们都伸出头来捂着嘴大笑：这种淘气捣乱的玩笑，中国同学是决不会做的！

　　还有，威校在每天下午放学后，院子里就来了许多从哈佛大学、麻省理工学院、波士顿大学来访女友的男同学，这时这里就像是一座男女同学的校园，热闹非常。先是这宿舍里有个同学有个特别要好的男朋友，来访，当这一对从楼下客室里出来，要到湖边散步时，面向院子的几十个玻璃窗儿都推上了（美国一般的玻璃窗，是两扇上下推的，不像我们的向外或向内开的），女孩子们伸出头来，同声地喊：No（不可以）！这时这位男同学，多半是不好意思地低头同女朋友走了，但也有胆子大、脸皮厚的男孩子，却回头大声地笑喊 Yes（可以）！于是吓得那几十个伸出头来的女孩子，又吐了舌头，把窗户关上了！能使同学们对她开这种玩笑的人，必然是一个很得人心的同学。宿舍里的同学对我还都不坏，却从来没同我开这种玩笑，因为每次来访问我的男同学，都不只一个人，或不是同一个人。到了我快毕业那一年，她们虽然知道文藻同我要好，但是文藻来访的时候不多，我们之间也很严肃，在院里同行，从来没有挎着胳臂拉着手地。女同学们笑说："这玩笑太'野'了，对中国人开不得。"

　　我毕业回国后，还和几个比较要好的女同学通信，彼此结婚时还互赠礼物，我的大女儿吴冰到美国夏威尔大学，小女儿吴青到美国哈佛大学和麻省理工大学，都是以交换学者的身份去学习的，那里还有一两个我的威校女同学们去看她们，或邀请她们到家里度假。

　　这些我的同学们都已是八十岁上下的人，更不是我留美三年中的事了！

一九八七年六月十三日

我在写《在美留学的三年》的时候，写了一些和美国同学之间的故事，却没有写我和中国同学之间的故事，是个缺憾！

我在一九二三年进威尔斯利女子大学的时候，那里已经有了几位中国学生，都是本科的，有桂质良（理工系）、王国秀（历史系）、谢文秋（体育系）、陆慎仪（教育系），还有两位和我同时到校的，她们是黎元洪的女儿黎女士和她的女伴周女士，因为她们来了不久就走了，因此我连她们的名字都记不起来了。

威大的研究生，本来是不住在校内的；她们可以在校外的村子里找房子居住，比较自由。校方因为我从中国乍来，人生地不熟，特别允许我住在校内的宿舍，我就和王国秀等四人特别熟悉了起来。我们常常在周末，从个别的宿舍聚到一起，一面谈话，一面一同洗衣，一同缝补，一同在特定的有电炉的餐室里做中国饭，尤其是逢年过节（当然是中国的年节），我们就相聚饱餐一顿。但是在国庆日，我们就到波士顿去，和那里的"中国留学生会"的男女同学们，一同过节。

波士顿的中国留学生多半是清华出去的，他们在哈佛大学、麻省理工大学、波士顿大学等校学习，我们常有来往。威校以风景著名，波士顿的中国男同学，往往是十几个人一拨地来威校参观访问，来了就找中国女生导游，我们都尽力招待、解说。一九二五年以后，王国秀等都毕业走了，这负担就落在我一人身上，以致在那年的圣诞节前夕，在宿舍的联欢会上，舍监U夫人送我一个小本子，上面写："送上这个本子，作为你记录来访的一连队一连队的男朋友之用！"惹得女同学们都大笑不止！

我们同波士顿的中国男同学们，还组织过一个"湖社"，那可以算是一个学术组织，因为大家专业不同，我们约定每月一次，在慰冰湖上泛舟野餐，每次有一位同学主讲他的专业，其他的人可以提问，并参加讨论。我记得那时参加的男同学有哈佛大学的：陈岱孙、沈宗濂[3]、时昭酺、浦薛凤[4]、梁实秋；和燕大的瞿[5]世英。麻省理工大学的有曾昭伦、顾毓琇[6]、徐宗涑[7]等。有时从外地来波士顿的中国学生，也可以临时参加，我记得文藻还来过一次。

此外我们还一同演过戏。一九二五年春。波士顿的男同学们要为美国同学演一场中国戏，选定了演《西厢记》，他们说女角必须到威校去请，但是我们谁都不愿意演崔莺莺。就提议演《琵琶记》，由谢文秋演赵五娘，由谢文秋的挚友、波士顿音乐学院的邱女士（我忘记了她的中国名字）演宰相的女儿，我只管服装，不参加演出，不料临时邱女士得了猩红热[8]，只好由我来充数，好在台词不多，勉强凑合完场！

还有一次，记得是在一九二六年春（或一九二五年秋），在中国留学生年会上，就和时昭涑、徐宗涑演了一出熊佛西写的短剧（那时熊佛西也在美国），这剧名和情节都已忘记得干干净净。现在剧作者和其他两位演员，都已作古，连问都问不到了！

1987年6月22日补记

注释

1. 戏谑：xì xuè。用诙谐有趣的话开玩笑。
2. 照拂：zhào fú。照顾；照料。
3. 濂：lián。人名。
4. 夙：sù。人名。
5. 瞿：qú。姓。
6. 毓琇：yù xiù。人名。
7. 涑：sù。人名。
8. 猩红热：一种急性呼吸道传染病。

导读

文章记述了作者在美国留学期间接触的人物、发生的趣事，以及在异国他乡受到的友好关爱。

冰心用充满爱的笔调向世人证明了一个道理：爱，是不分国界的。

我回国后的头三年

我回到祖国，先住在来接我的放园表兄的上海家里。在上海的亲戚朋友们请我吃了好几顿丰盛的筵席。回到北京家里，自然又有长辈亲戚们接连请"接风酒"，把我惯吃面包黄油的胃，吃得油腻了，久泻不愈。中西医都治过了，还没有多大效验，燕京大学又是九月初就要开学，我着急的了不得。

这时我们的房东、旗人祈老太太来看我，说："大姑娘，您要听我的话吃一种药，包您一吃就灵。"我的父母和我听了都十分高兴，连忙道谢。当天下午她就带一位十分慈祥的旗人老太太来，还带了一副十分讲究的鸦片烟灯和烟枪，在我的病床上，点上了白铜镂花[1]和很厚的玻璃罩的烟灯，又递过一杆黑色有绿玉嘴子的烟枪，烟斗上已经装上了烟泡，让我就着灯尽管往里吸。我十分好奇地吸着呛[2]着，只觉得又苦又香，渐渐地就糊涂过去了，据说那天我一直昏睡了十八个钟头，醒来时痢疾[3]就痊愈[4]了。回到燕大时，许多师友问我最后是怎么治的？我竟不敢说我是抽了大烟！

我回到母校教学，那正是燕京大学迁到西郊新校址的第一年，校舍是中国式的建筑，翠瓦红门，大门上挂着蔡元培先生写的"燕京大学"的匾额，进门是小桥流水，真是美轮美奂[5]！最好的是校园里还有一个湖。据说这校址是从当时的陕西督军陈树藩手里买来的，是他在北京的房产中之一。那时湖里还没有水，湖中的小岛上也没有亭子，只在岛旁有一座石舫[6]。我记得刚住到校里时，有一夜从朗润园回到我住处的燕南园53号时，还是从干涸的湖底直穿过来的。后来不久这湖里才放满了水，这一片盈盈的波光，为校景添了许多春色！

那时四座称为"院"的女生宿舍里，都有为女教师准备的两室一厅的单元，还可以在宿舍里吃女生餐厅的"小灶"。

差不多中国籍的女教师如生物系教师江先群，教育系教师陈克明等都住进去了。我来得晚了一些，只好住进了燕南园53号英美国籍女教师居住的小楼。这个楼里吃的当然都是西餐，我在53号吃早餐，中晚两餐却到女生宿舍的第二院去吃中餐。我住在燕南园53号也有方便的地方，因为女生宿舍的会客室里，是"男宾止步"的，男宾来访女生，只能在院门口谈话，而燕南园53号的会客室就可以招待男宾。那时我的二弟为杰已考上燕大，三弟为楫也在预科学习，他们随时都可以到53号来看我。

这一年住进新校舍里的新教师、新学生……大家都感到兴高采烈，朝气蓬勃，一切都显得新鲜、美丽、愉快。特别是男女学生住在同一校园里——男生宿舍是六座楼，是坐西朝东，沿着湖边盖的。我的两个弟弟都住在里面，他们都十分喜欢这湖边的宿舍，说是游泳和溜冰都特别方便。于是种种活动也比较多，如歌咏团、戏剧团等等，真是热闹得很。

我在《当教师的快乐》一文中，曾提到我在教授会里是个"婴儿"，而在学生群中却十分舒畅愉快，交了许多知心朋友。一年级的新生不必说了，他们几乎把我当姐姐看待。现在和我们有来往的如得到世界护士荣誉奖的王琇瑛，协和医学院毕业的高材生，晚年成为虔诚的基督徒的陈梅伯等等，至于现在中央民族学院教学的林耀华等，因为居处密迩[7]，往来就更多了。

记得那时我为高班同学开的选修课中有《欧洲戏剧史》，用的是我在美国读过的笔记本，照本宣科，本来没有什么意义，但这个班里，有三年级同学焦菊隐，他比我只小三四岁吧，我们谈话时，一点不像师生，记得有一天早晨八时，他来上课——燕大国文系里的教师，大半是老先生，他们不大愿意太早上课，因此教务处把我的功课表都排在八时至十时之间——他进门来脱下帽子，里面还戴有一顶薄纱的压发帽，我就笑着说"焦菊隐同学，你还有一顶帽子没摘下来！"同学回头看了都笑了，他也笑着赶紧把压发帽撸了下来，塞进袖子里。

因为我喜欢听京戏，我同焦菊隐的课外谈话，常常谈到京戏。他毕业后就办了一所中国戏剧学校。学生实习的场所就在东安市场的吉祥戏院。焦菊隐为我在戏院楼上留了一间包厢，说是谢先生任何时候进城，都可以去看戏。这所戏校的四个年级学生的排行是：德、和、金、玉。所以以后的那几位名演员如王金璐、李和曾、李玉英等，他们小时候演的戏，我都看过。学生的待遇也十分平等，在上一出戏里演主角的，在下一出就可能跑龙套。

我觉得他是个很得学生敬爱的校长。七七事变后，我离开了北平，从此我们的消息便断绝了。关于焦菊隐以后的事迹，我还要细细地去打听。

前天收到一本《泰安师专学报》一九八七年第二期，里面有一篇《高兰评传》，使我猛然忆起我的学生郭德浩，他写诗的笔名，便是高兰！这篇文章里提到高兰做学生时受到我的影响时，有许多溢美之词[8]，我就不往我的脸上贴金了。但里面有一段话，使我回忆起："冰心给他教大一《国文》和《写作》时……有别具一格的指导方法……有一次她给学生出个作文题——《理想的美》，她要男同学在文章里写出《我理想中的美女子》，女同学却写《我理想中的美男子》，以此来抨击当时社会对思想解放的学生设下种种禁区……她认为爱情要坚贞而洁美……"我真不记得那时我会给大一学生出这样的题目，还有一次我的女学生潘玉美——她也有七十多岁了——从上海来京，顺便来看了我，也笑着提起，我给她们出过《初恋》的作文题目，还说"无论是亲身经验还是虚构的都可以写。"这些事我都忘得一干二净，我想那时我真是大胆到"别具一格"，不知学生的家长们对我这个年轻的女教师，有什么评论，我也没有听见我们国文系的老先生们对我有什么告诫，大概他们都把我当做一个"孩子头"，"童言无忌"吧。

我在头一年回国后，还用了一百元的《春水》稿费，把我们在北京住了十几年的家，从中剪子巷搬到前圆恩寺一所坐北朝南的大房子里。这房子的门牌我忘记了，这房子的确不小，因为那时我的父亲升任了海军部次长，朋友的来往又多了些，同时我的大弟为涵又要结婚，中剪子巷的房子不够用了，就有父亲的一位朋友介绍了圆恩寺那所房子，说是本来有个小学要租用它，因为房东怕小学生把房子糟蹋了，他便建议租给我们。我记得我的父母亲住北房的三间，涵弟夫妇住了三间南屋，我住在东厢房的三间，杰弟和楫弟就住三间西厢房。

我写的《关于女人》中第五段《叫我老头子的弟妇》，便是以那所房子为背景的，我说：

> 我那三间屋子是周末养静之所，收拾得相当整齐，一色的藤床竹椅，花架上供养着两盆腊梅，书案上还有水仙，掀起帘来，暖香扑面。……猛抬头看钟，已到十二时半，南屋里新房里还是人声鼎沸[9]……

　　我回国的第二年，我父亲的学生们便来接他南下，到上海就任上海海道测量局长，兼任海道巡防处长，离开了北洋政府。我们的家便也搬到了上海的法租界徐家汇，和在华界的父亲办公处，只隔一条河。这房子也是父亲的学生们给找的。这一年涵弟便到美国留学去了。

　　我仍在北京的燕京大学任教，杰弟和楫弟在燕大的本科和预科上学。那时平沪的火车不通，在寒暑假我们都是从天津坐海船到上海省亲。我们姐弟都不晕船，夏天我们还是搭帆布床在舱面上睡觉。两三天的海行，觉得无聊，我记得我们还凑了一小本子的"歇后语"，如"罗锅儿上山——钱短"、"裱糊匠上天——糊云（胡云）"、"城隍庙改教堂——神出鬼没"、"老太太上车——别催（吹）了"、"猪八戒照镜子——前后不是人"，等等，我们想起一句，就写下一句，又笑了一阵。同时也发现关于"老太太"和"猪八戒"的歇后语还特别多。

　　这三年中，我和文藻通信不断。他的信寄到我上海家里的，我母亲都给锁在抽屉里，怕有人偷拆开看。寄到学校里的当然没有问题。住在同一宿舍的同事们，只知道常有从美国来的信，寄信人是 W．T．Wu．她们也不知这个姓吴的是男是女，我当然也没有说。如今这些信都和存在燕大教学楼上的那些书箱，在珍珠港事变后，日军进驻燕大，把我们的存书都烧掉了。

　　往事写到这里，我不禁想到不但我年老的父母，就连文藻和我的三个弟弟此时也都已离开了我！"往事如烟"，我这一身永远裹在伤感的云雾之中了！

1987 年 11 月 30 日

注释

1．镂花：镂，lòu。雕刻。
2．呛：qiàng。有刺激性的气味进入呼吸器官而感觉难受。
3．痢疾：痢，lì。痢疾，急性肠道传染病之一。
4．痊愈：quán yù。病情好转，恢复健康。
5．美轮美奂：轮：指轮囷（qūn），古代的一种圆形高大的谷仓，此处指高大，名词作形容词；奂：众多，盛大。古时形容房屋建筑的高大，众多与宏丽。后来用"美轮美奂"形容新屋高大美观，也形容装饰、布置等美好漂亮。

6. 石舫："舫"的形象与舟相类似，筑于水滨，为园林中最富情趣的建筑物。

7. 密迩：mì 'ěr。很接近。

8. 溢美之词：yì měi zhī cí。过分夸奖。溢：过分，超出。

9. 人声鼎沸：形容人声喧闹。鼎：古代的一种铜铸的锅，一般是三足两耳。沸：
   开水。鼎沸：本意是锅中的水烧开了，发出声响，现指人群的声音吵吵嚷嚷，
   就像水煮开了锅。

导读

冰心对刚回祖国的生活做了详尽的记录，任何场景的点点滴滴都没逃过她细腻的笔触。初回国时的不适、燕京大学的美丽景色、执教的"别具一格"，等等，都给她留下了美好的回忆。除此之外，她还收获着家人的亲情、师生的恩情和恋人的爱情，她沉浸在爱的海洋中……

回忆"五四"

一九一九年，我是北京协和女子大学的一年生。

在五四运动的前几天，我就已经请了事假住在东交民巷的德国医院，陪着我的动了耳部手术的二弟，"五四"那一天的下午，我家的女工来给我们送东西，告诉我说街上有好几百个学生，打着纸旗在游行，路旁看的人挤得水泄不通。黄昏时候又有一位亲戚来了，兴奋地告诉我说北京的大学生们为了阻止北洋军阀政府和日本签订出卖青岛的条约在天安门聚集起浩大的游行队伍，在街上呼口号撒传单，最后涌到卖国贼章宗祥的住处，火烧了赵家楼，有许多学生被捕了，我听了又是兴奋又是愤慨，她走了之后，我的心还在激昂地跳，窗外刮着强劲的春风，槐花的浓香熏得我头痛！

"五四"这一夜，我兴奋得合不上眼，第二天就同二弟从医院回家去了。到学校一看，学生自治会里完全变了样，大家都不上课了，都站在院子里面红耳赤地大声谈论，同时也紧张地投入了工作。我们的学生会是北京女学界联合会之一员，我也就参加了联合会的宣传股。出席女学界联合会和北京学生联合会的，都是些高班的同学，我们只做些文字宣传，鼓动罢课罢市，或对市民演讲。为了抵制日货，我们还制造些日用品如文具之类，或绣些手绢去卖。协和女大是个教会学校，一向对于当前政治潮流，不闻不问，而这次波澜壮阔的爱国力量，终于冲进了这个校园，修道院似的校院，也成了女学界联合会代表们开会的场所了。同学们个个兴奋紧张，一听见什么紧急消息，就纷纷丢下书本涌出课堂，谁也阻挡不住。我们三五成群地挥舞着旗帜，在街头宣传，沿门沿户地进入商店，对着怀疑而又热情的脸，劝说他们不要贩卖日货，讲着人民必须一致奋起，反对日本帝国主义的侵略压迫，反对军阀政府卖国行为的大道理。我们也三三两两地抱着大扑满[1]，在大风扬尘的长安街，在破敝[2]黯旧的天安门前，拦住过往的人力车，请求大家捐些铜子，帮助援救慰问那些被捕的爱国同学。我们大队大队地去参加北京法庭对被捕学生的审讯。我们开始用白话文写各种形式的反帝反封建的文章，在各种报刊上发表。

　　这时新思潮空前高涨，新出的报刊杂志，像雨后春笋一般，几乎看不过来。我们都贪婪[3]地争着买，争着借，彼此传阅，如《新青年》《新潮》《中国青年》一直到后来的《语丝》。看了这些书报上大学生们写的东西，我写作的胆子又大了一些，觉得反正大家都是试笔，我又何妨把我自己所见所闻的一些小问题，也写出来求教呢？但是作为一个大学里的小学生，我还是有点胆怯，我用"冰心"这个笔名投稿。

　　这时我写东西，写得手滑了，一直滑到了使我改变了我理想中的职业。

　　在这以前，我是一心一意想学医的。在中学时代，我就对于理科课程特别用功，升到协和女大时，我报的也是理预科。在我对写作的兴趣渐渐浓厚了以后，又得到周围人们的帮助和怂恿[4]，我就同意"改行"了，理预科毕业后，我就报升文本科，还跳了一班。从那时起，我就断断续续地写作起来，直到现在。

　　二十年前，在一九五九年四月，我已经写过一篇《回忆"五四"》的短文，在那里我曾歉疚地承认过，由于我的家庭出身和教会学校的教育，以及我自己的软弱本质，使得我没有投身到火热的政治革命中去，使得五四运动对我的影响，仅仅限于文学方面——即以新的文学形式来代替旧的文学形式，等等。但在今天，我又想，一个人不是生活在真空里，整个潮流在前进，决不容一朵小小的浪花，沉滞在中流，特别是经过了这曲折的六十年，我更认清、看准了，在我们前面高高照耀的科学与民主这两盏明灯。如今，我的岁月和力量是有限的，但我仍当为我们能拿到、举起这两盏照耀我们社会主义祖国光明前途的明灯，尽上我最大的力量！

1979年3月2日
（本文发表于《文艺论丛》1979年9月第8期）

注释

1．扑满：存钱的瓦器，有一细长的孔，可放入钱币，要打破后才能取出。类似于现代人使用的储蓄罐。
2．破敝：pò bì。残破，破败。
3．贪婪：tān lán。渴求而不知满足。
4．怂恿：sǒng yǒng。从旁劝说鼓动别人去做事。

导读

作者曾以《回忆"五四"》为题写过两篇散文,这一篇较晚,因此作者也更加冷静地回忆了五四运动对她的影响。

1919年5月4日的北平,13个学院和大学的代表在天安门广场汇集,号召大家奋起救国。后来,愤怒的学生痛打了章宗祥,冲进曹汝霖的住宅,砸碎了家具,并且火烧赵家楼。

晚上警察突然袭击学生,在胡同中东躲西藏的青年学子不知道的是,自己已经迅速跑上了民族和历史的前台。

冰心虽然没有直接参与五四运动,但却因此被"震"上了文学的道路。

我的父母之乡

清晓的江头，
白雾茫茫；
是江南天气，
雨儿来了——
我只知道有蔚蓝的海，
却原来还有碧绿的江，
这是我父母之乡！

——《繁星》

福建福州永远是我的故乡，虽然我不在那里生长，但它是我的父母之乡！

到今日为止，我这一生中只回去过两次。第一次是一九一一年，是在冬季。从严冷枯黄的北方归来，看到展现在我眼前的青山碧水，红花绿叶，使我惊讶而欢喜！我觉得我的生命的风帆，已从蔚蓝的海，驶进了碧绿的江。这天我们在闽江口从大船下到小船，驶到大桥头，来接我们的伯父堂兄们把我们包围了起来，他们用乡音和我的父母热烈地交谈。我的五岁的大弟弟悄悄地用山东话问我说："他们怎么都会说福州话？"因为从来在我们姐弟心里，福州话是最难懂难说的！

这以后的一年多的时间里，我们就过起了福州城市的生活。新年、元宵、端午、中秋……岁时节日，吃的玩的都是十分丰富而有趣。特别是灯节，那时我们家住在南后街，那里是灯市的街，元宵前后，"花市灯如昼"，灯影下人流潮涌，那光明绚丽的情景就说不尽了。

第二次回去，是在一九五六年，也是在冬季。那时还没有鹰厦铁路，我们人大代表团是从江西坐汽车进去的。一路上红土公路，道滑如拭，我还没有看见过土铺的公路，维修得这样平整的！这次我不但到了福州，还到了漳州、泉州、厦门、鼓浪屿……那是祖国的南疆了。在厦门前线，我还从望远镜里看见了金门岛上的行人和牛，看得很清楚……

回忆中的情景很多，在此就不一一描写了。总之，我很喜欢我的父母之乡。那边是南国风光，山是青的，水是绿的，小溪流更是清可见底！院里四季都有花开。水果是从枇杷、荔枝、龙眼，一直吃到福桔！对一个孩子来说，还有什么比这个更惬意¹的呢？

我在故乡走的地方不多，但古迹、侨乡，到处可见，福建华侨，遍于天下。我所到过的亚、非、欧、美各国都见到辛苦创业的福建侨民，握手之余，情溢言表。在他们家里、店里，吃着福州菜，喝着茉莉花茶，使我觉得作为一个福建人是四海都有家的。

我的父母之乡是可爱的。有人从故乡来，或是有朋友新近到福建去过，我都向他们问起福建的近况。他们说：福建比起二十多年前来，进步得不可辨认了。最近呢，农业科学化了，又在植树造林，山岭田地更加郁郁葱葱了。他们都动员我回去看看，我何尝不想呢？不但我想，在全世界的天涯海角，更不知有多少人在想！我愿和故乡的人，以及普天下的福建侨民，一同在精神和物质文明方面，把故乡建设得更美好！

1982年3月29日

（本篇最初发表于《福建画报》1983年第1期）

注释

1. 惬意：qiè yì。心情满足或感到畅快。

导读

故乡的"青山碧水，红花绿叶，使我惊讶而欢喜"，故乡的灯市、花茶、枇杷、荔枝、龙眼、福桔……无不在作者的心中留下了甜蜜的记忆。作者娓娓道来，字里行间流淌着浓浓的爱乡之情。

我从来没觉得"老"

宫玺先生：

您来信要我写《论老年》，我想来想去，无从下笔。说实话，我的朋友中，老人不多，最老的也比我小几十天，他们在写作上也都没有停笔，如夏衍、巴金、萧乾等。其他的都是我的小朋友，从五六岁到四五十岁的都有。他们和我谈话或写信，虽然也有愤世嫉俗、忧民忧国的话，但还都是朝气勃勃、天真乐观，我们从来没有提到一个"老"字！至于我自己呢，和儿孙们在一起谈笑，也没有关于"老"字的话。我不聋、不聩[1]，脑子也还清楚，除了十年前因伤腿，行动不便，不参加社会活动之外，我还是照旧看书写信，而且每天客人不断：老的、少的，男的、女的，他们都说我精神不错，脑神经也不糊涂（我倒是希望我能糊涂一些，那么对于眼前的许多世事也就不会过于敏感或激动）。我常常得到朋友们逝世的讣告[2]或消息，我除了请人代送花圈外，心里并不悲伤。我觉得"死"是一种解脱，带病延年，反而痛苦。我自己的医疗关系，是在"北京医院"，我照例每月去检查一次，大夫们都说我没有什么大毛病，也照例给我开一点药带回。

我居然能够活到九十一岁，是我年轻时所绝对想不到的！

我母亲说，我会吐奶时就吐过血，此后的五六十年中，多多少少的，总是不断。在一九二三年赴美留学之前，曾到北京协和医院彻底检查，结果说：这是肺气枝扩大，不是肺痨，每次发病时，只要静卧几天，就可以了，也无药可治，可是到了一九五八年四月，在我参加"中国文化代表团"到欧洲访问，在到英国伦敦的火车上，忽然又大吐起血来，我怕惊动其他的团员，就悄悄地把一口一口的鲜血，吐在一个装水果的牛皮纸袋里，扔到了窗外。第二天又是英国作家们特地为我开的欢迎酒会，我不但不能静卧，而且还必须举着酒杯，站了一个下午！但是，奇怪得很，从那天以后，我居然不再吐血了，直到现在。

总的说来，我自己从来没觉得"老"，一天又一天地忙忙碌碌地过去，但我毕竟是九十多岁的人了，说不定哪一天就忽然死去。至圣先师孔子说过："自古皆有死"，我现在是毫无牵挂地学陶渊明那样"聊乘化以归尽，乐夫天命复奚疑[3]"。

祝好！

冰心
1991年5月19日

注释

1. 聩：kuì。聋，昏聩。
2. 讣告：fù gào。人死后报丧的凶讯。"讣"原指报丧的意思，"告"是让人知晓，讣告就是告知某人去世消息的一种丧葬应用文体。
3. 聊乘化以归尽，乐夫天命复奚疑：姑且顺应造化了结一生，以天命为乐，还有什么犹豫彷徨？语出陶渊明的《归去来兮辞》。

导读

有哲人说过："你的心态就是你真正的主人。"一个好的心态，可以使人乐观豁达，淡泊名利，过上真正快乐的生活。

冰心以 91 岁高龄仍然不觉得自己"老"，就是因为她保持了一颗乐观豁达、永远年轻的心。

我家的对联

我对人家墙壁上挂的字画都有兴趣，尤其是对联，这兴趣是从小就养成的。我在一九七九年写的那篇《我的童年》里曾经提到，我的第一本课文就是一副对联：

此地有崇山峻岭茂林修竹
是能读三坟五典八索九丘

但从这一副对联里还看不出屋主人的身世和襟怀，爱好和性格。在我十一岁那年回到老家福州去，看见在后厅墙上我的曾祖父画像的两旁，有我的祖父写的一副对联：

谁道五丝能续命
每逢佳节倍思亲

原来我的曾祖父是在农历五月五日端阳节那天逝世的。我国习俗在端阳节那天都给小孩子的手腕上缠上五色丝线，叫做续命丝，祝他长命百岁。所以每到端阳节我的祖父看到孩子们手腕上的五色丝，就会想到他的父亲，而对"五丝"能否"续命"，起了悲哀的疑问。

此后，我就注意我们老家的厅堂客室里的每一副对联，其中有许多是我的祖父自己写的，如：

知足知不足
有为有弗为

这是一对自勉的句子，就充分地描绘出我的祖父的恬淡而清高的性格。

再大一点，在北京剪子巷父亲的客室里，看到一副前清御史江春霖老先生送给父亲的对联：

庠[1]舍争归胡教授
楼船犹见汉将军

在上联旁边还有小字，说他"自京南下，阻雪难行"，在芝罘会见了我的父亲，很喜欢他的"裘带歌壶，翩翩儒将"的风度，就写这一联相赠。父亲对我解释这对联的时候，也说他和江春霖只是初交，当时江春霖因为弹劾[2]了庆亲王而被罢官，他也很佩服江春霖不畏权贵的风骨，因此才把这位"交浅言深"的朋友的赠品，张挂起来。

三十年代初期，父亲的客室里又添上一副萨镇冰老先生送的对联：

穷达尽为身外事
升沉不改故人情

说的是他们两位老人家几十年金坚玉洁的友情。四十年代初父亲逝世时，我不在北京，这些可贵的遗物，都不知哪里去了！

长大以后，到了美国和欧洲，在外国朋友家里当然看不见对联，有的只是画框和祖先的相片。在日本，旧式的屋子，周围几乎都是纸门，只有"床之间"那一扇墙上可挂字画，但也不是对联，而是一幅很淡雅的字或画，再供上一瓶一枝花朵，倒也雅洁可喜。日本的亭园，和中国的相似，有山有水，也许还更古雅一些，但是楹上柱上都没有对联。欧美的林园更不必说了！

我这一辈子，在师友家里或在国内的风景区，到处都可看到很好的对联。文好，字也好，看了是个享受，我以为我们中国人应该把我们特有的美好传统继续下去，让我们的孩子们从小起耳濡目染[3]，给他们一个优美的艺术的气氛！

注释

1. 庠：xiáng。古代称学校。
2. 弹劾：tán hé。指由法律或宪法设定的，当享有特别权利（或豁免权）的政府高级官员或者法官等有特定的违法行为（如叛国，腐败或与其职业道德不相符的行为等）时，对其进行刑事追诉的一种程序。
3. 耳濡目染：ěr rú mù rǎn。濡，沾湿；染，沾染。耳朵经常听到，眼睛经常看到，不知不觉地受到影响。形容见得多了听得多了之后，无形之中受到影响，指好也指坏。

导读

冰心在另一篇散文《再谈我家的对联》中说："这些挂在墙上的好对联，孩子们天天眼里看着，口里念着，耳濡目染，潜移默化对于他（她）们人格的培养，是有很大的好处，其效果决不在'言教'和'身教'之下！"

对联是我们特有的文化传统，优秀的对联寓意深刻，如暮鼓晨钟，对人生多有启迪。

我最尊敬体贴她们

以一个男士而写关于女人的题目，似乎总觉有些不大"那个"，人们会想"内容莫不是讥讽吧？""莫不是单恋吧？"

仿佛女人的问题，只应该由女人来谈似的。其实，我以为女人的问题，应该是由男人来谈，因为男人在立场上，可以比较客观，男人的态度，可以比较客气。

在二万万零一个男人之中，我相信我是一个最尊敬体贴女性的男子。认得我的人，且多称誉我是很女性的，因为我有女性种种的优点，如温柔、忍耐、细心等等，这些我都觉得很荣幸。同时我是二万万零一个人之中，最不配谈女人的，因为除了母亲以外，我既无姊妹，又未娶妻。我所认得的只是一些女同学，几个女同事，以及朋友们的妻女姊妹，没有什么深切的了解与认识。但是因为既无姊妹又未娶妻的缘故，谈到女人的时候就特别多。比如说有许多朋友的太太，总是半带好意半开玩笑的说："×先生，你是将近四十岁的人，做着很好的事，又颇有点名气，为什么还不娶个太太？"这时我总觉得很惶恐，只得讷讷的说："还没有碰到合适的人。"

于是那些太太们说："您的条件怎么样？请略说一二，我们好替您物色物色。"这时我最窘了，这条件真不容易说出，要归纳你平日的许多标准，许多理想，除非上帝特意为你创造这么一个十全十美的女人。我有一个朋友，年纪比我还轻，十年以前，就有二十六个择偶的条件。到了十年之末，他只剩了一个条件——"只要是一个女人就行"。结果是一个女人也没有得到。他死了，朋友替他写传记，中有很惨的四个字："尚未娶妻。"上帝祝福他的灵魂！

我以为男子要谈条件，第一件事就得问问自己是否也具有那些条件。比如我们要求对方"容貌美丽"，就得先去照照镜子，看看自己是不是一个漂亮的男子。我们要求对方"性情温柔"，就得反躬自省[1]，自己是否一个绝不暴躁而又讲理的人。我们从办公室里回来，总希望家里美观清洁，饭菜甘香可口，孩子们安静听话，太太笑脸相迎，嘘寒问暖。万一上面的条件没有具备，我们就会气腾腾的把帽子一摔，棍子一扔，皱起眉头，一语不发。倘若孩子再围上来要糖要饼，太太再来和你谈米又涨价，菜不好买，佣人闹脾气等等，你简直就会头痛，就会发狂，就会破口大骂。骂完，自己跑到一旁，越想越伤心起来——想到今天在办公室里所受的种种的气，想到昨夜因为孩子哭闹，没有睡好，这一家穿的是谁，吃的是谁，你的太太竟不体恤你一点——可是你总根本没有想到孩子没有一个不淘气，佣人没有一个没有问题，米也没有一天不涨价的！你的温柔的太太，整天整夜的在这炼狱中间，怕你不得好睡，办事没有精神，脾气也会变坏，而她自己昨夜则于你蒙卑之中，起来了七八次之多，既怕孩子挨骂，又怕你受委屈。孩子哭是因为肚子痛，肚子痛是因为刘妈给他生水喝。而刘妈则是没有受过近代训练的佣人，跟她怎样说都不会记得。这年头，连个帮工都不容易请，奉承她还来不及，哪还敢说一个"换"字。她也许思前想后，一夜无眠，今早起来，她还得依旧支撑。家长里短的事，女人不管，谁来管呀？她一忙就累，一累就也有气，满心只想望你中午或晚上回来，凡事有你商量，有你安慰。倘若你回来了，看见她的愁眉，看见她的黑眼圈，你说一两句安慰的话，她也许就把旧恨新愁，全付汪洋大海，否则她只有在你的面前或背后，掉下一两滴可怜无告的眼泪。你也许还觉得"女人，除了哭，还会什么！"

男子的条件中，有时还要对方具有经济生产的能力，这个问题就更大了。我知道有许多职业妇女，在结婚之前，总要百转千回的考虑。倘若她或不幸而被恋爱征服，同时又对事业不忍放弃，那这两股绳索就会把她绞死！我有一对朋友，是夫妇同在一个机关里面办事的（妻的地位似乎比丈夫还高）。每次我到他们家里去拜访，或是他们请我吃饭，假如一切顺利，做丈夫和做妻子的就都兴高采烈。假如饭生菜不熟，或小孩子喧哗吵闹，做丈夫的就会以责备的眼光看太太，太太却以抱歉的眼光来看我们两个，我只好以悲悯[2]的眼光看天。

我心里真想同那做丈夫的说："天哪，她不是和你一样，一天坐八小时的办公室吗？"——我不是说一天坐了八小时的办公室，请客时就应当饭生菜不熟，不过至少他们应当以抱歉的眼光对看，或且同以抱歉的眼光看我。至于把这责任完全推给太太的办法，则连我这一个女性的男子，也看不过了。

　　谈到职业妇女，在西洋的机器文明世界，兼主妇还不感到十分困难。在中国则一切须靠佣人。人比机器难弄得多，尤其是在散离流亡的抗战时代。我看见过多少从前在沿海口岸，摩登城市，养尊处优的妇女们，现在内地，都是荆钗布裙[3]栉风沐雨[4]的工作，不论家里或办公室里，都能弄得井井有条。对于这种女人，我只有五体投地。假如抗战提高了中国的地位，提高了军人、司机、乃至一般工人的地位，则我以为提得最高的，还是我们那些忍得住痛耐得住苦的妇女。

　　话又说得远了，我所要说的关于女人的话，还未说到十分之一。有一个朋友看到了这一段，以为像我这样尊敬体贴女人的人，可以做个模范丈夫，必不难找个合式的太太。连我自己也纳闷，这是怎么说的呢？天晓得！

（本篇最初发表于1941年1月5日《星期评论》重庆版第 8 期，署名
男士，后收入《关于女人》，天地出版社1943年9月出版）

注释

1．反躬自省：fǎn gōng zì xǐng。回过头来检查自己的言行得失。

2．悲悯：bēi mǐn。哀伤而又同情。

3．荆钗布裙：形容妇女装束朴素。

4．栉风沐雨：zhì fēng mù yǔ。栉：梳头发；沐：洗头发。风梳发，雨洗头。形容人经常在外面不顾风雨地辛苦奔波。

导读

　　作者对于忍辱负重、吃苦耐劳的中国妇女，一直抱有深深的敬意。文中作者假借"男士"之名，表达了对女性的同情悲悯之情。她们整日操劳、任劳任怨，却得不到起码的尊重和理解，对此，作者深表不满。

　　文章体现了作者关心家庭问题、关心社会生活、关心女性地位的强烈愿望，正是由于她对女性命运的深切关注，所以才会在系列作品中思考女性的前途，探索女性的出路，并因此形成自己的风格，从而奠定了她在现代文学史的重要地位。

我的择偶条件

　　新近搬了一次"家"，居然能从五个人合住的一间屋子，搬到一间卧室，一间书房连客厅的房子里来，虽然仍有一个"屋伴"，在重庆算是不容易的了。这两间屋子，略加布置，尚属雅洁。窗明几净，常有不少的朋友来陪我闲谈；大家总觉得既有这么雅洁的屋子，更应当有个太太了，于是谈锋又转到了择偶的条件。随谈随写，居然也有二十几条，如下：

　　一、因为我自己是在北方长大的南方人，所以我希望对方不是"北人南相"——此条可以商量。

　　二、因为我是将近四十岁的人，所以希望对方不在二十五岁以下。

　　三、因为我是学文学的，所以希望对方至少能够欣赏文艺。

　　四、因为我自己是个瘦子，所以希望对方不是一个胖子。

　　五、因为我自己不擦润面油、司丹康，所以希望对方也不浓施脂粉，厚抹口红。

　　六、因为我自己从未穿过西装，所以希望对方也不穿着洋服——东方女子穿西服，十个有九个半难看。

　　七、因为我有几个外国朋友，所以希望对方懂得几句外国语言。

　　八、因为我自己好客，所以希望对方也不是一个见了生人说不出话的女子。

　　九、因为我很择客，所以希望对方也不招置许多无聊的男女朋友，哼哼洋歌，嚼嚼瓜子，把橘子皮扔的满地。

　　十、因为我颇有洁癖，所以希望对方也相当的整齐清洁——至少不会翻乱我的书籍，弄脏我的衣冠。

　　十一、因为我怕香花，所以希望对方不带白玉兰，不在屋子里插些丁香、真珠梅之类。

　　十二、因为我喜欢雅淡，所以希望对方不穿浓艳及颜色不调和的衣服，我总忘不了黄莘田先生的两句诗："颜色上伊身便好，带些暗淡大家风。"

　　十三、我自己曾经享受过很舒服的衣食住行，而在抗战期内，绝口不提从前的幸福！我觉得流离痛苦是该受的。因此，我希望对方不是整天的叹气说着："从前在北平的时候呀，""这仗打到什么时候才完呀"一类的废话。

十四、因为我喜欢旅行，所以希望对方也不以旅行为苦。

十五、因为我喜欢海，所以希望对方也爱泅水[1]，不怕海风。

十六、因为我喜欢山居，所以希望对方不怕山居的寂寞。

十七、因为我喜听京戏——虽然并不常去，所以希望对方不把国剧看得一钱不值。

十八、我喜欢看美人，无论是真人或图画，希望对方能够谅解。我只是赞叹而已。倘若她也和我一样，也只爱"看"美男子，我决予以鼓励。

十九、因为我自觉是个"每逢大事有静气"的汉子（看见或摸着个把臭虫时除外，但此不是大事），所以希望对方偶有小惊小怕时，不作电影明星式的捧心高叫。

二十、我对于屋内的挂幅，选择颇严，希望对方不在案侧或床头，挂些低级趣味的裸体画，或明星照片。

二十一、我很喜欢炉中的微火和烛火，以为在柔软的光影中清淡，是最惬心的事，希望对方也能欣赏，至少不至于喜欢强烈直射的灯光。

二十二、我喜欢微醺[2]的情境；在微醉后谈话作文，都更觉有兴致。因此，我希望对方不反对人喝"一点"酒。但苦甜酒——如杂果酒，喝到两杯以上，白酒五杯以上，黄酒十杯以上，亲爱的，请你阻止我！

二十三、因为我在北方长大，能吃大葱大蒜，所以希望对方虽不与我同嗜[3]，至少也不厌恶这种气味。

二十四、因为我喜听音乐，所以希望对方不在音乐会场内，高声谈笑或睡觉。

二十五、因为我喜欢生物，所以希望对方不反对我养狗或养鸽。

二十六、……

一个朋友把我叫住了。说："你曾笑你那位死去的朋友，提出了二十六个择偶的条件，如今你竟然快要打破他的记录了。"我说我的条件实和他的不同，都是就我自己有的本钱来讨代价的，并不曾作过分的要求，纵然不能抛玉引玉，也还是抛砖引砖，条件再多些谅也无妨。而且我注意的只是嗜好与习惯上的小节，至于她的容貌性情以及经济生产能力等等，我都可以随遇而安[4]，不加苛求的。另一个朋友说，"嗜好习惯太相同了，反无相互吸引之力，生活在一起没有兴趣。而且像你这样的斤斤[5]于小节，只有让你自己再变成为一个女人，来配你自己吧。"天哪！假如我真是个女人，恐怕早已结婚，而且是已有了两三个孩子了。

注释

1．泅水：qiú shuǐ。也叫泅渡。游水。
2．微醺：醺，xūn。稍微有点醉的感觉。
3．嗜：shì。喜欢，爱好。
4．随遇而安：随，顺从；遇，遭遇。指能顺应环境，在任何环境下都能满足，不会追求更高。
5．斤斤：斤斤计较。

导读

　　冰心曾写过一个有二十六个择偶条件的男人："到了十年之末，他只剩了一个条件——'只要是一个女人就行'。结果是一个女人也没有得到。他死了，朋友替他写传记，中有很惨的四个字：'尚未娶妻'"。

　　冰心旨在告诫人们：人在择偶时难免希望对方是完美的，完全按照自己的要求"量身定做"的，这其实是一个无法实现的幻想，择偶的一个误区。

我的母亲

谈到女人，第一个涌上我的心头的，就是我的母亲，因在我的生命中，她是第一个对我失望的女人。

在我以前，我有两个哥哥，都是生下几天就夭折的，算命的对她说："太太，你的命里是要先开花后结果的，最好能先生下一个姑娘，庇护以后的少爷。"因此，在她怀我的时候，她总希望是一个女儿。她喜欢头生的是一个姑娘，会帮妈妈看顾弟妹、温柔、体贴、分担忧愁。不料生下我来，又是一个儿子。在合家欢腾之中，母亲只是默然的躺在床上。祖父同我的姑母说："三嫂真怪，生个儿子还不高兴！"

母亲究竟是母亲，她仍然是不折不扣的爱我，只是常常念道："你是儿子兼女儿的，你应当有女儿的好处才行。"我生后三天，祖父拿着我的八字去算命。算命的还一口咬定这是女孩的命，叹息着说："可惜是个女孩子，否则准作翰林¹。"

母亲也常常拿我取笑说："如今你是一个男子，就应当真作个翰林了。"幸而我是生在科举久废的新时代，否则，以我的才具而论，哪有三元及第²荣宗耀祖的把握呢？

在我底下，一连串的又来了三个弟弟，这使母亲更加失望。然而这三个弟弟倒是个个留住了。当她抱怨那个算命的不灵的时候，我们总笑着说，我们是"无花果"，不必开花而即累累结实的。

母亲对于我的第二个失望，就是我总不想娶亲。直至去世时为止，她总认为我的一切，都能使她满意，所差的就是我竟没有替她娶回一位，有德有才而又有貌的媳妇。其实，关于这点，我更比她着急，只是时运不济，没有法子。在此情形之下，我只有竭力鼓励我的弟弟们先我而娶，替他们介绍"朋友"，造就机会。结果，我的二弟，在二十一岁大学刚毕业时就结了婚。母亲跟前，居然有了一个温柔贤淑的媳妇，不久又看见了一个孙女的诞生，于是她才相当满足地离开了人世。

如今我的三个弟弟都已结过婚了，他们的小家庭生活，似乎都很快乐。

我的三个弟妇，对于我这老兄，也都极其关切与恭敬。只有我的二弟妇常常笑着同我说："大哥，我们做了你的替死鬼，你看在这兵荒马乱米珠薪桂³的年头，我们这五个女孩子怎么办？你要代替我们养一两个才行。"她怜惜的抚摩着那些黑如鸦羽的小头。她哪里舍得给我养呢！那五个女孩子围在我的膝头，一齐抬首的时候，明艳得如同一束朝露下的红玫瑰花。

母亲死去整整十年了。去年父亲又已逝世。我在各地飘泊，依然是个孤身汉子。弟弟们的家，就是我的家，那里有欢笑，有温情，有人照应我的起居饮食，有人给我缝衣服补袜子。我出去的时候，回来总在店里买些糖果，因为我知道在那阑干上，有几个小头伸着望我。去年我刚到重庆，就犯了那不可避免的伤风，头痛得七八天睁不开眼，把一切都忘了。一天早晨，航空公司给我送来一个包裹，是几个小孩子寄来的，其中的小包裹是从各地方送到，在香港集中的。上面有一个卡片，写着："大伯伯，好些日子不见信了，圣诞节你也许忘了我们，但是我们没有忘了你！"我的头痛立刻好了，漆黑的床前，似乎竖起了一棵烛光辉煌的圣诞树！

回来再说我的母亲吧。自然，天下的儿子，至少有百分之七十，认为他的母亲乃是世界上最好的母亲。我则以为我的母亲，乃是世界上最好的母亲中最好的一个。不但我如此想，我的许多朋友也如此说。她不但是我的母亲，而且是我的知友。我有许多话不敢同父亲说的，敢同她说；不能对朋友提的，能对她提。她有现代的头脑，稳静公平的接受现代的一切。她热烈的爱着"家"，以为一个美好的家庭，乃是一切幸福和力量的根源。她希望我早点娶亲，目的就在愿意看见我把自己的身心，早点安置在一个温暖快乐的家庭里面。然而，我的至爱的母亲，我现在除了"尚未娶妻"之外，并没有失却了"家"之一切！

我们的家，确是一个安静温暖而又快乐的家。父亲喜欢栽花养狗；母亲则整天除了治家之外，不是看书，就是做活，静悄悄的没有一点声息。学伴们到了我们家里，自然而然的就会低下声来说话。然而她最鼓励我们运动游戏，外院里总有秋千、杠子等等设备。我们学武术，学音乐（除了我以外，弟弟们都有很好的成就）。母亲总是高高兴兴的，接待父亲和我们的朋友。朋友们来了，玩得好，吃得好，总是欢喜满足的回去。却也有人带着眼泪回家，因为他想起了自己死去的母亲，或是他的母亲，同他不曾发生什么情感的关系。

我的父亲是大家庭中的第三个儿子。他的兄弟姊妹很多，多半是不成材的，于是他们的子女的教养，就都堆在父亲的肩上。对于这些，母亲充分的帮了父亲的忙，父亲付与了一份的财力，母亲贴上了全副的精神。我们家里总有七八个孩子同住，放假的时候孩子就更多。母亲以羸弱⁴的身体，来应付支持这一切，无论多忙多乱，微笑没有离开过她的嘴角。我永远忘不了母亲逝世的那晚，她的床侧，昏倒了我的一个身为军人的堂哥哥！

母亲又有知人之明，看到了一个人，就能知道这人的性格。故对于父亲和我们的朋友的选择，她都有极大的帮助。她又有极高的鉴赏力，无论屋内的陈设，园亭的布置，或是衣饰的颜色和式样等，经她一调动，就显得新异不俗。我记得有一位表妹，在赴茶会之前，打扮得花枝招展的，到了我们的家里；母亲把她浑身上下看了一遍，笑说："元元，你打扮得太和别人一样了。人家抹红嘴唇，你也抹红嘴唇，人家涂红指甲，你也涂红指甲，这岂非反不引起他人的注意？你要懂得'万朵红莲礼白莲'的道理。"我们都笑了，赞同母亲的意见。表妹立刻在母亲妆台前洗净铅华⁵，换了衣饰出去；后来听说她是那晚茶会中，被人称为最漂亮的一个。

母亲对于政治也极关心。三十年前，我的几个舅舅，都是同盟会的会员，平常传递消息，收发信件，都由母亲出名经手。我还记得在我八岁的时候，一个大雪夜里，帮着母亲把几十本《天讨》，一卷一卷的装在肉松筒里，又用红纸条将筒口封了起来，寄了出去。不久收到各地的来信说："肉松收到了，到底是家制的，美味无穷。"我说："那些不是书吗？"母亲轻轻的捏了我一把，附在我的耳朵上说："你不要说出去。"

辛亥革命时，我们正在上海，住在租界旅馆里。我的职务，就是天天清早在门口等报，母亲看完了报就给我们讲。她还将她所仅有的一点首饰，换成洋钱，捐款劳军。我那时才十岁，也将我所仅有的十块压岁钱捐了出去，是我自己走到申报馆去交付的。那两纸收条，我曾珍重的藏着，抗战起来以后不知丢在哪里了。

"五四"以后，她对新文化运动又感了兴趣。她看书看报，不让时代把她丢下。她不反对自由恋爱，但也注重爱情的专一。我的一个女同学，同人"私奔"了，当她的母亲走到我们家里"垂涕而道"的时候，父亲还很气愤，母亲却不做声。

客人去后，她说："私奔也不要紧，本来仪式算不了什么，只要他们始终如一就行。"

　　诸如此类，她的一言一动，成了她的儿子们的南针。她对我的弟弟们的择偶，从不直接说什么话，总说："只要你们喜爱的，妈妈也就喜爱。"但是我们的性格品味已经造成了，妈妈不喜爱的，我们也决不会喜爱。

　　她已死去十年了。抗战期间，母亲若还健在，我不知道她将做些什么事情，但我至少还能看见她那永远微笑的面容，她那沉静温柔的态度，她将以卷《天讨》的手，卷起她的每一个儿子的畏惧懦弱的心！

　　她是一个典型的贤妻良母，至少母亲对于我们解释贤妻良母的时候，她以为贤妻良母，应该是丈夫和子女的匡护[6]者。

　　关于妇女运动的各种标语，我都同意，只有看到或听到"打倒贤妻良母"的口号时，我总觉得有点逆耳刺眼。当然，人们心目中"妻"与"母"是不同的，观念亦因之而异。我希望她们所要打倒的，是一些怯弱依赖的软体动物，而不是像我的母亲那样的女人。

注释

1．翰林：皇帝的文学侍从官，唐朝以后始设，明、清改从进士中选拔。指文士。
2．三元及第：科举时代乡试、会试、殿试都是第一名。
3．米珠薪桂：米贵得像珍珠，柴贵得像桂木。形容物价高，人民生活极其困难。
4．孱弱：chán ruò。瘦小虚弱。
5．铅华：指中国古代妇女用的化妆品。
6．匡护：kuāng hù。救助护卫。

导读

　　"天下的儿子，至少有百分之七十，认为他的母亲乃是世界上最好的母亲。我则以为我的母亲，乃是世界上最好的母亲中最好的一个。"这是对母爱最好的赞歌。

　　"我"的母亲贤惠慈爱、善于持家、关心政治、善解人意，"她是一个典型的贤妻良母"，"她的一言一动，成了她的儿子们的南针"。可见，一位伟大的母亲对儿女的成长具有多么重要的影响。

母亲虽然已经去世多年，但她永远活在儿女的心中。作者深深敬爱自己的母亲，这就不难理解作者为什么看到妇女运动者提出的"打倒贤妻良母"的口号时觉得逆耳刺眼了。

我的教师

第二个女人，我永远忘不掉的，是T女士，我的教师。

我从小住在偏僻的乡村里，没有机会进小学，所以只在家塾里读书，国文读得很多，历史地理也还将就得过，吟诗作文都学会了，且还能写一两千字的文章。只是算术很落后，翻来覆去，只做到加减乘除，因为塾师自己的算学程度，也只到此为止。

十二岁到了北平，我居然考上了一个中学，因为考试的时候，校长只出一个"学然后知不足"的论说题目。这题目是我在家塾里做过的，当时下笔千言，一挥而就，校长先生大为惊奇赞赏，一下子便让我和中学一年生同班上课。上课两星期以后，别的功课我都能应付裕如[1]，作文还升了一班，只是算术把我难坏了。中学的算术是从代数做起的，我的算学底子太坏，脚跟站不牢，昏头眩脑，踏着云雾似的上课，T女士便在这云雾之中，飘进了我的生命中来。

她是我们的代数和历史教员，那时也不过二十多岁吧。

"蝤首蛾眉，齿如编贝"这八个字，就恰恰的可以形容她。她是北方人，皮肤很白嫩，身材很窈窕[2]，又很容易红脸，难为情或是生气，就立刻连耳带颈都红了起来，我最怕的是她红脸的时候。

同学中敬爱她的，当然不止我一人，因为她是我们的女教师中间最美丽，最和平，最善诱的一位。她的态度，严肃而又和蔼，讲述时简单而又清晰。她善用譬喻；我们每每因着譬喻的有趣，而连带的牢记了原理。

第一个月考，我的历史得九十九分，而代数却只得了五十二分，不及格！当我下堂自己躲在屋角流泪的时候，觉得有只温暖的手，抚着我的肩膀，抬头却见T女士挟着课本，站在我的身旁。我赶紧擦了眼泪，站了起来。她温和的问我道：

"你为什么哭？难道是我的分数打错了？"我说："不是的，我是气我自己的数学底子太差。你出的十道题目，我只明白一半。"她就款款温柔的坐下，仔细问我的过去。知道了我的家塾教育以后，她就恳切的对我说：

"这不能怪你。你中间跳过了一大段！我看你还聪明，补习一定不难，以后你每天晚一点回家，我替你补习算术吧。"

这当然是她对我格外的爱护，因为算术不曾学过的，很有退班的可能；而且她很忙，每天匀出一个钟头给我，是额外的恩惠。我当时连忙答允，又再三的道谢。回家去同母亲一说，母亲尤其感激，又仔细的询问T女士的一切，她觉得T女士是一位很好的教师。

从此我每天下课后，就到她的办公室，补习一个钟头的算术，把高小三年的课本，在半年以内赶完了。T女士逢人便称道我的神速聪明。但她不知道我每天回家以后，用功直到半夜，因着习题的烦难，我曾流过许多焦急的眼泪，在泪眼模糊之中，灯影下往往涌现着T女士美丽慈和的脸，我就仿佛得了灵感似的，擦去眼泪，又赶紧往下做。那时我住在母亲的套间里，冬天的夜里，烧热了砖炕，点起一盏煤油灯，盘着两腿坐在炕桌边上，读书习算。到了夜深，母亲往往叫人送冰糖葫芦，或是赛梨的萝卜，来给我消夜。直到现在，每逢看见孩子做算术，我就会看见T女士的笑脸，脚下觉得热烘烘的，嘴里也充满了萝卜的清甜气味！

算术补习完毕，一切难题，迎刃而解，代数同几何，我全是不费功夫的做着；我成了同学们崇拜的中心，有什么难题，他们都来请教我。因着T女士的关系，我对于算学真是心神贯注，竟有几个困难的习题，是在夜中苦想，梦里做出来的。我补完算术以后，母亲觉得对于T女士应有一点表示，她自己跑到福隆公司，买了一件很贵重的衣料，叫我送去。T女士却把礼物退了回来，她对我母亲说："我不是常替学生补习的，我不能要报酬。我因为觉得令郎别样功课都很好，只有算学差些，退一班未免太委屈他。他这样的赶，没有赶出毛病来，我已经是很高兴的了。"母亲不敢勉强她，只得作罢。

有一天我在东安市场，碰见T女士也在那里买东西。看见摊上挂着的挖空的红萝卜里面种着新麦秧，她不住地夸赞那东西的巧雅，颜色的鲜明，可是因为手里东西太多，不能再拿，割爱了。等她走后，我不曾还价，赶紧买了一只萝卜，挑在手里回家。第二天一早又挑着那只红萝卜，按着狂跳的心，到她办公室去叩门。她正预备上课，开门看见了我和我的礼物，不觉嫣然的笑了，立刻接了过去，挂在灯上，一面说："谢谢你，你真是细心。"我红着脸出来，三步两跳跑到课室里，嘴里不自觉的唱着歌，那一整天我颇觉得有些飘飘然之感。

因着补习算术，我和她对面坐的时候很多，我做着算题，她也低头改卷子。在我抬头凝思的时候，往往注意到她的如云的头发，雪白的脖子，很长的低垂的睫毛，和穿在她身上稳称大方的灰布衫，青裙子，心里渐渐生了说不出的敬慕和爱恋。在我偷看她的时候，有时她的眼光正和我的相值，出神的露着润白的牙齿向我一笑，我就要红起脸，低下头，心里乱半天，又喜欢，又难过，自己莫名其妙。

从校长到同学，没有一个愿意听到有人向 T 女士求婚的消息。校长固不愿意失去一位好同事，我们也不愿意失去一位好教师，同时我们还有一种私意，以为世界上根本就没有一个男子，配作 T 女士的丈夫，然而向 T 女士求婚的男子，那时总在十个以上，有的是我们的男教师，有的是校外的人士。

我们对于 T 女士的追求者，一律的取一种讥笑鄙夷[3]的态度。

对于男教师们，我们不敢怎么样，只在背地里替他们起上种种的绰号，如"癞哈蟆"、"双料癞哈蟆"之类。对于校外的人士，我们的胆子就大一些，看见他们坐在会议室里或是在校门口徘徊，我们总是大声咳嗽，或是从他们背后投些很小的石子，他们回头看时，我们就三五成群的哄哄笑着，昂然走过。

T 女士自己对于追求者的态度，总是很庄重很大方。对于讨厌一点的人，就在他们的情书上，打红叉子退了回去。对于不大讨厌的，她也不取积极的态度，仿佛对于婚姻问题不感着兴趣。她很孝，因为没有弟兄，她便和她的父亲守在一起，下课后常常看见她扶着老人，出来散步，白发红颜，相映如画。

在这里，我要供招一件很可笑的事实，虽然在当时并不可笑。那时我们在圣经班里，正读着"所罗门雅歌"，我便模仿雅歌的格调，写了些赞美 T 女士的句子，在英文练习簿的后面，一页一页的写下叠起。积了有十几篇，既不敢给人看，又不忍毁去。那时我们都用很厚的牛皮纸包书面，我便把这十几篇尊贵的作品，折存在两层书皮之间。有一天被一位同学翻了出来，当众诵读，大家都以为我是对于隔壁女校的女生，发生了恋爱，大家哄笑。我又不便说出实话，只好涨红着脸，赶过去抢来撕掉。从此连雅歌也不敢写了，那年我是十五岁。

我从中学毕业的那一年，T女士也离开了那学校，到别地方作事去了，但我们仍常有见面的机会。每次看见我，她总有勉励安慰的话，也常有些事要我帮忙，如翻译些短篇文字之类，我总是谨慎将事，宁可将大学里功课挪后，不肯耽误她的事情。

她做着很好的事业，很大的事业，至死未结婚。六年以前，以牙疾死于上海，追悼哀殓她的，有几万人。我是在从波士顿到纽约的火车上，得到了这个消息，车窗外飞掠过去的一大片的枫林秋叶，尽消失了艳红的颜色，我忽然流下泪来，这是母亲死后第一次的流泪。

注释

1. 应付裕如：指处理事情毫不费力，从从容容。
2. 窈窕：yǎo tiǎo。窈，深邃，喻女子心灵美；窕，幽美，喻女子仪表美。窈窕：深邃幽美，形容女子心灵仪表兼美的样子。
3. 鄙夷：bǐ yí。轻视，看不起；蔑视；鄙视。

导读

作者用细腻的笔触刻画了一位女教师的美好形象，文中的T是女老师中最美丽、最和平、对学生最能循循善诱的一位老师。她帮助"我"补习算术，从而避免了退班的危险；"我"送她红萝卜表达感激之情；出于对T老师的爱，"我们对于T女士的追求者，一律的取一种讥笑鄙夷的态度"，甚至对他们扔石子……种种情景，历历在目，反映了女老师的善良、敬业和学生们对她的爱。

篇末写到T女士的不幸去世，表达了作者浓烈的思念之情。

叫我老头子的弟妇

第三个女人，我要写的，本是我的奶娘。刚要下笔，编辑先生忽然来了一封信，特烦我写"我的弟妇"。这当然可以，只是我有三个弟妇，个个都好，叫我写哪一个呢？把每个人都写一点吧，省得她们说我偏心！

我常对我的父亲说："别人家走的都是儿子的运，我们家走的却是儿媳妇的运，您看您这三位少奶奶，看着叫人心里多么痛快！"父亲一面笑眯眯的看着她们，一面说："你为什么不也替我找一位痛快的少奶奶来呢？"于是我的弟弟和弟妇们都笑着看我。我说："我也看不出我是哪点儿不如他们，然而我混了这些年，竟混不着一位太太。"弟弟们就都得意的笑着说："没有梧桐树，招不了凤凰来。只因你不是一棵梧桐树，所以你得不着一只凤凰！"这也许是事实，我只好忍气吞声地接受了他们的讥诮[1]。那是廿六年六月，正值三弟新婚后到北平省亲，人口齐全，他提议照一张合家欢的相片，却被我严词拒绝了。我不能看他们得意忘形的样子，更不甘看相片上我自己旁边没有一个女人，这提议就此作罢。时至今日，我颇悔恨，因为不到一个月，芦沟桥事变起，我们都星散了。父亲死去，弟弟们天南地北，"海内风尘诸弟隔，天涯涕泪一身遥"是我常诵的句子，而他们的集合相片，我竟没有一张！

我的二弟妇，原是我的表妹，我的舅舅的女儿，大排行第六，只比我的二弟小一个月。

我看着他们长大，真是青梅竹马，两小无猜。在他们的回忆里，有许多甜蜜天真的故事，倘若他们肯把一切事情都告诉我，一定可以写一本很好的小说。我曾向他们提议，他们笑说：

"偏不告诉你，什么话到你嘴里，都改了样，我们不能让你编排！"

他们在七八岁上，便由父母之命定了婚；定婚以后，舅母以为未婚男女应当避嫌，他们的踪迹便疏远了。然而我们同舅家隔院而居，早晚出入，总看得见，岁时节序，家宴席上，也不能避免。他们那种忍笑相视的神情，我都看在眼里，我只背地里同二弟取笑，从来不在大人面前提过一句，恐怕舅母又来干涉，太煞风景。

　　有一年，正是二弟在唐山读书，六妹在天津上学，一个春天的早晨，我忽然接到"男士先生亲启"的一封信，是二弟发的，赶紧拆来一看，里面说："大哥，我想和六妹通信，……已经去了三封信，但她未曾复我，请你帮忙疏通一下，感谢不尽。"我笑了，这两个十五岁的孩子，春天来到他们的心里了！我拿着这封信，先去给母亲看，母亲只笑了一笑，没说什么。我知道最重要的关键还是舅母，于是我又去看舅母。

　　寒暄以后，轻闲的提起，说二弟在校有时感到寂寞，难为他小小的年纪，孤身在外，我们都常给他写信，希望舅母和六妹也常和他通信，给他一点安慰和鼓励。舅母迟疑了一下，正要说话，我连忙说："母亲已经同意了。这个年头，不比从前，您若是愿意他们小夫妻将来和好，现在应当让他们多多交换意见，联络感情。他俩都是很懂事有分寸的孩子，一切有我来写包票。"舅母思索了一会，笑着叹口气说："这是哪儿来的事！也罢，横竖一切有你做哥哥的负责。"我也不知道我负的是什么责任，但这交涉总算办得成功，我便一面报告了母亲，一面分函他们两个，说："通信吧，一切障碍都扫除了，没事别再来麻烦我！"

　　他们廿一岁的那年，我从国外回来，二弟已从大学里毕业，做着很好的事，拉得一手的好提琴，身材比我还高，翩翩年少，相形之下，我觉得自己真是老气横秋了。六妹也长大了许多，俨然是一个大姑娘了。在接风的家宴席上，她也和二弟同席，谈笑自如。夜阑人散，父母和我亲热的谈着，说到二弟和六妹的感情，日有进步，虽不像西洋情人之形影相随，在相当的矜持[2]之下，他们是互相体贴，互相勉励；母亲有病的时候，六妹是常在我们家里，和弟弟们一同侍奉汤药，也能替母亲料理一点家事。谈到这里，母亲就说："真的，你自己的终身大事怎样了？今年腊月是你父亲的六十大寿，我总希望你能带一个媳妇回来，替我做做主人。如今你一点动静都没有，二弟明夏又要出国，三弟四弟还小，我几时才做得上婆婆？"我默然一会，笑着说："这种事情着急不来。您要做个婆婆却容易；二弟尽可于结婚之后再出国。刚才我看见六妹在这里的情形，俨然是个很能干的小主妇，照说廿一岁了也不算小了，这事还得我同舅母去说。"母亲仿佛没有想到似的，回头笑对父亲说："这倒也是一个办法。"

　　第二天同二弟提起，他笑着没有异议。过几天同舅母提起，舅母说："我倒是无所谓，不过六妹还有一年才能毕业大学，你问她自己愿意不愿意。"
我笑着去找六妹。她正在廊下织活，看见我走来，便拉一张凳子，让我坐下。
我说："六妹，有一件事和你商量，请你务必帮一下忙。"她睁着大眼看着我。

　　我说："今年父亲大寿的日子，母亲要一个人帮她作主人，她要我结婚，
你说我应当不应当听话？"她高兴得站了起来，"你？结婚？这事当然应当
听话。几时结婚？对方是谁？要我帮什么忙？"我笑说："大前提已经定了，
你自己说的，这事当然应当听话。我不知道我在什么时候才可以结婚，因
为我还没有对象，我已把这责任推在二弟身上了，我请你帮他的忙。"她
猛然明白了过来，红着脸回头就走，嘴里说："你总是爱开玩笑！"我拦住
了她，正色说："我不是同你开玩笑，这事母亲舅母和二弟都同意了，只
等候你的意见。"她站住了，也严肃了起来，说："二哥明年不是要出国吗？"
我说："这事我们也讨论过，正因为他要出国，我又不能常在家，而母亲
身边又必须有一个得力的人，所以只好委屈你一下。"她低头思索了一会，
脸上渐有笑容。我知道这个交涉又办成功了，便说："好了，一切由我去备办，
你只预备作新娘子吧！"她啐³了一口，跑进屋去。舅母却走了出来，笑说：

　　"你这大伯子老没正经——不过只有三四个月的工夫了，我们这些人
老了，没有用，一切都拜托你了。"

　　父亲生日的那天，早晨下了一场大雪，我从西郊赶进城来。当天，他
们在欧美同学会举行婚礼，新娘明艳得如同中秋的月！吃完喜酒，闹哄哄
的回到家里来，摆上寿筵。拜完寿，前辈客人散了大半，只有二弟一班朋
友，一定要闹新房，父母亲不好拦阻，三弟四弟乐得看热闹，大家一哄而进。
我有点乏了，自己回东屋去吸烟休息。我那三间屋子是周末养静之所，收
拾得相当整齐，一色的藤床竹椅，花架上供养着两盆腊梅，书案上还有水仙，
掀起帘来，暖香扑面。我坐了一会，翻起书本来看，正神往于万里外旧游
之地，猛抬头看钟，已到十二时半，南屋新房里还是人声鼎沸。我走进去
一看，原来新房正闹到最热烈的阶段，他们请新娘做的事情，新娘都一一
遵从了，而他们还不满意，最后还要求新娘向大家一笑，表示逐客的意思，
大家才肯散去。新娘大概是乏了，也许是生气了，只是绷着脸不肯笑，两
下里僵着，二弟也不好说什么，只是没主意的笑着四顾。我赶紧找支铅笔，
写了个纸条，叫伴娘偷偷的送了过去，上面是："六妹，请你笑一笑，让
这群小土匪下了台，我把他们赶到我屋里去！"忙乱中新娘看了纸条，在

人丛中向我点头一笑，大家哄笑了起来，认为满意。我就趁势把他们都让到我的书室里。那夜,我的书室是空前的凌乱,这群"小土匪"在那里喝酒、唱歌、吃东西、打纸牌，直到天明。

不到几天，新娘子就喧宾夺主，事无巨细，都接收了过去，母亲高高在上，无为而治[4]，脸上常充满着"做婆婆"的笑容。我每周末从西郊回来，做客似的，受尽了小主妇的招待。

她生活在我们中间，仿佛是从开天辟地就在我们家里似的，那种自然，那种合适。第二年夏天，二弟出国，我和三四弟教书的教书，读书的读书，都不能常在左右，只有她是父母亲朝夕的慰安。

十几年过去了，她如今已是五个孩子的母亲，不过对于"大哥"，她还喜欢开点玩笑，例如：她近来不叫我"大哥"，而叫我"老头子"了！

（本篇最初发表于1941年6月20日《星期评论》第29期，署名男士，后收入《关于女人》）

注释

1. 讥诮：jī qiào。冷言冷语地讥讽。
2. 矜持：jīn chí。庄重；严肃。
3. 啐：cuì。吐；发出唾声；表示鄙弃或愤怒。这里是故作生气。
4. 无为而治：顺应自然变化不妄为而使天下得到治理。

导读

父母之命的婚姻，竟也如此幸福和谐。"她生活在我们中间，仿佛是从开天辟地就在我们家里似的，那种自然，那种合适。"

从娇羞的少女、明艳的新娘子，到"喧宾夺主"的小主妇，再到五个孩子的母亲，一切水到渠成，幸福美满。

在作者笔下，平凡生活中的琐事同样富含美感。

请我自己想法子的弟妇

　　三弟和我很有点相像，长的相像，性情也相像，我们最谈得来。我在北平西郊某大学教书的时候，他正在那里读书，课余，我们常常同到野外去散步谈心。他对于女人的兴趣，也像我似的，适可而止，很少作进一步的打算。所以直到他大学毕业，出了国，又回来在工厂里做事，还没有一个情人。

　　六年以前，我第二次出国，道经南京，小驻一星期，三弟天天从隔江工厂里过来陪我游玩。有一个星期日，一位外国朋友自驾汽车，带我们去看大石碑，并在那里野餐。原定是下午四点回来，汽车中途抛了锚，直到六点才进得城门。三弟在车上就非常烦躁不安，到了我的住处，他匆匆的洗了澡，换了一身很漂亮的西装，匆匆的又出去。我那时正忙，也不曾追问。直到第二年的春天，我在巴黎，忽然得他一封信，说：

　　"大哥，告诉你一件事，我已经订了婚。不久要结婚了。……记得我们去年逛大石碑的一天吧，就在那夜，我和她初次会面。……我们准备六月中旬结婚，婚后就北上。你若是在六月底从西伯利亚回来，我们可在北平车站接你。……巴黎如何？有好消息否？好了，北平见！"我仔细的看了他信中附来的两人合照的相片，匆匆的写了一张卡片，说："我妒羡你，居然也有了心灵的归宿！巴黎寂寞得很，和北平一样，还是你替我想想法子吧。"我又匆匆的披上大衣，直走到一家大百货商店，买了一套银器，将卡片放在匣里，寄回南京去。

　　在北平车站上，家人丛中，看见了我的三弟妇，极其亲热的和我握手，仿佛是很熟的朋友，她和我并肩走着。回头看见大家的笑容，三弟尤其高兴，我紧紧的捏着他的手，低声说："有你的！"

　　他们先在城里请过了客，便到西郊来休息。我们那座楼上，住的都是单身的男教授，"女宾止步"；我便介绍他们到我的朋友 × 家里去住。×夫妇到牯岭避暑去了，那房子空着，和我们相隔只一箭之遥。他们天天走过来吃饭，饭后我便送他们到西山去玩。三弟妇常说："大哥，你和我们一起去吧。"

我摇头说："这些都是我玩腻了的地方，怪热的，我不想去。而且我也不是一个傻子！"三弟就笑说："别理他，他越老越怪。我们自己走吧！"

逛够了西山，三弟就常常说他肚子不好，拒绝一切的应酬，天晓得他是真病假病——我只好以病人待他，每日三餐，叫厨子烤点面包，煮点稀饭，送了过去。他总是躺在客厅沙发上，听三弟妇弹琴。我没事时也过去坐坐，冷眼看他们两个，倒是合适得很，都很稳静，很纯洁，喜欢谈理想，谈宗教，以为世界上确有绝对的真、善、美。虽然也有新婚时代之爱娇与偎倚，而言谈举止之间，总是庄肃的时候居多，我觉得很喜欢他们。

有一次，三弟妇谈起他们的新家庭，一切的设备，都尽量的用国货，因而谈到北平仁立公司的国货地毯，她认为材料很好，花样也颇精致，那时我有的是钱，便说要去买一两张送给他们。我们定好了日子，一同去挑选。他们先进城去陪父亲，我过一两天再去。我还记得，那是芦沟桥事变之前一天，我一早进城去，到了家里，看见一切乱哄哄的，二弟和二弟妇正帮忙这一对新夫妇收拾行李，小孩子们拉着新娘子的衣服，父亲捧着水烟袋，愁眉不展的。原来正阳门车站站长——是我们的亲戚——早上打电话来，说外面风声不稳，平浦路随时有切断的可能，劝他们两个赶紧走，并且已代定了房间。我愣了一会，便说："有机会走还是先走好，你的事情在南京，不便长在北方逗留，明年再来玩吧。"我立刻叫了一部汽车，送他们到车站，我把预备买地毯的一卷钞票，塞在三弟妇的皮包里，看着他们挤上了火车，火车又蠕蠕[1]的离开了车站，心里如同做了一场乱梦。

他们到了南京，在工厂的防空洞里，过了新婚后的几个月。此后又随军撤退，溯江而上，两个人只带一只小皮箱。我送给他们的一套银器，也随首都沦陷了，地毯幸亏未买！而每封他们给我的信，总是很稳定，很满足，很乐观，种种的辛苦和流离，都以诙谐的笔意出之。友人来信，提到三弟和他的太太在内地的生活，都说看不出三弟妇那么一个娇女儿，竟会那样的劳作。他们在工厂旁边租到一间草房，这一间草房包括了一切的居室。炎暑的天气中，三弟妇在斗室里煮饭洗衣服，汗流如雨，嘴里还能唱歌。大家劝她省点力气，不必唱了，她笑说："多出一点气，可以少出一点汗。"这才是伟大的中华儿女的精神，我向她脱帽！

他们新近得了一个儿子，我写信去道贺，并且说："你们这个孩子应当过继²给我，我是长兄！"他们回信说："别妄想了，你要儿子，自己去想法子吧！"他们以为我自己就没有法子了。"好，走着瞧吧！"

（本篇最初发表于1941年6月27日《星期评论》重庆版第30期，署名男士，后收入《关于女人》）

注释

1. 蠕蠕：rú rú。形容慢慢移动的样子。
2. 过继：指自己没有儿子，收养同宗之子为后嗣。也指入养父之家为其后代。

导读

在战乱年代新婚的弟妇，"那么一个娇女儿，竟会那样的劳作。他们在工厂旁边租到一间草房……炎暑的天气中，三弟妇在斗室里煮饭洗衣服，汗流如雨，嘴里还能唱歌"，寥寥几笔，一位乐观、贤淑的中国女人形象跃然纸上。

文末几句家常"斗嘴"，烘托出其乐融融的温暖气氛，家庭之和谐，可见一斑。

使我心疼头痛的弟妇

提到四弟和四弟妇，真使我又心疼，又头痛。这一对孩子给我不少的麻烦，也给我最大的快乐。四弟是我们四个弟兄中最神经质的一个，善怀、多感、急躁、好动。因为他最小，便养得很任性，很娇惯。虽然如此，他对于父母和兄姐的话总是听从的，对我更是无话不说。我教书的时候，他还是在中学。他喜欢养生物，如金鱼、鸽子、蟋蟀之类，每种必要养满一百零八只，给它们取上梁山泊好汉的绰号。例如他的两只最好勇斗狠的蟋蟀，养在最讲究的瓦罐里的，便是"豹子头林冲"和"行者武松"。他料到父亲不肯多给他钱买生物的时候，便来跟我要钱；定要磨到我答允了为止。

他的恋爱的对象是H，我们远亲家里的一个小姑娘。他们是同日生的，她只小四弟一岁。那几年我们住在上海，我和三弟四弟，每逢年暑假必回家省亲。H的家也在上海，她的父亲认为北平的中学比上海的好，就托我送她入北平的女子中学，年暑假必结伴同行。我们都喜欢海行，又都不晕船，在船上早晚都在舱面散步、游戏。四弟就在那时同她熟识了起来。我只觉得他们很和气，决不想到别的。

过了半年，四弟忽然沉默起来，说话总带一点忧悒[1]，功课上也不用心。他的教师多半是我的同学，有的便来告诉我说："你们老四近来糊涂得很，莫不是有病吧？"我得到这消息，便特地跑进城去，到他校里，发见他没有去上课，躺在宿舍床上，哼哼唧唧的念《花间集》。问他怎么了，他说是头痛。看他的确是瘦了，又说不出病源。我以为是营养不足，便给他买一点鱼肝油，和罐头牛奶之类，叫他按时服用，自己又很忧虑的回来。

不久就是春假了，我约三四弟和H同游玉泉山。我发现四弟和H中间仿佛有点"什么"，笑得那么羞涩，谈话也不自然。例如上台阶的时候，若是我或三弟搀H，她就很客气的道谢；四弟搀她的时候，她必定脸红，有时竟摔开手。坐在泉边吃茶闲谈的时候，我和三弟问起四弟的身体，四弟叹息着说些悲观的话，而且常常偷眼看H。H却红着脸，望着别处，仿佛没有听见似的。这与她平常活泼客气的态度大不相同，我心里就明白了一大半。从玉泉山回来，送 H 走后，我便细细的盘问四弟，他始而吞吐支吾，继而坦白的承认他在热爱着 H，求我帮忙。我正色的对他说："恋爱不是一件游戏，你年纪太小，还不懂得什么叫做恋爱。再说，H 是个极高尚极要强的姑娘，你因着爱她，而致荒废学业，不图上进，这真是缘木求鱼[2]，毫无用处！"四弟默然，晚风中我送他回校，路上我们都不大说话。

四弟功课略有进步，而身体却更坏了。我忽然想起叫他停学一年，一来叫他离 H 远点，可有时间思索；二来他在母亲身旁，可以休息得好。因此便写一封长信报告父母，只说老四身体不大好，送他回去休息一年，一面匆匆的把他送走。

暑假回家去，看他果然壮健了一些。有一天，母亲背地和我说："老四和 H 仿佛很好，这些日子常常通信。"这却有点出我意外，我总以为他是在单恋着！于是我便把过去一切都对母亲说了，母亲很高兴，说："H 是我们亲戚中最好的姑娘，她能看上老四，是老四的福气。"我说："老四也得自己争气才行，否则岂不辱没了人家的姑娘！"母亲怫然[3]说："我们老四也没有什么太不好处！"我也只好笑了一笑。

那时英国利物浦一个海上学校，正招航海学生，父亲可以保送一名，回家来在饭桌上偶然谈起，四弟非常兴奋，便想要去。父亲说："航海课程难得很，工作也极辛苦，去年送去三个学生，有两个跑了回来，我不是舍不得你去，是怕你吃不了苦，中途辍学[4]，丢我的脸。"母亲也没有言语。饭后四弟拉着三弟到我屋里来，要我替他向父亲请求，准他到英国去。我说："父亲说的很明白，不是舍不得你。我担保替你去说，你也得担保不中途辍学。"四弟很难过地说："只要你们大家都信任我，同时 H 也不当我作一个颓废[5]的人，我就有这一股勇气。我和你们本是同父一母生的，我相信我若努力，也决不会太落后！"我看他说得坚决可怜，便和三弟商量，一面在父亲面前替他说项，一面找个机会和 H 谈话，说：

"四弟要出国去了，他年纪小，工作烦难，据说他憋下这一股横劲，为的是你。假如你能爱他，就请予以鼓励，假如你没有爱他的可能，请你明白告诉他，好让他死心离去。"H 红着脸没有回答，我也不便追问，只好算了。然而四弟是很高兴，很有勇气地走的，我相信他已得了鼓励了。

爱情真是一件奇怪的东西，四弟到了船上，竟变了一个人，刻苦、耐劳、活泼、勇敢。

　　他的学伴，除了英国人之外，还有北欧的挪威、丹麦等国的孩子，个个都是魁梧精悍，粗鲁爽直，他在这群玩童中间混了五年，走遍了世界上的海口，历尽了海上的风波。五年之末，他带着满面的风尘，满身的筋骨，满心的喜乐，和一张荣誉毕业证书回来。

　　这几年中，H也入了大学，做了我的学生，见面的机会很多。我常常暗地夸奖四弟的眼光不错，他挑恋爱的对手，也和他平时挑衣食住行的对象一样，那么高贵精致。H是我眼中所看到的最好的小姑娘，稳静大方，温柔活泼，在校里家中，都做了她周围人们爱慕的对象，这一点是母亲认为万分满意的。五年分别之中，她和四弟也有过几次吵架，几次误会，每次出了事故，四弟必立刻飞函给我，托我解围。我也不便十分劝说，常常只取中立严正的态度。情人的吵架是不会长久的，撒过了娇，流过了眼泪，旁人还在着急的时候，他们自己却早已是没事人了。经过了几次风波，我也学了乖，无论情势如何紧张，我总不放在心上。

　　只有一次，H有大半年不回四弟的信，我问他也问不出理由，同时每星期得到四弟的万言书，贴着种种不同的邮票，走遍天涯给我写些人生无味的话，似乎有投海的趋势，那时我倒有点恐慌！

　　四弟回国来，到北平家里不到一个钟头，就到西郊来找我，在我那里又不到一个钟头，就到女生宿舍去找H，从此这一对小情人，常常在我客厅里谈话。在四弟到上海去就事的前一天，我们三个人从城里坐小汽车回来，刚到城外，汽车抛了锚，在司机下车修理机件之顷，他们忽然一个人拉着我的一只手，告诉我，他们已经订婚了。这似乎是必然的事，然而我当时也有无限的欢悦。

　　第二年暑假，H毕业于研究院，四弟北上道贺，就在北平结婚。三弟刚从美国回来，正赶上做了伴郎。他们在父亲那里住了几天，就又回到上海去。我同三弟到车站送行，看火车开出多远，他们还在车窗里挥手。出了车站，我们信步行来，进入中原公司小吃部，脱帽坐下，茶房过来，笑问：

　　"两位先生要冰淇淋吧？"我似乎觉得很凉快，就说："来两碗热汤面吧。"吃完了面，我们又到欧美同学会，赴表妹元元订婚的跳舞茶会。在三弟同许多漂亮女郎跳舞的时候，我却走到图书室，拿起一张信纸来，给这一对新夫妇写了一封信，我说："阿H同四弟，你们走后，老三和我感到无限的寂寞，心里一凉，天气也不热了。我们是道地中国人，在中原小吃部没吃冰淇淋，却吃了两碗热汤面！"

五六年来，他们小巧精致的家，做了我的行宫，南下北上，或是夏天避暑，总在他们那里小驻。白天各人做各人的事，晚上常是点起蜡烛来听无线电音乐。有时他们也在烛影中撒娇打架，向大哥诉苦，更有时在餐馆屋顶花园，介绍些年轻女友，来同大哥认识。这些事也很有趣，在我冷静严肃的生活之中，是个很温柔的变换。

上星期又得他们一封信说："我们的船全被英国政府征用了，从此不能开着小炮，追击日本的走私船只，如何可惜！但是，老头子，我们也许要调到重庆来，你头痛不头痛？"

我真的头痛了，但这头痛不是急出来的！

（本篇最初发表于1941年7月4日《星期评论》重庆版第31期，署名男士，后收入《关于女人》）

注释

1．忧悒：yōu yì。忧愁不安。
2．缘木求鱼：yuán mù qiú yú。缘木：爬树。爬到树上去找鱼。比喻方向或办法不对，不可能达到目的。
3．怫然：fú rán。愤怒的样子。
4．辍学：chuò xué。中途停止上学。辍，中途停止，废止。
5．颓废：tuí fèi。意志消沉，精神萎靡。

导读

年轻人恋爱期间的种种状态，于作者娓娓道来的字里行间自然流露出来，不觉会随着他们一阵子闹别扭而头痛，一阵子相互勉励、刻苦奋进而心疼；看着他们有情人终成眷属而欣喜，一家人和睦相处而幸福。

我的奶娘

　　我的奶娘也是我常常怀念的一个女人，一想到她，我童年时代最亲切的琐事，都活跃到眼前来了。

　　奶娘是我们故乡的乡下人，大脚，圆脸，一对笑眼（一笑眼睛便闭成两道缝），皮肤微黑，鼻子很扁。记得我小的时候很胖，人家说我长的像奶娘，我已觉得那不是句恭维[1]的话。

　　母亲生我之后，病了一场，没有乳水，祖父很着急的四处寻找奶妈，试了几个，都不合式，最后她来了，据说是和她的婆婆呕气[2]出来的，她新死了一个三个月的女儿，乳汁很好。

　　祖父说我一到她的怀里就笑，吃了奶便安稳睡着。祖父很欢喜说："胡嫂，你住下吧，荣官和你有缘。"她也就很高兴的住下了。

　　世上叫我"荣官"的只有两个人，一个是我的祖父，一个便是我的奶娘。我总记得她说："荣官呀，你要好好读书，大了中举人，中进士，作大官，挣大钱，娶个好媳妇，儿孙满堂，那时你别忘了你是吃了谁的奶长大的！"她说这话的时候，我总是在玩着，觉得她粗糙的手，摸在我脖子上，怪解痒的，她一双笑眼看着我，我便满口答允了。如今回想，除了我还没有忘记"是吃了谁的奶长大的"之外，既未作大官，又未挣大钱，至于"娶个好媳妇"这一段，更恐怕是下辈子的事了！

　　我们一家人，除了佣人之外，都欢喜她，祖父因为宠我，更是宠她。奶娘一定要吃好的，为的是使乳水充足；要穿新的，为的是要干净。父亲不常回来，回来时看见我肥胖有趣，也觉得这奶妈不错。母亲对谁都好，对她更是格外的宽厚。奶娘常和我说："你妈妈是个菩萨，做好人没有错处，修了个好丈夫，好儿子。就是一样，这班下人都让她惯坏了，个个作恶营私[3]，这些没良心的人，老天爷总有一天睁天眼！"

　　那时我母亲主持一个大家庭，上下有三十多口，奶娘既以半主自居，又非常的爱护我母亲，便成了一般婢仆所憎畏的人。她常常拿着秤，到厨房里去称厨师父买的菜和肉，夜里拍我睡了以后，就出去巡视灯火，察看门户。母亲常常婉告她说："你只看管荣官好了，这些事用不着你操心，何苦来叫人家讨厌你。"她起先也只笑笑，说多了就发急。记得有一次，她哭了，说："这些还不是都为你！你是一位菩萨，连高声说话都没说过，眼看这一场家私都让人搬空了，我看不过，才来帮你一点忙，你还怪我。"她一边数落，一边擦眼泪。母亲反而笑了，不说什么。父亲忍着笑，正色说："我们知道你是好心，不过你和太太说话，不必这样发急，'你'呀'我'的，没了规矩！"我只以为她是同我母亲拌嘴，便在后面使劲的捶她的腿，她回头看看，一把拉起我来，背着就走。

说也奇怪，我的抗日思想，还是我的奶娘给培养起来的。

大约是在八九岁的时候，有一位堂哥哥带我出去逛街，看见一家日本的御料理，他说要请我吃"鸡素烧"，我欣然答应。

脱鞋进门，地板光滑，我们两人拉着手溜走，我已是很高兴。

等到吃饭的时候，我和堂哥对跪在矮几的两边，上下首跪着两个日本侍女，搽着满脸满脖子的怪粉，梳着高高的髻，油香逼人。她们手忙脚乱，烧鸡调味，殷勤劝进，还不住的和我们说笑。吃完饭回来，我觉得印象很深，一进门便一五一十的告诉了我的奶娘。她素来是爱听我的游玩报告的，这次却睁大了眼睛，沉着脸，说："你哥哥就不是好人，单拉你往那些地方跑！下次再去，我就告诉你的父亲打你！"我吓得不敢再说。过了许多日子，偶然同母亲提起，母亲倒不觉得这是一件坏事，还向奶娘解释，说："侄少爷不是一个荒唐人，他带荣官去的地方是日本饭馆子；日本的规矩，是侍女和客人坐在一起的。"奶娘扭过头去说："这班不要脸的东西！太太，您大门不出，二门不迈的，哪里知道这些事呀！告诉您听吧，东洋人就没有一个好的：开馆子的、开洋行的、卖仁丹的，没有一个安着好心，连他们的领事都是他们一伙，而且就是贼头。他们的饭馆侍女，就是窑姐，客人去吃一次，下次还要去。洋行里卖胃药，一吃就上瘾。卖仁丹的，就是眼线，往常到我们村里，一次、两次、三次、头一次画下了图，第二次再来察看，第三次就竖起了仁丹的大板牌子。他们画图的时候，有人在后面偷偷看过，哪地方有树，哪地方有井……都记得清清楚楚。您记着我的话，将来我们这里，要没有东洋人造反，您怎样罚我都行！"父亲在旁边听着，连连点头，说："她这话有道理，我们将来一定还要吃日本人的亏。"

奶娘因为父亲赞成她，更加高兴了，说："是不是？老爷也知道，我们那几亩地，那一间杂货铺，还不是让日本人强占去的？到东洋领事那里打了一场官司，我们孩子的爸爸回来就气死了，临死还叫了一夜：'打死日本人，打死东洋鬼。'您看，若不是……我还不至于……"她兴奋得脸也红了，嘴唇哆嗦[4]着，眼里也充满了泪光。母亲眼眶也红了。父亲站了起来，说："荣官，你带奶娘回屋歇一歇吧。"我那时只觉得又愤激又抱愧[5]，听见父亲的话，连忙拉她回到屋里。这一段话，从来没听见她说过，等她安静下来，我又问她一番。她叹口气抚摩着我说："你看我的命多苦，只生了一个女儿，还长不大。只因我没有儿子，我的婆婆整天哭她的儿子，还诅咒我，说她儿子的仇，一辈子没人报了。我一赌气，便出来当奶娘。我想奶一个大人家的少爷，将来像薛仁贵似的跨海征东[6]，堵了我婆婆的嘴，出我那死鬼男人的气。你大了……"我赶紧搂着她的脖子说："你放心，我大了一定去跨海征东，打死日本人，打死东洋鬼！"眼泪滚下了她的笑脸，她也紧紧的搂着我，轻轻的摇晃着，说：

"这才是我的好宝贝！"

从此我恨了日本人，每次奶娘带我到街上去，遇见日本人，或经过日本人的铺子，我们互揿着的手，都不由的捏紧了起来。我从来不肯买日本玩具，也不肯接受日货的礼物。朋友们送给我的日俄战争图画，我把上面的日本旗帜，都用小刀刺穿。稍大以后，我很用心的读日本地理，看东洋地图，因为我知道奶娘所厚望于我的，除了"作大官，挣大钱，娶个好媳妇"以外，还有"跨海征东"这一件事。

我的奶娘，有气喘的病，不服北方的水土，所以我们搬到北平的时候，她没有跟去。不过从祖父的信里，常常听到她的消息，她常来看祖父，也有时在祖父那里做些短工。她自己也常常请人写信来，每信都问荣官功课如何，定婚了没有。也问北方的佣人勤谨[7]否。又劝我母亲驭下要恩威并济[8]，不要太容纵了他们。母亲常常对我笑说："你奶娘到如今还管着我，比你祖父还仔细。"

母亲按月寄钱给她零用，到了我经济独立以后，便由我来供给她。我们在家里，常常要想到她，提到她，尤其是在国难期间，她的恨声和眼泪，总悬在我的眼前。在日本提出二十一条和"五四"那年，学生游行示威的时候，同学们在高呼"打倒日本帝国主义"，我却心里在喊"打死东洋鬼"。仿佛我的奶娘在牵着我的手，和我一同走，和我一同喊似的。

抗战的前两年，我有一个学生到故乡去做调查工作，我托他带一笔款子送给我的奶娘，并托他去访问，替她照一张相片。学生回来时，带来一封书信，一张相片，和一只九成金的戒指。相片上的奶娘是老得多了，那一双老眼却还是笑成两道缝。信上是些不满意于我的话，她觉得弟弟们都结婚了，而我将近四十岁还是单身，不是一个孝顺的长子。因此她寄来一只戒指，是预备送给我将来的太太的。这只戒指和一只母亲送给我的手表，是我仅有的贵重物品，我有时也戴上它，希望可以做一个"娶媳妇"的灵感！

抗战后，死生流转，奶娘的消息便隔绝了。也许是已死去了吧，我辗转[9]都得不到一点信息。我的故乡在两月以前沦陷了，听说焚杀得很惨，不知那许多牺牲者之中，有没有我那良善的奶娘？我倒希望她在故乡沦陷以前死去。否则她没有看得见她的荣官"跨海征东"，却赶上了"东洋人造反"，我不能想象我的亲爱的奶娘那种深悲狂怒的神情……安息吧，这良善的灵魂。抗战已进入了胜利阶段，能执干戈[10]的中华民族的青年，都是你的儿子，跨海征东之期，不在远了！

注释

1. 恭维：gōng wéi。出于讨好对方的目的而去称赞、颂扬。
2. 呕气：òu qì。闹别扭；生闷气。
3. 营私：yíng sī。谋求私利或满足个人目的的。
4. 哆嗦：duō suo。身体不由自主地颤动。
5. 抱愧：bào kuì。心中有愧；负疚。
6. 跨海征东：民间曾流传唐二主征东或薛仁贵征东的故事。唐二主即唐太宗，薛仁贵则是唐初有名的军事将领。唐太宗为了收复辽东，统一天下，征讨盖苏文弑逆，援救新罗，曾三次出兵征讨高句丽。至唐高宗总章元年(公元668年)薛仁贵等率兵攻下平壤城，俘虏高句丽王高藏，高句丽灭亡。唐在高句丽故地设置9个都督府、42个州、100个县，设安东都护府统辖，以左武卫将军薛仁贵总兵镇之。
7. 勤谨：qín jǐn。勤劳；勤快。语出《汉书·食货志上》："治田勤谨，则晦益三升，不勤则损亦如之。"
8. 恩威并济：ēn wēi bìng jì。奖赏和刑罚一起使用。指统治者同时采用高压和怀柔手段。语出《三国志·吴书·周鲂传》："鲂在郡十三年卒，赏善罚恶，恩威并行。"

9．辗转：zhǎn zhuǎn。转移；经过许多地方。
10．干戈：gān gē。干和戈是古代常用武器，"干"指盾牌，"戈"指进攻的类似矛的武器。因以"干戈"用作兵器的通称。

导读

　　冰心笔下的女性正面形象都是自觉、主动地承担起家庭责任和社会责任的现代女性。但冰心不只表现"扬善"，有时也突出地表现"抗恶"。冰心说："我的抗日思想，还是奶娘给培养起来的。"奶娘家的地和店面被东洋人占去，丈夫与日本人打官司，被气死，奶娘对日本人恨之入骨。她希望冰心长大了"能像薛仁贵似的跨海征东"去打东洋鬼，为她男人出气、报仇。在奶娘身上，从善与抗恶是统一的，二者在朴实善良的奶娘身上得到了充分的有机体现。

我的朋友的太太

　　在单身教授的楼上，住着三个人，L，T，和我。他们二位都是理学院教授，在实验室的时候多，又都是订过婚的人，下课回来，吃过晚饭，就在灯下写起情书，只要是他们掩着屋门，我总不去打搅。沉浸在爱的幸福中的人们，是不会意识到旁人的寂寞的，我只好自己在客厅里，开起沙发旁的电灯，从十八世纪的十四行诗中，来寻找我自己"神光离合"的爱人。

　　L和我又比较熟识一些，常常邀我到他屋里去坐。在他的书桌上，看到了他的未婚夫人的照片，长圆的脸，戴着眼镜，一副温柔的笑容。L告诉我，他们是在国外认识而订婚的，这浪漫史的背景，是美国东部一个大学生物学的实验室里，他们因着同学，同行而同志，同情，最后认为终身同工，是友情的最美满的归宿，于是就……L说到这里，脸上一红，他是一个木讷[1]腼腆的人，以下就不知说什么好。我赶紧接着说：

　　"将来，你们又是一对居里夫妇，恭喜恭喜，何时请我们吃喜酒呢？"

　　于是在一年的夏天，L回到上海去，回来的时候，就带着他的新妇，住在一所新盖好的教授住宅里。

　　我们被邀去吃晚饭的那一晚，不过是他们搬入的一星期之后，那小小的四间屋子，已经布置得十分美观妥贴了。卧室是浅红色的，浅红色的窗帘、台布、床单、地毯，配起简单的白色家具，显得柔静温暖。书房是两张大书桌子相对，中间一盏明亮的桌灯，墙上一排的书架，放着许多的书，以及更多的瓶子，里面是青蛙苍蝇，还有各色各种不知名的昆虫。

　　这屋子里，家具是浅灰色的，窗帘等等是绿色的，外面是客厅和饭厅打通的一大间，一切都是蓝色的，色调虽然有深浅，而调和起来，觉得十分悦目。

　　客人参观完毕，在客厅坐下之后，新娘子才从厨房后面走出来，穿着一件浅红色的衣服，装束雅淡，也未戴任何首饰，面庞和相片上差不多，只是没有戴眼镜，说不上美丽，但自有一种凝重和蔼的风度。她和我们一一握手寒暄，态度自然，口齿流利，把我们一班单身汉，预先排练好的一套闹新房的话，都吓到爪洼国里去了。

席上新娘子和每一个人谈话，大家都不觉得空闲。L本来话少，只看着我们笑。我们都说："L太太，您应当给L一点家庭教育，教他多说一点话。"她笑说："恐怕是我说的话太多，他就没有机会出头了。"——席散大家有的下围棋，有的玩纸牌，L太太很快的就把客人组织起来，我是不大会玩的，就和这一对新夫妇，在廊上看月闲谈。我说："L太太，不怕你恼，我看你的家庭布置，简直像个学文学的人，有过审美训练的。"她谦逊了几句，又笑说："我有几个学美术、文学的女友，在本行上造诣[2]都很好，但一进入她们的家门屋门，×先生，真是如你所说的，像个学科学的人的家庭……"我觉得不好意思，才要说话，她赶紧笑说："我知道你的意思，我是说，审美观念，有时近乎天生，这当然也不是说我真有审美的观念，我只是说所学的与所用的，有时也不一致。"从此又谈到文学，这是我的本行，但L太太所知道的真是不少，欣赏力也很高，我们直谈到牌局棋局散后，又吃了点冰淇淋才走。

L太太每天下午，同L先生到实验室，下课后，他们二位常常路过我们的宿舍，就邀我去晚饭。大厨房里的菜，自然不及家庭里的烹调[3]，我也就不推却，只有时送去点肉松、醉蟹、糖果饼干之类，他们还说我客气。

冬夜，他们常常生起壁炉，饭后就在炉边闲谈。我教给他们喝一点好酒，抽一点好烟，他们虽不拒绝，却都不发生兴趣。L太太甚至于说我的吃酒抽烟，都是因为没有娶亲的原故，因而就追问我为什么不娶亲，我说："L太太，你真是太清教徒了，你真没有见过抽烟喝酒的人，像我这样饭前一杯酒，饭后一支烟，在男人里面，就算是不充分享受我们的权利的了。至于娶亲，我还是那一句老话，文章既比人坏，老婆就得比人家好，而我的朋友的老婆，一个赛似一个的好，叫我哪里去找更好的？一来二去，就耽误了下来，这不能怪我……"L太太笑得喘不过气来，L就说："别理他，他是个怪人！只要他态度稍微严肃一些，还怕娶不到老婆？恐怕真正的理由，还是因为他文章太好的缘故。"

L太太真是个清教徒[4]，不但对于烟酒，对于其他一切，也都有着太高而有时不近人情的理想，虽然她是我所见到的，最人性最女性的女人。比如说，她常常赞美那些太太死后绝不再娶的男人，认为那是爱情最贞坚的表现，我听她举例不止一次。有一次是除夕，大家都回去过年——我的家那时还在上海，也不想进城去玩——L夫妇知道我独在，就打电话来请我吃火锅。饭后酒酣耳热，灯光柔软，在炉边她又感慨似的，提起某位老先生，在除夕不知多么寂寞，他鳏居[5]了三十年，朝夕只和太太的照片相伴，是多么可爱可敬的一个老头子啊！

我站了起来，把烟尾扔在壁炉里，说："对不起，L太太，这点我是对自己不忠诚，不真挚的反映，我说一句不怕女人生气的话，这就是虚荣心充分的暴露；而且就事实上说，凡是对于结婚生活，觉得幸福美满的人，他的再婚，总比其他的人，来得早些。习惯于美满家庭的人，太太一死，就如同丧家之犬，出入伤心，天地异色，看着儿女痛哭，婢仆怠惰[6]，家务荒弛[7]，他就完全失了依据。夜深人静，看着儿女泪痕狼藉，苍白瘦弱的脸，他心里就针扎似的，恨不得一时能够追回那失去的乐园……"这时L太太不言语了，拿手绢揾[8]了揾鼻子。

我说："反过来，结婚生活不美满的人，太太死了，他就如同漏网之鱼，一溜千里，他就暂时不要再受结婚生活的束缚，先悠游自在的过几年自由光阴再说。所以，鳏夫的早日再婚，是对于结婚生活之信任，是对于温暖家庭的热恋，换句话说，也就是对于第一位夫人最高的颂赞。再一说，假如你真爱你的丈夫，在自己已成槁木死灰[9]之时，还有什么虚荣，什么忌妒，你难道忍心使他受尽孤单悲苦，无人安慰的生活？

而且，假如你的丈夫真爱你，也不会因为眼前有了一个新人，就把你完全忘掉。《红楼梦》里的藕官，就非常的透彻这道理，人家问她，为什么得了新的，就把旧的忘了。她说：

'不是忘了，比如人家男人，死了女人，也有再娶的，不过不把死的丢过不提，就是有情分了。'所以她虽然一和蕊官碰在一起，就谈得'热刺刺的丢不下'，而一面还肯冒大观园之不韪[10]，'满面泪痕'的在杏子荫中，给死了的药官烧纸，这一段故事，实在表现了最正常的人情物理！听不听由你，我只能说，假如我是个女人，我对于一个男人的品评，决不因为他妻死再娶，就压低了他的人格。假如我是个女人，我决不在我生前，强调再婚男人之不足取……"

大概是有了点酒意，我滔滔不绝的说下去，这是我和L太太不客气的辩论之第一次。她虽然不再提起，但我知道她并不和我完全同意。

一年以后，有件事实，却把她说服了。

从前和我们同住的 T，也是和 L 同年结婚的，他们两家住的极近。T 太太也是一位极其温柔和蔼的女人，和 L 太太很合得来。T 夫妇的情好自不必说。一年以后，T 太太因着难产，死在医院里，T 是哭得死去活来。L 太太一边哭，一边帮他收拾，帮他装殓[11]，帮他料理丧事，还帮他管家。那时 L 太太的儿子宝弟诞生不久，她也很忙，再兼管 T 的家事，弄得劳瘁不堪。最后她到底把 T 太太的妹妹介绍给 T 先生，促他订婚，促他成礼，我在旁边看着，觉得十分有趣，因此在 T 二次结婚的婚筵后，我同 L 夫妇缓步归来，我笑着同 L 太太说：

"假如你觉得男人人格的最高标准，是妻死不娶，你就不应当陷 T 于不义。"她却眼圈红了，说："× 先生，请你不要再说了吧！"她的下泪，很出我意外，我从此就不再提。

但对于我之不娶，她仍是坚决的反对，这也许是她的报复，因为我不能反驳她。他们的儿子宝弟刚会说话，她就教他叫我"老丈人"。直至抗战那年，我离开北平，九岁的宝弟，和我握别的时候，还说："老丈人，你回来的时候，千万要把你的女儿，我的太太带了回来！"

他问我要女儿，别说一个，要两个也容易，但我的太太还没有影子呢。

注释

1. 木讷：mù nè。内敛的意思，多为贬义。
2. 造诣：zào yì。指学问、艺术等达到的程度（用于在某行业有一定成就的人，也就是一般用在有名气的人身上）。
3. 烹调：pēng tiáo。烹调是通过加热和调制，将加工、切配好的烹饪原料熟制成菜肴的操作过程，其包含两个主要内容：一个是烹，另一个是调。烹就是加热，通过加热的方法将烹饪原料制成菜肴；调就是调味，通过调制，使菜肴滋味可口，色泽诱人，形态美观。
4. 清教徒：信徒群体的统称。
5. 鳏居：guān jū。即独身无妻室。
6. 怠惰：dài duò。懒惰；不勤奋。
7. 弛：chí。放松，松懈。
8. 擤：xǐng。捏住一个鼻孔，用气把另一个鼻孔中的鼻涕排出。
9. 槁木死灰：gǎo mù sǐ huī。槁：枯干。枯干的树木和火灭后的冷灰。比喻心情极端消沉，对一切事情无动于衷。

10.韪：wěi。是，对（常和否定词连用）。
11.装殓：zhuāng liàn。给死者穿衣放入棺材。

导读

　　文中描写的"L太太"拥有落落大方的风貌，她对朋友礼貌周到，但在男人再娶是否违背了爱情坚贞的问题上就敢于表达自己的看法。虽然她一年后便帮助朋友再娶，却是因为最人性、最女性的原因。妻子不是倚靠在丈夫肩头的木棉花，她们在照顾家庭的过程中也可以有自己的一份社会义务，获得社会地位。其实，此时冰心的生活，正与此种女性相似，家庭方面照顾孩子，照料重病的吴文藻，同时也努力完成自己的创作。

我的同班

　　L女士是我们全班男女同学所最敬爱的一个人。大家都称呼她"L大姐"。我们男同学不大好意思打听女同学的岁数，惟[1]据推测，她不会比我们大到多少。但她从不打扮，梳着高高的头，穿着暗淡不入时的衣服，称呼我们的时候，总是连名带姓，以不客气的，亲热的，大姐姐的态度处之。我们也就不约而同，心悦诚服的叫她大姐了。

　　L女士是闽南[2]人，皮肤很黑，眼睛很大，说话做事，敏捷了当。在同学中间，疏通调停，排难解纷，无论是什么集会，什么娱乐，只要是L大姐登高一呼，大家都是拥护响应的。她的好处是态度坦白，判断公允，没有一般女同学的羞怯和隐藏。你可和她辩论，甚至吵架，只要你的理长，她是没有不认输的。同时她对女同学也并不偏袒，她认为偏袒女生，就是重男轻女；女子也是人，为什么要人家特别容让呢？我们的校长有一次说她"有和男人一样的思路"，我们都以为这是对她最高的奖辞。她一连做了三年的班长，在我们中间，没有男女之分，党派之别，大家都在"拥护领袖"的旗帜之下，过了三年医预科的忙碌而快乐的生活。

　　在医预科的末一年，有一天，我们的班导师忽然叫我去见他。在办公室里，他很客气地叫我坐下，婉转地对我说，校医发现我的肺部有些毛病，学医于我不宜，劝我转系。这真是一个晴天霹雳[3]！我要学医，是十岁以前就决定的。因我的母亲多病，服中医的药不大见效，西医诊病的时候，总要听听心部肺部，母亲又不愿意，因此，我就立下志愿要学医，学成了好替我的母亲医病，在医预科三年，成绩还不算坏，眼看将要升入本科了，如今竟然功亏一篑[4]！从班导师的办公室走出来的时候，我几乎是连路都走不动了。

　　午后这一堂是生理实验。我只呆坐在桌边，看着对面的L大姐卷着袖子，低着头，按着一只死猫。在解剖神经，那刀子下得又利又快！其余的同学也都忙着，没有人注意到我。我轻轻地叫了一声，L大姐便抬起头，我说："L大姐，我不能同你们在一起了，导师不让我继续学医，因为校医说我肺部有毛病……"L 大姐愕然，刀也放下了，说："不是肺痨[5]吧？""我摇头说：
"不是，据说是肺气枝涨大……无论如何，我要转系了，你看！"L 大姐沉
默了一会，便走过来安慰我说："可惜得很，像你这第一个温和细心的人，
将来一定可以做个很好的医生，不过假如你自己的身体不好，学医不但要
耽误自己，也要耽误别人，同时我相信你若改学别科，也会有成就的。人
生的路线，曲折得很，塞翁失马，安知非福[6]？"

　　下了课，这消息便传遍了，同班们都来向我表示惋惜，也加以劝慰，
L 大姐却很实际地替我决定要转哪一个系。她说："你转大学本科，只剩一
年了，学分都不大够，恐怕还是文学系容易些。"她赶紧又加上一句，"你
素来对文学就极感兴趣，我常常觉得你学医是太可惜了。"

　　我听了大姐的话，转入了文学系。从前拿来消遣[7]的东西，现在却当
功课读了。正是"歪打正着"，我对于文学，起了更大的兴趣，不但读，
而且写。读写之余，在傍晚的时候，我仍常常跑到他们实验室里去闲谈，
听 L 大姐发号施令，商量他们毕业的事情。

　　大姐常常殷勤[8]地查问我的功课，又素读我的作品。她对我的作品，
总是十分叹赏，鼓励我要多读多写。在她的指导鼓励之下，我渐渐地消灭
了被逼改行的伤心，而增加了写作的勇气，至今回想，当时若没有大姐的
勉励和劝导，恐怕在那转变的关键之中，我要做了一个颓废[9]而不振作的
人吧！

　　在我教书的时候，L 大姐已是一个很有名的产科医生了。在医院里，
和在学校里一样，她仍是保持着领袖的地位，作一班大夫和护士们敬爱的
中心。在那个大医院里，我的同学很多，我每次进城去，必到那里走走，
看他们个个穿着白衣，挂着听诊器，在那整洁的甬道里，忙忙的走来走去。
闻着一股清爽的药香，我心中常有一种说不出的感觉，如同一个受伤退伍
的兵士，裹着绷带，坐在山头，看他的伙伴们在广场上操练一样，也许是
羡慕，也许是伤心，虽然我对于我的职业，仍是抱着与时俱增的兴趣。

　　同学们常常留我在医院里吃饭，在他们休息室里吸烟闲谈，也告诉我
许多疑难的病症。一个研究精神病的同学，还告诉我许多关于精神病的故
事。L 大姐常常笑说："×××，这都是你写作的材料，快好好的记下吧！"

　　抗战前一个月，我从欧洲回来，正赶上校友返校日。那天晚上，我们
的同级有个联欢大会，真是济济多士！十余年中，我们一百多个同级，差

不多个个名成业就，儿女成行（当然我是一个例外！），大家携眷莅临[10]，很大的一个厅堂都坐满了。觥筹交错[11]，童稚[12]欢呼，大姐坐在主席的右边，很高兴地左顾右盼，说这几十个孩子之中，有百分之九十五是她接引降生的。酒酣耳热[13]，大家谈起做学生时代的笑话，情况愈加热烈了。主席忽然起立，敲着桌子提议："现在请求大家轮流述说，假如下一辈子再托生，还能做一个人时候，你愿意做一个什么样的人？"大家哄然大笑。于是有人说他愿意做一个大元帅，有人说愿做个百万富翁……轮到我的时候，大姐忽然大笑起来，说"×××教授，我知道你下一辈子一定愿意做一个女人。"大家听了都笑得前仰后合；当着许多太太们，我觉得有点不好意思，我也笑着反攻说："L大姐，我知道你下一辈子，一定愿意做一个男人。"L大姐说："不，我仍愿意做一个女人，不过要做一个漂亮的女人，我做交际明星，做一切男人们恋慕的对象……"她一边说一边笑，那些太太们听了纷纷起立，哄笑着说："L大姐，您这话就不对，您看您这一班同学，哪一个不恋慕您？来，来，我们要罚您一杯酒。"我们大家立刻鼓掌助兴。L大姐倚老卖老的话，害了她自己了！于是小孩们捧杯，太太们斟酒[14]，L大姐固辞不获，大家笑成一团。结果是滴酒不入的L大医生，那晚上也有些醉意了。

盛会不常，佳时难再，那次欢乐的集会，同班们三三两两的天涯重聚，提起来都有些怅惘。事变后，我还在北平，心里烦闷得很，到了医院里去的时候，L大姐常常深思地皱着眉对我们说："我呆不下去了。在这里不是'生'着，只是'活'着！我们都走吧，走到自由中国去，大家各尽所能，你用你的一枝笔，我们用我们的一双手，我相信大后方还用得着我们这样的人！"大家都点点头。我说："你们医生是当今第一筹人材，我这拿笔杆的人，做得了什么事？假若当初……"大姐正色拦住我说："×××，我不许你再说这些无益的话。你自己知道你能做些什么事，学文学的人还要我们来替你打气，真是！"

一年内，我们都悄然离开了沦陷[15]的故都，我从那时起，便没看见过我们的L大姐，不过这个可敬的名字，常常在人们口里传说着，说L大姐在西南的一个城市里，换上这军装，灰白的头发也已经剪短了。她正在和她的环境，快乐的，不断的奋斗，在蛮烟瘴雨[16]里，她的敏捷矫健[17]的双手，又接下了成千累百的中华民族的孩童。她不但接引他们出世，还指导他们的父母，在有限的食物里，找出无限的滋养料。她正在造就无数的将来的民族斗士！

我希望在不久的将来，我们回到故都重开级会的时候，我能对她说："L大姐，下一辈子我情愿做一个女人，不过我一定要做像你这样的女人！"

注释

1．惟：wéi。用来限定范围，相当于"只有"、"只是"。

2．闽南：福建简称为闽，闽南即指福建的南部，从地理上可以说，厦门、泉州、漳州、莆田四个地区均可称为闽南。

3．晴天霹雳：qíng tiān pī lì。晴天打响雷。比喻突然发生意外的令人震惊的事件。

4．功亏一篑：gōng kuī yī kuì。比喻做事情只差最后一步，没能完成。

5．肺痨：fèi láo。即肺结核，是由结核分枝杆菌引发的肺部感染性疾病。

6．塞翁失马，安知非福：成语，出自《淮南子·人间训》，比喻一时虽然受到损失，也许反而因此能得到好处。也指坏事在一定条件下可变为好事。形容人的心态，一定要乐观向上，任何事情有好的一面和不好的一面，不好的一面，是有可能向好的一面进行转化。

7．消遣：xiāo qiǎn。消磨，排遣。寻找感兴趣的事来打发空闲;消闲解闷。

8．殷勤：yīn qín。关注，急切。

9．颓废：tuí fèi。意志消沉，精神萎靡。

10．莅临：lì lín。来到；来临；光临。多用于下级对上级光临的一种褒义词，属于客套的书面语。出自清黄轩祖《游梁琐记·王天冲》："某早闻之，不敢莅临，遣其弟代祭。"

11．觥筹交错：gōng chóu jiāo cuò。酒杯和酒筹错杂放置。形容众人一起宴饮时的热闹景象。觥：酒杯。

12．童稚：tóng zhì。儿童；小孩。

13．酒酣耳热：jiǔ hān ěr rè。形容喝酒喝得正高兴的时候。语出三国魏·曹丕《与吴质书》："每至觞酌流行，丝竹并奏，酒酣耳热，仰而赋诗，当此之时，忽然不自知乐也。"

14．斟酒：zhēn jiǔ。斟，往杯盏里倒饮料。斟酒，就是倒酒的意思。

15．沦陷：lún xiàn。领土或国土被敌人占领或陷落在敌人手里，常指被敌占领一段长的时间。

16．蛮烟瘴雨：mán yān zhàng yǔ。指南方有瘴气的烟雨。也泛指十分荒凉的地方。语出宋·辛弃疾《满江红》词："瘴雨蛮烟，十年梦，樽前休说。"

17．矫健：jiǎo jiàn。强健有力。

导读

本文描写的 L 大姐不光在生活上给"小弟"帮助，而且当"我"因身体健康原因需要转系时，她冷静分析了"我"的条件，给了我转文学系的建议。这种乐于助人的"姊"性还表现在她的活泼不拘束，谦逊大方中给人以崇敬之情的感觉中。更重要的是她后来走上了革命道路，以至于"我"产生了"下一辈子我情愿做一个女人，不过我一定要做像你这样的女人"的想法，崇敬之情溢于言表。

我的同学

不知女人在一起的时间，是常谈到男人不是？我们一班朋友在一起的时候，的确常谈着女人，而且常常评论到女人的美丑。

我们所引以自恕的，是我们不是提起某个女人，来品头论足[1]；我们是抽象的谈到女人美丑的标准。比如说，我们认为女人的美可分为三种：第一种是乍看是美，越看越不美；第二种是乍看不美，越看越觉出美来；第三种是一看就美，越看越美！

第一种多半是身段窈窕[2]，皮肤洁白的女人，瞥见时似乎很动人，但寒暄[3]过后，坐下一谈，就觉得她眉画得太细，唇涂得太红，声音太粗糙，态度太轻浮，见过几次之后，你简直觉得她言语无味，面目可憎。

第二种往往是装束素朴，面目平凡的女人，乍见时不给人以特别的印象。但在谈过几次话，同办过几次事以后，你会渐渐的觉得她态度大方，办事稳健，雅淡的衣饰，显出她高洁的品味；不施铅华[4]的脸上，常常含着柔静的微笑，这种女人，认识了之后，很不易使人忘掉。

第三种女人，是鸡群中的仙鹤，万绿丛里的一点红光！在万人如海之中，你会毫不迟疑的把她拣拔了出来。事实上，是在不容你迟疑之顷，她自己从人丛中浮跃了出来，打击在你的眼帘上。这种女人，往往是在"修短合度，秾纤适中……芳泽无加，铅华弗御[5]"的躯壳里，投进了一个玲珑高洁的灵魂。她的一言一笑，一举一动，都流露着一种神情，一种风韵，既流丽，又端庄，好像白莲出水，玉立亭亭。

假如有机会多认识她，你也许会发现她态度从容，辩才无碍，言谈之际，意暖神寒。这种女人，你一生至多遇见一两次，也许一次都遇不见！

我也就遇见过一次！

C女士是我在大学时的同学，她比我高两班。我入大学的第一天，在举行开学典礼之前一小时，在大礼堂前的长廊上，瞥见了她。

那时的女同学，都还穿着制服，一色的月白布衫，黑绸裙儿，长蛇般的队伍，总有一二百个。在人群中，那竹布衫子，黑绸裙子，似乎特别的衬托出 C 女士那夭矫 [6] 的游龙般的身段。她并没有大声说话，也不曾笑，偶然看见她和近旁的女伴耳语，一低头，一侧面，只觉得她眼睛很大，极黑，横波 [7] 入鬓，转盼流光 [8]。

及至进入礼堂坐下——我们是按着班次坐的，每人有一定的座位——她正坐在我右方前三排的位子上，从从容容略向右倚。我正看一个极其美丽萧洒的侧影：浓黑的鬓发，一个润厚的耳廓，洁白的颈子，美丽的眼角和眉梢。台上讲话的人，偶然有引人发笑之处，总看见她微微的低下头，轻轻的举起左手，那润白的手指，托在腮边，似乎在微笑，又似乎在忍着笑。这印象我极其清楚，也很深。以后的两年中，直到她毕业时为止，在集会的时候，我总在同一座位上，看到这美丽的侧影。

我们虽不同班，而见面的时候很多，如同歌咏队，校刊编辑部，以及什么学会等等。她是大班的学生，人望又好，在每一团体，总是负着重要的责任。任何集会，只要在 C 女士在内，人数到的总是齐全，空气也十分融和静穆 [9]，男同学们对她固然敬慕 [10]，女同学们对她也是极其爱戴，我没有听见一个同学，对她有过不满的批评。

C 女士是广东人，却在北方生长，一口清脆的北平官话。

在集会中，我总是下级干部，在末座静静的领略她稳静的风度，听取她简洁的谈话。她对女同学固然亲密和气，对男同学也很谦逊 [11] 大方，她的温和的美，解除了我们莫名其妙的局促和羞涩，我觉得我并不是常常红脸的人，对别的女同学，我从不觉得坍埃 [12]。但我看不只我一个人如此，许多口能舌辩的男同学，在 C 女士面前，也往往说不出话来，她是一轮明丽的太阳，没有人敢向她正视。

我知道有许多大班的男同学，给她写过情书，她不曾答复，也不存芥蒂 [13]，我们也不曾听说她在校外有什么爱人。我呢？年少班低，连写情书的思念也不敢有过，但那几年里，心目中总是供养着她。直至现在，梦中若重过学生生活，梦境中还常常有着 C 女士，她或在打球，或在讲演，一朵火花似的，在我迷离的梦雾中燃烧跳跃。这也许就是老舍先生小说中所谓之"诗意"吧！我算对得起自己的理想，我一辈子只有这么一次"诗意"！

在 C 女士将要毕业的一年，我同她演过一次戏，在某一幕中，我们两人是主角，这一幕剧我永远忘不了！那是梅德林克的《青鸟》中之一幕。那年是华北旱灾，学校里筹款赈济 [14]，其中有一项是演剧募捐，我被选为戏剧股主任。剧本是我选的，我译的，演员也是我请的。

我自己担任了小主角，请了C女士担任"光明之神"。上演之夕，到了进入"光明殿"之一幕，我从黑暗里走到她的脚前，抬头一望，在强烈的灯光照射之下，C女士散披着洒满银花的轻纱之衣，扶着银杖。

经过一番化装，她那对秀眼，更显得光耀深大，双颊绯红，樱唇欲滴。及至我们开始对话，她那银铃似的声音，虽然起始有点颤动，以后却愈来愈清爽，愈嘹亮，我也如同得了灵感似的，精神焕发，直到终剧。我想，那夜如果我是个音乐家，一定会写出一部交响曲，我如果是一个诗人，一定会作出一首长诗。可怜我什么都不是，我只作了半夜光明的乱梦！

等到我自己毕业以后，在美国还遇见她几次，等到我回国在母校教书，听说她已和一位姓L的医生结婚，住在天津。

同学们聚在一起，常常互相报告消息，说她的丈夫是个很好的医生，她的儿女也像她那样聪明美丽。

我最后听到她的消息，是在抗战前十天，我刚从欧洲归来，在一位美国老教授家里吃晚饭。他提起一星期以前，他到天津演讲，演讲后的茶会中，有位极漂亮的太太，过来和他握手，他搔着头说："你猜是谁？就是我们美丽的C！我们有八九年没有见面了，真是使人难以相信，她还是和从前一样的好看，一样的年轻，……你记得C吧？"我说："我哪能不记得？我游遍了东京、纽约、伦敦、巴黎、罗马、柏林、莫斯科……我还没有遇见过比她还美丽的女人！"

又六年没有消息了，我相信以她的人格和容貌的美丽，她的周围随处都可以变成光明的天国。愿她享受她自己光明中之一切，愿她的丈夫永远是个好丈夫，她的儿女永远是些好的儿女。因为她的丈夫是有福的，她的儿女也是有福的！

注释

1．品头论足：pǐn tóu lùn zú。指乱发议论，对人对事说长道短，多方挑剔。
2．窈窕：yǎo tiǎo。窈：深邃，喻女子心灵美；窕：幽美，喻女子仪表美。窈窕：深邃幽美，形容女子心灵仪表兼美的样子。
3．寒暄：hán xuān。暄：温暖。嘘寒问暖；问候与应酬。

4. 铅华：亦作"铅花"。妇女化妆用的铅粉。
5. 修短合度，秾纤适中……芳泽无加，铅华弗御：语出三国时期曹植的《洛神赋》，形容女子漂亮得标致，要化妆都没地方下手。实在太完美了。
6. 夭矫：yāo jiǎo。亦作"夭蟜"。形容姿态的伸展屈曲而有气势。
7. 横波：héng bō。比喻女子眼神流动，如水横流。
8. 转盼流光：zhuǎn pàn liú guāng。盼：顾盼，看；流光：飘忽不定，光彩闪耀。形容美女灵活而多情的眼神。
9. 静穆：jìng mù。安静肃穆。
10. 敬慕：jìng mù。尊敬仰慕。
11. 谦逊：qiān xùn。不自大或不虚夸；谦虚，不高傲，认为自己所做的或者所达到的水平与别人比着还是很一般的。
12. 垴圻：nǎo chè。局促不安的样子。
13. 芥蒂：jiè dì。本指细小的梗塞物，后比喻心里的不满或不快。指心里对人对事有怨恨或不愉快的情绪。语出汉·司马相如《子虚赋》："吞若云梦者八九于其胸中，曾不芥蒂。"
14. 筹款赈济：chóu kuǎn zhèn jì。筹集款项用于救济。

导读

　　文中描写了一位C女士，她在作者的心目中是一位美丽、善良而有才华的女性，是那种"一看就美，越看越美"的"鸡群中的仙鹤"。她不但貌美，而且"人望又好"，"男同学们对她固然敬慕，女同学们对她也是极其爱戴"，而她"对女同学固然亲密和气，对男同学也很谦逊大方"。"她是一轮明丽的太阳"，永远照耀着作者的心。

　　毕业之后，同学们各奔东西，偶尔听闻C女士的消息，也是为人妻为人母的稳静的幸福。C女士是一种象征，是作者对女人的最高向往，希望天下所有的女性都能像C女士那样，"以她的人格和容貌的美丽，她的周围随处都可以变成光明的天国"。

我的学生

　　S是在澳洲长大的——她的父亲是驻澳的外交官——十七岁那年才回到祖国来。她的祖父和我的父亲同学，在她考上大学的第二天，她祖父就带她来看我，托我照应。她考的很好，只国文一科是援海外学生之例，要入学以后另行补习的。

　　那时正是一个初秋的下午，我留她的祖父和她，在我们家里吃茶点。我陪着她的祖父谈天，她也一点不拘束的，和我们随便谈笑。我觉得她除了黑发黑睛之外，她的衣着，表情，完全像一个欧洲的少女。她用极其流利的英语，和我谈到国文，她说："我曾经读过国文，但是一位广东教师教的，口音不正确……"说到这里，她极其淘气的挤着眼睛笑了，"比如说，他说：'系的，系的，萨天常常萨雨。'你猜是什么意思？他是说：'是的，是的，夏天常常下雨。'你看！"她说着大笑起来，她的祖父也笑了。

　　我说："大学里的国文又不比国语，学国语容易，只要你不怕说话就行。至于国文，要能直接听讲，最好你的国文教授，能用英语替你解说国文，你在班里再一用心，就行了。"

　　她的祖父就说："在国文系里，恐怕只有你能用英语解说国文，就把她分在你的组里吧，一切拜托了！"我只得答应了。

　　上了一星期的课，她来看我，说别的功课都非常容易，同学们也都和她好，只是国文仍是听不懂。我说："当然我不能为你的缘故，特别的慢说慢讲，但你下课以后，不妨到我的办公室里，我再替你细讲一遍。"她也答应了。从此她每星期来四次，要我替她讲解。真没看见过这样聪明的孩子，进步像风一样的快。一个月以后，她每星期只消来两次，而且每次都是用纯粹的流利的官话，和我交谈。等到第二学期，她竟能以中文写文章，她在我班里写的"自传[1]"长至九千字，不但字句通顺，而且描写得非常生动。这时她已成了全校师生嘴里所常提到的人物了。

　　她学的是理科，第二年就没有我的功课，但因为世交的关系，她还常常来看我。现在她已完全换了中服，一句英语不说，但还是同欧美的小女孩儿一样的活泼淘气。她常常对我学她们化学教授的湖南腔，物理教授的山东话，常常使全客厅的人们，笑得喘不过气来。她有时忽然说："× 叔叔，我祖父说你在美国一定有位女朋友，否则为什么在北平总不看见你同女友出去？"或说："众位教授听着！我的 × 叔叔昨天黄昏在校园里，同某女教授散步，你们猜那位女教授是谁？"

她的笑话，起初还有人肯信，后来大家都知道她的淘气，也就不理她。同时，她的朋友越来越多，课余忙于开会，赛球，骑车，散步，溜冰，演讲，排戏，也没有工夫来吃茶点了。

以后的三年里，她如同狮子滚绣球[2]一般，无一时不活动，无一时不是使出浑身解数的在活动。在她，工作就是游戏，游戏就是工作。早晨看见她穿着蓝布衫，平底皮鞋，夹着书去上课；忽然又在球场上，看见她用红丝巾包起头，穿着白衬衣，黑短裤，同三个男同学打网球；一转眼，又看见她骑着车，飞也似的掠过去，身上已换了短袖的浅蓝绒衣和蓝布长裤；下午她又穿着实验白衣服，在化学楼前出现；到了晚上，更摸不定了，只要大礼堂灯火辉煌，进去一看，台上总有她，不是唱歌，就是演戏；在周末的晚上，会遇见她在城里北京饭店或六国饭店，穿起曳地的长衣，踏着高跟鞋，戴着长耳坠，画眉，涂指甲，和外交界或使馆界的人们，吃饭，跳舞。

她的一切活动，似乎没有影响到她的功课，她以很高的荣誉毕了业。她的祖父非常高兴，并邀了我的父亲来赴毕业会，会后就在我们楼里午餐。她们祖孙走后，我的父亲笑着说："你看 S 像不像一只小猫，没有一刻消停安静！她也像猫一样的机警聪明，虽然跳荡，却一点不讨厌。我想她将来一定会嫁给外交人员，你知道她在校里有爱人吧？"我说："她的男朋友很多，却没听说过有哪一个特别好的，您说的对，她不会在同学中选对象，她一定会嫁给外交人员。但无论如何，不会嫁给一个书虫子！"

出乎意外的，在暑期中，她和一位 P 先生宣布订婚，P 就是她的同班，学地质土壤的。我根本没听说过这个人！问起 P 的业师们，他们都称他是个绝好的学生，很用功，性情也沉静，除读书外很少活动。但如何会同 S 恋爱订婚，大家都没看出，也绝对想不到。

一年以后，他们结了婚，住在 S 祖父的隔壁，我的父亲有时带我们几个弟兄，去拜访他们。他们家里简直是"全盘西化"，家人仆妇都会听英语，饮食服用，更不必说。S是地道的欧美主妇，忙里偷闲，花枝招展。我的父亲常常笑对S说："到了你家，就如同到澳洲中国公使馆一般！"

但是住在"澳洲中国公使馆"的P先生，却如同古寺里的老僧似的，外面狂舞酣歌[3]，他却是不闻不问，下了班就躲在他自己的书室里，到了吃饭时候才出来，同客人略一招呼，就低头举箸。倒是S常来招他说话，欢笑承迎。饭后我常常同他进入书室，在那里，他的话就比较的多。虽然我是外行，他也不惮烦的告诉许多关于地质土壤的最近发现，给我看了许多图画、照片和标本。父亲也有时捧了烟袋，踱了进来，参加我们的谈话。他对P的印象非常之好，常常对我说："P就是地质本身，他是一块最坚固的磐石[4]。S和一般爱玩漂亮的人玩腻了，她知道终身之托，只有这块磐石最好，她究竟是一个聪明人！"

我离开北平的时候，到她祖父那里辞行，顺便也到P家走走。那时S已是三个孩子的母亲，院子里又添上了沙土池子，秋千架之类。家里人口添了不少，有保姆，浆洗缝做的女仆，厨子，园丁，司机，以及打杂的工人等等。所以当S笑着说"后方见"的时候，我也只笑着说："我这单身汉是拿起脚来就走，你这一个'公使馆'如何搬法？"P也只笑了笑，说："×先生，你到那边若见有地质方面新奇的材料，在可能的范围内，寄一点来我看看。"从此又是三年——忽然有一天，我在云南一个偏僻的县治旅行，骑马迷路。

那时已近黄昏，左右皆山，顺着一道溪水行来，逢人便问，一个牧童指给我说："水边山后有一个人家，也是你们下江人，你到那边问问看，也许可以找个住处。"我牵着马走了过去，斜阳里一个女人低着头，在溪边洗着衣裳，我叫了一声，她猛然抬起头来，我几乎不能相信我的眼睛，那用圆润的手腕，遮着太阳，一对黑大的眼睛，向我注视的，不是S是谁？

我赶了过去，她喜欢的跳了起来，把洗的衣服也扔在水里，嘴里说："你不嫌我手湿，就同我拉手！你一直走上去，山边茅屋，就是我们的家。P在家里，他会给你一杯水喝，我把衣裳洗好就来。"

三个孩子在门口草地上玩，P在一边挤着羊奶，看见我，呆了一会，才欢呼了起来。四个人把我围拥到屋里，推我坐下，递烟献茶，问长问短。那最大的九岁的孩子，却溜了出去，替我喂马。

S提着一桶湿衣服回来，有一个小脚的女工，从厨房里出来，接过，晾在绳子上。Ｓ一边擦着手笑着走了进来，我们就开始了兴奋而杂乱的谈话，彼此互说着近况，从谈话里知道他们是两年前来的，我问起她的祖父，她也问起我的父亲。Ｓ是一刻不停的做这个那个，她走到哪里，我们就跟到哪里谈着。直到吃过晚饭，孩子们都睡下了，才大家安静的，在一盏菜油灯周围坐了下来。Ｓ补着袜子，Ｐ同我抽着柳州烟，喝着胜利红茶谈话。

　　Ｓ笑着说："这是'公使馆'的'山站'，我们做什么就是得像什么！×叔叔！这座茅屋，就是Ｐ指点着工人盖的，门都向外开，窗户一扇都关不上！拆了又安，安了又拆，折腾了几十回。这书桌，书架，'沙发'椅子都是Ｐ同我自己钉的，我们用了七十八个装煤油桶的木箱。还有我们的床，那是杰作，床下还有放鞋的矮柜子。好玩的很，就同我们小时玩'过家家'似的，盖房子，造家具，抱娃娃，做饭，洗衣服，养鸡，种菜，一天忙个不停，但是，真好玩，孩子们都长了能耐，连Ｐ也会做些家务事。我们一家子过着露营的生活，笑话甚多，但是，我们也时常赞谈自己的聪明，凡事都能应付得开。明天再带你去看我们的鸡棚，羊圈，蜂房，还有厕所，……总而言之，真好玩！"

　　我凝视着她，"真好玩"三字就是她的人生观，她的处世态度，别的女人觉得痛苦冤抑的工作，她以"真好玩"的精神，"举重若轻"的应付了过去。她忙忙的自己工作，自己试验，自己赞叹，真好玩！她不觉得她是在做着大后方抗战的工作，她就是萧伯纳所说的"在抗战时代，除了抗战工作之外，什么都可以做"的大艺术家！

　　当夜他们支了一张行军床——也是他们自己用牛皮钉的——把我安放在Ｐ的书室里，这是三间屋子里最大的一间，兼做了客室，储藏室等等。墙上仍是满钉着照片图画，书架上磊着满满的书，墙角还立着许多锄头，铁铲，锯子，扁担之类。灭灯后月色满窗，我许久睡不着，我想起北平的"澳州中国公使馆"，想起我的父亲，不知父亲若看了这个山站，要如何想法！

　　阳光射在我的脸上，一阵煎茶香味，侵入鼻管。我一睁眼，窗外是典型的云南的海蓝的天，门外悄无声息。我轻轻的穿起衣服，走了出来，看见Ｓ蹑手蹑脚的在摆着早饭，抬头看见我，便笑说："睡得好吧？你骑了一天马，一定累了，我们没有叫你。Ｐ上班去了，孩子们也都上学了，我等着你一块儿吃粥。"说着忙忙的又到厨房里去了。

　　我在外间屋里，一面漱洗，一面在充满阳光的屋子里，四周审视。"公使馆"的物质方面,都已降低,而"公使馆"的整洁美观的精神,尽还存在,还添上一些野趣。饭桌上戴着一块白底红花土布,一只大肚的陶罐里,乱插着红白的野花。

桌上是一盘黄果,——四川人叫做广柑——对面摆着两只白盘子,旁边是两把红柄的刀子,两双红筷子,两个红的电木的洗手碗,两块白底红花的饭巾……正看着,S端了一盘鸡蛋炸馒头片进来,让我坐下,她自己坐在对面。我们一面剥黄果,一面谈话。

白天看S,觉得她比三年前瘦了许多,但精神仍旧是很好,身上穿着蓝底印白花的土布衫子,短袜子,布鞋;脸上薄施脂粉,指甲也染得很红。我笑说:"你的化装品都带来了吧?"她也笑说:"都带来了,可是我现在用的是鹅蛋粉,和胭脂棉。凤仙花瓣和白矾5捣了也可以染指甲。"

我们吃着S自制的咸鸭蛋和泡菜,吃过稀饭,又喝了煎茶。坐了一会,S就邀我去参观她的环境。出到门外,菜园里红的是辣椒,西红柿,绿的是豆子,黄的是黄瓜,紫的是茄子,周围是一片一片的花畦,阳光下光艳夺目,蜂喧蝶闹6。菜园的后面,简直像个动物园!十几只意大利的大白鸡,在沙地上吃食,三只黑羊,两只狼犬——我的那匹马也拴在旁边——还有小孩子养的松鼠和白兔。一只极胖的蓝睛的暹罗7猫,在篱隙出入跳跃。

转到山后,便看见许多人家,S说这便是市中心,有菜场,有邮政代办所,有中心小学校。P的"地质调查所"是全市最漂亮高大的房子,砖墙瓦顶,警察岗亭就设在门边。我们穿过这条"大街"的时候,男女老幼,村的俏的,都向S招呼,说长道短。有个妇人还把一个病孩子,从门洞里抱出来给S看。当我们离开这人家的时候,我笑说:"S,如今你不是公使夫人,而是牧师太太了!"她笑了一笑。

大街尽头,便是五六幢和S的相似的房子,那是地质调查所同人的住宅。S也带我进去访问。那些太太们大都是外省人,看见我去都很亲热,让坐让茶。她们的房间和S的一样,而陈设就很乱很俗,自己是乱头粗服,孩子们也啼哭喧闹,这些太太们不住的向我道歉,说是房间又小,佣人又笨,什么都不趁手,哪能像北平,上海那样的可以待客呢?我无聊的坐了一会,也就告辞了出来。

回来的路上,S请我先走,说她还要到小学里去教一堂课。我也便不回来,却走到"地质调查所"去找P,参观了他们的工作。等到P下班,我们一同走出来，三个孩子十分高兴的在门口等着，说是"妈妈炖了鸡，烤了肉，蒸了蛋羹[8]，请客人回去吃大馒头去！"

午后我睡了一大觉，醒起便要走路，S和P一定不肯，说今晚要约几个朋友来和我谈谈。S笑说还有几位漂亮的太太。

我说："假如你们可怜我，就免了这一套吧，我实在怕见生人；还有，你也扮演不出'公使馆'那一出！"P说："也好，你再住一天，我们不请客人好了。"S想了一会，笑了，说："晚饭以前，我还有事，你们带这几个孩子到对山去玩去，六时左右，带些红杜鹃花回来。"我们答应了，孩子们欢呼着都跑在前面去了。

我和P对躺在山头草地上，晒着太阳。我说："你们这一对儿真好，你从前是那样稳静，现在也是那样稳静。S从前是那样活泼，现在也是那样活泼，不过比从前更老练能干了，真是难得。"P沉默了一会，说："×先生，你只知道S活泼的一方面，还没有看她严肃的一方面。她处处求全，事事好胜，这一二年来，身体也大不如从前了！她一个人做着六七个人的事，却从不肯承认自己的软弱。你知道她欢喜引用中文成语——英文究竟是她的方言，她睡梦中常说英语——有时文不对题的使人发笑。有一天，我下班回来，发现她躺在床上，看见我就要起来。我按住她，问她怎么了，她说没有什么，只觉得有一点头晕。我在床边坐了一会，她忽然说：'P，我这个人真是"心比天高,命比纸薄[9]"。'我心里忽然一阵难过,勉强笑说：'别胡说了，你知道"薄命"这两个字，是什么意思。'她却流下泪来，转身向里躺着去了。×先生，你觉得……"

P说不下去了，我也不觉愣住，便说："我自然看出S严肃的一方面，她如果不严肃，她不会认得你，她如果不严肃，她不会到内地来，她的身体是不如从前了，你要时时防护着她！至于她所说的那两句话你倒不必存在心里，她对于汉文是半懂不懂的。"P不言语，眼圈却红了。

这时候孩子们已抱着满怀的红杜鹃花，跑了上来，说："我们该回去了，晚饭以前，我们还要换衣服呢。"

一进家门，那"帮工"的李嫂，穿着一身黑绸的衣裤，系着雪白的围裙，迎了出来，嘴里笑着说："客人们请客厅坐。"

我们进到中间屋里，看着餐桌上铺着雪白的桌布，点着辉煌的四支红烛，中间一大盘的红杜鹃花，桌上一色的银盘银箸，雪白的饭巾。我们正在诧愕，李嫂笑着打起卧房的布帘子，说："太太！客人来了。"Ｓ从屋里笑盈盈的走了出来，身上穿着红丝绒的长衣，大红宝石的耳坠子，脚上是丝袜，金色高跟鞋，画着长长的眉，涂上红红的嘴唇，眼圈边也抹上淡淡的黄粉，更显得那一双水汪汪的俊眼——这一双俊眼里充满着得意的淘气的笑——她伸出手来，和我把握，笑说："×先生晚安！到敝地多久了？对于敝处一切还看得惯吧？"我们都大笑了起来，孩子们却跑过去抱着Ｓ的腿，欢呼着说："妈妈，真好看！"回头又拍手笑说："看！李嫂也打扮起来了！"李嫂忍着笑，走到厨房里去了。

　　我们连忙洗手就座。因为没有别的客人，孩子们便也上席，大家都兴高采烈。饭后，孩子们吃过果点，陆续的都去睡了。Ｓ又煮起咖啡，我们就在廊上看月闲谈。看着Ｓ的高跟鞋在月下闪闪发光，我就说："你现在没有机会跳舞玩牌了吧？"Ｓ笑说："才怪！Ｐ的跳舞和玩牌都是到了这里以后才学会的。晚饭后没事，我就教给Ｐ打'蜜月'纸牌，也拉他跳舞。他一天工作怪累的，应当换一换脑筋。"Ｐ笑说："我倒不在乎这些个，我在北平的时候，就不换脑筋。我宁可你在一天忙累之后，早点休息睡觉，我自己再看一点轻松的书。"

　　我说："Ｓ，你会开汽车吧？"Ｓ说："会的，但到这里以后，没有机会开了。"我笑说："你既会开车，就知道无论多好多结实的车子，也不能一天开到二十四小时，尤其在这个崎岖[10]的山路上。物力还应当爱惜，何况人力？你如今不是过着'电气冰箱，抽水马桶'的生活了，一切以保存元气为主，不能一天到晚的把自己当做一架机器，不停的开着……"Ｓ连忙说："正是这话！人家以为我只会过'电气冰箱，抽水马桶'的生活……"我拦住她，"你又来，总是好胜要强的脾气！你如果把我当做叔叔，就应当听我的话。"Ｓ笑了一笑，抬头向月，再不言语。

　　第二天一早，我就骑着马离开这小小的镇市。Ｐ和Ｓ，和三个小孩子都送我到大路上，我回望这一群可爱的影子，心中忽然感激，难过。

　　回到我住处的第三天，忽然决定到重庆来。在上飞机之前，匆匆的给他们写一封短信，谢谢他们的招待，报告了我的行踪。并说等我到了重庆以后，安定下来，再给他们写信——谁知我一到陪都，就患了一个月的重伤风，此后东迁西移，没有一定的住址。直到两月以后，才给他们写了一封很长的信，许久没有得到回音。又在两月以后，我在一个大学里，单身教授的宿舍窗前，拆开了P的一封信：

　　×先生：

　　我何等的不幸，S已于昨天早晨弃我而逝！原因是一位同事出差去了，他的太太忽然得了急性盲肠炎。S发现了，立刻借了一部车子，自己开着，送她到省城。等到我下班，看见了她的字条，立刻也骑马赶了去……那位太太已入了医院，患处已经溃烂，幸而开刀经过良好，只是失血太多，需要输血。那时买血很贵，那位太太因经济关系，坚持不肯。S又发现她们的血是同一类型，她就输给那太太二百CC的血。

　　……我要她同我回来，她说那太太需要人照料，而又请不起特别护士，她必须留在那里，等到她的先生来了再走。我拗她不过，所中公务又忙，只得自己先走……三星期之后，S回来了，瘦得不成样子！原来在三星期之内，她输给那太太四百CC的血。从此便躺了下去，有时还挣扎着起来，以后就走不动了。医生发现她是得了黍形结核症，那是周身血管，都有了结核细菌，是结核症中最猛烈最无可救药的一种！病原是失血太多，操劳过度，营养不足，……这三个月中，急坏了S，苦坏了孩子，累坏了我，然而这一切苦痛，都不曾挽回我们悲惨的命运！

　　……她生在上海，长在澳洲，嫁在北平，死在云南，享年三十二岁……

　　如同雷轰电掣[11]一般，我呆住了，眼前涌现了S的冷静而含着悲哀的，抬头望月的脸！想到她那美丽整洁的家，她的安详静默的丈夫，她的聪明活泼的孩子……

　　忽然广场上一声降旗的号角，我不由自主的，扔了手里的信，笔直地站了起来。我垂着两臂，凝望着那一幅光彩飘扬的国旗，从高杆上慢慢的降落了下来，在号角的余音里，我无力的坐了下去，我的眼泪，不知从哪里来的，流满了我的脸上了！

注释

1. 自传：zì zhuàn。传记的一种。传记以记叙人物生平事迹为主。自传则是以
   记述自己的生平事迹为主。自传体作文是传记的简要形式——小传的一种。
2. 狮子滚绣球：常用作名称，比较常见的有鱼类、菜式、纹样、年画和邮票等的
   名称。
3. 狂舞酣歌：kuáng wǔ hān gē。因兴奋而狂舞、尽兴歌唱。
4. 磐石：pán shí。厚而大的石头。
5. 白矾：bái fán。白矾为矿物明矾石经加工提炼而成的结晶。
6. 蜂喧蝶闹：蜜蜂嗡嗡喧闹，蝴蝶翩翩起舞。形容春天的美丽，生机；也用来形
   容人心情的愉快。
7. 暹罗：xiān luó。现今东南亚国家泰国的古称 。其部分先民是原居于中国云
   南一带，元时为逃避蒙古入侵而南下迁居中南半岛的古代中国人。暹罗在文化
   上受到了中国文化和印度文化的双重影响，尤其是自印度西传而来的佛教文化
   对其影响至深，至今都还是一个全民信奉佛教的宗教国家。暹罗国号于1949年
   更名为"泰国"，意为"自由之国"。
8. 羹：gēng。用蒸煮等方法做成的糊状、冻状食物。
9. 心比天高，命比纸薄：语出曹雪芹所写的《红楼梦》中对晴雯命运的描写。
10. 崎岖：qí qū。山路不平。比喻处境艰难。
11. 雷轰电掣：léi hōng diàn chè。电掣：电光闪过。形容来势迅猛，使人猝
    不及防。语出明·许仲琳《封神演义》第九十二回："腾腾烈焰，滚滚烟生。
    一会家地塌山崩，霎时间雷轰电掣。"

导读

　　《我的学生》是冰心于1943年春天所写的《关于女人》的系列作品之一。文
中体现了冰心从女儿的角度颂扬母爱的伟大，又从女性人格自我建构的角度确认
了母性之爱的价值，并把母性之爱实践为一种济世的力量，试图以之催生不同国
族之间和谐友爱的世界图景。本文赞美了女性的奉献、牺牲精神，以及对摒弃屈
从男权的呼唤。

　　作者笔下的S生在上海，长在澳洲，嫁在北平，抗战时期迁到内地云南。
她性情活泼聪明，做事严肃认真，最后为救人输血身亡。作者钟爱S，赋予她
妩媚动人的女人气息，又赋予她崇高伟大的牺牲精神，一位好妻子、好母亲的
艺术形象，令人感佩和亲近。

我的房东

　　一九三七年二月八日近午，我从日内瓦到了巴黎。我的朋友中国驻法大使馆的L先生，到车站来接我。他笑嘻嘻地接过了我的一只小皮箱，我们一同向站外走着。他说："你从罗马来的信，早收到了。你吩咐我的事，我为你奔走了两星期，前天才有了眉目，真是意外之缘！吃饭时再细细的告诉你吧。"

　　L也是一个单身汉，我们走出站来，无"家"可归，叫了一辆汽车，直奔拉丁区的北京饭店。我们挑了个座位，对面坐下，叫好了菜。L一面擦着筷子，一面说："你的条件太苛，挑房子哪有这么挑法？地点要好，房东要好，房客要少，又要房东会英语！我知道你难伺候，谁叫我答应了你呢，只好努力吧。谁知我偶然和我们的大使谈起，他给我介绍了一位女士，她是贵族遗裔[1]，住在最清静高贵的贵族区——第七区。我前天去见了她，也看了房子。"他搔着头，笑说："真是'有缘千里来相会[2]'，这位小姐，绝等漂亮，绝等聪明，温柔雅澹，堪配你的为人，一会儿你自己一见就知道了。"我不觉笑了起来，说："我又没有托你做媒，何必说那些'有缘''相配'的话！倒是把房子情形说一说吧。"这时菜已来了，L还叫了酒，他举起杯来，说："请，我告诉你，这房子是在第七层楼上，正临着拿破仑殡宫那条大街，美丽幽静，自不必说。只有一个房东，也只有你一个房客！这位小姐因为近来家道中落，才招个房客来帮贴用度，房租伙食是略贵一点，我知道你这个大爷，也不在乎这些。我们吃过饭就去看吧。"

　　我们又谈了些闲话，酒足饭饱，L会过了帐，我提起箱子就要走。L拦住我，笑说："先别忙提箱子，现在不是你要不要住那房子的问题，是人家要不要你作房客的问题。如今七手八脚都搬了去，回头一语不合，叫人家撵[3]了出来，够多没意思！还是先寄存在这里，等下说定了再来拿吧。"我也笑着依从了他。

　　一辆汽车，驰过宽阔光滑的街道，转弯抹角，停在一座大楼的前面。进了甬道，上了电梯，我们便站在最高层的门边。L脱了帽，按了铃，一个很年轻的女佣出来开门，L 笑着问："R 小姐在家吗？请你转报一声，中国大使馆的 L 先生，带一位客人来拜访她。"那女佣微笑着，接过片子，说："请先生们客厅里坐。"便把我们带了进去。

我正在欣赏这一间客厅连饭厅的陈设和色调，忽然看见 L 站了起来，我也连忙站起。从门外走进了一位白发盈颠的老妇人。L 笑着替我介绍说："这位就是我同您提过的 × 先生。"

转身又向我说："这位是 R 小姐。"

R 小姐微笑着同我握手，我们都靠近壁炉坐下。R 小姐一面同 L 谈着话，一面不住的打量我，我也打量她。她真是一个美人！一头柔亮的白发。身上穿着银灰色的衣裙，领边袖边绣着几朵深红色的小花。肩上披着白绒的围巾。长眉妙目，脸上薄施脂粉，也淡淡的抹着一点口红。岁数简直看不出来，她的举止顾盼，有许多地方十分的像我的母亲！

R 小姐又和我攀谈[4]，用的是极流利的英语。谈起伦敦，谈起罗马，谈起瑞士，当我们谈到罗马博物馆的雕刻，和佛劳伦斯博物馆的绘画时，她忽然停住了，笑说："× 先生刚刚来到，一定乏了，横竖将来我们谈话的机会多得很，还是先带你看看你的屋子吧。"她说着便站起引路，L 在后面笑着在我耳边低声说："成了。"

我的那间屋子，就在客厅的后面，紧连着浴室，窗户也是临街开的。陈设很简单，却很幽雅，临窗一张大书桌子，桌上一瓶茶色玫瑰花，还疏疏落落的摆着几件文具。对面一个书架子，下面空着，上层放着精装的英法德各大文豪的名著。

床边一张小几，放着个小桌灯，也是茶红色的灯罩。此外就是一架大衣柜，一张摇椅，屋子显得很亮，很宽。

我们四围看了一看，我笑说："这屋子真好，正合我的用处。"R 小姐也笑说："我们就是这里太静一些，马利亚的手艺不坏，饭食也还可口。哪一天，你要出去用饭，请告诉她一声。或若你要请一两个客人，到家里来吃，也早和她说。衣服是每星期有人来洗。"一面说着，我们又已回到客厅里。L 拿起帽子，笑说："这样我们就说定了，我相信你们宾主一定会很相得的，现在我们先走了。晚饭后 × 先生再回来——他还没去拜望我们的大使呢！"

我们很高兴的在大树下，人行道上并肩的走着。L 把着我的臂儿笑说：

"我的话不假吧，除了她的岁数稍微大一点之外！大使说，推算起来，恐怕她已在六旬以外了。她是个颇有名的小说家，也常写诗。她挑房客也很苛，所以她那客房，常常空着，她喜欢租给'外路人'，我看她是在招致可描写的小说中人物，说不定哪一天，你就会在她的小说中出现！"我笑说："这个本钱，我倒是捞得回来。只怕我这个人，既非儿女，又不英雄，没有福气到得她的笔下。"

午夜，我才回到我的新屋子里，洗漱后上床，衾枕雪白温软，我望着茶红色的窗帘，茶红色的灯罩，在一圈微晕的灯影下，忽然忘记了旅途的乏倦。我赤足起来，从书架上拿了一本歌德诗集来看，不知何时，蒙眬睡去——直等第二天微雨的早晨，马利亚敲门，送进刮胡子的热水来，才又醒来。

从此我便在R家住下了。早饭很简单，只是面包牛油咖啡，多半是自己在屋里吃。早饭后就到客厅坐坐，让马利亚收拾我的屋子。初到巴黎，逛街访友，在家吃饭的时候不多，我总是早晨出去，午夜回来。好在我领了一把门钥，独往独来，什么人也不惊动。有时我在寒夜中轻轻推门，只觉得温香扑面，踏着厚软的地毡，悄悄地走回自己屋里，桌上总有信件鲜花，有时还有热咖啡或茶，和一盘小点心。我一面看着信，一面吃点心喝茶——这些事总使我想起我的母亲。

第二天午饭时，见着R女士，我正要谢谢她给我预备的"消夜"，她却先笑着说："×先生，这半月的饭钱，我应该退还你，你成天的不在家！"我笑着坐下，说："从今天起，我要少出去了，该看的人和该看的地方，都看过了。现在倒要写点信，看点书，养养静了。"R小姐笑说："别忘了还有你的法文，L先生告诉我，你是要练习法语的。"

真的，我的法文太糟了，书还可以猜着看，话却是无人能懂！R小姐提议，我们在吃饭的时候说法语。结果是我们谈话的范围太广，一用法文说，我就词不达意，笑着想着，停了半天。次数多了，我们都觉得不方便，不约而同的笑了出来，说："算了吧，别扭死人！"从此我只顾谈话，把法语丢在脑后了！

巴黎的春天，相当阴冷，我们又都喜欢炉火，晚饭后常在R小姐的书房里，向火抽烟，闲谈。这书房是全房子里最大的一间，满墙都是书架，书架上满是文学书。壁炉架上，摆着几件东方古董。从她的谈话里，知道她的父亲做过驻英大使——她在英国住过十五年——也做过法国远东殖民地长官——她在远东住过八年。她有三个哥哥,都不在了。两个侄子,也都在上次欧战时阵亡。一个侄女,嫁了,有两个孩子,住在乡下。她的母亲,是她所常提到的,是一位身体单薄,多才有德的夫人,从相片上看去,眉目间尤其像我的母亲。

我虽没有学到法语,却把法国的文学艺术,懂了一半。我们常常一块儿参观博物院,逛古迹,听歌剧,看跳舞,买书画。她是巴黎一代的名闺,我和她朝夕相从,没看过R小姐的,便传布着一种谣言,说是×××在巴黎,整天陪着一位极漂亮的法国小姐,听戏,跳舞。这风声甚至传到国内我父亲的耳朵里,他还从北平写信来问。我回信说:"是的,一点不假,可惜我无福,晚生了三十年,她已是一位六旬以上的老姑娘了!父亲,假如您看见她,您也会动心呢,她长得真像母亲!"

我早可以到柏林去,但是我还不想去,我在巴黎过着极明媚的春天——

在一个春寒的早晨,我得到国内三弟报告订婚的信。下午吃茶的时候,我便将他们的相片和信,带到R小姐的书房里。我告诉了她这好消息,因此我又把皮夹里我父亲,母亲,以及二弟,四弟两对夫妇的相片,都给她看了。她一面看着,很客气的称赞了几句,忽然笑说:"×先生,让我问你一句话,你们东方人不是主张'男大当婚,女大当嫁[5]'的吗?为何你竟然没有结婚,而且你还是个长子?"我笑了起来,一面把相片收起,挪过一个锦墩,坐在炉前,拿起铜条来,拨着炉火,一面说:"问我这话的人多得很,你不是第一个。原因是,我的父母很摩登[6],从小,他们没有强迫我订婚或结婚。到自己大了,挑来挑去的,高不成,低不就,也就算了。"R女士凝视着我,说:"你不觉得生命里缺少什么?"我说:"这个,倒也难说,根本我就没有去找。我认为婚姻若没有恋爱,不但无意义,而且不道德。但一提起恋爱来,问题就大了,你不能提着灯笼去找!我们东方人信'夙缘[7]',有缘千里来相会,若无缘呢?就是遇见了,也到不了一处。"这时我忽然忆起L君的话,不觉抬头看她,她正很自然的靠坐在一张大软椅里,身上穿着一件浅紫色的衣服,胸前戴几朵紫罗兰。闪闪的炉火光中,窗外阴暗,更显得这炉边一角,温静,甜柔。

她举着咖啡杯儿,仍在望着我。我接下去说,"说实话,我还没有感觉到空虚,有的时候,单身人更安逸[8],更宁静,更自由,我看你就不缺少什么,是不是?"她轻轻的放下杯子,微微的笑说:"我嘛,我是一个女人,就另是一种说法了。"说着，她用雪白的手指，挑着鬓发，轻轻的向耳后一掠，从椅旁小几上，拿起绒线活来，一面织着，一面看着我。

我说："我又不懂了，我总觉得女人天生的是家庭建造者。男人倒不怎样，而女人却是爱小孩子，喜欢家庭生活的，为何女人倒不一定要结婚呢？" R 小姐看着我，极温柔款款的说："我是'人性'中最'人性'，'女性'中最'女性'的一个女人。我愿意有一个能爱护我的，温柔体贴的丈夫，我喜爱小孩子，我喜欢有个完美的家庭。我知道我若有了这一切，我就会很快乐的消失在里面去——但正因为，我知道自己太清楚了，我就不愿结婚，而至今没有结婚！"

我抱膝看着她。她笑说："你觉得奇怪吧，待我慢慢的告诉你——我还有一个毛病，我喜欢写作！"我连忙说："我知道，我的法文太浅了，但我们的大使常常提起你的作品，我已试着看过，因为你从来没提起，我也就不敢。" R 小姐拦住我，说："你又离了题了，我的意思是一个女作家，家庭生活于她不利。"我说："假如她能够——"她立刻笑说："假如她身体不好告诉你，一个男人结了婚，他并不牺牲什么。一个不健康的女人结了婚，事业——假如她有事业，健康，家务，必须牺牲其一！我若是结了婚，第一牺牲的是事业，第二是健康，第三是家务。"

——写到这里，我忽然忆起去年我一个女学生，写的一篇小说，叫做《三败俱伤》——她低头织着活计，说："我是一个要强，顾面子，好静，有洁癖[9]的人；在情感上我又非常的细腻，体贴；这些都是我的致命伤！为了这性格，别人用了十分心思；我就得用上百分心思，别人用了十分精力，我就得用上百分精力。一个家庭，在现代，真是谈何容易，当初我的母亲，她做一个外交官夫人，安南总督太太，真是仆婢成群，然而她的绘画，她的健康，她一点没有想到顾到。她一天所想的是丈夫的事业，丈夫的健康，儿女的教养，儿女的……她忙忙碌碌的活了五十年！至今我拿起她的画稿来，我就难过。嗳，我的母亲……"她停住了，似乎很激动，轻轻的咳嗽了两声，勉强的微笑说："我母亲的事情，真够写一本小说的。你看见过英国女作家，V.Sackville-West 写的 "*All Passion Spent*（七情俱净）"吧？"

我仿佛记得看过这本书，就点头说："看过了，写的真不错……不过，R 小姐，一个结婚的女人，她至少有了爱情。"她忽然大声的笑了起来，说："爱情？这就是一件我所最拿不稳的东西，男人和女人心里所了解的爱情，根本就不一样。告诉你，男人活着是为事业——天晓得他说的是事业还是职业！女人活着才为着爱情；女人为爱情而牺牲了自己的一切，而男人却说：'亲爱的，为了不敢辜负 [10] 你的爱，我才更要努力我的事业'！这真是名利双收！"她说着又笑了起来，笑声中含着无限的凉意。

我不敢言语，我从来没有看见 R 小姐这样激动过，我虽然想替男人辩护，而且我想我也许不是那样的男人。

她似乎看出了我的心绪，她笑着说："每一个男人在结婚以前，都说自己是个例外，我相信他们也不说假话。但是夫妻关系，是种最娇嫩最伤脑筋的关系，而时光又是一件最无情最实际的东西。等到你一做了他的同衾共枕 [11] 之人，天长地久……呵！天长地久！任是最坚硬晶莹的钻石也磨成了光彩模糊的沙粒，何况是血淋淋的人心？你不要以为我是生活在浪漫的幻想里的人，我一切都透彻，都清楚。男人的'事业'当然要紧，讲爱情当然是不应该抛弃了事业，爱情的浓度当然不能终身一致。但是更实际的是，女人终究是女人，她也不能一辈子，以结婚的理想，人生的大义，来支持她困乏的心身。在她最悲哀，最柔弱，最需要同情与温存的一刹那顷，假如她所得到的只是漠然的言语，心不在焉的眼光，甚至于尖刻的讥讽和责备，你想，一个女人要如何想法？我看的太多了，听的也太多了。这都是婚姻生活里解不开的死结！只为我太知道，太明白了，在决定牺牲的时候，我就要估量轻重了！"

她俯下身去，拣起一根柴，放在炉火里，又说："我母亲常常用忧愁的眼光看着我说：'德利莎！你看你的身体！你不结婚，将来有谁来看护你？'我没有说话，我只注视着她，我的心里向她叫着说：'你看你的身体吧，你一个人的病，抵不住我们五个人的病。父亲的肠炎，回归热以及我们兄妹的种种希奇古怪的病，三十年来还不够你受的？'但我终究没有言语。"

她微微的笑了，注视着炉火："总之我年轻时还不算难看，地位也好，也有点才名，因此我所受的试探，我相信也比别的女孩子多一点。我也曾有过几次的心软，但我都终于逃过了。我是太自私了，我扔不下这支笔，因着这支笔，我也要保持我的健康，因此——你说我缺少恋爱吗？也许，但，现在还有两三个男人爱慕着我，他们都说我是他们唯一终身的恋爱。这话我也不否认，但这还不是因为我们没有到得一处的缘故？他们当然都已结过了婚，我也认得他们温柔能干的夫人。我有时到他们家里去吃饭喝茶，但是我并不羡慕他们的家庭生活！他们的太太也成了我的好朋友，有时还向我抱怨她们的丈夫。我一面轻描淡写的劝慰着她们，我一面心里也在想，假如是我自己受到这些委屈，我也许还不会有向人诉说的勇气！有时在茶余酒后，我也看见这些先生们，向着太太皱起眉头，我就会感觉到一阵颤栗[12]，假如我做了他的太太，他也对我皱眉，对我厌倦，那我就太……"

我笑了，极恳挚[13]的轻轻拍着她的膝头，说："假如你做了他的太太，他就不会皱眉了。我不相信世界上有任何男子，有福气做了你的丈夫，还会对你皱眉，对你厌倦。"她笑着摇了摇头，微微的叹一口气，说："好孩子，谢谢你，你说得好！但是你太年轻了，不懂得——这二三十年来，我自己住着，略为寂寞一点，却也舒服。这些年里，我写了十几本小说，七八本诗，旅行了许多地方，认识了许多朋友。我的侄女，承袭了我的名字，也叫德利莎，上帝祝福她！小德利莎是个活泼健康的孩子，廿几岁便结了婚。她以恋爱为事业，以结婚为职业。整天高高兴兴的，心灵里，永远没有矛盾，没有冲突。她的两个孩子，也很像她。在夏天，我常常到她家里去住。她进城时，也常带着孩子来看我。我身后，这些书籍古董，就都归她们了。我的遗体，送到国家医院去解剖，以后再行火化，余灰撒在赛纳河里，我的一生大事也就完了。"

我站了起来，正要说话，马利亚已经轻轻的进来，站在门边，垂手说："小姐，晚饭开齐了。"R小姐吃惊似的，笑着站了起来，说："真是，说话便忘了时候，×先生，请吧。"

饭时，她取出上好的香槟酒来，我也去拿了大使馆朋友送的名贵的英国纸烟，我们很高兴的谈天说地，把刚才的话一句不提。那晚R小姐的谈锋特别隽妙，双颊飞红，我觉得这是一种兴奋，疲乏的表示。饭后不多一会，我便催她去休息。我在客厅门口望着她迟缓秀削的背影，呆立了一会。她真是美丽，真是聪明！可惜她是太美丽，太聪明了！

十天后我离开了巴黎，L送我到了车站。在车上，我临窗站到近午，才进来打开了R小姐替我预备的筐子，里面是一顿很精美的午餐，此外还有一瓶好酒，一本平装的英文小说，是"*All Passion Spent*"。

我回国不到一月，北平便沦陷了。我还得到北平法国使馆转来的R小姐的一封信，短短的几行字：

×先生：

听说北平受了轰炸，我无时不在关心着你和你一家人的安全！振奋起来吧，一个高贵的民族，终久是要抬头的。有机会请让我知道你平安的消息。

你的朋友 德利莎

我写了回信，仍托法国使馆转去，但从此便不相通问了。

三年以后，轮到了我为她关心的时节，德军进占了巴黎，当我听到巴黎冬天缺乏燃料，要家里住有德国军官才能领到煤炭的时候，我希望她已经逃出了这美丽的城市。我不能想象这静妙的老姑娘，带着一脸愁容，同着德国军官，沉默向火！

"振奋起来吧，一个高贵的民族，终久是要抬头的！"

（本篇最初发表于《关于女人》，署名男士）

注释

1. 遗裔：yí yì。后裔；后代。
2. 有缘千里来相会：形容两个有缘分的人，不管相隔多远，都会相遇的。语出清·黄增《集杭州俗语诗》。
3. 撵：niǎn。驱逐，赶走，追赶。
4. 攀谈：pān tán。闲谈；交谈。
5. 男大当婚，女大当嫁：这是中国一句俗语，意思是到了一定的年龄，男的应该娶妻生子，女的应该找个对象结婚。主要用于过了婚嫁年龄的人。
6. 摩登：mó dēng。适合现时或表现现时；时髦。
7. 夙缘：sù yuán。前生的因缘。语出《敦煌曲子词·鹊踏枝》："自叹夙缘作他邦客，辜负尊亲虚劳力。"
8. 安逸：ān yì。安闲舒适。
9. 洁癖：jié pǐ。过分爱清洁的癖性。
10. 辜负：gū fù。亏负；使别人对自己的希望落空。
11. 同衾共枕：tóng qīn gòng zhěn。谓结为夫妻。
12. 颤栗：zhàn lì。亦作"战栗"。发抖；打哆嗦。
13. 恳挚：kěn zhì。诚恳真挚。

导读

　　本文描写的是作者在法国旅居时房东的故事，收录于《冰心精选集》中。这篇文章用细腻优雅的笔法，摹写了一个聪慧女子心灵世界的真善美，表达了一个女单身主义者的善良与宽厚。

我的邻居

M太太是我的同事的女儿，也做过我的学生，现在又是我的邻居。

我头一次看见她，是在她父亲的家里——那年我初到某大学任教，照例拜访了几位本系里的前辈同事——她父亲很骄傲地将她介绍给我，说："×先生，这是我的大女儿，今年十五岁了。资质还好，也肯看书，她最喜欢外国文学，请你指教指教她。"

那时M太太还是个小姑娘，身材瘦小，面色苍白，两条很粗的短发辫，垂在脑后。说起话来很腼腆，笑的时候却很"甜"，不时地用手指去托她的眼镜。

我同她略谈了几句，提起她所已看过的英国文学，使我大大的吃惊！例如：哈代的全部小说集，她已看了大半；她还会背诵好几首英国十九世纪的长诗……她父亲又很高兴地去取了一个小纸本来，递给我看，上面题着"露珠"，是她写的仿冰心《繁星》体的短篇诗集，大约有二百多首。我略翻了翻，念了一两首，觉得词句很清新，很莹洁，很像一颗颗春晨的露珠。

我称赞了几句，她父亲笑说："她还写小说呢——你去把那本小说拿来给×先生看！"她脸红了说："爸爸总是这样！我还没写完呢。"一面掀开帘子，跑了出去，再不进来。她父亲笑对我说："你看她惯的一点规矩都没有了！我的这几个孩子，也就是她还聪明一点，可惜的是她身体不大好。"

一年以后，她又做了我的学生。大学一年级的班很大，我同她接触的机会不多，但从她做的文课里，看出她对于文学创作，极有前途；她思想缜密[1]，描写细腻，比其他的同学，高出许多。

此后因为我做了学生会出版组的顾问，她是出版组的重要负责人员，倒是常有机会谈话。几年来的一切进步都很快，她的文章也常常在校外的文学刊物上出现，技术和思想又都比较成熟，在文学界上渐渐的露了头角。

大学毕业后，她便同一位M先生结了婚。M先生也是一位作家——他们婚后就到南京去，有七八年我没有得到直接的消息。

抗战后一年，我到了昆明。朋友们替我找房子，说是有一位M教授的楼上，有一间房子可以分租，地点也好，离学校很近。我们同去一看，那位M太太原来就是那位我的同事的女儿；相见之下，十分欢喜。那房子很小，光线也不大好，只是从高高的窗口，可以望见青翠的西山。M家还有一位老太太，四个孩子，一个挨一个的，最小的不过两岁左右。M太太比从前更苍白了，一瘦就显得老，她仿佛是三十以外的人了。

说定了以后，我拿了简单的行李，一小箱书，便住到M家的楼上。那天晚上，便见着M先生，他也比从前瘦了，性情更显得急躁，仿佛对于一切都觉得不顺眼。他带着三个大点的孩子，在一盏阴暗的煤油灯下，吃着晚饭。老太太在厨房里不知忙些什么。M太太抱着最小的孩子，出出进进，替他们端菜盛饭，大家都不大说话。我在饭桌旁边，勉强坐了一会，就上楼去了。

住了不到半个月，我便想搬家，这家庭实在太不安静了，而且阴沉得可怕！这几个孩子，不知道是因为营养不足，还是其他的缘故，常常哭闹。老太太总是叨叨唠唠的，常对我抱怨M太太什么都不会。M先生晚上回来，才把那些哭声怨声压低了下去，但顿时楼下又震荡着他的骂孩子，怪太太，以及愤时忧世的怨怒的声音。他们的卧室，正在我的底下，地板坏了，逗不上笋来。我一个人，总是静悄悄的，而楼下的声音，却是隐约上腾，半夜总听见喳喳喊喊[2]的，"如哭如诉"，有时忽然听见M先生使劲的摔了一件东西，生气的嚷着，小孩子忽然都哭了起来，我就半天睡不着觉！

正在我想搬家的那一天早晨，走到楼下，发现屋里静悄悄的，没有一个人。我叫了一声，看见M太太扎煞着手，从厨房里出来。她一面用手背掠开了垂拂在脸上的乱发，一面问："×先生有事吗？他们都出去了。"我知道这"他们"就是老太太同M先生了，我就问："孩子们呢？"她说："也出去了，早饭没弄得好，小菜又没有了，他们说是出去吃点东西。"她嘴唇颤动着惨笑了一下，说："我这个人真不中用，从小就没学过这些事情。母亲总是说：'几毛钱一件的衣工，一两块钱一双皮鞋，这年头女孩子真不必学做活了，还是念书要紧，念出书来好挣钱，我那时候想念书，还没有学校呢。'父亲更是由着我，我在家里简直没有进过厨房……您看我生火总是生不着，反弄了一厨房的烟！"说着又用乌黑的手背去擦眼睛。我来了这么几天，她也没有跟我说过这么多的话。我看她的眼睛又红又肿，声音也哑着，我知道她一定又哭过，便说："他们既然出去吃了，你就别生火吧。你赶紧洗了手，我楼上有些点心，还有罐头牛奶，用暖壶里的水冲了就可吃，等我去取了来。"我不等她回答便向楼上走，她含着泪站在楼梯边呆望着我。

M太太一声不言语的，呆呆的低头调着牛奶，吃着点心。过了半天，我就说："昆明就是这样好，天空总是海一样的青！你记得卜朗宁夫人的诗吧……"正说着，忽然一声悠长的汽笛，惨厉的叫了起来，接着四方八面似乎都有汽笛在叫，门外便听见人跑。M太太倏的站了起来，颤声说："这是警报！孩子们不知都在哪里？"我也连忙站起来，说："你不要怕，他们一定就在附近，等我去找。"我们正往门外走，老太太已经带着四个孩子，连爬带跌的到了门前，原来M先生说是学校办公室里还有文稿，他去抢救稿子去了，却把老的小的打发回家来！

我帮着M太太把小的两个抱起，M太太看着我，惊慌地说："×先生，我们要躲一躲吧？"我说："也好，省得小孩子们害怕。"我们胡乱收拾点东西，拉起孩子，向外就走。忽然老太太从屋里抱着一个大蓝布包袱，气急败坏地一步一跌地出来，嘴里说："别走，等等我！"这时头上已来了一阵极沉重的隆隆飞机声音。我抬头一看，蔚蓝的天空里，白光闪烁，九架银灰色的飞机，排列着极整齐的队伍，稳稳的飞过。一阵机关枪响之后，紧接着就是天塌地陷似的几阵大声，门窗震动。小孩子哇的一声，哭了起来，老太太已瘫倒在门边。这时我们都挤在门洞里，M太太面色惨白，紧紧的抱着几个孩子，低声说："莫怕莫怕。×先生在这里！"我一面扶起老太太，说："不要紧了，飞机已经过去了。"正说着街上已有了人声，家家门口有人涌了出来，纷纷的惊惶的说话。M太太站起拍拍衣服，拉着孩子也出到门口。我们站着听了一会，天上已经没有一点声息。我说："我们进去歇歇吧，敌机已经去了。"M太太点了点头，我又帮她把孩子抱回屋去，自己上得楼来；刚刚坐定，便听见M先生回来；他一进门就大声嚷着："好，没有一片干净土了，还会追到昆明来！我刚抱出书包来，那边就炸了，这班鬼东西！"

从那天起，差不多就天天有警报。M先生却总是警报前出去，解除后才回来，还抱怨家里没有早预备饭。M太太一声儿不言语，肿着眼泡，低头出入。有时早晨她在厨房里，看见我下楼打脸水，就怯怯的苦笑问："×先生今天不出去吧？"我总说："不到上课的时候，我是不会走的，你有事叫我好了。"

老太太不肯到野外去，怕露天不安全，她总躲在城墙边一个防空洞里。我同M太太就带着孩子跑到城外去。我们选定了一片大树下，壕沟³式的一块地方，三面还有破土墙挡着。孩子们逃警报也逃惯了，他们就在那壕沟里盖起小泥瓦房子，插起树枝，天天继续着工作。最小的一个，往往就睡在母亲的手臂上，我有时也带着书去看。午时警报若未解除，我们就在野地里吃些干点充饥。

坐在壕沟里无聊，就闲谈。从M太太零碎的谈话里，我猜出她的许多委屈。她从来不曾抱怨过任何人，连对那几个不甚讨人喜欢的孩子，她也不曾表示过不满。她很少提起家里的事，可是从她们的衣服饮食上，我知道她们是很穷困的。眼看着她一天一天的憔悴下去，我就想帮她一点忙。有一次我就问她愿不愿去教书，或是写几篇文章，拿点稿费。家务事有老太太照管，再雇个佣人，也就可以做得开了，她本来不喜欢做那些杂务，何必不就"用其所长"？

M太太盘着腿坐在地上，抱着孩子，轻轻的摇动，静静的听着，过了半天才抬起头来，说："×先生，谢谢你的关怀，这些事我都早已想过了，我刚来的时候，也教过书，学校里对于我，比对我的先生还满意。"说到这里，她微笑了，这是我近来第一次见到的笑容！她停了一会说："后来不知如何，他就反对我出去教书……老太太也说那几个孩子，她弄不了，我就又回到家里来。以后就有几个朋友同事，来叫我写稿子。×先生，你知道我从小喜欢写文章，尤其是现在，我一拿起笔，一肚子的……一肚子的事，就奔涌了出来。眼前一切就都模糊恍惚，在写作里真可以逃避了许多现实……"她低头玩弄着孩子襟上的纽扣，微微的叹了一口气，说："但是现实还是现实，一声孩子哭，一个客人来，老太太说东说西，老妈子问长问短，把我的文思常常忽然惊断，许久许久不能再拿起笔来。而且——写文章实在要心境平静，虽然不一定要快乐，而我现在呢？不用说快乐，要平静也就很难很难的了！

"写了两篇文章，我的先生最先发现写文章卖钱，是得不偿失！稿费增加和工资增加的速度，几乎是一与百之比，衣工，鞋价，更不必说。靠稿费来添置孩子衣服，固然是梦想，写五千字的小说，来换一双小鞋子，也是不可能。没有了鼓励，没有了希望，而写文章只引起自己伤心，家人责难的时候，我便把女工辞退了。其实她早就要走——我们家钱少，孩子多，上人脾气又不大好，没有什么事使她留恋的，不像我……我是走不脱的！

"我生着火，拣着米，洗着菜，缝着鞋子，补着袜子，心里就象枯树一般的空洞，麻木。本来，抗战时代，有谁安逸？能安逸的就不是人；我不求安逸，我相信我虽没有学过家务，我也能将就的做，而且我也不怕做，劳作有劳作的快乐，只要心里能得到一点慰安，温暖……

"我没有对任何人说过任何言语，自己苦够了，这万方多难的年头，何必又增加别人的痛苦？对我的父母，我是更不说的。父亲从北方来信，总是说：'南国浓郁明艳的风光，不知又添了你多少诗料，为何不寄点短诗给爸爸看？'最近不知是谁，向他们报告了这里的实况，母亲很忧苦的写了信来，说：'我不知道你们那里竟是这个样子！老太太总该可以帮帮忙吧？早知如此，我当初不该由着你读书写字，把身体弄坏了，家事也一点不会。'她把自己抱怨了一顿，我看了信，真是心如刀割。我自己痛苦不要紧，还害得父亲为我失望，母亲为我伤心，×先生，这真是《琵琶记》里蔡中郎所说的'文章误我，我误爹娘[4]'了！"

她说着忍不住把孩子推在一边，用衣襟掩着脸大哭了起来。孩子们也许看惯了妈妈的啼哭，呆立了一会，便慢慢走开，仍去玩耍。我呢，不知道怎样劝她，也想她在家里整天的凄凉掩抑，在这朗阔的野外，让她恣情的一恸，倒也是一种发泄，我也便悄悄的走向一边……

我真不想再住下去了，那时学校里已放了暑假。城墙边的防空洞曾震塌了一次，压伤了许多人，M老太太幸而无恙。我便撺掇他们疏散到乡下去。我自己也远远的搬到另一乡村里的祠堂里住下——在那里，我又遇到了一个女人！

注释

1. 缜密：zhěn mì。周密；细致（多指思想）。

2．喳喳喊喊：zhā zhā qī qī。形容细碎的声音。

3．壕沟：háo gōu。作为保卫或圈围用的明沟；用于军事防御并且通常将挖掘出来的泥土堆在它前面作为土方工事的狭长沟。

4．文章误我，我误爹娘：语出元朝高则诚的《琵琶记》："书，我只为你其中自有黄金屋，却教我撇却椿庭萱草堂。还思想，休休，毕竟是文章误我，我误爹娘。"

导读

在冰心的笔下，在知识妇女的形象中，M 太太是一位聪明、有才、自幼爱好写作、勤奋学习的女人。本来她会有个光明的前途，但是，因为嫁了一个不通人情的丈夫，又有一位不通人情的婆婆，再加上抗战期间大后方的种种不便与通货膨胀，她又是个只知读书不会理家的人，生活便一天天地困难，人也便一天天地憔悴下去。这个在北方长大的女人，是多么的希望能够在有着浓郁明艳风光的南方，写一点诗，写一点文章，教教书啊！这些本来都是她非常擅长的事情，然而，丈夫和婆婆的偏见，使她不得不终日地缠绕于琐碎的日常家务之中，身体不支，精神不振，让远在北方的父母也时时为她操心。

这篇作品虽然也涉及了抗战时期的社会生活，但从它的主题看，却是冰心早在"五四"时期就非常关心的家庭问题的延续。

记富奶奶——一个高尚的人

一九二九年六月初，我还在燕京大学教课，得了重感冒住在女校疗养所里。院里只有一位美国女大夫和两位服务员。

大夫叫她们为舒妈和富妈（这大夫和服务员只照看轻病的人，一般较为严重复杂的病，就送到协和医院去了）。这两位服务员都是满族，说的一口纯正的北京话。舒妈年纪大一些，也世故一些，又爱说爱笑。富妈比较文静，说话轻声细语地。我总觉得她和舒妈不同，每逢她在我身边，我的脑中总涌上"大人家举止端详"这一段词句。

有一天她忽然低声问我："谢先生，您结婚后用人吗？我愿意给您帮忙。"我说："那太好了，就是我们家里就两个人，事情不多，而且人家已经给我们介绍一个厨师傅了（那时在燕大教师家里的大师傅一般除做饭外，还兼管洗衣服、床单……收拾楼下的书房客厅等等）。楼上我们卧室什么的，也没有什么重活……"她说："我能给您做针线活。您新房子里总得有窗帘、床单、桌布什么的，我可以先给您准备。"这方面我倒没想到。那时候燕大指定给我们盖的小楼——燕南园 60 号，已快竣工了。我感冒好后，就和她到我们的新居，量好了门窗的尺寸，楼下的客厅兼饭厅想用玫瑰色的窗帘，楼上的卧室用豆青色的，客房是粉红色的（那种房子一般是两重帘子，外面是一层透明的白纱布，里面只是一道横的短帘和两边长的窄窄的长帘，这里层的帘子是有颜色的）。我就买了这几色的苏州棉绸，交给了她。那年的六月十五号，我同文藻结婚后，就南下省亲，我们到了上海和江阴的家，暑假之前赶回上课时，富妈已经把这些窗帘都做好，而且还做了各间屋子里的床单，被单都用的是白细布又用和窗帘一色的布缘了边，还"补"上一些小花，真是协调雅淡极了！我们把房子布置好了以后，她每天就只来一个上午，帮我们收拾房间。到了一九三一年，我们的大儿子吴平出世后，她就来帮我带孩子，住在我家里，做整天的活。那时文藻的母亲也来了，就住在原来的客房。我每星期还有几堂课，身体也不太好，孩子的照顾，差不多全靠富奶奶了（她比我大十岁，自从她到我们家工作，我们就都称她奶奶）。说起来她的身世也够凄凉的，有人说她是满族松公爷的堂妹，家道中落，从九岁起就学做种种针线活，二十岁又嫁黄志廷做续弦[1]，黄志廷是清华学校校警，年岁比她大许多，她生了六个孩子，都早夭[2]了，最后一个女儿活下来了，起名叫秀琴，是她的宝贝。她出来工作，自己指"富"为姓。她有心脏病，每星期必到燕大医院去取一次药水，但她还是把孩子的衣服（除毛衣外）全部揽了去。

　　她总把孩子打扮得十分雅气，衣领和袖子上总绣上些和毛衣的颜色协调的小花，那时燕大中美同事的夫人们，都夸说我们孩子穿得比谁都整齐，其实都是富奶奶给他们打扮的。

　　一九三五年我的女儿吴冰出世了，也是她照应的，吴冰从小不"挑食"，长得很胖，富奶奶对于女孩子的衣着更加注意，吴冰被推着车子出去，真是谁看谁爱。一九三六年，是文藻的休假年（燕大的教授们是每七年休假一次），我们先到日本，又到美国代表燕大祝贺哈佛大学建校三百周年，以后又到英国、意大利、法国等，文藻自己又回到英国的牛津和剑桥大学，研究他们的导师制度，我那时正怀上了吴青，就在法国留下，在巴黎闲住了一百天。

　　那时文藻的母亲虽然也在北京，但两个孩子的一切，仍是全由富奶奶照管。一九三七年我们从欧洲回来，不到一个星期，北京便沦陷了。因为燕大算是美国教会办的，一时还没有受到惊扰，我们就仍在燕大教学，一面等待十一月份吴青的出世，一面做去云南大学的准备。因为富奶奶有心脏病，我怕云南高原的天气对她不宜，准备荐她到一位美国教授家里去工作。

　　他们家只老夫妇二人，工作很轻松，但富奶奶却说："您一个人带三个孩子走，就不放心，我送您到香港再回来吧。"等到了香港，我们才知道要去云南必须从安南的海防坐小火车进入云南，这条路是难走的！富奶奶又坚持说："您和先生两个人，绝对弄不了这三个孩子，我还是跟您上云南吧。"我只得流着眼泪同意了。这一路的辛苦困顿，就不必说。亏得在路过香港时，我的表兄刘放园一家也在香港避难，他们把一个很能干的大丫头——瑞雯交给了我，说是："瑞雯十八九岁了，我们不愿意在香港替她找人家，不如让你们带到内地给她找吧。"路上有了瑞雯当然方便得多，富奶奶把她当自己的女儿看待，两人处得十分融洽。到了昆明，瑞雯便担任了厨师的职务，她从我的表嫂那里，学做的一手好福建菜，使我们和我们的随北大、清华南迁的朋友们，大饱口福。

我们到了昆明，立刻想把富奶奶的丈夫黄志廷和女儿秀琴都接到后方来，免得她一家离散。那时正好美国驻云南昆明的领事海勇（Seabold）和我们很友好，他们常说云南工人的口音难懂，我说："我给你们举荐一个北京人吧。"于是我们就设法请南下的朋友把黄志廷带到了昆明，在美国领事馆工作。富奶奶的独女秀琴却自己要留在北京读完高中，在 1940 年我们搬到重庆之后，她才由我们的朋友带来，到了重庆，我们即刻把她送到复旦大学，一切费用由我们供给。这时富奶奶完全放心了，我们到重庆时，本来就把黄志廷带来我家"帮忙"，如今女儿也到了后方，又入了大学，她不必常常在夜里孩子睡后，在桐油灯下，艰难地一个字一个字地给女儿写信了。说来真是"可怜天下父母心"！富奶奶本来不会写字，她总是先把她要说的话，让我写在纸上，然后自己一笔一划地去抄，我常常对她说："你不必麻烦了，我和黄志廷都会替你写，何必自己动笔呢？"她说："秀琴看见我的亲笔字，她会高兴的。"

我们到重庆不久，因为日机常来轰炸，就搬到歌乐山上住。不久文藻又得了肺炎，我在医院陪住了一个多月，家里一切，便全由富奶奶主持。那几年我们真是贫病交加，文藻病好了，我又三天两头地吐血，虽然大夫说这不是致命的病，却每次吐血，必须躺下休息，这都给富奶奶添许多麻烦，那时她也渐渐地不支了，也得常常倚在床上。我记得有一次冬天，在沙坪坝南开中学上学的吴平，周末在大雨中上山，身上的棉裤湿了半截。富奶奶心疼地让他脱下棉裤，坐在她被窝里取暖。她拿我的一条旧裤作面子，用白面口袋白布做里子，连夜在床上给他赶做一条棉裤。我听见她低低地对吴平说："你妈也真是，有钱供人上大学，自己的儿子连一条替换的棉裤、毛裤都没有！"这是她末一次给我的孩子做活了！

有一天她断断续续地对我说："我看我这病是治不好了，您这房子虽然是土房，也是花钱买的，我死在这屋里，孩子们将来会害怕的，您送我上医院吧。"我想在医院里，到底照顾得好一些，山下的中央医院（就是现在的上海医院）还有许多熟人，我就送她下山，并让黄志廷也跟去陪她，我一面为她预备后事。正好那时听说有一户破落的财主，有一副做好的棺材要廉价出卖，我只用了一百多块钱（《关于女人》稿费的一部分）把它买了下来，存放在山下的一间木匠铺里。

到医院后不久，她就和我们永别了。她葬在歌乐山的墓地里。出殡那一天，我又大吐血，没有去送葬，但她的丈夫、女儿和我的儿女们都去了。听说，吴平在坟前严肃地行了一个童子军的敬礼后，和她的两个妹妹吴冰、吴青，都哭得站不起来！五十年代中期，我曾参加人大代表团到西南视察，路经四川歌乐山，我想上去看看她的坟墓，却因为那里驻着高射炮队就去不成了。

黄秀琴同她的大学同学四川人李家驹结了婚，不久也把父亲黄志廷接走了。抗战胜利后，我们回到南京又去了日本，黄家留在四川，但是我们的通讯不断。

黄秀琴生了两儿两女后，也去世了。六十年代我们住在北京中央民族学院，她的次子李达雄在北京邮电学院上学，假期就到我们家来称我为"姥姥"。直到现在他夫妇到京出差还是给我送广柑、"菜脑壳"之类我们爱吃的东西。我们的孩子和他们的孩子一直是亲如一家……关于这个高尚的人的事迹，我早就想写了，镶在一个小铜镜框里的她和我们三个孩子的小相片，几十年来一直在我的身边，现在就在我身后的玻璃书柜里。今天浓阴，又没有什么"不速之客"，我一口气把从一九二九年起和我同辛共苦了十几年的、最知心的人的事迹，写了出来，我的眼泪是流得尽的，而我对她的忆念却绵绵无尽！

1987年6月5日薄暮

注释

1．续弦：xù xián。古时以琴瑟来比喻夫妻，故丧妻称断弦，再娶为续弦。
2．早夭：zǎo yāo。未成年而死。

导读

　　冰心称自己家里保姆——富奶奶为"一个高尚的人"、"最知心的人"，在最艰难的日子里，省下钱来帮助她女儿上大学，"贫富愚智"顷刻间被化解，从而出现了一个"和爱神妙"的世界。文章表达了作者对底层妇女美好品德的赞扬。

张　嫂

可怜，在"张嫂"上面，我竟不能冠以"我的"两个字，因为她不是我的任何人！她既不是我的邻居，也不算我的佣人，她更不承认她是我的朋友，她只是看祠堂[1]的老张的媳妇儿。

我住在这祠堂的楼上，楼下住着李老先生夫妇，老张他们就住在大门边的一间小屋里。

祠堂的小主人，是我的学生，他很殷勤的带着我周视祠堂前后，说："这里很静，×先生正好多写文章。山上不大方便，好在有老张他们在，重活叫他做。"老张听见说到他，便从门槛上站了起来，露着一口黄牙向我笑。他大约四十上下年纪，个子很矮，很老实的样子。我的学生问："张嫂呢？"他说："挑水去了。"那学生又陪我上了楼，一边说："张嫂是个能干人，比她老板伶俐得多，力气也大，有话宁可同她讲。"

为着方便，我就把伙食包在李老太太那里，风雨时节，省得下山，而且村店里苍蝇太多，夏天尤其难受。李老夫妇是山西人，为人极其慈祥和蔼。老太太自己烹调，饭菜十分可口。我早晨起来，自己下厨房打水洗脸，收拾房间，不到饭时，也少和他们见面。这一对老人，早起早睡，白天也没有一点声音，院子里总是静悄悄的，同城内M家比起来，真有天渊之别，我觉得十分舒适。

住到第三天，我便去找张嫂，请她替我洗衣服。张嫂从黑暗的小屋里，钻了出来，阳光下我看得清楚：稀疏焦黄的头发，高高的在脑后挽一个小髻，面色很黑，眉目间布满了风吹日晒的裂纹；嘴唇又大又薄，眼光很锐利；个子不高，身材也瘦，却有一种短小精悍[2]之气。她迎着我，笑嘻嘻的问：

"你家有事吗？"我说："烦你洗几件衣服，这是白的，请你仔细一点。"她说："是了，你们的衣服是讲究的——给我一块洋碱！"

李老太太倚在门边看，招手叫我进去，悄悄的说："有衣服宁可到山下找人洗，这个女人厉害得很，每洗一次衣服，必要一块胰皂[3]，使剩的她都收起来卖——我们衣服都是自己洗。"我想了一想，笑说："这次算了，下次再说吧。"

第二天清早，张嫂已把洗好的衣服被单，送了上来——洗的很洁白，叠的也很平整——摆的都放在我的床上，说：

"× 先生，衣服在这里，还有剩下的洋碱[4]。"我谢了她，很觉得"喜出望外[5]"，因此我对她的印象很好。

熟了以后，她常常上楼来扫地，送信，取衣服，倒纸篓[6]。

我的东西本来简单，什么东西放在哪里她都知道。我出去从不锁门，却不曾丢失过任何物件，如银钱，衣服，书籍等等。

至于火柴，点心，毛巾，胰皂，我素来不知数目，虽然李老太太说过几次，叫我小心，我想谁耐烦看守那些东西呢？拿去也不值什么，张嫂收拾屋子，干净得使我喜欢，别的也无所谓了。

张嫂对我很好，对李家两老，就不大客气。比方说挑水，过了三天两天就要涨价，她并不明说，只以怠工方式处之。有一两天忽然看不见张嫂，水缸里空了，老太太就着急，问老张："你家里呢？"他笑说："田里帮工去了。"叫老张，"帮忙挑一下水吧。"他答应着总不动身。我从楼上下来，催促了几遍，他才慢腾腾的挑起桶儿出去。在楼栏边，我望见张嫂从田里上来，和老张在山脚下站着说了一会话。老张挑了两桶水，便躺了下去，说是肚子痛。第二天他就不出来。老先生气了，说："他们真会拿捏人，他以为这里就没有人挑水了！我自己下山去找！"老先生在茶馆里坐了半天，同乡下人一说起来，听说是在山上，都摇头笑说："山上呢，好大的坡儿，你家多出几个钱吧！"等他们一说出价钱，老先生又气得摇着头，走上山来，原来比张嫂的价目还大。

我悄悄的走下山去，在田里找到了张嫂，我说："你回去挑桶水吧，喝的水都没有了。"她笑说："我没有空。"我也笑说："你别胡说！我懂得你的意思，以后挑水工钱跟我要好了，反正我也要喝要用的。"她笑着背起筐子，就跟我上山——从此，就是她真农忙，我们也没有缺过水，——除了她生产那几天，是老张挑的。

我从不觉得张嫂有什么异样，她穿的衣服本来宽大，更显不出什么。只有一天，李老太太说："张嫂的身子重了，关于挑水的事，您倒是早和老张说一声，省得他临时不干。"我也不知道应当如何开口，刚才还看见张嫂背着一大筐的豆子上山，我想一时不见得会分娩[7]，也就没提。

第二天早起，张嫂没有上来扫地。我们吃早饭的时候，看见老张提着一小篮鸡蛋进门。我问张嫂如何不见？他笑嘻嘻的说："昨晚上养了一个娃儿！"我们连忙给他道贺，又问他是男是女。李老太太就说："他们这些人真本事，自己会拾孩子。这还是头一胎呢，不声不响的就生下来了，比下个蛋还容易！"我连忙上楼去，用红纸包了五十块钱的票子，交给老张，说："给张嫂买点红糖吃。"李老太太也从屋里拿了一个红纸包出去，老张笑嘻嘻的都接了，嘴里说："谢谢你家了——老太太去看看娃儿吗？"李老太太很高兴的就进到那间黑屋里去。

我同李老先生坐在堂屋里闲谈。老太太一边摇着头，一边笑着，进门就说："好大的一个男孩子，傻大黑粗的！你们猜张嫂在那里做什么？她坐在床板上织渔网呢，今早五更天生的，这么一会儿的工夫，她又做起活来了。她也不乏不累，你说这女人是铁打的不是！"因此就提到张嫂从十二岁，就到张家来做童养媳[8]，十五岁圆的房。她婆婆在的时候，常常把她打的躲在山洞里去哭。去年婆婆死了，才同她良懦[9]的丈夫，过了一年安静的日子，算起来，她今年才廿五岁。

这又是一件出乎我意外的事，我以为她已是三四十岁的人，"劳作"竟把她的青春，洗刷得不留一丝痕迹！但她永远不发问，不怀疑，不怨望。日出而作，日入而息——挑水，砍柴，洗衣，种地，一天里风车儿似的，山上山下的跑——只要有光明照在她的身上，总是看见她在光影里做点什么。有月亮的夜里，她还打了一夜的豆子！

从那天起，一连下了五六天的雨。第七天，天晴了，我们又看见张嫂背着筐子，拿着镰刀出去。从此我们常常看见老张抱着孩子，哼哼唧唧的坐在门洞里。有时张嫂回来晚了，孩子饿得不住的哭，老张就急得在门口转磨。我们都笑说：

"不如你下地去，叫她抱着孩子，多省事。她回来又得现做饭，奶孩子，不要累死人。"老张摇着头笑说："她做得好，人家要她，我不中用！"老张倒很坦然，我却常常觉得惭愧。每逢我拿着一本闲书，悠然的坐在楼前，看见张嫂匆匆的进来，忙忙的出去，背上，肩上，手里，腰里，总不空着，她不知道她正在做着最实在，最艰巨的后方生产的工作。我呢，每逢给朋友写信，字里行间，总要流露出劳乏，流露出困穷，流露出萎靡[10]，而实际的我，却悠悠的坐在山光松影之间，无病而呻！看着张嫂高兴勤恳的，鞠躬尽瘁[11]的样儿，我常常猛然的扔下书站了起来。

那一天，我的学生和他一班宣传队的同学，来到祠堂门口贴些标语，上面有"前方努力杀敌，后方努力生产"等字样。张嫂站在人群后面，也在呆呆望着。回头看见我，便笑嘻嘻的问："这上面说的是谁？"我说："上半段说的是你们在前线打仗的老乡，下半段说的是你。"她惊讶的问："X先生，你呢？"我不觉低下头去，惭愧的说："我吗？这上面没有我的地位！"

注释

1. 祠堂：cí táng。是族人祭祀祖先或先贤的场所。祠堂有多种用途。除了"崇宗祀祖"之用外，各房子孙平时有办理婚、丧、寿、喜等事时，便利用这些宽广的祠堂以作为活动之用。另外，族亲们有时为了商议族内的重要事务，也利用祠堂作为会聚场所。
2. 短小精悍：duǎn xiǎo jīng hàn。形容人身躯短小，精明强悍。也形容文章或发言简短而有力。语出《史记·游侠列传》："解为人短小精悍。"
3. 胰皂：yí zào。即肥皂。
4. 洋碱：yáng jiǎn。亦作洋硷。肥皂。
5. 喜出望外：xǐ chū wàng wài。由于遇到出乎意料的好事而感到特别高兴。
6. 纸篓：zhǐ lǒu。装生活垃圾、办公废品的物品。
7. 分娩：fēn miǎn。生孩子。
8. 童养媳：tóng yǎng xí。从小被婆家领养、长大再跟这家的儿子结婚的女孩子。
9. 良懦：liáng nuò。善良而懦弱的人。语出清·黄六鸿《福惠全书·刑名·款犯》："殄此巨憝，以安良懦。"
10. 萎靡：wěi mǐ。精神不振作；意志消沉。
11. 鞠躬尽瘁：jū gōng jìn cuì。成语，指勤勤恳恳，竭尽心力。语出三国·蜀·诸葛亮《后出师表》，"臣鞠躬尽力，死而后已。"

导读

《张嫂》是一篇以劳动妇女为题材的文章，收录于冰心著名的特写集《关于女人》中。文中描写了一位极其能干而且特别能够吃苦耐劳的典型的农村劳动妇女形象。在冰心的笔下,这位劳动妇女虽然还谈不上阶级觉悟,但却有着朴素的爱憎感情。冰心用对比衬托的手法,将这位劳动妇女的形象刻画得鲜明而生动,以致自己需得仰视才能一瞻其伟美的身姿。

关于男人

　　四十年前我在重庆郊外歌乐山隐居的时候，曾用"男士"的笔名写了一本《关于女人》。我写文章从来只用"冰心"这个名字，而那时却真是出于无奈！一来因为我当时急需稿费；二来是我不愿在那时那地用"冰心"的名字来写文章。当友人向我索稿的时候，我问，"我用假名可不可以？"编辑先生说："陌生的名字，不会引起读者的注意。"我说："那么，我挑一个引人注意的题目吧。"于是我写了《关于女人》。

　　我本想写一系列的游戏文章，但心情抑郁的我，还是"游戏"不起来，好歹凑成了一本书，就再也写不下去了。

　　在《关于女人》的后记里，我曾说"我只愁活不过六十岁"。那的确是实话。不料晚年欣逢盛世，居然让我活到八十以上！我是应当以有限的光明，来写一本《关于男人》。

　　病后行动不便，过的又是闭居不出的日子，接触的世事少了，回忆的光阴却又长了起来。我觉得我这一辈子接触过的可敬可爱的男人，远在可敬可爱的女人们之上。对于这些人物的回忆，往往引起我含泪的微笑。这里记下的都是真人真事，也许都是凡人小事。（也许会有些伟人大事！）但这些小事、轶事[1]，总使我永志不忘，我愿意把这些轶事自由酣畅地写了出来，只为怡悦自己。但从我作为读者的经验来说，当作者用自己的真情实感，写出来的怡悦自己的文字，也往往会怡悦读者的。

注释

1. 轶事：yì shì。同逸事。世人不知道的史事。多指未经正史所记载的事。

导读

　　冰心八十高龄时行动不便，深居简出，这个时期，她以《关于男人》为题，描写了她生命中最重要、对她影响最大的几个男人的形象。"对于这些人物的回忆，往往引起我含泪的微笑"，表现了作者对真情实感的珍惜。

我的祖父

　　关于我的祖父，我在许多短文里，已经写过不少了。但还有许多小事，趣事，是常常挂在我的心上。我和他真正熟悉起来，还是在我十一岁那年回到故乡福州那时起，我差不多整天在他身边转悠！我记得他闲时常到城外南台去访友，这条路要过一座大桥，一定很远，但他从来不坐轿子。他还说他一路走着，常常遇见坐轿子的晚辈，他们总是赶紧下轿，向他致敬。因此他远远看见迎面走来的轿子，总是转过头去，装作看街旁店里的东西，免得人家下轿。他说这些年来，他只坐过两次轿子：一次是他手里捧着一部《曲阜圣迹图》[1]（他是福州尊孔兴文会的会长），他觉得把圣书夹在腋下太不恭敬了，就坐了轿子捧着回来；还有一次是他的老友送给他一只小狗，他不能抱着它走那么长的路，只好坐了轿子。祖父给这只小狗起名叫"金狮"。我看到它时，已是一只大狗了。我握着它的前爪让它立起来时，它已和我一般高了，周身是金灿灿的发亮的黄毛。它是一只看家的好狗，熟人来了，它过去闻闻就摇起尾来，有时还用后腿站起，抬起前爪扑到人家胸前。生人来了，它就狂吠不止，让一家人都警惕起来。祖父身体极好，但有时会头痛，头痛起来就静静地躺着，这时全家人都静悄起来了，连金狮都被关到后花园里。我记得母亲静悄悄地给祖父下了一碗挂面，放在厨房桌上，四叔母又静悄悄地端起来，放在祖父床前的小桌上，旁边还放着一小碟子"苏苏"薰鸭。这"苏苏"是人名，也是福州鼓楼一间很有名的薰鸭店名。这薰鸭一定很贵，因为我们平时很少买过。

　　祖父对待孙女们一般比孙子们宽厚，我们犯了错误，他常常"视而不见"地让它过去。我最记得我和我的三姐（她是四叔母的女儿，和我同岁），常常给祖父"装烟"，我们都觉得从他嘴里喷出来的水烟，非常好闻。于是在一次他去南台访友，走了以后（他总是扣上前房的门，从后房走的），我们仍在他房里折叠他换下的衣衫。料想这时断不会有人来，我们就从容地拿起水烟袋，吹起纸煤，轮流吸起烟来，正在我们呛得咳嗽的时候，祖父忽然又从后房进来了，吓得我们赶紧放下水烟袋，拿起他的衣衫来乱抖乱拂，想抖去屋里的烟雾。祖父却没有说话，也没有笑，拿起书桌上的眼镜盒子，又走了出去。我们的心怦怦地跳着，对面苦笑了半天，把祖父的衣衫叠好，把后房门带上出来。这事我们当然不敢对任何人说，而祖父也始终没有对任何人说过我们这件越轨²的举动。

祖父最恨赌博，即使是岁时节庆，我们家也从来听不见搓麻将、掷骰子的声音。他自己的生日，是我们一家最热闹的日子了，客人来了，拜过寿后，只吃碗寿面。至亲好友，就又坐着谈话，等着晚上的寿席，但是有麻将癖的客人，往往吃过寿面就走了，他们不愿意坐谈半天的很拘束的客气话。

在我们大家庭里，并不是没有麻将牌的。四叔母屋里就有一副很讲究的象牙麻将牌。我记得在我回福州的第二年，我父亲奉召离家的时候，我因为要读完女子师范的第二个学期，便暂留了下来，母亲怕我们家里的人会娇惯我，便把我寄居在外婆家。但是祖父常常会让我的奶娘（那时她在祖父那里做短工）去叫我。她说，"莹官，你爷爷让你回去吃龙眼。他留给你吃的那一把龙眼，挂在电灯下面的，都烂掉得差不多了！"那时正好我的三堂兄良官，从小在我家长大的，从兵舰上回家探亲，我就和他还有二伯母屋里的四堂兄枢官，以及三姐，在夜里九点祖父睡下之后，由我出面向四叔母要出那副麻将牌来，在西院的后厅打了起来。打着打着，我忽然拼够了好几副对子，和了一副"对对和"！我高兴得拍案叫了起来。这时四叔母从她的后房急急地走了出来，低声的喝道："你们胆子比天还大！四妹，别以为爷爷宠你，让他听见了，不但从此不疼你了，连我也有了不是，快快收起来吧！"我们吓得喏喏连声，赶紧把牌收到盒子里送了回去。这些事，现在一想起来就很内疚，我不是祖父想象里的那个乖孩子，离了他的眼，我就是一个既淘气又不守法的"小家伙"。

注释

1. 《曲阜圣迹图》：亦名《至圣文宣先师周流之图》，清康熙二十一年（1682）正月十六日刻，石现在上海市。清陈尹绘；清兰友芳正书传赞并跋；清朱壁镌。清乌金拓，割裱本。
2. 越轨：yuè guǐ。用以比喻不按常规或违反制度。

导读

　　作者以回忆的方式讲述了记忆中的祖父，以及与家人一起生活的小事、趣事。寥寥几件小事，把一个严肃而不失慈祥的老者形象刻画得栩栩如生，呼之欲出。祖父不但是作者的启蒙老师，也是她最亲近的人之一。祖父对她的溺爱超过了其他人，对她的影响是深远的。

　　作者笔下的祖父是一个慈祥、严肃的人，子孙们对他又敬又爱。祖父一生只坐过两次轿子：一次是捧着《曲阜圣迹图》，一次是抱着一只狗。足见他对文化的尊重和对生灵的爱怜。祖父对待孙女们比孙子们宽厚，但他的不怒自威，也给作者留下了终生难忘的印象。祖父最恨赌博，在他的影响下，作者一家都没有打麻将的习惯，"我"偶尔斗胆打一回，很快便被制止了。

　　祖父的威严和言传身教，使作者具备了良好的素养。祖父对作者的影响是深刻的，以致她常常把祖父挂在心上。

我的父亲

关于我的父亲，零零碎碎地我也写了不少了。我曾多次提到，他是在"威远"舰上，参加了中日甲午海战。但是许多朋友和读者都来信告诉我，说是他们读了近代史，"威远"舰并没有参加过海战。那时"威"字排行的战舰很多，一定是我听错了，我后悔当时我没有问到那艘战舰舰长的名字，否则也可以对得出来。但是父亲的确在某一艘以"威"字命名的兵舰上参加过甲午海战，有诗为证！

记得在一九一四至一九一五年之间，我在北京中剪子巷家里客厅的墙上，看到一张父亲的挚友张心如伯伯（父亲珍藏着一张"岁寒三友[1]"的相片，这三友是父亲和一位张心如伯伯，一位萨幼洲伯伯。他们都是父亲的同学和同事。我不知道他们的大名，"心如"和"幼洲"都是他们的别号）贺父亲五十寿辰的七律二首，第一首的头两句我忘了：

> ××××××
> ××××××
> 东沟决战甘前敌
> 威海逃生岂惜身
> 人到穷时方见节
> 岁当寒后始回春
> 而今乐得英才育
> 坐护皋[2]比士气伸

第二首说的都是谢家的典故，没什么意思，但是最后两句，点出了父亲的年龄：

> 乌衣门第旧冠裳
> 想见阶前玉树芳

希逸有才工月赋
惠连入梦忆池塘
出为霖雨东山望
坐对棋枰别墅光
莫道假年方学易
平时诗礼已闻亢

从第一首诗里看来，父亲所在的那艘兵舰是在大东沟"决战"的，而父亲是在威海卫泗水³"逃生"的。

提到张心如伯伯，我还看到他给父亲的一封信，大概是父亲在烟台当海军学校校长的时期（父亲书房里有一个书橱，中间有两个抽屉，右边那个，珍藏着许多朋友的书信诗词，父亲从来不禁止我去翻看）。信中大意说父亲如今安下家来，生活安定了，母亲不会再有"会少离多"的怨言了，等等。中间有几句说："秋分白露，佳话十年，会心不远，当笑存之。"我就去问父亲："这佳话十年，是什么佳话？"父亲和母亲都笑了，说：那时心如伯伯和父亲在同一艘兵舰上服役。海上生活是寂寞而单调，因此每逢有人接到家信，就大家去抢来看。当时的军官家属，会亲笔写信的不多，母亲的信总会引起父亲同伴的特别注意。有一次母亲信中提到"天气"的时候，引用了民间谚语："白露秋分夜，一夜冷一夜"，大家看了就哄笑着逗着父亲说："你的夫人想你了，这分明是'鸳鸯瓦冷霜华重，翡翠衾寒谁与共⁴'的意思！"父亲也只好红着脸把信抢了回去。从张伯伯的这封信里也可以想见当年长期在海上服务的青年军官们互相嘲谑⁵的活泼气氛。

就是从父亲的这个书橱的抽屉里，我还翻出萨镇冰老先生的一首七绝，题目仿佛是《黄河夜渡》：

晓发襄江尚未寒
夜过荥泽⁶觉衣单
黄河桥上轻车渡
月照中流好共看

父亲盛赞这首诗的末一句，说是"有大臣风度"，这首诗大概是作于清末民初，萨老先生当海军副大臣的时候，正大臣是载洵贝勒。

1984年11月5日清晨
（本篇最初发表于《中国作家》1985第1期）

注释

1．岁寒三友：suì hán sān yǒu。岁寒三友，指松、竹、梅三种植物。因这三
种植物在寒冬时节仍可保持顽强的生命力而得名，是中国传统文化中高尚人格
的象征，也借以比喻忠贞的友谊。

2．皋：gāo。泛指岸边，水旁陆地。

3．泅水：qiú shuǐ。也叫泅渡，游水。"泅水"一词的"泅"字开始见于春秋战
国时期，列子曰"习于水，勇于泅"。

4．鸳鸯瓦冷霜华重，翡翠衾寒谁与共：语出《长恨歌》，唐朝诗人白居易所写，
全诗形象地叙述了唐玄宗与杨贵妃的爱情悲剧。

5．嘲谑：cháo xuè。调笑戏谑。

6．荥泽：形成于史前，说的是黄河水沿古济水溢出后聚积而成的水流。荥泽与济
水如连体弟兄、息息相连，"济水出王屋，其源来不穷"，"朝宗未到海，千
里不能休"。

导读

　　父亲的职业与品德和他朋友的一言一行，使作者从小就接受浓浓爱国之心
和强国之志教育，这些深深影响着作者幼小的心灵，对其世界观的形成也产生
了重要的作用。

我的小舅舅

　　我的小舅舅杨子玉先生，是我的外叔祖父杨颂岩老先生的儿子。外叔祖先有三个女儿，晚年得子，就给他起名叫喜哥，虽然我的三位姨母的名字并不是福、禄、寿！我们都叫他喜舅。他是我们最喜爱的小长辈。他从不腻烦小孩子，又最爱讲故事，讲得津津有味，似乎在讲故事中，自己也得到最大的快乐。

　　他在唐山路矿学校读书的时候，夏天就到烟台来度假，这时我们家就热闹起来了。他喜欢喝酒，母亲每晚必给他预备一瓶绍兴和一点下酒好菜。父亲吃饭是最快的，他还是按着几十年前海军学堂的习惯，三分钟内就把饭吃完，离桌站起了。可是喜舅还是慢慢地啜，慢慢地吃，还总是把一片笋或一朵菜花，一粒花生翻来覆去地夹着看，不立时下箸[1]。母亲就只好坐在桌边陪他。他酒后兴致最好，这时等在桌边的我们，就哄围过来，请他讲故事。现在回想起来，他总是先从笑话或鬼怪故事讲起，最后也还是讲一些同盟会的宣传推翻清廷的故事。他假满回校，还常给我们写信，也常寄诗。我记得他有《登万里长城》一首：

　　　　划地界夷华

　　　　秦王计亦差

　　　　怀柔如有道

　　　　胡越可为家

　　　　安用驱丁壮

　　　　翻因起怨嗟

　　　　而今凭吊处

　　　　不复有鸣笳[2]

　　还有一首《日夜寄内》，那是他结婚后之作，很短，以他的爱人的口气写的。

> 之子不归来
> 楼头空怅望
> 新月来弄人
> 幻出刀环样

　　我在中学时代，他正做着铁路测量工作，每次都是从北京出发，因此他也常到北京来。他一离开北京，就由我负责给他寄北京的报纸，寄到江西萍乡等地。测量途中，他还常寄途中即景的诗，我只记得一两句，如：瘦牛伏水成奇石。

　　他在北京等待任务的时间，十分注意我的学习。他还似乎有意把我培养成一个"才女"。他鼓励我学写字，给我买了许多字帖，还说要先学"颜"，以后再转学"柳"、学"赵"。又给我买了许多颜料和画谱，劝我学画。他还买了很讲究的棋盘和黑白棋子，教我下围棋，说是"围棋不难下，只要能留得一个不死的口子，就输不了"。他还送我一架风琴，因此我初入贝满中学时，还交了学琴的费。但我只学了三个星期就退学了，因为我一看见练习指法的琴谱，就头痛。总之，我是个好动的、坐不住的孩子，身子里又没有音乐和艺术的细胞！和琴、棋、书、画都结不上因缘。喜舅给我买的许多诗集中，我最不喜欢《随园女弟子诗集》，而我却迷上了龚定庵、黄仲则和纳兰成德。

　　二十年代初期，喜舅就回到福建的建设厅去工作了，我也入了大学，彼此都忙了起来，通信由稀疏而渐渐断绝。总之，他在我身上"耕耘"最多，而"收获"最少，我辜负了他，因为他在自己的侄子们甚至于自己的儿子身上，也没有操过这么多的心！

　　这里应该补上一段插曲。一九一一年，我们家回到福州故乡的时候，喜舅已先我们回去了。他一定参与了光复福建之役。我只觉得他和他的朋友们——都是以后到我北京家里来过，在父亲书斋里长谈的那些人——仿佛都忙得很，到我家来，也很少找我们说笑。有时我从同盟会门口经过——我忘了是什么巷，大约离我们家不远——常见他坐在大厅上和许多人高谈阔论。他和我的父亲对当时的福建都督彭寿松都很不满，说是"换汤不换药"。我记得那时父亲闲着没事，就用民歌《耿间祭》的调子，编了好几首讽刺彭寿松的歌子。喜舅来了，就和我们一同唱着玩，他说是"出出气"！这些歌子我一句也不记得了，《耿间祭》的原歌也有好几首，我倒记得一首，虽然还不全。这歌是根据《孟子》的离娄章里"齐人有一妻一妾……"的故事，这妻妾发现齐人是到耿间乞食，回来却骄傲地自诩是到富贵人家去赴宴，她们就"羞泣"地唱了起来。调子很好听，我听了就忘不了！这首是妻唱的：

> 移步出家庭
> ×××××
> 家家插柳，时节值清明
> 出东门好一派水秀山明
> 哎呵，对景倍伤情！

第二首是妾唱的，情绪就好得多！说什么"昨夜灯前，细（？）踏青鞋"。一提起《耿间祭》，又把许多我在故乡学唱闽歌的往事，涌到心上来了。

1985年3月3日

（本篇最初发表于《中国作家》1985年第3期）

注释

1．箸：zhù。筷子。
2．笳：jiā。中国古代北方民族的一种乐器，类似笛子。

导读

冰心的启蒙老师一个是她表舅，另一个是她的小舅杨子玉先生。表舅把他引向文学之路，小舅则是她爱国主义的教育者。小舅经常对冰心讲一些民族情结很浓重的故事，如洪承畴无耻卖国，林则徐怒烧鸦片，等等。这位小舅舅还经常阅读一些进步书籍，冰心从他那里偷读了一些宣传革命的小册子，使冰心从小就接受到了热爱祖国、追求民族大义的熏陶和革命理想的教育。

我的老师——管叶羽先生

我这一辈子，从国内的私塾[1]起、到国外的大学研究院，教过我的男、女、中、西教师，总有上百位！但是最使我尊敬爱戴的就是管叶羽老师。

管老师是协和女子大学理预科教数、理、化的老师（一九二四年起，他又当了我的母校贝满女子中学的第一位中国人校长，可是那时我已经升入燕京大学了）。一九一八年，我从贝满女中毕业，升入协和女子大学的理预科，我的主要功课，都是管老师教的。

回顾我做学生的二十八年中，我所接触过的老师，不论是教过我或是没教过我的，若是以"全心全意为人民教育服务"以及"忠诚于教育事业"的严格标准来衡量我的老师的话，我看只有管叶羽老师是当之无愧的！

我记得我入大学预科，第一天上化学课，我们都坐定了（我总要坐在第一排），管老师从从容容地走进课室来，一件整洁的浅蓝布长褂，仪容是那样严肃而又慈祥，我立刻感到他既是一位严师，又像一位慈父！

在我上他的课的两年中，他的衣履一贯地是那样整洁而朴素，他的仪容是一贯地严肃而慈祥。他对学生的要求是极其严格的，对于自己的教课准备，也极其认真。因为我们一到课室，就看到今天该做的试验的材料和仪器，都早已整整齐齐地摆在试验桌上。我们有时特意在上课铃响以前，跑到教室去，就看见管老师自己在课室里忙碌着。

管老师给我们上课，永远是启发式的，他总让我们预先读一遍下一堂该学的课，每人记下自己不懂的问题来，一上课就提出大家讨论，再请老师讲解，然后再做试验。课后管老师总要我们整理好仪器，洗好试管，擦好桌椅，关好门窗，把一切弄得整整齐齐地，才离开教室。

理预科同学中从贝满女子中学升上来的似乎只有我一个，其他的同学都是从华北各地的教会女子中学来的，她们大概从高中毕业后都教过几年书，我在她们中间，显得特别的小（那年我还不满十八岁），也似乎比她们"淘气"，但我总是用心听讲，一字不漏地写笔记，回答问题也很少差错，做试验也从不拖泥带水，管老师对我的印象似乎不错。

　　我记得有一次做化学试验，有一位同学不知怎么把一个当中插着一根玻璃管的橡皮塞子，捅进了试管，捅得很深，玻璃管拔出来了，橡皮塞子却没有跟着拔出，于是大家都走过来帮着想法。有人主张用钩子去钩，但是又不能把钩子伸进这橡皮塞子的小圆孔里去。管老师也走过来看了半天……我想了一想，忽然跑了出去，从扫院子的大竹扫帚上拗了一段比试管口略短一些的竹枝，中间拴了一段麻绳，然后把竹枝和麻绳都直着穿进橡皮塞子孔里，一拉麻绳那根竹枝自然而然地就横在皮塞子下面。我同那位同学，一个人握住试管，一个人使劲拉那根麻绳，一下子就把橡皮塞子拉出来了。我十分高兴地叫："管老师——出来了！"这时同学们都愕然地望着管老师，又瞪着我，轻轻地说："你怎么能说管老师出来了！"我才醒悟过来，不好意思地回头看着站在我身后的管老师，他老人家依然是用慈祥的目光看着我，而且满脸是笑！我的失言，并没有受到斥责！

　　一九二四年，他当了贝满女中的校长，那时我已经出国留学了。一九二六年，我回燕大教书，从升入燕大的贝满同学口中，听到的管校长以校为家，关怀学生，胜过自己的子女的嘉言懿行[2]，真是洋洋盈耳，他是我们同学大家的榜样！

　　一九四六年，抗战胜利了，那时我想去看看战后的日本，却又不想多呆。我就把儿子吴宗生（现名吴平）、大女儿吴宗远（现名吴冰）带回北京上学，寄居在我大弟妇家里。我把宗生送进灯市口育英中学（那是我弟弟们的母校），把十一岁的大女儿宗远送到我的母校贝满中学，当我带她去报名的时候，特别去看了管校长，他高兴得紧紧握住我的手——这是我们第一次握手！他老人家是显老了，三四十年的久别，敌后办学的辛苦和委屈，都刻画在他的面庞和双鬓上！还没容我开口，他就高兴地说："你回来了！这是你的女儿吧？她也想进贝满？"又没等我回答，他抚着宗远的肩膀说："你妈妈可是个好学生，成绩还都在图书馆里，你要认真向她学习。"哽塞[3]在我喉头的对管老师感恩戴德[4]的千言万语，我也忘记了到底说出了几句，至今还闪烁在我眼前的，却是我落在我女儿发上的几滴晶莹的眼泪。

1985年5月28日清晨

（本篇最初发表于《中国作家》1985年第5期）

注释

1. 私塾：sī shú。是我国古代社会一种开设于家庭、宗族或乡村内部的民间幼儿
   教育机构。
2. 嘉言懿行：jiā yán yì xíng。指有益的言论和高尚的行为。
3. 哽塞：gěng sè。因悲痛而气塞不能言。
4. 感恩戴德：gǎn ēn dài dé。感激别人给予的恩惠和好处。

导读

　　《我的老师——管叶羽先生》是一篇至情文字，"若是以'全心全意为人民教育服务'以及'忠诚于教育事业'的严格标准来衡量我的老师的话，我看只有管叶羽老师是当之无愧的"，作者的这句话概括了管叶羽先生的一生，可见作者对其评价之高和受感动之深。

　　篇末写到女儿入学，刻画了管先生的音容笑貌，塑造了一位严师和慈父的形象。"你回来了"，"他抚着宗远的肩膀说：'你妈妈可是个好学生，成绩还都在图书馆里，你要认真向她学习。'"作者用动情的叙述结束了这段文字，也收束全篇："哽塞在我喉头的对管老师感恩戴德的千言万语，我也忘了到底说出了几句，至今还闪烁在我眼前的，却是我落在我女儿发上的几滴晶莹的眼泪。"冰心的感激之情是极真挚的，而在平静的叙述中，则表达得酣畅淋漓。

我的表兄们

中国人的亲戚真多！除了堂兄姐妹，还有许许多多的表兄弟姐妹。正如俗语说的："一表三千里[1]。"姑表、舅表、姨表；还有表伯、表叔、表姑、表姨的儿子，比我大的，就都是我的表兄了；其中有许多可写的，但是我最敬重的，是刘道铿（放园）先生。他是我母亲的表侄，怎么"表"法，我也说不清楚，他应该叫我母亲"表姑"，但他总是叫"姑"，把"表"字去掉。据我母亲说是他们从小在一个院住，因此彼此很亲热。从民国初年，我们到北京后，每逢年节或我父母亲的生日，他们一家必来拜贺。他比我大十七岁，我总以长辈相待，捧过茶烟，打过招呼，就退到一边，带他的儿女玩去了。那时他是《晨报》的编辑，我们家的一份《晨报》就是他赠阅的。五四运动时，我是协和女大学生会的文书，要写些宣传的文章，学生会还让我自己去找报刊发表。这时我才想起这位当报纸编辑的表兄，便从电话里和他商量，他让我把文章寄去。这篇短文，一下便发表出来了，我虽然很兴奋，但那时我一心一意想学医，写宣传文章只是赶任务，并不想继续下去。放园表兄却一直鼓励我写作，同时寄许多那时期出版的刊物，如《新青年》，《新潮》，《少年中国》，《解放与改造》等等，让我阅读。我寄去的稿子，从来没有被修改或退回过，有时他还替上海的《时事新报》索稿。他就像我的亲哥哥一样，关心我的一切。一九二三年我赴美时，他还替我筹了一百美元，作为旅费——因为我得到的奖学金里，不包括旅费——但是这笔款，父亲已经替我筹措了。放园表兄仍是坚持要我带在身边，以备不时之需，我也只好把这款带走，但一直没有动用。一九二六年我得了硕士学位，应聘到母校——燕京大学——任教，旅费是学校出的。我一回到上海——那时放园表兄在上海通易信托公司任职——就把这百元美金，还给了他。

放园表兄很有学问，会吟诗填词，写得一笔好字。母亲常常夸他天性淳厚。他十几岁时，父母就相继逝世，他的弟妹甚至甥侄，都是他一手扶持起来的。自我开始写作，他就一直和我通讯，我在美期间，有一次得他的信，说："前日到京，见到姑母，她深以你的终身大事为念，说你一直太不注意这类事情，她很不放心。我认为你不应该放过在美的机会，切要多多留意。"原文大概是这些话，我不太记得了。我回信说："谢谢你的忠告，请您转告母亲，我'知道了'！"一九二六年，我回到家，一眼就看见堂屋墙上挂的红泥金对联，是他去年送给父亲六十大寿的：

　　花甲²初周 德星双耀
　　明珠一颗 宝树三株

把我们一家都写进去了。五十年代初期，他回到北京，就任文史馆馆员，我们又时常见面，记得他那时常替人写字，评点过《白香山全集》³，还送我一部。一九五七年他得了癌疾，在北京逝世。

还有一位表兄，我只闻其声，从未见过其人，但他的一句笑话，我永远也忘不了，因为他送给我的头衔称号，是我这一辈子无论如何努力，也争取不到的！

我有一位表舅——也不知道是我母亲的哪一门表姑，嫁到福州郊区的胪⁴下镇郑家——因为是三代单传，她的儿子生下来就很娇惯，小名叫做"皇帝"。他的儿子，当然就是"太子"了，这"太子"表兄，大约比我大七八岁。这两位"至尊"，我都没有拜见过。一九一一年的冬天，我回到福州，有一夜住在舅舅家。福州人没有冬天生炉子的习惯，天气一冷，大家没事就都睡得很早。我躺在床上睡不着，听见一个青年人的声音，从外院一路笑叫着进来，说："怎么这么早皇亲国戚都困觉了？！"我听到这个新奇的称呼，我觉得他很幽默！

1985年7月25日
（本篇最初发表于《中国作家》1985年第5期）

注释

1. 一表三千里：中国民间形容表亲间有时疏远的距离，在男权社会里，同姓的旁系兄弟姐妹称"堂"，异姓的则称"表"。

2．花甲：指60岁。花甲一词出自中国古代历法，以60年为一循环，一循环称为一甲子，又因干支名号繁多且相互交错，又称花甲。

3．《白香山全集》：即《白氏文集》。白居易(772—846)，唐代诗人。字乐天，号香山居士、醉吟先生。

4．庐：lú。这里是地名。

导读

　　本文描写了作者两位表兄各自不同的性情：放园表兄多才多艺，"太子"表兄风趣幽默。而作者走上文学创作之路，除了时代的影响，还与时任《晨报》编辑的表兄刘放园的帮助密不可分。当她把一些随感和习作交给刘放园看后，刘放园认为她有写作的潜力，就把当时的一些刊载新文学的报刊杂志寄给她，鼓励她做生活的有心人，勤于思考，努力写作。

　　文章体现了亲朋之间的亲密和友情，读来虽淡如秋菊，却散发着浓郁的友爱之芳香。

我的老伴——吴文藻（之一）

我想在我终于投笔之前，把我的老伴——和我共同生活了五十六年的吴文藻这个人，写了出来，这就是我此生文字生涯中最后要做的一件事，因为这是别人不一定会做、而且是做不完全的。

这篇文章，我开过无数次的头，每次都是情感潮涌，思绪万千，不知从哪里说起！最后我决定要稳静地简单地来述说我们这半个多世纪以来的、共同度过的、和当时全国大多数知识分子一样的"平凡"生活。

今年一月十七大雾之晨，我为《婚姻与家庭》杂志写了一篇稿子，题目就是《论婚姻与家庭》。我说：

家庭是社会的细胞。

有了健全的细胞，才会有一个健全的社会，乃至一个健全的国家。

家庭首先由夫妻两人组成。

夫妻关系是人际关系中最密切最长久的一种。

夫妻关系是婚姻关系，而没有恋爱的婚姻是不道德的。

恋爱不应该只感情地注意到"才"和"貌"，而应该理智地注意到双方的"志同道合"（这"志"和"道"包括爱祖国、爱人民、爱劳动等等），然后是"情投意合"（这"情"和"意"包括生活习惯和爱好等等）。

在不太短的时间考验以后，才能考虑到组织家庭。

一个家庭对社会对国家要负起一个健康细胞的责任，因为在它周围还有千千万万个细胞。

一个家庭要长久地生活在双方人际关系之中，不但要抚养自己的儿女，还要奉养双方的父母，而且还要亲切和睦地处在双方的亲、友、师、生之中。

婚姻不是爱情的坟墓，而是更亲密的、灵肉合一的爱情的开始。

"二人同心，其利断金[1]"，是中国人民几千年智慧的结晶。

人生的道路，到底是平坦的少，崎岖的多。

在平坦的路上，携手同行的时候，周围有和暖的春风，头上有明净的秋月。两颗心充分地享受着宁静柔畅的"琴瑟和鸣[2]"的音乐。

在坎坷的路上，扶掖[3]而行的时候，要坚忍地咽下各自的冤抑和痛苦，在荆棘遍地的路上，互慰互勉，相濡以沫[4]。

有着忠贞而精诚的爱情在维护着，永远也不会有什么人为的"划清界线"，什么离异出走，不会有家破人亡，也不会教育出那种因偏激、怪僻、不平、愤怒而破坏社会秩序的儿女。

人生的道路上，不但有"家难"，而且有"国忧"，也还有世界大战以及星球大战。

但是由健康美满的恋爱和婚姻组成的千千万万的家庭，就能勇敢无畏地面对这一切！

我接受写《论婚姻与家庭》这个任务，正是在我沉浸于怀念文藻的情绪之中的时候。我似乎没有经过构思，握起笔来就自然流畅地写了下去。意尽停笔，从头一看，似乎写出了我们自己一生共同的理想、愿望和努力的实践，写出了我现在的这篇文章的骨架！

以下我力求简练，只记下我们生活中一些有意义和有趣的值得写下的一些平凡琐事吧。

话还得从我们的萍水相逢[5]说起。

一九二三年八月十七日，美国邮船杰克逊号，从上海启程直达美国西岸的西雅图。这一次船上的中国学生把船上的头等舱位住满了。其中光是清华留美预备学校的学生就有一百多名，因此在横渡太平洋两星期的光阴，和在国内上大学的情况差不多，不同的就是没有课堂生活，而且多认识了一些朋友。

我在贝满中学时的同学吴搂梅——已先期自费赴美——写信让我在这次船上找她的弟弟、清华学生——吴卓。我到船上的第二天，就请我的同学许地山去找吴卓，结果他把吴文藻带来了。问起名字才知道找错了人！那时我们几个燕大的同学正在玩丢沙袋的游戏，就也请他加入。以后就倚在船栏上看海闲谈。我问他到美国想学什么？他说想学社会学。他也问我，我说我自然想学文学，想选修一些英国十九世纪诗人的功课。他就列举几本著名的英美评论家评论拜伦和雪莱的书，问我看过没有？我却都没有看过。他说："你如果不趁在国外的时间，多看一些课外的书，那么这次到美国就算是白来了！"他的这句话深深地刺痛了我！我从来还没有听见过这样的逆耳的忠言。我在出国前已经开始写作,诗集《繁星》和小说集《超人》都已经出版。这次在船上，经过介绍而认识的朋友，一般都是客气地说"久仰、久仰"，像他这样首次见面，就肯这样坦率地进言，使我悚然⁶地把他作为我的第一个诤⁷友、畏友！

这次船上的清华同学中，还有梁实秋、顾一樵等对文艺有兴趣的人，他们办了一张《海啸》的墙报。我也在上面写过稿，也参加过他们的座谈会。这些事文藻都没有参加，他对文艺似乎没有多大的兴趣，和我谈话时也从不提到我的作品。

船上的两星期，流水般过去了。临下船时，大家纷纷写下住址，约着通信。他不知道我到波士顿的威尔斯利女子大学研究院入学后，得到许多同船的男女朋友的信函，我都只用威校的风景明片写了几句应酬的话回复了，只对他，我是写了一封信。

他是一个酷爱读书和买书的人，每逢他买到一本有关文学的书，自己看过就寄给我。我一收到书就赶紧看，看完就写信报告我的体会和心得，像看老师指定的参考书一样的认真。老师和我作课外谈话时，对于我课外阅读之广泛，感到惊奇，问我是谁给我的帮助？我告诉她，是我的一位中国朋友。她说："你的这位朋友是个很好的学者！"这些事我当然没有告诉文藻。

我入学不到九个星期就旧病——肺气支扩大——复发，住进了沙穰疗养院。那时威校的老师和中、美同学以及在波士顿的男同学们都常来看我。文藻在新英格兰东北的新罕布什州的达特默思学院的社会学系读三年级——清华留美预备学校的最后二年，相当于美国大学二年级——新罕布什州离波士顿很远，大概要乘七八个小时的火车。我记得一九二三年冬，他因到纽约度年假，路经波士顿，曾和几位在波士顿的清华同学来慰问过我。一九二四年秋我病愈复学。一九二五年春在波士顿的中国学生为美国朋友演《琵琶记》，我曾随信给他寄了一张入场券。他本来说功课太忙不能来了，还向我道歉。但在剧后的第二天，到我的休息处——我的美国朋友家里——来看我的几个男同学之中，就有他！

一九二五年的夏天，我到绮色佳的康耐尔大学的暑期学校补习法文，因为考硕士学位需要第二外国语。等我到了康耐尔，发现他也来了，事前并没有告诉我，这时只说他大学毕业了，为读硕士也要补习法语。这暑期学校里没有别的中国学生，原来在康耐尔学习的，这时都到别处度假去了。

绮色佳是一个风景区，因此我们几乎每天课后都在一起游山玩水，每晚从图书馆出来，还坐在石阶上闲谈。夜凉如水，头上不是明月，就是繁星。到那时为止，我们信函往来，已有了两年的历史了，彼此都有了较深的了解，于是有一天在湖上划船的时候，他吐露了愿和我终身相处。经过了一夜的思索，第二天我告诉他，我自己没有意见，但是最后的决定还在于我的父母，虽然我知道只要我没意见，我的父母是不会有意见的！

一九二五年秋，他入了纽约哥伦比亚大学，离波士顿较近，通信和来往也比较频繁了。我记得这时他送我一大盒很讲究的信纸，上面印有我的姓名缩写的英文字母。他自己几乎是天天写信，星期日就写快递，因为美国邮局星期天是不送平信的，这时我的宿舍里的舍监和同学们都知道我有个特别要好的男朋友了。

一九二五年冬，我的威校同学王国秀，毕业后升入哥伦比亚大学的，写信让我到纽约度假。到了纽约，国秀同文藻一起来接我。我们在纽约玩得很好，看了好几次莎士比亚的戏。

一九二六年夏，我从威校研究院取得了硕士学位，应邀回母校燕大任教。文藻写了一封很长的信，还附了一张相片，让我带回国给我的父母。我回到家还不好意思面交，只在一天夜里悄悄地把信件放在父亲床前的小桌上。第二天，父母亲都没有提到这件事，我也更不好问了。

一九二八年冬，他在哥伦比亚大学得了博士学位，还得到哥校"最近十年内最优秀的外国留学生"奖状。他取道欧洲经由苏联，于一九二九年初到了北京。这时他已应了燕大和清华两校教学之聘，燕大还把在燕南园兴建的一座小楼，指定给我们居住。

那时我父亲在上海海道测量局任局长。文藻到北京不几天就回到上海，我的父母很高兴地接待了他，他在我们家住了两天，又回他江阴老家去。从江阴回来，就在我家举行了简单的订婚仪式。

年假过后，一九二九年春，我们都回到燕大教学，我在课余还忙于婚后家庭的一切准备。他呢，除了请木匠师傅在楼下他的书房的北墙，用木板做一个"顶天立地"的大书架之外，只忙于买几张半新的书橱，卡片柜和书桌等等，把我们新居的布置装饰和庭院栽花种树，全都让我来管。

我们的婚礼是在燕大的临湖轩举行的，一九二九年六月十五日是个星期六。婚礼十分简单，客人只有燕大和清华两校的同事和同学，那天待客的蛋糕、咖啡和茶点，我记得只用去三十四元！

新婚之夜是在京西大觉寺度过的。那间空屋子里，除了自己带去的两张帆布床之外，只有一张三条腿的小桌子——另一只脚是用碎砖垫起的。两天后我们又回来分居在各自的宿舍里，因为新居没有盖好，学校也还没有放假。

暑假里我们回到上海和江阴省亲。他们为我们举办的婚宴，比我们在北京自己办的隆重多了，亲友也多，我们把收来的许多红幛子，都交给我们两家的父母，作为将来亲友喜庆时还礼之用。

朋友们都劝我们到杭州西湖去度蜜月，可是我们只住了一天就热坏了，夏天的西湖就像蒸锅一般！那时刘放园表兄一家正在莫干山避暑，我们被邀到莫干山住了几天。文藻惦记着秋后的教学，我惦念着新居的布置，在假满之前，匆匆地又回到了北京。关于这一段，我在《第一次宴会》那篇小说里曾描写过。

上课后，文藻就心满意足地在他的书房里坐了下来，似乎从此就可以过一辈子的备课、教学、研究的书呆子生活了。

一九三○年是我们两家多事之秋，我的母亲和文藻的父亲相继逝世。他的母亲就北上和我们同住，我的父亲不久也退休回到北京来。这时我的二弟为杰已升入燕大，他的妹妹剑群也入了燕大读家政系。他们都住在宿舍，却都常回来。我没有姐妹，文藻没有兄弟，这时双方都觉得有了补偿。

这里不妨插进一件趣事。一九二三年我初到美国，花了五块美金，照了一两张相片，寄回国来，以慰我父母想念之情。那张大点的相片，从我母亲逝世后文藻就向我父亲要来，放在他的书桌上，我问他："你真的每天要看一眼呢，还只是一件摆设？"他笑说："我当然每天要看了。"有一天我趁他去上课，把一张影星阮玲玉的相片，换进相框里，过了几天，他也没理会。后来还是我提醒他："你看桌上的相片是谁的？"他看了才笑着把相片换了下来，说："你何必开这样的玩笑？"还有一次是一个阳光灿烂的春天上午，我们都在楼前赏花，他母亲让我把他从书房里叫出来。他出来站在丁香树前目光茫然地又像应酬我似地问："这是什么花？"我忍笑回答："这是香丁。"他点了点头说："呵，香丁。"大家听了都大笑起来。

婚后的几年，我仍在断断续续地教学，不过时间减少了。一九三一年二月，我们的儿子吴平出世了。一九三五年五月我们又有了一个女儿——

吴冰。我尝到了做母亲的快乐和辛苦。我每天早晨在特制的可以折起的帆布高几上，给孩子洗澡。我们的弟妹和学生们，都来看过，而文藻却从来没有上楼来分享我们的欢笑。

在燕大教学的将近十年的光阴，我们充分地享受了师生间亲切融洽的感情。我们不但有各自的学生，也有共同的学生。我们不但有课内的接触，更多的是课外的谈话和来往。学生们对我们倾吐了许多生活里的问题：婚姻，将来的专业等等，能帮上忙的，就都尽力而为，文藻侧重的是选送学社会学的研究生出国深造的问题。在一九三五至一九三六年，文藻休假的一年，我同他到欧美转了一周。他在日本、美国、英国、法国，到处寻师访友，安排了好几个优秀学生的入学从师的问题。他在自传里提到说："我对于哪一个学生，去哪一个国家，哪一个学校，跟谁为师和吸收哪一派理论和方法等问题，都大体上作了具体的、有针对性的安排。"因此在这一年他仆仆于各国各大学之间的时候，我只是到处游山玩水，到了法国，他要重到英国的牛津和剑桥学习"导师制"，我却自己在巴黎住了悠闲的一百天！一九三七年六月底，我们取道西伯利亚回国，一个星期后，"七七事变[8]"便爆发了！

注释

1. 二人同心，其利断金：比喻只要两个人一条心，就能发挥很大的力量。泛指团结合作。语出《周易·系辞上》："二人同心，其利断金；同心之言，其臭如兰。"

2. 琴瑟和鸣：比喻夫妇情笃和好。

3. 扶掖：fú yè。扶持，提携。

4. 相濡以沫：xiāng rú yǐ mò。语出《庄子·大宗师》，原文"泉涸，鱼相与处于陆，相呴以湿，相濡以沫，不如相忘于江湖。与其誉尧而非桀，不如两忘而化其道。"濡：沾湿；沫：唾沫。泉水干了，为了保住生命，两条鱼吐沫互相润湿。比喻一家人同在困难的处境里，用微薄的力量互相帮助，延续生命。

5. 萍水相逢：语出唐·王勃《秋日登洪府滕王阁饯别序》："关山难越，谁悲失路之人；萍水相逢，尽是他乡之客。"萍是随风飘荡，聚散离合不定的一种蕨类植物。比喻互不相识的人偶然相遇，像浮萍随水漂泊，偶然聚在一起。

6. 悚然：sǒng rán。形容害怕的样子。

7．诤：zhèng。直爽地劝告。

8．七七事变：又称卢沟桥事变。发生于1937年7月7日，日军自1931年占领中国东北后，为进一步发起全面战争，陆续运兵入关。到1936年，日军及伪军已从东、西、北三面包围了北平。1937年7月7日日军在卢沟桥悍然进攻中国军队，炮轰宛平城，挑起事端，中国守军第29军37师219团予以还击。中国守军和日军在卢沟桥激战，日本派大批援军，向天津、北平大举进攻。29军副军长佟麟阁，132师师长赵登禹先后战死。7月，天津沦陷。这是日本帝国主义全面侵华的开端和中华民族全面抗战的开始。

导读

　　吴文藻，1901年12月20日生，1985年9月24日逝世，江苏江阴人，中国著名社会学家、人类学家、民族学家，是中国社会学、人类学和民族学本土化、中国化的最早提倡者和积极实践者。

　　本文记述了冰心和吴文藻由陌生到相识、相知、相慕、相恋、相爱的过程，回忆了他们交往过程中的许多趣事，既体现了知识分子静穆的爱情，又反映了吴文藻先生为学的专注以及青年冰心的活泼可爱。文中所提到的更换相片这类生活中欢快的小插曲，体现了一种充满书卷气的高雅情趣，和对人生深层次快乐的分享。

我的老伴——吴文藻（之二）

　　上次未完待续的稿是今年四月二十四日写的。七个月过去了，中间编辑同志曾多次来催，就总是写不下去！"七七事变"以后几十年生活的回忆，总使我胆怯心酸，不能下笔——说起我和文藻，真是"隔行如隔山[1]"，他整天在书房里埋头写些什么，和学生们滔滔不绝地谈些什么，我都不知道。他那"顶天立地"的大书架撂着的满满的中外文的社会学、人类学的书，也没有引起我去翻看的勇气。要评论他的学术和工作，还是应该看他的学生们写的记述和悼念他的文章，以及他在一九八二年应《晋阳学刊》之约，发表在该刊第六期上的他的《自传》，这篇将近九千字的自传里讲的是：他自有生以来，进的什么学校，读的什么功课，从哪位教师受业，写的什么文章，交的什么朋友，然后是教的什么课程，培养的哪些学生……提到我的地方，只有两处：我们何时相识，何时结婚，短短的几句！至于儿女们的出生年月和名字，竟是只字不提。怪不得他的学生写悼念他的文章里，都说："吴老曾感慨地说'我花在培养学生身上的精力和心思，比花在我自己儿女身上的多多了'。"

　　我不能请读者都去看他的《自传》，但也应该用他《自传》里的话，来总括他在"七七事变"前在燕大将近十年的工作：（一）是讲课，用他学生的话说是"建立'适合我国国情'的社会学教学和科研体系，使'中国式的社会学'扎根于中国的土壤之上。"（二）是培养专业人才，请进外国的专家来讲学和指导研究生，派出优秀的研究生去各国留学。（"请进来"和"派出去"的专家和学生的名字和国籍只能从略。）（三）是提倡社区研究。"用同一区位的或文化的观点和方法，来分头进行各种地域不同的社会研究。"我只知道那时有好几位常来我家讨论的学生，曾分头到全国各地去做这种工作，现在这几位都是知名的学者和教授，在这里我不敢借他们的盛名来增光我的篇幅！但我深深地体会到文藻那些年的"茫然的目光"和"一股傻气"的后面，隐藏了多少的"精力和心思"！这里不妨再插进一首嘲笑他的宝塔诗，是我和清华大学校长梅贻琦老先生凑成的。上面的七句是：

马

香丁

羽毛纱

样样都差

傻姑爷到家

说起真是笑话

教育原来在清华

　　"马"和"羽毛纱"的笑话是抗战前在北京，有一天我们同到城里去看望我父亲，我让他上街去给孩子买"萨其玛"（一种点心），孩子不会说萨其玛，一般只说"马"。因此他到了铺子里，也只会说买"马"。还有我要送我父亲一件双丝葛的夹袍面子。他到了"稻香村"点心店和"东升祥"布店，这两件东西的名字都说不出来。亏得那两间店铺的售货员，和我家都熟，打电话来问。"东升祥"的店员问："您要买一丈多的羽毛纱做什么？"我们都大笑起来，我就说："他真是个傻姑爷！"父亲笑了说："这傻姑爷可不是我替你挑的！"我也只好认了。抗战后我们到了云南，梅校长夫妇到我呈贡家里来度周末，我把这一腔怨气写成宝塔诗发泄在清华身上。梅校长笑着接写下面两句：

冰心女士眼力不佳

书呆子怎配得交际花

　　当时在座的清华同学都笑得很得意，我又只好认我的"作法自毙[2]"。
　　回来再说些正经的吧，"七七事变"后这一年，北大和清华都南迁了，燕大因为是美国教会办的，那时还不受干扰。但我们觉得在北平一刻也呆不下去了，同时，文藻已经同大后方的云南大学联系好了，用英庚款在云大设置了社会人类学讲座，由他去教学。那时只因为我怀着小女儿吴青，她要十一月才出世，燕大方面也苦留我们再呆一年。这一年中，我们只准备离开的一切——这一段我在《丢不掉的珍宝》一文中，写得很详细。

一九三八年秋，我们才取海道由天津经上海，把文藻的母亲送到他的妹妹处，然后经香港从安南（当时的越南）的海防坐小火车到了云南的昆明。这一路，旅途的困顿曲折，心绪的恶劣悲愤，就不能细说了。记得到达昆明旅店的那夜，我们都累得抬不起头来，我怀抱里的不过八个月的小女儿吴青忽然咯咯地拍掌笑了起来，我们才抬起倦眼惊喜地看到座边圆桌上摆的那一大盆猩红的杜鹃花！

用文藻自己的话说："自 1938 年离开燕京大学，直到 1951 年从日本回国，我的生活一直处在战时不稳定的状态之中。"

他到了云南大学，又建立起了社会学系并担任了系主任，同年又受了北京燕大的委托，成立了燕大和云大合作的"实地调查工作站"。我们在昆明城内住了不久，又有日机轰炸，就带着孩子们迁到郊外的呈贡，住在"华氏墓庐"，我把这座祠堂式的房子改名为"默庐"，我在一九四〇年二月为香港《大公报》（应杨刚之约）写的《默庐试笔》中写得很详细。

从此，文藻就和我们分住了。他每到周末，就从城里骑马回家，还往往带着几位西南联大的没带家眷[3]的朋友，如称为"三剑客"的罗常培、郑天翔和杨振声。这些苦中作乐的情况，我在为罗常培先生写《蜀道难》序中，也都描述过了。

一九四〇年底，因英庚款讲座受到干扰，不能继续，同时在重庆的国防最高委员会工作的清华同学，又劝他到委员会里当参事，负责研究边疆的民族、宗教和教育问题，并提出意见。于是我们一家又搬到重庆去了。

到了重庆，文藻仍寄居在城内的朋友家里，我和孩子们住在郊外的歌乐山，那里有一所没有围墙的土屋，是用我们卖书的六千元买来的。我把它叫做"潜庐"，关于这座土屋和门前风景，我在《力构小窗随笔》中也说过了。

我记得一九四二年春，文藻得了很重的肺炎，我陪他在山下的"中央医院"也就是"上海医学院"的附属医院，住了将近一个月，他受到内科钱德主任的精心医治，据钱主任说肺炎一般在一星期内外，必有一个转折期，那时才知凶吉。但是文藻那时的高烧一直延长到十三天！有一天早上，护士试过了他的脉搏，惊惶而悄悄地来告诉我说："他的脉搏只有三十六下了。"急得我赶紧跑到医院后面的宿舍里去找王鹏万大夫夫妇——他的爱人张女士是我的同学——那时我只觉得双腿发软，连一座小小的山坡都走不上去！等我和王大夫夫妇回到病房来时，看见文藻身上的被子已被掀过来了，床边站满了大夫和护士，我想他一定"完"了！回头看见窗前桌上放着两碗刚送来的早餐热粥，我端起碗来一口气都喝了下去。我觉得这以后我要办的事多得很，没有一点力气是不行的。谁知道再一回头看到文藻翻了一个身，长长地吁了一口气，迸出一身冷汗。大夫们都高兴地又把被子给他盖上，说："这转折点终于来了！"又都回头对我笑说，"好了，您不用难过了……"我擦着脸上的汗说："你们辛苦了！他就是这么一个人，什么都慢！"

我的身心交瘁⁴的一个多月过去了，却又忙着把他搬回山上来，那时没有公费医疗，多住一天，就得多付一天的住院费，我这个以"社会贤达"的名义被塞进"参政会"的参政员，每月的"工资"也只是一担白米。回家后还是亏了一位文藻的做买卖的亲戚，送来一只鸡和两只广柑，作为病后的补品，偏偏我在一杯广柑汁内，误加了白盐，我又舍不得倒掉，便自己仰脖喝了下去！

回家后，大女儿吴冰向我诉苦，说五月一日是她的生日，富奶奶（关于这位高尚的人，我将另有文章记述）只给她吃一个上面插着一支小蜡烛的馒头。这时文藻躺在家里床上，看到爬到他枕边的、穿着一身浅黄色衣裙、发上结着一条大黄缎带的小女儿吴青（这也是富奶奶给她打扮的），脸上却漾出了病后从未有过的一丝微笑！

文藻不是一个能够安心养病的人。一九四三年初，他就参加了"中国访问印度教育代表团"去过印度，着重考察了印度的民族和印度教与伊斯兰教的冲突问题。同年的六月，他又参加了"西北建设考察团"，担任以新疆民族为主的西北民族问题调查。一九四四年底，他又参加了去到美国的"战时太平洋学会"，讨论各盟国战后对日处理方案。会后他又访问了哈佛，耶鲁，芝加哥，普林斯顿各大学的研究中心，去了解他们战时和战后的研究计划和动态，他得到的收获就是了解到"行为科学"的研究已从"社会关系学"发展到了以社会学、人类学、社会心理学三门结合的研究。

一九四五年八月十四日夜，我们在歌乐山上听到了日本帝国主义者无条件投降的消息。那时在"中央大学"和在"上海医学院"学习的我们的甥女和表侄女们，都高兴得热泪纵横。我们都恨不得一时就回到北平去，但是那时的交通工具十分拥挤，直到一九四五年底我们才回到了南京。正在我们作北上继续教学的决定时，一九四六年初，文藻的清华同学朱世明将军受任中国驻日代表团团长，他约文藻担任该团的政治组长，兼任盟国对日委员会中国代表顾问。文藻正想了解战后日本政局和重建情况和形势，他想把整个日本作为一个大的社会现场来考察、做专题研究，如日本天皇制、日本新宪法、日本新政党、财阀[5]解体、工人运动等等，在中日邦交没有恢复，没有友好往来之前，趁这机会去日，倒是一个方便，但他只作一年打算。因此当他和朱世明将军到日本去的时候，我自己将两个大些的孩子吴平和吴冰送回北京就学，住在我的大弟妇家里；我自己带着小女儿吴青暂住在南京亲戚家里，这一段事我都写在一九四六年十月的《无家乐》那一篇文章里，当年的十一月，文藻又回来接我带着小女儿到了东京。

现在回想起来，在东京的一段时间，是我们生命中的一个转折点。文藻利用一切机会，同美国来日研究日本问题的专家学者以及东京大学、京都大学的同行人士多有接触。我自己也接触了当年在美留学时的日本同学和一些妇女界人士，不但比较深入地了解了当时日本社会上存在的种种问题，同时也深入地体会了美帝国主义的侵略本性！

这时我们结交了一位很好的朋友——谢南光同志，他是代表团政治组的副组长，也是一个地下共产党员。通过他，我们研读了许多毛主席著作，并和国内有了联系。文藻有个很"不好"的习惯，就是每当买来一本新书，就写上自己的名字和年、月、日。代表团里本来有许多台湾特务系统，如军统、中统等据说有五个之多。他们听说政治组同人每晚以在吴家打桥牌为名，共同研讨毛泽东著作，便有人在一天趁文藻上班，溜到我们住处，从文藻的书架上取走一本《论持久战》[6]。等到我知道了从卧室出来时，他已走远了。

我们有一位姓林的朋友——他是横滨领事，对共产主义同情的，被召回台湾即被枪毙了。文藻知道不能在代表团继续留任。一九五〇年他向团长提出辞职。但离职后仍不能回国，因为我们持有的是台湾政府的护照，这时华人能在日本居留的，只有记者和商人。我们没有经商的资本，就通过朱世明将军和新加坡巨商胡文虎之子胡好的关系，取得了《星槟日报》记者的身份，在东京停留了一年，这时美国的耶鲁大学聘请文藻到该校任教，我们把赴美的申请书寄到台湾，不到一星期便被批准了！我们即刻离开了日本，不是向东，而是向西到了香港，由香港回到了祖国！

这里应该补充一点，当年我送回北平学习的儿女，因为我们在日本的时期延长了，便也先后到了日本。儿子吴平进了东京的美国学校，高中毕业后，我们的美国朋友都劝我们把他送到美国去进大学，他自己和我们都不赞成到美国去。便以到香港大学进修为名，头了一张到香港而经塘沽的船票。他把我们给国内的一封信缝在裤腰里，船到塘沽他就溜了下去，回到北京。由联系方面把他送进了北大，因为他选的是建筑系，以后又转入清华大学——文藻的母校。他回到北京和我们通信时，仍由香港方面转。因此我们一回到香港，北京方面就有人来接，我们从海道先到了广州。

回国后的兴奋自不必说！一九五一年至一九五三年之间，文藻都在学习，为接受新工作做准备。中间周总理曾召见我们一次，这段事我在一九七六年写的《永远活在我们心中的周总理》一文中叙述过。

一九五三年十月，文藻被正式分配到中央民族学院工作。新中国成立后，社会学和其他的社会科学如心理学等，都被扬弃了竟达三十年之久。文藻这时是致力于研究国内少数民族情况。他担任了这个研究室和历史系"民族志"研究室的主任。他极力主张"民族学中国化"，"把包括汉族在内的整个中华民族作为中国民族学的研究，让民族学植根于中国土壤之中"。这段详细的情况，在《中央民族学院学报》一九八六年第二期，金天明和龙平平同志的《论吴文藻的"民族学中国化"的思想》一文中，都讲得很透彻，我这个外行人，就不必多说了。

一九五八年四月，文藻被错划为右派。这件意外的灾难，对他和我都是一个晴天霹雳！因为在他的罪名中，有"反党反社会主义"一条，在让他写检查材料时，他十分认真地苦苦地挖他的这种思想，写了许多张纸！他一面痛苦地挖着，一面用迷茫和疑惑的眼光看着我说："我若是反党反社会主义，就到国外去反好了，何必千辛万苦地借赴美的名义回到祖国来反呢？"我当时也和他一样"感到委屈和沉闷"，但我没有说出我的想法，我只鼓励他好好地"挖"，因为他这个绝顶认真的人，你要是在他心里引起疑云，他心里就更乱了。

正在这时，周总理夫妇派了一辆小车，把我召到中南海西花厅，那所简朴的房子里。他们当然不能说什么，也只十分诚恳地让我帮他好好地改造，说"这时最能帮助他的人，只能是他最亲近的人了……"我一见到邓大姐就像见了亲人一样，我的一腔冤愤就都倾吐了出来！我说："如果他是右派，我也就是漏网右派，我们的思想都差不多，但决没有'反党反社会主义'的思想！"我回来后向文藻说了总理夫妇极其委婉地让他好好改造。他在自传里说"当时心里还是感到委屈和沉闷，但我坚信事情终有一天会弄清楚的"。一九五九年十二月，文藻被摘掉右派分子的帽子。一九七九年又把被错划予以改正。

作为一个旁观者，我看到一九五七年，在他以前和以后几乎所有的社会学者都被划成右派分子，在他以后，还有许许多多我平日所敬佩的各界的知名人士，也都被划为右派，这其中还有许多年轻人和大学生。我心里一天比一天地坦然了。原来被划为右派，在明眼人的心中，并不是一件可羞耻的事！

文藻被划为右派后，接到了撤销研究室主任的处分，并被剥夺了教书权，送社会主义学院学习。一九五九年以后，文藻基本上是从事内部文字工作，他的著作大部分没有发表，发表了也不署名，例如从一九五九到一九六六年期间与费孝通（他已先被划为右派！）共同校订少数民族史志"三套丛书"，为中宣部提供西方社会学新出名著，为《辞海》第一版民族类词目撰写释文等，多次为外交部交办的边界问题提供资料和意见。并参与了校订英文汉译的社会学名著工作。他还与费孝通共同搜集有关帕米尔及其附近地区历史、地理、民族情况的英文参考资料等，十年动乱中这些资料都散失了！

一九六六年"文革"开始了，我和他一样靠边站，住牛棚，那时我们一家八口（我们的三个子女和他们的配偶）分散在八个地方，如今单说文藻的遭遇。他在一九六九年冬到京郊石棉厂劳动，一九七〇年夏又转到湖北沙洋民族学院的干校。这时我从作协的湖北咸宁的干校，被调到沙洋的民族学院的干校来。久别重逢后不久又从分住的集体宿舍搬到单间宿舍，我们都十分喜幸快慰！实话说，经过反右期间的惊涛骇浪之后，到了十年浩劫，连国家主席、开国元勋，都不能幸免，像我们这些"臭老九"，没有家破人亡，就是万幸了，又因为和民院相熟的同人们在一起劳动，无论做什么都感到新鲜有趣。如种棉花，从在瓦罐里下种选芽，直到在棉田里摘花为止，我们学到了许多技术，也流了不少汗水。湖北夏天，骄阳似火，当棉花秆子高与人齐的时候，我们在密集闭塞的棉秆中间摘花，浑身上下都被热汗浸透了，在出了棉田回到干校的路上，衣服又被太阳晒干了。这时我们都体会到古诗中的"锄禾日当午，汗滴禾下土⁷"句中的甘苦，我们身上穿的一丝一缕，也都是辛苦劳动的果实呵！

一九七一年八月，因为美国总统尼克松将有访华之行，文藻和我以及费孝通、邝平章等八人，先被从沙洋干校调回北京民族学院，成立了研究部的编译室。我们共同翻译校订了尼克松的《六次危机》的下半部分。接着又翻译了美国海斯、穆恩、韦兰合著的《世界史》，最后又合译了英国大文豪韦尔斯著的《世界史纲》，这是一部以文论史的"生物和人类的简明史"的大作！那时中国作家协会还没有恢复，我很高兴地参加了这本巨著的翻译工作，从攻读原文和参考书籍里，我得到了不少学问和知识。那几年我们的翻译工作，是十年动乱的岁月中，最宁静、最惬意⁸的日子！我们都在民院研究室的三楼上，伏案疾书，我和文藻的书桌是相对的，其余的人都在我们的隔壁或旁边。文藻和我每天早起八点到办公室，十二时回家午饭，饭后二时又回到办公室，下午六时才回家。那时我们的生活"规律"极了，大家都感到安定而没有虚度了光阴！现在回想起来，也亏得那时是"百举俱废"的时期，否则把我们这几个后来都是很忙的人召集在一起，来翻译这一部洋洋数百万言的大书，也不是一件容易的事。

"四人帮"被粉碎之后，各种学术研究又得到恢复，社会学也开始受到了重视和发展。一九七九年三月，文藻十分激动地参加了重建社会学的座谈会，作了《社会学与现代化》的发言，谈了多年来他想谈而不能谈的问题。当年秋季，他接受了带民族学专业研究生的任务，并在集体开设的"民族学基础"中，分担了"英国社会人类学"的教学任务。文藻恢复工作后，精神健旺了，又感到近几年来我们对西方民族学战后的发展和变化了解太少，就特别注意关于这方面材料的收集。一九八一年底，他写了《战后西方民族学的变化》，介绍了西方民族学战后出现的流派及其理论，这是他最后发表的一篇文章了！

他在自传里最后说："由于多年来我国的社会学和民族学未被承认，我在重建和创新工作还有许多要做，我虽年老体弱，但我仍有信心在有生之年为发展我国的社会学和民族学作出贡献。"

他的信心是有的，但是体力不济了。近几年来，我偶尔从旁听见他和研究生们在家里的讨论和谈话，声音都是微弱而喑哑的，但他还是努力参加了研究生们的毕业论文答辩，校阅了研究生们的翻译稿件，自己也不断地披阅西方的社会学和民族学的新作，又做些笔记。一九八三年我们搬进民族学院新建的高知楼新居，朝南的屋子多，我们的卧室兼书房，窗户宽大，阳光灿烂，书桌相对，真是窗明几净。我从一九八〇年秋起得了脑血栓后又患右腿骨折，已有两年足不出户了。我们是终日隔桌相望，他写他的，我写我的，熟人和学生来了，也就坐在我们中间，说说笑笑，享尽了人间"偕老"的乐趣。这也是十一届三中全会以后，我们得到的政府各方面特殊照顾的丰硕果实。

"夕阳无限好，只是近黄昏[9]"，这也是天然规律，文藻终于在一九八五年七月三日最后一次住进北京医院，再也没有出来了。他的床前，一直只有我们的第二代、第三代的孩子们在守护，我行动不便，自己还要人照顾，便也不能像一九四二年他患肺炎时那样，日夜守在他旁边了。一九八五年九月二十四日早晨，我们的儿子吴平从医院里打电话回来告诉我说："爹爹已于早上六时二十分逝世了！"

遵照他的遗嘱：不向遗体告别，不开追悼会，火葬后骨灰投海，存款三万元捐献给中央民院研究所，作为社会民族学研究生的助学金。九月二十七日下午，除了我之外，一家大小和近亲密友（只是他的几位学生）在北京医院的一间小厅里，开了一个小型的告别会（有好几位民院、民委、中联部的领导同志要去参加，我辞谢他们说：我都不去你们更不必去了），这小型的告别会后，遗体便送到八宝山火化。九月二十九日晨，我们的儿女们又到火葬场拾了遗骨，骨灰盒就寄存在革命公墓的骨灰室架子上。等我死后，我们的遗骨再一同投海，也是"死同穴"的意思吧！

文藻逝世后一段时间内的情况，我在《衷心的感谢》一文中（见《文汇月刊》一九八六年第一期）都写过了。

现在总起来看他的一生，的确有一段坎坷的日子，但他的"坎坷"是和当时绝大多数的知识分子"同命运"的。一九八六年第十八期《红旗》上，有一篇"本刊特约评论员"的文章《引导知识分子坚持走健康成长的道路》中的党对知识分子问题的第四阶段上，讲得就非常地客观而公允！

第四阶段，从1957年到1976年。前十年由于党的指导思想发生了"左"的偏差，党的知识分子政策开始偏离了正确的方向，知识分子工作也经历了曲折的道路。主要表现是轻视知识，歧视知识分子，以种种罪名排斥和打击了一些知识分子，使不少人长期蒙受冤屈。这种错误倾向，在长达十年的"文化大革命"中，发展到了荒谬绝伦[10]的地步，把广大知识分子诬蔑[11]为"臭老九"，把学有所长、术有专攻的知识分子诬蔑为"反动学术权威"，只片面地强调知识分子要向工农学习，不提工农群众也要向知识分子学习，人为地制造了工人农民同知识分子之间的对立，而重视知识分子，爱护知识分子，反被说成是搞"修正主义"，有"亡党亡国"的危险。摧残知识分子成为十年浩劫的重要组成部分。

读了这篇文章，使我从心里感觉到中国共产党真是一个伟大、英明、正确的无产阶级政党，是一个"有严明纪律和富于自我批评精神的无产阶级政党"。可惜的是文藻没能赶上披读这篇文章了！

写到这里，我应当搁笔了。他的也就是我们的晚年，在精神和物质方面，都没有感到丝毫的不足。要说他八十五岁死去更不能说是短命，只是从他的重建和发展中国社会学的志愿和我们的家人骨肉之间的感情来说，对于他的忽然走开，我是永远抱憾的！

1986年11月21日

（本篇最初发表于《中国作家》1986年第4期、1987年第2期）

注释

1. 隔行如隔山：gé háng rú gé shān。指不是本行的人就不懂这一行业的门道。语出《晚清文学丛钞·冷眼观》。

2. 作法自毙：zuò fǎ zì bì。自己立法反而使自己受害。泛指自作自受，自己想出的办法，反而害了自己。语出《史记·商君列传》："商君亡至关下，欲舍客舍，客人不知其是商君也，曰：'商君之法，舍人无验者，坐之。'商君喟然叹曰：'嗟乎！为法之敝，一至此哉！'"

3. 家眷：jiā juàn。指妻子儿女等；有时专指妻子。

4. 身心交瘁：shēn xīn jiāo cuì。身体和精神都过度劳累。

5. 财阀：cái fá。具有强大经济势力，能起支配作用的人或家族。日本战前的金融资本集团的通称。在日本，由于金融资本集团是和浓厚的封建家族关系联系在一起的，因而人们习惯于把日本的金融资本集团称为财阀。

6. 《论持久战》：抗战全面爆发后，在国民党内出现了"速胜论"和"亡国论"等论调。在共产党内，也有一些人寄望于国民党正规军的抗战，轻视游击战争。但是，抗战10个月的实践证明"亡国论"、"速胜论"是完全错误的。抗日战争的发展前途究竟如何？一时成了人们关注的问题。1938年5月，毛泽东写的《论持久战》总结了全国抗战的经验，批驳了当时盛行的错误观点，系统阐明了党的抗日持久战方针。

7. 锄禾日当午，汗滴禾下土：语出唐·李绅《悯农二首》，原文：锄禾日当午，汗滴禾下土；谁知盘中餐，粒粒皆辛苦。

8. 惬意：qiè yì。心情满足或感到畅快。

9. 夕阳无限好，只是近黄昏：夕阳放射出迷人的余晖，然而这一切美景转瞬即逝，不久会被那夜幕所笼罩。语出唐·李商隐《登乐游原》，原文：向晚意不适，驱车登古原。夕阳无限好，只是近黄昏。

10. 荒谬绝伦：huāng miù jué lún。谓荒唐错误到无可比拟的地步。

11. 诬蔑：wū miè。诋毁和破坏名誉，捏造事实，构人以罪。

导读

本文记叙了作者和吴文藻始终不渝、不离不弃的爱情,通过"买马"及"写材料"等情节反映出吴文藻的执着、认真。从积极从事爱国和平进步活动，到新中国成立之初，支持吴文藻摆脱国民党集团的正义之举，团结和影响海外的知识分子回国参加建设，再到十年动乱中，受吴文藻划右影响，等等，反映了作者热爱祖国、正义善良和性格坚韧的美德，自始至终没有什么可以动摇两个人磐石般的爱情。他们坦然镇静地面对一切，坚信真理一定胜利。

我的三个弟弟

　　我和我的弟弟们一向以弟兄相称。他们叫我"伊哥"（伊是福州方言"阿"的意思）。这小名是我的父母亲给我起的，因此我的大弟弟为涵小名就叫细哥（"细"是福州方言"小"的意思），我的二弟为杰小名就叫细弟，到了三弟为楫出生，他的小名就只好叫"小小"了！

　　说来话长！我一生下来，我的姑母就拿我的生辰八字，去请人算命，算命先生说："这一定是个男命，因为孩子命里带着'文曲星'，是会做文官的。"算命纸上还写着有"富贵逼人无地处，长安道上马如飞"。这张算命纸本来由我收着，几经离乱，早就找不到了。算命先生还说我命里"五行"缺"火"，于是我的二伯父就替我取了"婉莹"的大名，"婉"是我们家姐妹的排行，"莹"字上面有两个"火"字，以补我命中之缺。但祖父总叫我"莹官"，和我的堂兄们霖官、仪官等一样，当做男孩叫的。而且我从小就是男装，一直到一九一一年，我从烟台回到福州时，才改了女装。伯叔父母们叫我"四妹"，但"莹官"和"伊哥"的称呼，在我祖父和在我们的小家庭中，一直没改。

　　我的三个弟弟都是在烟台出生的，"官"字都免了，只保留福州方言，如"细哥"、"细弟"等等。

　　我的三个弟弟中，大弟为涵是最聪明的一个，十二岁就考上"唐山路矿学校"的预科（我在《离家的一年》这篇小说中就说的是这件事）。以后学校迁到北京，改称"北京交通大学"。他在学校里结交了一些爱好音乐的朋友，他自己课余又跟一位意大利音乐家学小提琴。我记得那时他从东交民巷老师家回来，就在屋里练琴，星期天他就能继续弹奏六七个小时。他的朋友们来了，我们的西厢房里就弦歌不断。他们不但拉提琴，也弹月琴，引得二弟和三弟也学会了一些中国乐器，三弟嗓子很好，就带头唱歌（他在育英小学，就被选入学校的歌咏队），至今我中午休息在枕上听收音机的时候，我还是喜欢听那高亢或雄浑的男歌音！

　　涵弟的音乐爱好，并没有干扰他的学习，他尤其喜欢外语。一九二三年秋，我在美国沙穰疗养院的时候，就常得到他用英文写的长信。病友们都奇怪说："你们中国人为什么要用英文写信？"我笑说："是他要练习外文并要我改正的缘故。"其实他的英文在书写上比我流利得多。

一九二六年我回国来，第二年他就到美国的宾夕法尼亚大学，去学"公路"，回国后一直在交通部门工作。他的爱人杨建华，是我舅父杨子敬先生的女儿。他们的婚姻是我的舅舅亲口向我母亲提的，说是："姑做婆，赛活佛。"照现在的说法，近亲结婚，生的孩子一定痴呆，可是他们生了五个女儿，却是一个赛似一个地聪明伶俐。（涵弟是长子，所以从我们都离家后，他就一直和我父亲住在一起。）至今我还藏着她们五姐妹环绕着父亲的一张相片。她们的名字都取的是花名，因为在华妹怀着第一个孩子时，我父亲做了一个梦，梦见一个老人递给他一张条子，上面写着"文郎俯看菊陶仙"，因此我的大侄女就叫宗菊。"宗"字本来是我们大家庭里男孩子的排行，但我父亲说男女应该一样。后来我的一个堂弟得了一个儿子，就把"陶"字要走了，我的第二个侄女，只好叫宗仙。以后接着又来了宗莲和宗菱，也都是父亲给起的名字。当华妹又怀了第五胎的时候，她们四个姐妹聚在一起祷告，希望妈妈不要生个男儿，怕有了弟弟，就不疼她们了。宗梅生后，华妹倒是有点失望，父亲却特为宗梅办了一桌满月酒席，这是她姐姐们所没有的，表示他特别高兴。因此她们总是高兴地说："爷爷特别喜欢女孩子，我们也要特别争气才行！"

一九三七年，我和文藻刚从欧洲回来，"七七事变"就发生了。我们在燕京大学又呆了一年，就到后方云南去了。我们走的那一天，父亲在母亲遗像前烧了一炷香，保佑我们一路平安。那时杰弟在南京，楫弟在香港，只有涵弟一人到车站送我们，他仍旧是泪汪汪地，一语不发，和当年我赴美留学时一样，他没有和杰、楫一道到车站送我，只在家里窗内泪汪汪地看着我走。我永远也忘不了那一对伤离惜别的悲痛的眼睛！

我们离开北京时，倒是把文藻的母亲带到上海，让她和文藻的妹妹一家住在一起。那时我们对云南生活知道的不多；更不敢也不能拖着父亲和涵弟一家人去到后方，当时也没想到抗战会抗得那么长，谁知道匆匆一别遂成永诀呢？！

一九四〇年，我在云南的呈贡山上，得到涵弟报告父亲逝世的一封信，我打开信还没有看完，一口血就涌上来了！

……大人们二年来，瘦了许多，这是我感到伤心而不敢说的……谁也想不到他走的那样快……大人说："伊哥住址是呈贡三台山，你能记得吗？"我含泪点首……晨十时德国医陈义大夫又来打针，大人喘仍不止，稍止后即告我："将我的病况，用快函寄上海再转香港和呈贡，他们三人都不知道我病重了……"这时大人面色苍白，汗流如雨，又说："我要找你妈去！"……大人表示要上床睡，我知道是那两针吗啡之力，一时房中安静，窗外一滴一滴的雨声，似乎在催着正在与生命挣扎的老父，不料到了早晨八时四十五分，就停了气息……我的血也冷了，不知是梦境？是幻境？最后责任心压倒了一切，死的死了，活的人还得活着干……

他的第二封信，就附来一张父亲灵堂的相片，以及他请人代拟的文藻吊我父亲的挽联：

分为半子，情等家人，远道那堪闻噩耗[1]
本是生离，竟成死别，深闺何以慰哀思

信里还说："听说你身体也不好，时常吐血，我非常不安……弟近来亦常发热出汗，疲弱不堪，但不敢多请假，因请假多了，公司将取消食粮配给……华妹一定要为我订牛奶，劝我吃鸡蛋，但是耗费太大，不得不将我的提琴托人出售，因为家里已没有可卖之物……一切均亏得华妹操心，这个家真亏她维持下去……孩子们都好，都知吃苦，也都肯用功读书，堪以告慰，但愿有一天苦尽甜来……"

这是涵弟给我的末一封信了。父亲是一九四〇年八月四日八时四十五分逝世的。涵弟在敌后的一个公司里又挨了四年，我也总找不到一个职业使他可以到后方来。他贫病交加，于一九四四年也逝世了！他最爱的也是最聪明的女儿宗莲，就改了名字和同学们逃到解放区去，其他的仍守着母亲，过着极其艰难的日子……

我的这个最聪明最尽责、性情最沉默、感情最脆弱的弟弟，就这样在敌后劳苦抑郁地了此一生！

　　关于能把三个弟弟写在一起的事：就是他们从小喜欢上房玩。北京中剪子巷家里，紧挨着东厢房有一棵枣树，他们就从树上爬到房上，到了北房屋脊后面的一个旮旯里，藏了许多他们自制的玩艺儿，如小铅船之类。房东祈老头儿来了，看见他们上房，就笑着嚷："你们又上房了，将来修房钱，就跟你们要！"

　　还有就是他们同一些同学，跟一位打拳的老师学武术，置办一些刀枪剑戟，一阵乱打，以及带着小狗骑车到北海泅水、划船，这些事我当然都没有参加。

　　其实我在《关于女人》那一本书里，虽然说的是我的三位弟妇，却已经把我的三个弟弟的性情、爱好等等都已经描写过了。不过《关于女人》是写在一九四三年，对于大弟只写了他恋爱、婚姻一段，对于二弟、三弟就写得多一些。

　　二弟为杰从小是和我在一床睡的。那时父亲带着大弟，母亲带着小弟，我就带着他。弟弟们比我们睡得早，在里床每人一个被窝桶，晚饭后不久，就钻进去睡了。为杰和一般的第二个孩子一样，总是很"乖"的。他在三个弟兄里，又是比较"笨"的。我记得在他上小学时，每天早起我一边梳头，一边听他背《孟子》，什么"泄泄犹沓沓也"，我不知道这是《孟子》中的哪一章？哪一节？也许还是"注释"，但他呜咽着反复背诵的这一句书，至今还在我耳边震响着。

　　他的功课总是不太好，到了开初中毕业式那天，照例是要穿一件新的蓝布大褂的，母亲还不敢先给他做，结果他还是毕业了。可是到了高中，他一下子就蹿上来了，成了个高材生。一九二六年秋他考上了燕京大学，正巧我也回国在那里教课，因为他参加了许多课外活动，我们接触的机会很多。有一次男生们演话剧"咖啡店之一夜"，那时男女生还没有合演，为杰就担任了女服务员这一角色。他穿的是我的一套黑绸衣裙，头上扎个带褶的白纱巾，系上白围裙，台下同学们都笑说他像我。那年冬天男女同学在未名湖上化装溜冰，他仍是穿那一套衣裳，手里捧着纸做的杯盘，在冰上旋舞。

　　一九二九年我同文藻结婚后，我们有了家了，他就常到家里吃饭，他很能吃，也不挑食。一九三〇年秋我怀上了吴平，害口，差不多有七个月吃不下东西。父亲从城里送来的新鲜的蔬菜水果，几乎都是他吃了。甚至在一九三一年二月我生吴平那一天，我从产房出来，看见他在病房等着我，房里桌上有一杯给产妇吃的冰淇淋，我实在太累了，吃不下，冲他一努嘴，他就捧起杯来，脸朝着墙，一口气吃下了！

他在燕大念的是化学，他的学士和硕士的论文，都是跟天津碱厂的总工程师侯德榜博士写的。侯先生很赏识他，又介绍他到美国威斯康星大学读化学博士，毕业时还得了金钥匙奖。回国后就在永利制碱公司工作。解放后又跟侯先生到了化工部。一九五一年我们从日本回到北京，见面的时候就多了。

我是农历闰八月十二日生的，他的生日是农历八月初十，因此每到每年的农历的八月十一日，他们就买一个大蛋糕来，我们两家人一起庆祝，我现在还存着我们两人一同切蛋糕的相片。

一九八五年九月文藻逝世后，他得到消息，一进门还没得及说话，就伏在书桌上，大哭不止，我倒含着泪去劝他。他晚年身体不好，常犯气喘病，家里暖气不够热时，就往往在堂屋里生上火炉。一九八六年初，他病重进了医院，他的爱人李文玲还瞒着我，直到他一月十二日逝世几天以后，我才得到这不幸的消息。化工部他的同事们为他准备了一个纪念册，要我题字，我写：

　　为杰逝世了，我在深深地自恸[2]自怜之后，终于为有他这么一个对祖国的化工事业，做出应有的贡献的弟弟，我又感到无限的自慰与自豪。

他的爱人李文玲是金陵女子大学音乐系毕业的，专修钢琴。他的儿子谢宗英和儿媳张薇都继承了他的事业，现在都在化工部的附属工程机关工作。

我的三弟谢为楫的一切，我在《关于女人》写我的三弟妇那一段已经把他描写过了：

　　……四弟是我们四个弟兄中最神经质的一个，善怀，多感，急躁，好动，因为他最小，便养得很任性，很娇惯。虽然如此，他对于父母和兄姐的话总是听从的，对我更是无话不说……

　　他很爱好文艺，也爱交些文艺界的年轻朋友。丁玲、胡也频、沈从文等，都是他介绍给我的，我记得那是一九二七年我的父亲在上海工作的时候。他还出过一本短篇小说集，名字我忘了，那时他也不过十七八岁。他没有读大学就到英国利物浦的海上学校，当了航海学生，在五洲的海上飘荡了五年，居然还得了一张荣誉证书回来。从那时起他就在海关的缉私船上工作。抗战时期，上海失守后，他到了香港，香港又失守了，他就到重庆，不久由港务司派他到美国进修了一年，回来后就在上海港务局工作。他的爱人刘纪华，是我的表兄刘放园先生的女儿，燕大的社会学系优秀的硕士研究生，那时也在上海的"善后救济总署"工作。他们是青梅竹马的恩爱夫妻，工作和生活都很愉快。他们有五个儿女。为楫说，为了纪念我，他们孩子的名字里都要带一个"心"字。长女宗慈，十一二岁就到东北上学，我记得是长春大学，学的是农业机械。他们的二女儿宗爱、三女儿宗恩，学的是音乐，是报考上海音乐学院附中的上千人中考上的五十人中之二。我听见了很高兴，给她们寄去八百元买了一架钢琴，作为奖励。他们的两个儿子宗惠和宗恝那时还小。

　　一九五七年，为楫响应"向党进言"的号召，写了几张大字报，被划成了右派，遣送到甘肃的武威劳动改造，从此丢弃了他的专业，如同失水的枯鱼一般，全家迁到了大西北。那时我的老伴吴文藻，和我的儿子吴平也都是右派分子，我的头上响起了晴天的霹雳，心中的天地也一下子旋转了起来！但我还是镇定地给为楫写一封封的长信，鼓励他好好改造，重新做人，求得重有报效祖国的机会，其实那几年我自己也不知道是怎么过的！只记得为楫夫妇都在武威一所中学教书，度过了相当艰苦的日子。孩子们在逆境中反而加倍奋发自强，宗恩和宗爱都在西安音乐学院毕了业。两个男孩子都学的是理工，在矿学事业自动化研究所里工作，这都是后话了！

　　劳瘁交加的纪华得了癌症，一九七六年去世了，为楫就到窑街和小儿子住了些日子，一九七八年又到四川的北碚，同大女儿住了些日子；一九七九年应兰州大学之聘，在兰大教授英语；一九八四年的一月十二日就因病在兰州逝世了！他的儿女们都没有告诉我们。我和为杰只奇怪楫弟为什么这样懒得动笔，每逢农历九月十九，我们还是寄些钱去（他比纪华大一岁，两人是同一天生日，往常我们总是祝他们"双寿"），让他的孩子们给他买块蛋糕。孩子们也总是回信说："爹爹吃了蛋糕，很喜欢，说是谢谢你们！"杰弟一直到死，还不知道"小小"已经比他先走了！

在写这一篇的时候，我流尽了最后的眼泪！王羲之在《兰亭集序》里说"死生亦大矣，岂不痛哉。"我倒觉得"死"真是个"解脱"，"痛"的是后死的人！我的三个弟弟：从小到大，我尽力地爱护了你们。最后也还是我用眼泪来给你们送别，我总算对得起你们了！

1987年7月8日风雨欲来的黄昏

（本篇最初发表于《中国作家》1987年第6期）

注释

1. 噩耗：è hào。指自己的亲人或自己敬爱的人死亡的消息。
2. 恸：tòng。极悲哀。

导读

作者的大弟为涵多才却命运坎坷，二弟为杰最是真性情，爱憎分明，三弟为楫活泼，交游广阔却时运不济，郁郁不得志。"死生亦大矣，岂不痛哉"，"我倒觉得'死'真是个'解脱'，'痛'的是后死的人"，"从小到大，我尽力地爱护了你们。最后也还是我用眼泪来给你们送别"……这些至情至性、泪尽而干的文字，道尽了冰心对三个弟弟的无限关爱、呵护之意。爱人类，从爱父母、兄弟姐妹始。

追忆吴雷川校长

一九八五年文藻逝世后，我整理他的书籍，忽然从一摞书中翻出一个大信封，里面是燕京大学校长吴雷川老先生的一幅手迹。那是一九三七年北平沦陷后，我们离开燕大到云南大学去的时候燕大社会学系的同学们请吴雷川校长写的、送给我们的一张条幅，录的是清词人潘博的一首《金缕曲》，吴老在后面又加了一段话。找到这张条幅，许多辛酸的往事又涌上心头！我立刻请舒乙同志转请刘金涛同志裱了出来，挂在我的客厅墙上。现在将这幅纸上的潘博的词和吴老的附加文字，照录如下：

悲愤应难已，问此时绝裾温峤[1]投身何处？莫道英雄无用武，尚有中原万里！胡郁郁今犹居此？驹隙[2]光阴容易过，恐河清不为愁人俟。闻吾语，当奋起。青衫搔首人间世，叹年来兴亡吊遍，残山剩水！如此乾坤须整顿，应有异人间起，君与我安知非是？漫说大言成事少，彼当年刘季犹斯耳，旁观论，一笑置。

文藻先生将有云南之行，燕京大学社会学系诸同学眷恋师门，殷殷惜别，谋有所赠，以申敬意，乃出此幅，属余书之。余书何足以充赠品？他日此幅纵为文藻先生所重视，务须声明所重者诸同学之敬意，而于余书渺不相涉，否则必蒙嗜痂[3]之诮[4]，殊为不值也。附此预言，藉博一粲[5]。

二十七年六月杭县吴雷川并识

一九二六年我从美国学成归来，在母校燕京大学任教时，初次拜识了吴雷川校长。他本任当时的教育部次长；因为南京教育部有令国内各级教会学校应以国人为校长，经燕大校董会决议：聘请吴老为燕大校长。吴老温蔼慈祥，衣履朴素，走起路来也是那样地端凝而从容。他住在朗润园池南的一所小院里，真是"小桥流水人家"。我永远不会忘记有一个夏天的中午，我正在朗润池北一家女教授住宅的凉棚下和主人闲谈，看见吴老从园外归来，经由小池的北岸，这时忽然下起骤雨，吴老没有拿伞，而他还是和晴天一样从容庄重地向着家门走去，这正是吴老的风度！

"七七事变"后，北大、清华都南迁了，燕大因为是美国教会办的，暂时还不受干扰，但我们觉得在日本占领区一刻也呆不下去了，文藻同云南大学联系，为他们创办社会学系。我们定于一九三八年夏南迁，吴老的这一张条幅，正是应燕大社会学系同学的请求而写的，这已是半个世纪以前的事了！

此后，太平洋战起，燕大也被封闭，我们听说汉奸王克敏等久慕吴老的为人，强请吴老出任伪职。吴老杜门谢客，概不应酬，蛰居[6]北海松坡图书馆，以书遣怀，终至愤而绝粒，仙逝于故都。

吴老的书法是馆阁体[7]，方正端凝、字如其人，至今我仰瞻挂在客厅墙上，从这幅字迹，总觉得老人的慈颜就在眼前，往事并不如烟！

1988年10月21日清晨

（本篇最初发表于《中国作家》1989年第1期）

注释

1. 绝裾温峤：绝裾，jué jū。绝，断。裾，衣襟。西晋末，刘琨劝温峤去江南劝说司马睿即帝位。当时兵荒马乱，温峤之母崔氏担心儿子的安危，极力阻止。但温峤以国家大计为重，依然扯断母亲拉着的衣襟而去。后来，崔氏病亡，温峤被战乱所阻无法回家葬母，十分痛悔。
2. 驹隙：白驹过隙，骏马驰过狭小的空间，速度极快，一闪就过去了。形容时间过得极快。
3. 嗜痂：shì jiā。怪僻的嗜好。
4. 诮：qiào。嘲讽。
5. 一粲：yī càn。一笑。
6. 蛰居：zhé jū。蛰：动物冬眠，藏起来不吃不动。像虫子冬眠长期隐居在某个地方，不抛头露面。
7. 馆阁体：书体名。馆阁，指掌管图书经籍和编修国史的官署，始于宋代；明、清两代翰林院亦称馆阁。馆阁体，指流行于馆阁及科举考场的书写风格，虽方正光洁但拘谨刻板。

导读

本文以一封信引出作者无限回忆，"忽然下起骤雨，吴老没有拿伞，而他还是和晴天一样从容庄重地向着家门走去，这正是吴老的风度！"小小细节凸显了吴老的从容淡定。后来，他拒绝出任伪职，绝食而亡，其高洁品格令人肃然起敬。

一位最可爱可佩的作家

这位作家就是巴金。

为什么我把可爱放在可佩的前头？因为我爱他就像爱我自己的亲弟弟们一样——我的孩子们都叫他巴金舅舅——虽然我的弟弟们在学问和才华上都远远地比不上他。

我在《关于男人》这本书里、《他还在不停地写作》一文里，已经讲过我们相识的开始，那时他给我的印象是腼腆而带些忧郁和沉默。但是彼此熟识而知心的时候，他就比谁都健谈！我们有过好几次同在一次对外友好访问团的经历，最后一次就是一九八○年到日本的访问，他的女儿小林和我的小女儿吴青都跟我们去了。在一个没有活动节目的晚上，小林、吴青和一些年轻的团员们都去东京街上游逛。招待所里只剩下我们两个。我记得那晚上在客厅里，他滔滔不绝地和我谈到午夜，我忘了他谈的什么，是他的身世遭遇？还是中日友好？总之，到夜里十二点，那些年轻人还没有回来，我就催他说："巴金，我困了，时间不早了，你这几天也很累，该休息了。"他才回屋去睡觉。

就在这一年的九月，我得了脑血栓后又摔折了右腿，从此闭门不出。我一直住在北京，他住在上海，见面时很少，但我们的通信不断。我把他的来信另外放在一个深蓝色的铁盒子里，将来也和我的一些有上下款的书画，都送给他创办的"中国现代文学馆"。

他的可佩——我不用"可敬"字样，因为"敬"字似乎太客气了——之处，就是他为人的"真诚"。文藻曾对我说过："巴金真是一个真诚的朋友。"他对我们十分关心，我最记得四十年代初期在重庆，我因需要稿费，用"男士"的笔名写的那本《关于女人》的书，巴金知道我们那时的贫困，就把这本书从剥削作家的"天地出版社"拿出来，交给了上海的"开明书店"，每期再版时，我都得到稿费。

文藻和我又都认为他最可佩服之处，就是他对恋爱和婚姻的态度上的严肃和专一。我们的朋友里有不少文艺界的人，其中有些人都很"风流"，对于钦慕他们的女读者，常常表示了很随便和不严肃的态度和行为。巴金就不这样，他对萧珊的爱情是严肃、真挚而专一的，这是他最可佩处之一。

至于他的著作之多，之好，就不用我来多说了，这是海内外的读者都会谈得很多的。

总之，他是一个爱人类，爱国家，爱人民，一生追求光明的人，不是为写作而写作的作家。

他近来身体也不太好，来信中说过好几次他要"搁笔"了，但是我不能相信！

我自己倒是好像要搁笔了，近来我承认我"老了"，身上添了许多疾病，近日眼睛里又有了白内障，看书写字都很困难，虽然我周围的人，儿女、大夫和朋友们都百般地照顾我，我还是要趁在我搁笔之前，写出我对巴金老弟的"爱"与"佩"。

为着人类、国家和人民的"光明"，我祝他健康长寿！

1989年1月26日阳光满案之晨

（本篇最初发表于《中国作家》1989年第3期）

导读

冰心在这篇作品里，在众多的中国作家中，把巴金称作"一位最可爱可佩的作家"，是一个真诚的朋友，可见尊敬和敬爱的程度。巴金的最可爱可佩在于"他对恋爱和婚姻的态度上的严肃和专一"，而且更主要的，"他是一个爱人类，爱国家，爱人民，一生追求光明的人，不是为写作而写作的作家"。冰心和巴金的友谊，是现代文坛广为传诵的佳话，两个人的理想、价值观和人品同样为世人所敬仰，"高山仰止，景行行之"。

怀念郭小川

　　我和郭小川熟悉，是在一九五五年他在中国作协当党组副书记的时候。我们曾一同参加过一九五八年八月在苏联塔什干召开的"亚非作家会议"。他似乎从来没有称呼我"同志"，只叫"谢大姐"。我对他也像对待自己的亲弟弟一样的爱怜。我觉得他在同时的作家群中，特别显得年轻、活泼、多产、才华横溢。关于他的诗作，读者们早有定论。关于新诗，我又早已是个"落伍者"，在此就不多说了。我只想讲些我和他两人之间的一些事情。

　　十年浩劫期间，作协的"黑帮"们都囚禁在文联大楼里，不准回家，每天除了受批挨斗外（我是比较轻松的，因为在我上面还有"四条汉子"以及刘白羽等大人物！我每次只是陪斗）就坐在书桌旁学习毛主席著作。我是一边看书，一边手里还编织一些最不动脑筋的小毛活，如用拆洗后的旧毛线替我的第三代的孩子们织些小毛袜之类。小川看见了，一天过来对我说："大姐，你也替我织一双毛袜吧。"我笑了，说："行，不过你要去买点新毛线，颜色你自己挑吧。"第二天他就拿来几两灰色的毛线，还帮我绕成圆球，我立刻动手织起来。一天后织好交给他，他就在我面前脱下鞋子，把毛袜套在线袜上，笑着说："真合适，又暖和，谢谢大姐了。"这是我一生中除了家人以外，替朋友做的唯一的一件活计！

　　大约是一九六六年以后吧，作协全体同志都被下放到湖北的咸宁干校去劳动改造。我们这一批"老弱病残"如张天翼、陈白尘等人和我下去得最晚。小川虽然年轻，但是他有肝炎，血压又高，还有牙周炎，属于病残一类，当然也和我们在一起；直到林彪第一号命令下来（总是七十年代初吧），连"老弱病残"也不准留在北京了，而郭小川和我却因为要继续在医院拔牙，直到六九年底才从北京出发，我记得我们两家的家属都到车站送行。

　　我永远也忘不了，我们中途到了武昌，住在一处招待所里，那时正是新年，人们都回家过年去了，招待所里空荡荡的。只因为我们来了，才留下了一位所长和一位炊事员。晚饭后孤坐相对，小川却兴奋地向我倾吐了他一生的遭遇。他是河北人，在北京蒙藏中学上过学，还是他当教员的父亲千方百计替他弄进去的。他因为年纪小，受尽了同学们的欺负。再大一点，他便在承德打过游击。三七年后他到了延安，进过研究学院，听过毛主席在文艺座谈会上的讲话，以后就一直过着宣传和记者的生涯……他滔滔不绝地讲到了中夜，还是因为我怕他又犯高血压的毛病，催他去睡，他才恋恋不舍地走进他屋里去。

我们在武昌还到医院里去治牙，从医院出来，他对我抱怨说："你的那位大夫真好，你根本没哼过一声。我的这个大夫好狠呵，把我弄得痛死了！"

我们在武昌把所有的冬衣、雨衣、大衣都套起穿在身上，背着简单的行李，在泥泞的路上，从武昌走到咸宁，当我们累得要死的时候，作协来接我们的同志，却都笑着称我们为"无耻（齿）之人"，这又把我们逗笑了。

我到咸宁作协干校不到一个月，就被调到湖北沙洋中央民族学院的干校去了，从此便和小川失去了联系。

以后的关于小川的消息都是从朋友们的口中知道的：说是他写了什么诗触怒了江青，被押到了团泊洼；一九七五年十月，中央专案组派人到团泊洼，澄清了他的问题，分配了工作；十一月他到了河南林县；一九七六年一月九日他从广播里听到了周总理逝世的消息，"哭得几乎起不了床"，他写了一首《痛悼敬爱的周总理》的诗，印了许多份，散发给了许多朋友；十月九日他听到党中央粉碎"四人帮"的消息，欣喜若狂，以上这些都是我能想象到的，意外的是就在当年的十月十八日凌晨，不幸发现他在服安眠药后点火吸烟，卧具着了火，竟至自焚而逝！

小川逝世后，他的儿子和女儿曾来过我家里，我的眼泪早已流尽，对着这两个英俊聪明的孩子，我还能说些什么呢！

1989年11月14日

（本篇最初发表于《中国作家》1990年第2期）

导读

　　郭小川才华横溢却命运坎坷，但他却用乐观的态度积极地面对生活，他的活泼、他的率真、他的幽默无不建立于此。他是一个真性情的人，因周总理逝世而"哭得几乎起不了床"，听到粉碎"四人帮"的消息，又欣喜若狂，不能自抑。文章活化了诗人郭小川，鲜活形象，跃然纸上。

悼念金近

前几天金近的爱人颜学琴同志托人给我带来了一封信，里面附有三张金近坟墓的照片，那坟墓是石块垒的，很庄严，上面刻着碑文，我写的那句"你为小苗洒上泉水"居然也刻上了！我的眼泪止不住落了下来……

我是五二年在作家协会的儿童文学讨论会上认识金近的，在谈论里我觉得他"与众不同"！他是那么质朴，那么扎实，他讲的话从来没有"书卷气"，从来没有用过"成语"（如"虚有其表"，"胸无点墨"之类），他对儿童的了解十分深切而亲切。从谈话里我知道他从小只上过私塾，也没看过什么小说，他所知道的历史故事，都是从他的家乡浙江上虞看"草台班"的戏里得到的。后来他到了上海当了学徒，得闲时就看《新闻报》副刊"快活林"，引起了他写作的兴趣。他当了四次学徒，以后亲戚凑钱供他上学，他读到初中一年级就不学了。他到图书馆里借书看，从鲁迅看到了丁玲，也看了些译文如《爱的教育》。他最喜欢的是叶圣陶的《稻草人》和张天翼的童话。一九三五年他到儿童日报社工作，干的是收费寄报的零活，但又因肺病失业了。在疗养期间，他开始学写文章，写的都是当时受苦受难的学徒、丫头等的悲惨生活，也讽刺揭露了当时国民党统治下的那些腐败与丑恶。

抗战爆发后，他进了重庆儿童教养院，还做了难童孤儿的教养人。同时他在重庆又认识了《新华日报》的许多作家，如夏衍、刘白羽，翻译家如戈宝权等。在许多朋友中他特别喜欢徐迟，因为徐迟关心他的儿童文学创作，好的就称赞，不好的就当面指出。一九四六年他又回到上海，又写了好多篇杂文，在《文汇报》和地下党的刊物上发表，也受过压迫。全国解放后，他到了北京，后调到作家协会。这时最重要的是他能够深入生活，他到小学校里和小学生一同生活，一起去动物园，一同上课，一同游戏。他还到北京西郊温泉村，参加海淀区农业合作化工作组，在一所小学校里住了一年。他和孩子们一起逮老鼠，发现了一个灌了七八桶水还不满溢的老鼠洞，里面藏满了至少有七八斤的老玉米等等。总之，他一面把自己当成儿童中的一员，一面写小说和诗歌，讲的都是儿童所熟悉、也是他自己所熟悉的人物和花、鸟、虫、鱼……

他每出一本集子，一定送给我，而且在扉页[1]写上许多祝词。我书架上有《春风吹来的童话》（一九七九年四月二十八日）；《金近作品选》（一九八〇年十月）；《他们的童年》、《大毛和小快腿》（都是一九八二年七月）；《爱听童话的仙鹤》（一九八四年十一月十八日）；最后的一本是《童话创作及其他》（一九八七年四月二十六日），扉页上还写着："冰心同志：愿这本小书带上我的心意，愿你像松柏常青，健康长寿。"

写到此，我呜咽了。像我这块不可雕的朽木，居然活到了九十岁，而能写出真正的儿童文学的作家金近却不幸早逝了！

我不是以儿童文学作者的身份和心情来写这篇"悼念"的。因为我不配做一个儿童文学作家。我的那本《寄小读者》，因为离开了儿童，越写越"文"，到了只可"静读"不能"朗诵"的地步！因为朗诵出来，儿童一定听不懂。不像金近，他是一个不但热爱儿童，而且理解儿童的作家，他写的作品都是对小孩子说的大白话！

1990年10月23日

（本篇最初发表于《中国作家》1991年第1期）

注释

1. 扉页：fēi yè。指书籍封面或衬页之后、正文之前的一页。扉页上一般印有书名、作者或译者姓名、出版社和出版的年月等。扉页也起装饰作用，增加书籍的美观度。

导读

　　儿童文学作家金近的"与众不同"在于,他质朴、扎实,讲话没有"书卷气","他是一个不但热爱儿童,而且理解儿童的作家"。然而,"能写出真正的儿童文学的作家金近却不幸早逝了"。文章记叙了作者对一个有追求、有道德、有真情作家的亲切缅怀,也表达了对其不幸逝世无比悲痛的情感。

悼念孙立人将军

孙立人将军是吴文藻的清华留美预备学校的同班同学。我们是一九二三年八月十七日同乘美国游船杰克逊号到美国去的，但那时我并不认识他。

我们的相熟，是在四十年代初期一九四二至一九四四年之间。那时我们在重庆，他在滇缅抗日前线屡立奇功，特别是在英国军队节节败退之后，孙立人"以不满一千的兵力，击败十倍于我的敌人，救出十倍于我的友军"，在世界上振起中国军人的勇敢气魄！

孙立人常常要来重庆述职。（所谓之述职，就是向蒋介石解说"同胞"们对他的诬告。他不是"天子门生"，不是"黄埔系"，总受人家的排挤！）在此期间，他就来找清华同学谈心，文藻曾把他带回歌乐山寓所，这时我才得见孙将军的风采。在谈到他在滇缅路上的战绩时，真是谈笑风生，神采奕奕[1]！他使我们感到骄傲！

一九五〇年国民党撤到台湾，他出任台湾防怀司令。一九五四年六月，当他调任台湾总统府参军长时，因一名部属准备发动兵变而被罢黜[2]、被看管。同年十月，孙立人将军被台湾政府免去职务，软禁了三十三年，直到一九八八年蒋经国去世后，才由台湾监察院公布调查案，孙立人将军才获得自由，这时他已是八十八岁的憔悴[3]老人了！

一九九〇年三月，我曾通过台湾的许迪教授给孙立人去了一封信，希望他能回大陆一行，不几天就得到孙将军的复函：

婉莹嫂夫人大鉴：

许迪先生来舍，朗读手书，其于立人尤殷殷垂注，闻之至为感篆[4]，回忆同舟东渡，转瞬遂近七十年，昔日少年俱各衰迈，而文藻兄且已下世，人事无常真不可把玩也。立人两三年来身体状况大不如前，虽行动尚不需人扶持，而步履迟缓不复轻快，有时脑内空空思维难以集中，比来除定时赴医院作复健运动外甚少出

门矣。故人天末何时能一造访，畅话平昔殆未可必然，亦终期所
愿之得偿也。言不尽意。诸维珍卫。顺候著安。弟孙立人拜启。

一九九〇，五，十五

去年，在我的九十生日（十月五日）又得到他的贺电：

  海内存知己，天涯若比邻[5]。欣逢九十大庆，敬祝福如东海，
寿比南山。弟孙立人拜贺。

不料过了一个半月，有一位年轻朋友给我寄来一张香港《明报》的剪报，
上面载"因兵变案软禁三十三年，抗日名将孙立人病逝"。记者写的"昨日"
是十一月二十一日！

屡次替孙将军和我之间传递信息和相片等等的台湾许迪教授，前些日子
又给我来信说："孙立人将军的丧礼确是倍极哀荣，自动前往吊唁者一万余
人，今后在台湾大概不可能再有同样的感人场面了……"

从许迪先生带来的孙立人的相片上看来，三十三年软禁后的孙将军，
显得老态龙钟，当时的飞扬风采已不复留存！本来应是三十三年峥嵘的岁
月，却变成蹉跎[6]的岁月，怎能不使人悲愤？

我少作的集龚绝句，其中有：

  风云才略已消磨
  其奈尊前百感何
  吟到恩仇心事涌
  侧身天地我蹉跎

竟是为孙立人将军写照了！哀哉！

1991年2月20日黄昏
（本篇最初发表于《中国作家》1993年第3期）

注释

1. 神采奕奕：shén cǎi yì yì。奕奕：精神焕发的样子。形容精力旺盛，容光焕发。语出明·沈德符《万历野获编·玩具·晋唐小楷真迹》："韩宗伯所藏曹娥碑，为右军真迹。绢素稍暗，字亦惨淡。细视良久，则笔意透出绢外，神采奕然。"

2. 罢黜：bà chù。免除官职。语出《汉书·孔光传》："哀帝罢黜王氏，故太后与莽怨丁、傅、董贤之党。"

3. 憔悴：qiáo cuì。形容人瘦弱，面色不好看、疲惫、没精神。

4. 感篆：gǎn zhuàn。感恩不忘，铭刻于心。

5. 海内存知己，天涯若比邻：四海之内都有知心朋友，远在天边就好像近在眼前。语出唐·王勃的《送杜少府之任蜀州》，原文：城阙辅三秦，风烟望五津；与君离别意，同是宦游人；海内存知己，天涯若比邻；无为在歧路，儿女共沾巾。

6. 蹉跎：cuō tuó。时间白白地流去；虚度光阴。

导读

　　作者初识孙立人将军时，他"谈笑风生，神采奕奕"，因牵连"被罢黜、被看管"，软禁了33年之后，却恍若隔世，当年的神武将军已成"憔悴老人"，举止神态无不"老态龙钟"，"飞扬风采已不复留存"。前后对比明显，一位抗日名将就这样与世长辞了！文章于唏嘘感慨中，表达了作者对孙立人将军不幸遭遇的悲愤之情。

我们全家人的好朋友——沙汀

我和沙汀认识是在五十年代初期。一位年轻同志把我带到东总布胡同作家协会东院一座小楼里，张天翼住在楼下，沙汀住在楼上，我们同时见了面，从此就常常在一起开会谈话，渐渐地熟悉起来了。

关于沙汀的人格之高尚，文格之雄浑，大家都有定论，不用我说了，我只谈谈他和我家每一个人的交情。

我的老伴吴文藻，是学社会人类学的，我们两个人隔行如隔山，各有各的工作，各有各的朋友，我们看见对方的朋友来了，除了寒暄之外，很少能参加谈话。唯有沙汀是文藻最欢迎的人，而且每次必留他吃饭，因为沙汀能和他一起喝茅台酒，一面谈得十分欢畅！

文藻喜欢喝酒，这是自幼跟他父亲养成的习惯，我却不喜欢他喝酒，认为对他身体不好。他的朋友和学生总是送他茅台酒，说是这酒强烈而不"上头"，就是吃了不头晕，于是我们厨柜里常有茅台酒。八五年文藻逝世了，沙汀来看我时，我把柜里的一瓶茅台酒送他。他摇摇头说："如今我也不喝酒了！"

四十年代我们在四川重庆郊外的歌乐山住过五年。我的孩子们都是在四川上的小学，学的是一口四川话（至今她们在背"九九表"的时候，还用的是四川话），非常欢迎能说四川话的客人。沙汀说的是一口带有浓重四川口音的"普通话"，因此他一来了，她们就迎上来，用四川话叫："沙伯伯，沙伯伯！"而且总要参加我们的谈话，留恋着不肯走开。

沙汀听觉一向不太好，因此我们从来不打电话，他来了听话时，也常由同来的小伙子在他耳边大声地说。如今听说他视觉也不行了，又误用了庸医的药，以致双目失明，要回到老家四川绵阳去了。我的外孙陈钢去给他照相时，我让他带上一个橡皮圆圈送给沙汀爷爷。我认为凡是有一两处感官不灵的人，其他的感官必定格外灵敏。我想沙汀回到温暖舒适的故乡气氛里，又有温柔体贴的女儿和他作伴，在他闲居时候，捏着这个橡皮圈，一边练手劲，一边也会想起远在北京、永远惦念他的一个老友吧！

1991年11月19日

（本篇最初发表于《中国作家》1992年第1期）

导读

文章记述了沙汀与"我们"全家人的交情：与文藻有共同喝酒的爱好，与孩子们有共同的口音使他们感到亲切，而"我"爱屋及乌也与沙汀成了好朋友。沙汀晚年身体欠佳，令作者甚为牵挂。大爱无疆，体现在生活的点点滴滴，更体现在与亲朋好友的情感牵挂。

繁　星（节选）

一

繁星闪烁着——
深蓝的太空
何曾听得见他们对语
沉默中
微光里
他们深深的互相颂赞了

二

童年呵！
是梦中的真
是真中的梦
是回忆时含泪的微笑

三

梦儿是最瞒不过的呵！
清清楚楚的
诚诚实实的
告诉了

你自己灵魂里的密意和隐忧

四

嫩绿的芽儿
和青年说
"发展你自己！"
淡白的花儿
和青年说
"贡献你自己！"
深红的果儿
和青年说
"牺牲你自己！"

五

青年人呵！
为着后来的回忆
小心着意的描你现在的图画

六

心灵的灯
在寂静中光明
在热闹中熄灭

七

向日葵对那些未见过白莲的人
承认他们是最好的朋友
白莲出水了
向日葵低下头了
她亭亭的傲骨
分别了自己

八

创造新陆地的
不是那滚滚的波浪
却是他底下细小的泥沙

九

言论的花儿
开得愈大
行为的果子
结得愈小

十

弱小的草呵！
骄傲些吧
只有你普遍地装点了世界

十一

零碎的诗句
是学海中的一点浪花罢
然而他们是光明闪烁的
繁星般嵌在心灵的天空里

十二

我的心呵!
警醒着
不要卷在虚无的旋涡里!

十三

成功的花
人们只惊慕她现时的明艳!
然而当初她的芽儿
浸透了奋斗的泪泉
洒遍了牺牲的血雨

十四

夜中的雨
丝丝的织就了诗人的情绪

十五

冷静的心
在任何环境里
都能建立了更深微的世界

十六

春天的早晨
怎样的可爱呢！
融冶的风
飘扬的衣袖
静悄的心情

十七

空中的鸟！
何必和笼里的同伴争噪呢
你自有你的天地

十八

冠冕
是暂时的光辉
是永久的束缚

十九

海波不住的问着岩石
岩石永久沉默着不曾回答
然而他这沉默
已经过百千万回的思索

二十

蜜蜂
是能溶化的作家
从百花里吸出不同的香汁来
酿成他独创的甜蜜

二十一

流星
飞走天空
可能有一秒时的凝望
然而这一瞥的光明
已长久遗留在人的心怀里

二十二

心潮向后涌着
时间向前走着
青年的烦闷
便在这交流的旋涡里

二十三

白的花胜似绿的叶
浓的酒不如淡的茶

二十四

清晓的江头
白雾濛濛
是江南天气
雨儿来了——
我只知道有蔚蓝的海
却原来还有碧绿的江
这是我父母之乡！

二十五

母亲呵！
天上的风雨来了
鸟儿躲到他的巢里
心中的风雨来了
我只躲到你的怀里

（本诗最初发表于1922年1月1日《晨报副镌》）

春　水（节选）

一

春水
又是一年了
还这般的微微吹动
可以再照一个影儿么
春水温静的答谢我说
"我的朋友！
我从来未曾留下一个影子
不但对你是如此"

二

青年人！
你不能像风般飞扬
便应当像山般静止
浮云似的
无力的生涯
只做了诗人的资料呵！

三

一道小河
平平荡荡的流将下去

只经过平沙万里——
自由的
沉寂的
他没有快乐的声音
一道小河
曲曲折折的流将下去
只经过高山深谷——
险阻的
挫折的
他也没有快乐的声音
我的朋友！
感谢你解答了
我久闷的问题
平荡而曲折的水流里
青年的快乐
在其中荡漾着了！

四

冰雪里的梅花呵！
你占了春先了
看遍地的小花
随着你零星开放

五

平凡的池水——
临照了夕阳
便成金海！

六

浪花愈大
凝立的磐石
在沉默的持守里
快乐也愈大了

七

星星——
只能白了青年人的发
不能灰了青年人的心

八

修养的花儿
在寂静中开过去了
成功的果子
便要在光明里结实

九

先驱者！
前途认定了
切莫回头
一回头——

灵魂里潜藏的怯弱
要你停留

十

青年人！
珍重的描写罢
时间正翻着书页
请你着笔！

十一

别了！
春水
感谢你一春潺潺的细流
带去我许多意绪
向你挥手了
缓缓地流到人间去罢
我要坐在泉源边
静听回响

（本诗原载于1922年3月21日—6月30日《晨报副镌》）

导读

这种篇幅短小却蕴含丰富的短诗被称为"小诗"。五四运动后，它曾经盛行一时。在众多"小诗"中，最引人注目的就是冰心的《繁星》和《春水》。

《繁星》和《春水》是冰心在印度诗人泰戈尔《飞鸟集》的影响下写成的，用她自己的话说，是将一些"零碎的思想"收集在一个集子里，以"爱的哲学"为核心，通过隽永的文字赞美母爱、歌颂童心、探索人生。《繁星》和《春水》

的问世，使冰心成为"小诗体"的代表诗人。

《繁星》和《春水》大致包括三个方面的内容：

一是对母爱与童真的歌颂。冰心甫一步入文坛，便以宣扬"爱的哲学"著称。而母爱，就是"爱的哲学"的根本和出发点。正是对母爱的深情赞颂，奠定了这两部作品深沉细腻的感情基调。与颂扬母爱紧密相连的，便是对童真、童趣、童心及一切新生事物的珍爱。

二是对大自然的崇拜和赞颂。在冰心看来，人类来自自然，归于自然，人与自然应该是和谐一致的。

三是对人生的思考和感悟。这部分诗简练而隽永，被称为"哲理诗"。

在艺术上，《繁星》和《春水》兼采中国古典诗词和泰戈尔哲理小诗之长，善于捕捉刹那间的灵感，以三言两语抒写内心的感受和思考，形式短小而意味深长。特别是在语言上，清新淡雅而又晶莹明丽，明白晓畅而又清韵悠长，具有独特的艺术魅力。

可爱的

除了宇宙，
最可爱的只有孩子。
和他说话不必思索，
态度不必矜持[1]。
抬起头来说笑，
低下头去弄水。
任你深思也好，
微讴[2]也好；
驴背山，山门下，
偶一回头望时，
总是活泼泼地，
笑嘻嘻地。

1921年6月23日，在西山

注释

1. 矜持：jīn chí。庄重；严肃。多用于形容社交场合中女性的态度自信，举止
   分明，与男人保持着安全距离。
2. 讴：ōu。歌颂；赞颂。

导读

　　冰心是中国现代儿童文学的奠基者之一。从"五四"时期开始，她就不倦地
为孩子们写散文、写小说、写诗。她认定："除了宇宙，最可爱的只有孩子。"
　　童心是成人心里的故乡。在儿童身上，作者看到了纯朴的天性、真挚的感

情和看世界、看社会的那一双明澈无邪的眼睛。和儿童说话，不必如同对成人说话那样"人心隔肚皮"，可以无拘无束，"不必思索"，也"不必矜持"。他们的那一双双亮眼，一张张小脸蛋，大写着"爱"的真诚，令人动容。只有经历了尘世间的丑恶、变态、扭曲、阴谋、欺诈、罪孽之后，才能对人类的童年那种纯朴、真挚、无邪百倍厚爱。在苦难太多的社会，童心成了作家躲避尘世风雨、寻求希望与安慰、发掘超越历史现实的本质真谛的精神寄托。

　　这首小诗，平易，亲切，娓娓道来，如对面说话。作品写的是对西山儿童一颦一笑的百般爱恋，而其底处，则有着崇爱童心的深层内涵。冰心对童心看得十分珍贵，在诗文中，反复把儿童比作她"灵魂中"的"光明喜乐的星"。正是童心的力量，使冰心一辈子心系着未来一代，心系着儿童和儿童文学。

诗的女神

她在窗外悄悄的立着呢!
帘儿吹动了——
窗内,
窗外,
在这一刹那顷,
忽地都成了无边的静寂。
看呵,
是这般的:
满蕴着温柔,
微带着忧愁,
欲语又停留。
夜已深了,
人已静了,
屋里只有花和我,
请进来罢!
只这般的凝立着么?
量我怎配迎接你?
诗的女神呵!
还求你只这般的,
经过无数深思的人的窗外。

1921年12月9日

导读

　　诗人略其形而直取其神，完全放弃了柳眉朱唇类的勾勒描绘，一个柔和似水、楚楚动人的神女栩栩如生、飘跃纸上。女神欲言又止，始终没说一句话，但她浓浓的温情、淡淡的愁绪、含而未露的千言万语，却如同绵绵春雨，笼罩、浸润了年轻诗人的全部身心，使她深深地沉醉在其中，与之融为一体。她已不知不觉地汇入天地间"无边的静寂"里，飞升到女神所展现的、世人心驰神往却难以企及的境界中。此刻，诗人对女神气随意合、归心低首。多少倾心私语、灵犀的沟通，多少神示启迪、微细的奥妙，都仿佛同这静寂的分分秒秒一起凝固住了。

　　心心相印，互为知己的感觉使诗人感到由衷的温暖，她终于打破了这一刻千金的沉默。当她热情地招呼女神时，女神却依然故我，"只这般的凝立着"。这使年轻的诗人又情不自禁地吐出一线惶恐："量我怎配迎接你？"在女神感天动地的博大、完美面前，自己是不是显得太小、太不般配？但这隐隐的不安，仍旧掩盖不住女神降临所带来的强烈的欣喜，何况这小小的"自卑"，又是与深深的自信紧密相连的！

　　慧心超群的诗人得到了女神丰厚的馈赠，立刻想到，世上还有好多像自己这样"深思的人"，也在翘盼诗神，"为伊消得人憔悴"（王国维引柳永词）。于是"还求"女神再从他们那里"经过"——这是典型的冰心的思路，一个崇尚美好、博爱的人的思路。她要让更多的人得到女神的赐予，让女神特有的、诗的美洒满人间。这看来只是写诗人心情、愿望的结句，实际上为女神形象的完整、升华补上了重要的一笔。至此，诗的女神已在读者面前神韵丰满、翩然而立。

　　"诗的女神"为冰心带来的无形财富使她用之不竭。女神的音容气质、神采风姿，构成了几乎贯穿冰心几十年的创作风格与美学追求。这便是："满蕴着温柔，微带着忧愁，欲语又停留。"

　　冰心把传统的感召与自身的个性气质结合得这样水乳交融般完美，以致形成了使她独步文坛的独特风格。从这个意义上讲，"诗的女神"便是诗人内心追求的外化形象，便是诗人自己。

　　《诗的女神》本身就是一首以诗写诗的好诗。冰心将她获得灵感的过程，将她对诗、对艺术美的认识和追求，通过短短二十行、百余字，转化为一幅有声有色、感性极强的画面，转化为一场神奇动人的幻景，情境交融，出神入化，一下子就唤醒了读者的想象力，把人们的视线引向了一个含意深邃的艺术境界。

回　顾

三个很小的孩子，
一排儿坐在树边的沟沿上，
彼此含笑的看着——等着。
一个拍着手唱起来，
那两个也连忙拍手唱了；
又停止了——
依旧彼此含笑地看着——等着。
在满街尘土
行人如织里，
他们已创造了自己的天真的世界！
只是三个平凡的孩子罢了，
却赢得我三番回顾。

1922年4月17日

导读

　　冰心拥有如水晶般冰洁透明、轻灵隽丽的心，在她的世界中，孩子、儿童是永恒的话题，她用温纯的文字一次次歌颂祖国的花朵，人间的精灵。她让读者一次次品味的不仅仅是文字，更是她年轻纯洁、青春洋溢的心。她，用童心看世界，见证了一个世纪的历程。

　　用童心看世界，看见的是一个干净、明亮、美好的世界。

　　用童心看世界，看见的是一个简单、温馨、欢乐的世界。

玫瑰的荫下

衣裳上，
书页上，
都闪烁着
叶底细碎的朝阳。
我折下一朵来，
等着——等着，
浓红的花瓣，
正好衬她雪白的衣裳。
冰凉的石阶上，
坐着——坐着，
等她不来，
只闻见手里
玫瑰的幽香！

1922年5月18日

导读

俗话说得好："送人玫瑰，手有余香。"带给别人快乐，也会令自己快乐，而且，会让我们的快乐更有价值。送给别人"玫瑰"的人，他那双给予别人帮助与快乐的手，一定充满慈爱，充满"芳香"。

冰心在散文《我和玫瑰花》中说：在我们楼下，有两家年轻人，都是业余的玫瑰花爱好者，花圃里栽满了各种各色的玫瑰。这几位年轻人……就在他们清晨整理花圃的时候，给我送上来一把一把的鲜艳的带着朝露的玫瑰……每天早起……只要听到轻轻的叩门声，我的喜悦就像泉水似地涌溢了出来……

　　但愿这"爱"的玫瑰花能够世代相传，传遍全世界！

纪　事
——赠小弟冰季

右手握着弹弓，
左手弄着泥丸——
背倚着柱子
两足平直地坐着。
仰望天空的深黑的双眼，
是侦伺着花架上
偷啄葡萄的乌鸦罢?
然而杀机里却充满着热爱的神情!
我从窗内忽然望见了，
我不觉凝住了，
爱怜的眼泪
已流到颊上了!

1922年8月22日

导读

　　这首小诗仅有十二行，分为两个小节。第一小节八行，专写小弟冰季稚拙可爱的形态，语言平白，如一幅简明清晰的素描。后四行写冰季之神。

　　神从何来? 从那"杀机里却充满着热爱的神情"的眼睛而来。小冰季的眼睛是"深黑"色的，具有东方儿童的美丽；平坐在地上的小冰季是抬头"仰望"着花架，这"仰望"不是随意的，而是带有猎人的"侦伺"——因为那花架上正有一只乌鸦在"偷啄"葡萄呢。专心致志地偷啄葡萄的乌鸦，哪里会想到花架下有位握弓弄弹的少年猎手正在"侦伺"着它呢!

写到此处,冰心笔锋出奇地一转,说她看出小弟弟的眼神里同时包含着"杀机"和"热爱"的神情。杀机,是人人可以想到的,小猎手面对不远处一心偷食而无心它顾的乌鸦,手中又正握着弹弓,攥着泥丸,只要引弓射之,很可能就要"弹弓鸣处,乌鸦喋血"了。然而,了解小弟的大姐姐,却从弟弟的眼神看出另一种神情——"热爱",这却是读者们始料不及的。"热爱"什么呢?作者没说,这"意境"又将引发出不同读者的不同联想:是热爱那紫葡萄、乌鸦、绿叶、蓝天的如画美景吗?是热爱花架上那生生不息的生命吗?是不忍心破坏了这美景、射杀了这生命吗……想到此,再回味冰季左手"弄着"泥丸,在犹豫,在思索,对那"弄"字的理解仿佛又深了一步。

这就是可爱的孩子,这就是纯真的童心,这就是"杀机"与"热爱"同存于一体的"神情",是非常了解、非常喜爱孩子的冰心捕捉到的镜头。

冰心在窗内突然看见亲爱的小弟这纯真无邪的样子,这杀机里充满的却是热爱的神情,她太感动了!不觉间流下了爱怜的眼泪。

为什么面对这个在别人看来也许是相当平常的镜头,冰心却感动得双眼"凝住",甚至任"爱怜的眼泪"流到颊上呢?这是因为冰心自己也怀有一颗童心。确切些说,是一颗如儿童那般活泼天真的心,如儿童那般富于同情的心,如儿童那般富有正义的心,如儿童那般充满好奇的心。在长期封建传统思想桎梏下的中国儿童,是太需要恢复和发扬这种儿童的天性了;同样,每一位成人,也太需要留意、保护和抒张我们中国孩子们的这种天性了!

《纪事》和她同一时期创作的、给成人的诗相比,更加注意自由、自然、无拘无束,避免文字的雕琢和句式的修饰,写来如行云流水,更适于表现天真烂漫的孩子。今天重读,仍能深深感染我们,它不愧是一首中国早期儿童文学园地中的鲜艳小花。

纸　船
——寄母亲

我从来不肯妄弃了一张纸，

总是留着——留着，

叠成一只一只很小的船儿，

从舟上抛下在海里。

有的被天风吹卷到舟中的窗里，

有的被海浪打湿，沾在船头上。

我仍是不灰心的每天的叠着，

总希望有一只能流到我要他到的地方去。

母亲，倘若你梦中看见一只很小的白船儿，

不要惊讶他无端入梦。

这是你至爱的女儿含着泪叠的，万水千山

求他载着她的爱和悲哀归去。

1923年8月27日

导读

　　这是远离家乡的游子对日夜思念的母亲的深情呼唤，是献给母亲的一曲深情的颂歌。

　　1923 年 8 月，作者由上海乘船赴美留学。海浪滔滔，海风吹拂，油轮在颠簸中驶向陌生的国度。此去远涉重洋，相去万里，要隔多久才能回到母亲的怀抱？尽管舱外是浩瀚的太平洋，但孤独惆怅的诗人，无心欣赏眼前的奇景，而是眼含热泪，在专心执着地叠着一只只纸船，然后又一个个的抛放海里。尽管风急浪高，纸船被海浪打湿，沾在船头，但作者毫不灰心，仍旧不停的叠着、叠着……希望总有一只能够漂到日思夜想的母亲身边。

在这首诗中，诗人以孩子般的纯洁和天真，从儿童的游戏世界中找到了一个可以寄托对母亲无限眷念的中介物——纸船，并以此抒发自己的情感，赋予其特别的含义。这里的纸船，既象征作者漂泊无依的孤独，又象征作者思念母亲，思念祖国的一颗心，还象征诗人纯洁美好的心愿。母爱，成了这首诗的情感支柱。

乡　愁

我们都是小孩子，
偶然在海舟上遇见了。
谈笑的资料穷了之后，
索然的对坐，
无言的各起了乡愁。
记否十五之夜，
满月的银光
射在无边的海上。
琴弦徐徐的拨动了，
生涩的不动人的调子，
天风里，
居然引起了无限的凄哀？
记否十七之晨，
浓雾塞窗，
冷寂无聊。
角儿里相挨的坐着——
不干己的悲剧之一幕，
曼声低诵的时候，
竟引起你清泪沾裳？
"你们真是小孩子，
已行至此，
何如作壮语？"
我的朋友！
前途只闪烁着不定的星光，
后顾却望见了飘扬的爱帜。

为着故乡，

我们原只是小孩子！

不能作壮语，

不忍作壮语，

也不肯作壮语了！

1923年8月27日

导读

　　这是一首怀乡的抒情诗。诗人紧扣"乡愁"，但又在谈笑之后加以突出，显示了独特的匠心。

　　中间两段为"小孩子"之间的对话，一种回忆的氛围，诗人借拨不动的琴弦、塞窗的浓雾两个意象来表现，最后又让"清泪沾裳"这一典型动作来强化乡愁。由此才引出了旁观者的指点，这种过渡是十分必要的，无此，冰心《乡愁》一诗的最后便无法升华成曼妙回声。诗人在乡愁中企图寻找解脱的方法，便借长者的旁白来实行。诗人很快又回到正常的自我，角度一换，从容向"我的朋友"道出了真正的思考。

　　值得一提的是尾段中两句排比得比较工整的诗："前途只闪烁着不定的星光，后顾却望见了飘扬的爱帜。"这是全诗的诗眼，"飘扬的爱帜"自然是远方的母爱之旗，在茫茫海洋中给诗人以引导与召唤，使她在闪烁不定的前途星光中，看见母亲的期待的目光，这种力量敦促诗人投入生活，鼓起勇气面对现实。

　　当然，诗人不肯、不忍、亦不能作壮语，但实际上我们却从诗的字里行间读出了这种毅然决然的感触。

远　道

"青青河边草，
绵绵思远道——
远道不可思，
夙昔梦见之……"

一

反复的苦读着
父亲十月三日的来书，
当做最近的消息。
我泫然的觉出了世界上的隔膜！

二

十分的倦了么？
自己收拾着安息去罢，
如今不在母亲的身旁了。

三

半信半疑的心中充满了生意——
下得楼来，
因着空的信匣，

却诅咒了无味的生活。

四

万声寂然，
万众凝神之中，
我不听"倾国"的音乐，
却苦忆着初学四弦琴的弟弟。

五

信差悠然的关上了信柜，
微笑说"所有的都在这里了。"
我微微的起了战栗，
"这是何等残忍的话呵！"
勉强不经意的收起钥匙，
回身去看他刚送来的公阅的报。

六

从回家的梦里醒来，
明知是无用的，
却仍要闭上眼睛，
希望真境是梦，
梦境是真。

七

"我的父亲是世界上最好的爹爹，
母亲是最好的妈妈！"
在她满足的微笑里，

我竟起了无谓的不平。

八

"秋风起了，
不要尽到湖上去呵！"
为着要慰安自己，
连梦中母亲的话语
也听从了！

九

如夜夜都在还乡的梦里，
二十四点钟也平分了，
可怜并不是如此！

一〇

隔着玻璃，
看见了中国的邮票。
这一日的光阴，
已是可祝福的！

一一

经过了离别，
我凄然的承认了
许多诗词
在文学上的价值。

一二

信和眼泪，
都在敲门声中错乱的收起，
对着凝视着我的她，
揉着眼睛
掩饰的抱怨着烦难的功课。

一三

朋友信中，
个个说着别离苦，
弟弟书来，
却只是欢欣鼓舞。
我已从喜乐的字里，
寻出泪珠了！

一四

离开母亲三个月了，
竟能悠悠地生活着！
忙中猛然想起，
就含泪的褒奖自己的坚强。

一五

她提着包儿，
如飞的走下楼来，
"忙什么？"
"再见，我回家去。"
这一答是出乎意外似的，

我呆立了半晌……

一六

"生活愉快么？"
"愉快……"
是笑着回答的上半句；
"只是想家！"
是至终没有说出的下半句。

一七

乱丝般的心情，
都束在母亲的一句话里，
"自己爱自己！"
是的，为着爱自己，
这不自爱的笔儿
也当停止了！

（原载1923年12月17日—22日《晨报副镌》）

导读

　　诗中抒发了诗人远离家乡的痛苦和悲哀。
　　渴望回到家乡，却苦于不能实现，宁愿沉沦在梦中，在梦中回到家乡，"仍要闭上眼睛，希望真境是梦，梦境是真"。
　　一个"仍"字，表现出诗人急于逃离痛苦现实的迫切而执着的心情。

相 思

躲开相思，
披上裘儿
走出灯明人静的屋子。
小径里明月相窥，
枯枝——
在雪地上
又纵横的写遍了相思。

1925年12月12日

导读

这首诗以含蓄的语言道出了相思的深切和借景抒怀、不说胜说的情韵。

冰心的诗往往以写母爱、童心而著称，她所创造的"繁星体"小诗正如她的笔名"冰心"一样，晶莹剔透闪亮在"玉壶"之中。此诗直接写男女的相思之情，体现了纯真纯美的心地。全诗很短，却充满意韵，读之有绕梁三日之感，令人难以忘怀。

一句话

那天湖上是漠漠的清阴，
湿烟盖住了泼剌的游鳞。
东风沉静地抚着我的肩头，
"且慢，你先别说出那一句话！"
那夜天上是密密的乱星，
树头栖隐着双宿的娇禽。
南风戏弄地挨着我的腮旁，
"完了，你竟说出那一句话！"
那夜湖上是凄恻的月明，
水面横飞着闪烁的秋萤。
西风温存地按着我的嘴唇，
"何必，你还思索那一句话！"
今天天上是呼呼的风沙，
风里哀唤着失伴的惊鸦。
北风严肃地擦着我的眼睛，
"晚了，你要收回那句话？"

1936年2月3日

导读

这是一首爱情诗，以"一句话"为题，整首诗的中心也是那"一句话"。每一节诗的结束都点题落在那"一句话"上；但是，那"一句话"究竟是什么，却始终不着一字，这样，就增加了对诗的内涵的悬念，同时也显示出诗的含蓄美。

全诗共有四节，每节均为四句，每句的字数也基本相等，结构严整，层次鲜明而不呆板。四节诗是四幅图画，四种境界，正如苏东坡评王维的诗："诗中有画，画中有诗"。而且语言清新流畅，节奏自然，深具诗美的特色。

诗人通过精密构思，使全诗前后呼应，丝丝入扣，用字扼要传神，给人以美的感受。诗人写景绝非单纯写景，而是寓情于景，情景交融，感情层层深入，推向高潮。诗人运用排比句子相互对应，工整严肃，融进了古典诗词般的意境，却又摆脱了旧诗词格律的束缚，而音调又自然流畅，饱蕴艺术之美，耐人寻味。

惊爱如同一阵风

惊爱如同一阵风，
在车中，他指点我看
西边，雨后，
深灰色的天空，
有一片晚霞金红！
睡了的是我的诗魂，
再也叫不觉这死寂的朦胧，
我的心好比这深灰色的天空。
这一片晚霞，是一声钟！
这一片晚霞是一声钟，
敲进我死寂的心宫，
千门万户回响，
隆……隆，
隆隆的洪响惊醒了我的诗魂。
惊爱如同一阵风，
在车中，他指点我看
西边，雨后。深灰色的天空。
有一片晚霞金红。

1931年7月16日

导读

　　写这首诗时，冰心的心情是疲惫而沉重的。天空是深灰色的，一如她当时的心情。就在这深灰的天空，她却看到了一抹金红的晚霞，这给她带来了一点振奋。她的诗魂本来已经睡了，但这一片晚霞，却如一声洪钟，把她彻底惊醒。她终于明白，原来灰暗的生活里还可以有这样绚丽的色彩，人怎么能因为眼前的黑暗，而忽视生活的美好呢？这就是本诗揭示的内涵。

生 命

莫非你冷，

你怎秋叶似的颤抖；

这里风凉，

待我慢慢拉着你走。

你看天空多么清灵，

这滴滴皎洁的春星；

新月眉儿似的秀莹，

你头上有的是快乐，光明。

你看灯彩多么美妙，

纺窗内透出桔色的温柔；

这还不给你一些儿温暖？

纵然你有海样的深愁。

看温情到了你指尖，

看微笑到了你唇边——

你觉得生命投到你怀里不？

你寻找了这许多年。

1942年春月，歌乐山

导读

    在冰心的许多短小精练的诗中，我们都能读到她独有的，对生命、光明和母爱的独特的感悟，对人世间美好的发自内心的赞颂。之所以冰心的作品能够被人们赋予"爱的哲学"这样极高的评价，是因为冰心作品能以情动人，以爱感人，使人们从心底感受到爱的震撼，这种力量在她的《生命》一诗中最得到了淋漓尽致的体现。

　　"你觉得生命投到你怀里不？你寻找了这许多年。"爱的温暖融化了心中的冰雪，人们满身洋溢着热情和幸福。最后两句是诗中小小故事的结局，结束得委婉含蓄而富有哲理。这就是冰心想要告诉我们的——人们要留心寻找生命中的爱和温暖，要用自己微薄的力量，赞颂伟大的生命、伟大的爱。

　　这首行文流畅、朗朗上口、富含人生哲理的小诗，融进了冰心的思想，她对世界、对生命的认识，以及她对生命的深沉的爱。每一个生命都经历过无数劫难，每一个生命都是值得赞颂的。这首诗向读者展示了一个真实的冰心，一个热爱生活、崇尚纯洁的生命和爱的冰心。冰心带着温暖，带着幸福，带着她对世界的爱，走过了她的一生。

冰心年表（1900—1999）

1900 年

10 月 5 日（农历庚子年闰八月十二日）生于福建省福州府城隆普营。原名谢婉莹。祖父谢銮恩（子修）在福州城内道南祠授徒为业。父亲谢葆璋（镜如）时任清政府"海圻"巡洋舰副舰长。母亲杨福慈,出身书香门第,能诗善文。

1901 年

随家移居上海。

1912 年

考入福州女子师范预科,虽未上小学,却以第一名的优异成绩被录取。

1913 年

父亲到北京就任中华民国海军部学司司长。初秋,她同母亲和三个弟弟由舅舅护送到北京,住东城铁狮子胡同中剪子巷十四号。

1914 年秋

以优异成绩考取北京贝满女子中学（后改为女十二中）。

1915 年

参加了贝满女中学生的爱国活动。

1918 年夏

毕业于贝满女子中学。秋,进入协和女子大学预科。

1919 年

参加"五四"爱国运动，被选为学生会的文书，同时参加北京女学界联合会的宣传股，开展罢课、罢市等宣传活动。8 月 25 日，北京《晨报》发表了署名为谢婉莹的《二十一日听审的感想》，这是冰心公开发表的第一篇文章。9 月 18—22 日，北京《晨报》连载了冰心的第一篇小说《两个家庭》。第一次以"冰心"为笔名。10 月 7—12 日《晨报》连载第二个短篇小说《斯人独憔悴》。后被改编为三幕话剧公演。

1920 年

发表了早期的诗作：《影响》、《天籁》、《秋》，署名婉莹。

1921 年

由许地山、瞿世英介绍加入文学研究会。

1923 年

诗集《繁星》由商务印书馆出版。5 月，短篇小说、散文集《超人》由商务印书馆出版。诗集《春水》由新潮社出版。夏，以优异成绩毕业于燕京大学，得文学学士学位。同时获金钥匙荣誉奖。7 月，开始为《晨报副镌》儿童世界专栏撰写《寄小读者》。29 日开始刊登。通讯延续到 1926 年 9 月，共计 29 篇。8 月，赴美国留学。

1926 年

5 月，通讯集《寄小读者》，由北新书局出版。6 月，毕业于美国威尔斯利大学研究院，得硕士学位。离美回国。9 月，回母校燕京大学任教。

1929 年

6 月 15 日与吴文藻结婚。

1930 年

任教北平女子文理学院。

1931 年

生长子宗生（吴平）。诗《我劝你》、《惊爱如同一阵风》先后刊于《北斗》创刊号和第二期。

1932 年

北新书局出版《冰心全集》（分《冰心小说集》、《冰心诗集》、《冰心散文集》三卷），冰心为全集写了自序。

1934 年

在清华大学任教。

1935 年

生长女宗远（吴冰）。北新书局出版短篇小说集《冬儿姑娘》。

1936 年

10 月 1 日，同鲁迅、郭沫若、茅盾、巴金等 21 人，发表《文艺界同人为团结御侮与言论自由宣言》。

1937 年

生次女宗黎（吴青）。

1938 年

暑期离开北平，9 月到达昆明市。

1941 年

迁居重庆郊区歌乐山。开始以"男士"为笔名，在《星期评论》上发表《关于女人》，共 9 篇。3 月 15 日，被选为中华全国文艺界抗敌协会第三届理事。

1943 年

开明书店出版《冰心著作集》（小说集、散文集、诗集三卷）。

1945 年

2 月 22 日，全国文化界进步人士在《新华日报》（重庆版）上发表《文化界对时局进言》，冰心在"进言"上签了名。

1946 年

旅居日本东京。

1951 年

全家回到中国。

1954 年

人民文学出版社出版《冰心小说散文选集》，她为选集写了自序。

1955 年

中国青年出版社出版译作《印度童话集》。4 月，人民文学出版社出版冰心的译作《吉檀迦利》。

1957 年

《中国少年报》发表《小桔灯》。

1958 年

3 月 11 日，开始撰写《再寄小读者》，到 1960 年，共 21 篇，先后在《人民日报》、《儿童时代》上发表。

1960 年

出席第三次全国文学艺术界代表大会，被选为中国作家协会理事。

1966 年

受到抄家、批斗等迫害。不久，得到周恩来总理的保护，缓解了一些困境。

1973 年

参加中日友好协会访日代表团访问日本。

1978 年

开始撰写《三寄小读者》通讯，刊于《儿童时代》，至 1980 年 2 月，共发表通讯 10 篇。

1979 年

被选为中国文联副主席。

1982 年

短篇小说《空巢》获全国短篇小说奖。

1985 年

发表《关于男人》系列文章。

1987 年

11 月 14 日与 1988 年 6 月 30 日，先后在《人民日报》发表《我请求》、《我感谢》，呼吁提高教师地位。

1986 年

为宋庆龄基金会捐款 1 万元。此后几年，数次向福建家乡、安徽灾区和"希望工程"捐款。

1995 年

被黎巴嫩授予国家级勋章。

1999 年

2 月 28 日，在北京逝世。